AF274470

MORIR
DOS VECES

SUSANA RODRÍGUEZ LEZAUN

MORIR DOS VECES

Cualquier forma de reproducción, distribución, comunicación pública o transformación de esta obra solo puede ser realizada con la autorización de sus titulares, salvo excepción prevista por la ley. Diríjase a CEDRO si necesita reproducir algún fragmento de esta obra. www.conlicencia.com - Tels.: 91 702 19 70 / 93 272 04 47

Editado por HarperCollins Ibérica, S. A.
Avenida de Burgos, 8B - Planta 18
28036 Madrid

Morir dos veces
© Susana Rodríguez Lezaun, 2025
www.susanarodriguezlezaun.com
© 2025, para esta edición HarperCollins Ibérica, S. A.

Todos los derechos están reservados, incluidos los de reproducción total o parcial en cualquier formato o soporte.
Esta es una obra de ficción. Nombres, caracteres, lugares y situaciones son producto de la imaginación del autor o son utilizados ficticiamente, y cualquier parecido con personas, vivas o muertas, establecimientos comerciales, hechos o situaciones son pura coincidencia.
Sin limitar los derechos exclusivos del autor y del editor, queda expresamente prohibido cualquier uso no autorizado de esta edición para entrenar a tecnologías de inteligencia artificial (IA) generativa.

Diseño de cubierta: LookAtCia
Imagen de cubierta: Trevillion

ISBN: 978-84-1064-228-7
Depósito Legal: M-24179-2024
Impreso en España por Unigraf

MIXTO
Papel | Apoyando la
silvicultura responsable
FSC
www.fsc.org   FSC® C120704

A mis hijos, siempre
A mis hermanos, Elena, Mario e Iñaki, por la red que tejemos juntos
A mi madre, que es la mejor
A los lectores y lectoras, por descontado

PRÓLOGO

Las bridas que le inmovilizaban los brazos le habían abierto la piel. Le escocían las muñecas y hacía rato que los hombros lanzaban dolorosas punzadas por lo forzado de la posición. Pero qué más daba ya. Todo estaba a punto de acabar. La incertidumbre, el miedo, el dolor. ¿Habría merecido la pena? Dudaba de que tuviera la oportunidad de responder a esa pregunta.

La mujer conducía serena. No lo había mirado ni una sola vez desde que lo obligó a tumbarse en el asiento trasero de la camioneta. Tampoco habían hablado.

A través de la ventanilla veía cómo la ciudad desaparecía poco a poco. Primero los edificios, luego las farolas y los carteles. Ahora, lo único que quedaba al otro lado era la noche y la fugaz luminiscencia de los coches con los que se cruzaban.

Se removió en el asiento y gruñó bajo. Ella hizo ademán de volver la cabeza, pero corrigió el movimiento a los pocos centímetros y volvió a clavar la mirada en la carretera.

De pronto, la noche se tornó amarilla. Vio un edificio coloreado con burdos grafitis, una persiana metálica, un techo de hormigón.

La mujer giró despacio el volante y entró en una especie de hangar. Apagó el motor y se bajó. Acto seguido, abrió la puerta de atrás.

—Vamos —le dijo sin más—. Baja.

—¿Aquí? —preguntó él.

Se sentó con dificultad y se puso de pie en el suelo. Ella le tiró del brazo y lo empujó hacia la parte delantera de la furgoneta. Estaban en una especie de almacén industrial, una enorme nave con paredes de cemento sin enlucir y vigas metálicas en el techo. Las ventanas estaban a más de tres metros de altura.

Miró hacia atrás. La puerta por la que habían entrado seguía abierta. Calculó los pasos que lo separaban de la calle. Unos veinte, quizá menos.

El lento chirrido metálico de las hojas al cerrarse acabó con sus elucubraciones. A pesar de esperarlo, el golpe lo sobresaltó.

Al otro lado de la nave, un vehículo hizo señales con las luces. No había reparado en él, a pesar de que los faros de la furgoneta iluminaban el morro brillante. El sedán negro lanzó un doble guiño muy rápido y después, nada.

—Por aquí —le ordenó ella.

La oyó bajarse la cremallera de la chaqueta y sacar el arma de la bandolera.

Era consciente de cuál iba a ser el desenlace, llevaba horas intentando mentalizarse, jurándose a sí mismo que mantendría la dignidad al final, y aun así no pudo evitar echarse a temblar. Se le nubló la vista mientras la mujer lo empujaba con decisión unos metros hacia delante. Le indicó que se detuviera y lo miró a los ojos.

—Al suelo —ordenó—. Ahora.

Él dudó, las piernas no le respondían. No intentó hablar, no había nada que decir. Gimió en voz baja y se arrodilló sobre el solado. Ella se agachó a su espalda y cortó las bridas con una navaja. Él se acarició las muñecas, agradecido por un instante. Luego recordó.

—Túmbate.

La voz de la mujer resonó en su cabeza. Su mano le apretó el cuello, empujándolo hacia delante.

Él hizo lo que le pedía. Apoyó las manos sobre el suelo y se tumbó despacio con la cara hacia el lado contrario. No quería ver nada. Cerró los ojos y respiró.

Escuchó el chasquido del seguro del arma al ser liberado. Los dos respiraron profundamente.

—Lo siento —la oyó decir.

Ya no había vuelta atrás.

PRIMERA PARTE

SOLEIL

1

—¡Hola!

Soleil se estremeció junto al fregadero. Detestaba ese timbre de voz, las notas chillonas, la falsa alegría exuberante, el perpetuo reproche en el mohín de los labios. Nicole Bisset, la madre de su marido, era una mujer excesiva, una tirana camuflada detrás de una sonrisa y una falsa generosidad que solo buscaba su propio beneficio.

Soleil dejó el biberón que estaba enjuagando, se secó las manos con un trapo y corrió escaleras arriba sin hacer ruido. Si no la veían, quizá pudiera esconderse un rato en la habitación de Daniel, su hijo, que seguía durmiendo la siesta.

Entró en el cuarto en penumbra y se sentó en el pequeño sofá junto a la ventana. El niño descansaba en la cuna. Se dio cuenta de que sus pies regordetes ya tocaban los barrotes de madera. Pronto tendrían que cambiarlo a la cama. Otro cambio, otro drama. A Daniel le costaba acostumbrarse a las cosas nuevas. Paseó la vista por los animales salvajes que decoraban la pared del fondo. Osos azules, leones amarillos, panteras negras, coloridos camaleones, todos sobre un fondo azul salpicado de nubes algodonosas. También habría que cambiar el papel pintado, buscar algo menos infantil. Pensó en estrellas, planetas y astronautas, o en un océano lleno de peces, tortugas marinas y un submarino.

Oyó pasos en las escaleras. Odiaba esos pasos, como los de un gorila. No, pensó divertida. Como los de un avestruz. Su suegra le recordaba a un avestruz, con su cabeza pequeña, sus pestañas postizas como el tizón, sus enormes tetas y unas piernas delgadas como alfileres.

Los pasos se detuvieron al otro lado de la puerta. Soleil cerró los ojos y giró la cabeza hacia la pared. Si creía que estaba dormida la dejaría en paz, al menos de momento. Su suegra abrió la puerta y entró en la habitación.

—¡Soleil —exclamó en voz demasiado alta. El agudo de la última sílaba se le clavó en el cerebro—. ¿Qué haces aquí a estas horas?

Nicole Bisset se había plantado junto a la cuna y le acariciaba la cabeza a su nieto.

—Está durmiendo —protestó Soleil, que se levantó y se situó al otro lado de la cuna. Daniel frunció el ceño y succionó el chupete con fuerza.

—Anoche soñé con él, tenía que verlo —explicó Nicole con un encogimiento de hombros.

Como si eso fuera lo más normal del mundo.

El niño amagó un mohín y abrió los ojos.

—¡Mi chiquitín! —aulló la abuela, que inmediatamente alargó los brazos, cogió al pequeño y lo acurrucó contra su regazo.

Daniel se revolvió y protestó. Soleil se acercó a ellos e intentó recuperar a su hijo, pero Nicole se giró deprisa, dándole la espalda.

—Me lo llevo abajo para que lo vea su abuelo —dijo sin más. Y se fue.

—Tu madre no puede venir cada vez que le apetezca —protestó Soleil más tarde. Sus suegros se habían marchado dejando atrás al niño alterado, la cocina revuelta y una promesa de volver al día siguiente que sonó a amenaza.

—Mi madre puede venir cuando le dé la gana —respondió Eric, su marido, sin ni siquiera volverse para mirarla—. Es mi madre —añadió como única defensa lógica.

—Tenemos unos horarios, cosas que hacer —siguió Soleil. Se estaba esforzando como nunca para que su voz sonara calmada—. Daniel tiene que dormir la siesta para estar bien el resto de la tarde, ya has visto que hoy ha sido un desastre… Y además, debería llamar antes y no abrir con sus llaves —añadió—. ¿Qué te parecería que lo hicieran mis padres? —lanzó a la espalda de Eric, que se limitó a encogerse de hombros—. Mañana llamaré a mi madre para invitarlos a venir el sábado. Pueden quedarse hasta el domingo.

Su marido apenas levantó un segundo la vista de la pantalla del ordenador para mirarla con el ceño fruncido.

—El sábado tenemos cosas que hacer —dijo.

—¿Qué cosas? —exclamó Soleil—. No tenemos nada…

—Mi madre ha organizado una excursión a la playa —respondió Eric—. Ya ha reservado restaurante. Diles a tus padres que vengan el domingo por la tarde.

—Podrían venir a la excursión…

—Te he dicho que ya ha reservado el restaurante, y sabes que odia que le cambien los planes. Que vengan el domingo.

La rabia competía con la tristeza en el interior de Soleil. No merecía la pena discutir con Eric sobre su madre. Nicole siempre ganaba. No era raro que Eric apenas saludara a sus suegros cuando estos viajaban hasta Carcasona para pasar el día con ella y con Daniel. Siempre tenía trabajo o cualquier cosa que hacer. Últimamente ni siquiera se molestaba en excusarse. Simplemente, no aparecía ni los acompañaba a donde fuesen. Soleil lo justificaba ante sus padres, pero ya se estaba cansando. Debería dejar que conocieran la verdadera cara de su marido.

—Me subo a trabajar —se rindió Soleil por fin.

—¿Está dormido el niño? —preguntó él antes de que ella llegara a las escaleras—. Tengo cosas que hacer.

—Sí.

—Estate al tanto, por si acaso —insistió con el ceño fruncido, pero sin mirarla—. Esto es importante.

Lo que significaba que el trabajo de ella no lo era.

Subió las escaleras y entró en su dormitorio. Había instalado una mesa y una silla de oficina en un rincón y lo había convertido en su oficina, un espacio de metro y medio cuadrado que era lo único que sentía suyo de toda la casa. De frente, una pared gris en la que había colgado un pequeño cuadro con una playa y dos palmeras. La ventana, como la vida, quedaba detrás de ella. Durante cuatro horas cada día supervisaba en remoto la seguridad de las transacciones comerciales *online* de un conglomerado de empresas. Dinero que iba y venía de una mano a otra, compras, ventas, pequeños y grandes negocios. Siempre alerta a los intentos de estafa, a las falsificaciones, a los timos de cualquier tipo.

Le gustaba su trabajo. Fue la primera de su promoción en la Facultad de Ingeniería Informática de la Universidad de Toulouse, donde vivía con sus padres. Nada más licenciarse aceptó un trabajo en Narbona. Quería probar la aventura de vivir sola. Allí, una noche de fiesta con los colegas, conoció a Eric, por entonces abogado en un bufete de la ciudad y hoy flamante juez de instrucción. Atractivo, atento, culto. Lo tenía todo. Y lo seguía teniendo, no como ella, que había perdido el trabajo, la independencia e incluso su casa. Cuando accedió a mudarse con Eric a Carcasona, a la segunda vivienda que sus padres tenían allí, dejó el apartamento que había alquilado en Narbona. Ese piso le gustaba mucho. De hecho, estaba barajando la idea de hacerles una oferta de compra a los propietarios. Eric la convenció de que no merecía la pena pagar la hipoteca de un piso que no iban a utilizar, y que comprarlo para luego alquilarlo solo les traería quebraderos de cabeza.

Se negó a seguir pensando en el pasado. Tenía cosas que hacer, un trabajo, una responsabilidad. Suspiró, se acomodó en la silla y reinició la sesión que había dejado en *standby* por la mañana. Echó un rápido vistazo a los datos que le ofrecía la pantalla, sonrió y comenzó a teclear.

Había aprendido mucho en los últimos meses, lo suficiente como para ofrecer sus servicios a través de conseguidores que necesitaban expertos en código para trabajos en el límite de la legalidad. Normalmente se trataba de gente con prisa dispuesta a pagar una buena suma por conseguir con rapidez lo que necesitaba. Soleil conoció este tráfico a través de uno de sus compañeros.

—Son tonterías —le dijo Maurice hacía ya varias semanas—, nada de tráfico de armas, drogas o personas —le aseguró antes de que Soleil pudiera preguntar—. Hablamos de formularios, compras, trasvases de dinero… ¡Tonterías! —insistió.

—Tonterías ilegales —adujo Soleil.

—En el límite de la legalidad —la corrigió Maurice—, pan comido para ti. Y recuerda que estamos hablando de un montón de dinero —añadió con voz cómplice.

—Déjame pensarlo —le pidió por fin. Le costaba decir que no. En realidad, solo dedicaba cuatro horas a su trabajo oficial, y le quedaba algo de tiempo libre ahora que Daniel iba a la guardería. Podría usar un segundo portátil, esconder su señal y abrir una cuenta en la que ingresaría el dinero. Eric nunca lo sabría, y ella tendría un colchón por lo que pudiera pasar.

Maurice tenía razón. El trabajo era sencillo, pero lucrativo. La admitieron en el foro gracias a la recomendación de su compañero y pronto empezó a realizar pequeños encargos que rápido subieron en dificultad y en remuneración. La apasionaba el reto que suponía sortear una barrera tras otra hasta llegar al objetivo, coger lo que necesitaba, dejar lo que le habían pedido y salir sin dejar rastro.

En eso estaba cuando escuchó la puerta de su habitación abrirse detrás de ella.

—¿Has terminado? —le preguntó su marido mientras se dirigía hacia el baño.

—Casi. En cinco minutos —respondió ella. Se apresuró en salir de la web en la que estaba y abrir la página corporativa de la empresa para la que trabajaba, aunque no sabía para qué se molestaba, Eric nunca prestaba atención a lo que ella hacía.

—No sé por qué te empeñas en trabajar, no lo necesitamos —dijo su marido.

Ya estaba aquí de nuevo la vieja discusión, la más antigua de todas las que mantenían, que no eran pocas.

—No es por dinero —repuso Soleil.

—No veo otro motivo para trabajar, la verdad.

Eric se quitó la ropa a los pies de la cama y se puso el pijama.

—Me gusta lo que hago, todo lo que tenga que ver con redes, informática, el mundo digital… Es un reto. Y soy buena en esto —añadió.

—Te quita tiempo para lo que de verdad importa —siguió él—. Tienes un hijo, una casa. Daniel y yo somos tu familia, deberíamos ser tu prioridad.

—Y lo sois. Mi trabajo no interfiere en el resto de mis… obligaciones. Pero no quiero apearme del mundo laboral, llegará un día en el que Daniel ya no me necesite, y entonces querré retomar mi vida.

—Yo te necesitaré siempre —puntualizó él—. ¿Vienes? Me muero de sueño. Mañana me espera un día intenso.

Soleil tecleó a toda velocidad las últimas órdenes y apagó el ordenador y el flexo. La playa y las palmeras desaparecieron. Luego cogió su pijama y entró en el baño. Se sentó en la taza y se tapó la cara con las manos. Sintió el calor de la lágrimas casi al instante. Y el ardor en la boca del estómago. Y la tensión en las mandíbulas. Y las ganas de morirse.

2

Daniel saltó a los brazos de su padre en cuanto Soleil bajó con él y entró en la cocina. Eric abrió los brazos y lo aupó hacia el techo. El niño rio y se abrazó a su cuello. Eric le revolvió el pelo recién peinado y lo dejó en su silla para que desayunara.

—No lo puede evitar —dijo Eric con una sonrisa de suficiencia—, me quiere a mí más que a ti.

—Eso es porque tú nunca le riñes —protestó Soleil—, dejas que yo me encargue de las tareas ingratas.

—Eso no es verdad —le rebatió él, dándole la espalda—, es una cuestión de química, de afinidad, ¿verdad, chiquitín? —Se giró hacia el niño, que le devolvió la sonrisa con los brazos extendidos para que lo cogiera.

Eric se alejó de él y Daniel empezó a llorar. Soleil suspiró y le llevó el cuenco de leche con cereales.

—¿Puedes llevarlo hoy a la guardería? —preguntó Soleil mientras Daniel comía—. Tengo que entregar un…

—No —la cortó él—, imposible. He quedado con Lafont para una partida de pádel antes de trabajar. Tenemos la pista reservada desde hace una semana.

Se señaló la ropa deportiva que llevaba puesta y se encogió de hombros.

—No te cuesta más de quince minutos —protestó ella.

—Lo mismo que a ti —adujo él—. Si vas tan mal de tiempo, llama a mi madre. O deja de trabajar.

Eric le dio un beso en la cabeza a su hijo, cogió la bolsa que había dejado en el suelo y se marchó sin recoger siquiera su taza de café.

Soleil sintió cómo le hervía la sangre.

Sacó el móvil del bolsillo y le envió un mensaje a Maurice.

Dame algo provechoso, escribió. Luego cerró un momento los ojos, respiró hondo y siguió: *No importa de qué se trate, no preguntaré, pero que me dé pasta.*

Un par de minutos después le llegó la respuesta.

Cuenta con ello. Mira tu mail.

Le echó un vistazo a su hijo y consultó el reloj. Le quedaban cinco minutos antes de ponerse en marcha. Corrió a su dormitorio y sacó su segundo portátil del fondo del escritorio en el que lo escondía. Bajó de nuevo, lo conectó y abrió el *mail*. Leyó el encargo con atención y frunció levemente el ceño. Ayer se habría negado, pero hoy... Le pagarían veinte mil euros, una fortuna, y solo tendría que cambiar los códigos de unos paquetes antes de que llegaran a la aduana. Podía hacerlo. Y eran veinte mil euros...

Le confirmó a Maurice que lo haría, apagó el ordenador y cogió a su hijo. Llegaban tarde.

Aquel primer encargo fue bastante más complicado que los que había aceptado hasta entonces, pero cuando cumplió antes del plazo y vio cómo se incrementaba su cuenta, cualquier duda o remordimiento que todavía tuviera se desvaneció al instante. Veinte mil euros. Con unos cuantos encargos más como ese podría plantarle definitivamente cara a Eric, volar y empezar una nueva vida con su hijo lejos de él y de las garras de Nicole.

Pronto, Maurice y ella formaron un equipo sólido, eficaz y muy rentable, a pesar de que sus únicas interactuaciones eran siempre en remoto. Solo habían conectado la cámara una vez, para dejar de imaginar cómo serían en realidad. Apenas conocían unos pocos datos de la vida del otro, y era mejor así.

En tres meses su cuenta bancaria alcanzó los cien mil euros, y el trabajo que tenían entre manos les reportaría una cantidad similar. Aquello eran palabras mayores, lo más gordo que habían aceptado hasta entonces. Soleil estaba convencida de que, después de eso, podría plantarse por fin.

Trabajó cada minuto que le quedaba libre, siempre a escondidas. De madrugada, en la cocina; en el coche por la tarde, mientras esperaba a Daniel aparcada cerca de la guardería, o en el dormitorio del niño mientras él descansaba. Cuando por fin lo tuvieron listo, lo subieron al servidor de entrega y respiraron aliviados. Dos días después, sus cuentas engordaron de manera importante.

Todo iba bien, hasta que dejó de hacerlo.

Primero fue un mensaje de Maurice.

Algo no va bien, ten cuidado. Bórralo todo.

¿Algo no va bien? Soleil no entendía nada. Y ¿a qué se refería con lo de que lo borrara todo? ¿Qué era todo?

Lo llamó en cuanto estuvo sola, pero Maurice no respondió. Tampoco contestó a sus mensajes de texto ni a los *emails*. Silencio. Aquello no era normal.

Aquella noche, cenó con Eric, acostó a Daniel y se sentó en el sofá con un libro en la mano.

Eric estaba viendo las noticias.

Estuvo a punto de gritar cuando la presentadora leyó la siguiente noticia:

Esta tarde, los bomberos han rescatado de las aguas del río Garona el cuerpo de un hombre con evidentes signos de violencia. La policía está convencida de que se trata de un crimen violento y pide la colaboración ciudadana para dar con los culpables —el realizador ofreció las imágenes de los buzos de la policía arrastrando un cuerpo hacia la orilla—. *Se trata de Maurice Langon, de cuarenta años de edad.*

Soleil ya no escuchó nada más. Le zumbaban los oídos y tenía náuseas.

Maurice estaba muerto. Le había advertido de que algo no iba bien, le pidió que lo borrara todo…

Se levantó de un salto y corrió escaleras arriba. Eric la miró con el ceño fruncido, pero no dijo nada.

Soleil entró en su dormitorio, abrió el portátil y entró en el chat del foro. No había ningún mensaje nuevo desde esa mañana, lo que era totalmente inusual. Al instante, una luz roja comenzó a parpadear en la pantalla. Era una de las alertas de rastreo que Soleil había instalado en su perfil. Alguien estaba tratando de encontrar el origen de su señal.

Tecleó a toda prisa para ocultar su rastro, eliminó su perfil, borró las líneas de conversaciones y se deshizo de todos los proyectos en los que había trabajado. Luego apagó el ordenador y le arrancó la batería. Lo guardó todo en la mochila de Daniel y se metió en el baño. Tenía que tranquilizarse, Eric no podía verla así.

Eric…

Su marido entró en el dormitorio justo en ese momento.

—¿Te encuentras bien? —preguntó.

Soleil abrió el grifo del lavabo y respiró un par de veces antes de contestar.

—Sí —dijo—. Tengo el estómago un poco revuelto y pensaba que iba a vomitar, pero no es nada.

—Hay niños con gastroenteritis en la guardería —dijo él—, igual te lo han pegado.

Soleil no contestó. Su cabeza funcionaba a mil por hora intentando comprender qué había pasado.

—Por cierto —añadió Eric desde el otro lado de la puerta—, mañana han anunciado lluvias fuertes, ten cuidado con el coche.

—Lo tendré, no te preocupes —respondió.

—Vuelvo abajo —anunció él después.

—Yo me voy a la cama, estoy cansada. ¿Le puedes echar un vistazo a Daniel? —le pidió.

—Claro, pero conecta el intercomunicador.

Lo oyó salir de la habitación. Entonces, Soleil abrió despacio la puerta del baño y entró en el dormitorio. Tenía que pensar. Maurice estaba muerto… Asesinado, la presentadora había dicho que no había duda de que se trataba de una muerte violenta.

—Dios mío… —susurró. ¿Y si lo habían matado por algo relacionado con alguno de los trabajos que habían hecho juntos? Sabía que Maurice aceptaba más encargos que ella, él disponía de más tiempo y era bueno en su trabajo.

Decidió que debía tratarse de uno de esos casos de los que se ocupaba en solitario, nada de aquello tenía que ver con ella.

Se metió en la cama y conectó el intercomunicador que había en la mesilla.

Todo estará bien, se dijo.

Fuera, en la calle, ya había comenzado a llover.

Soleil miraba con preocupación la lluvia al otro lado de la ventana. Había estado lloviendo toda la tarde y la noche anterior, y desde hacía más de cuatro horas el agua caía con violencia, enormes cantidades derramadas desde el cielo y repartidas por las angostas calles de Carcasona. Los charcos hacía rato que ya eran balsas, pero las nubes no aflojaban. Las autoridades habían alertado del riesgo de desbordamiento del río Aude y de varios de los embalses situados en su curso superior. En la calle, la gente se apresuraba de un lado a otro. Mujeres cargadas con pesadas bolsas de la compra, hombres con la mochila del gimnasio a la espalda, chiquillos con las manos sobre la cabeza para amortiguar el duro golpeteo de las furiosas gotas de lluvia.

Soleil frunció el ceño y se apresuró hacia el recibidor. Se puso las botas de agua por encima de los tejanos, se abrochó el chubasquero y cogió el paraguas antes de salir.

Daniel estaba en la guardería. El tiempo empeoraba por momentos, así que decidió ir a recogerlo antes de lo habitual para evitar la hora punta causada por las fuertes precipitaciones que habían anunciado por radio. En la calle, la carretera se había convertido en un torrente; y los coches, en barcos que lanzaban largos abanicos de agua por los lados. Dudaba de si sería capaz de llegar a la guardería y volver a casa en su pequeño utilitario de apenas mil kilos. Eric se había llevado el familiar, más grande, pesado y seguro. Pensó que, de todas formas, su marido no le habría permitido conducir su coche, nunca lo había hecho, y, desde luego, tampoco se habría ofrecido a recoger él mismo a su hijo. Las tareas estaban perfectamente repartidas en la familia, y todo lo relacionado con Daniel era cosa de Soleil.

Es lo que hay, pensó.

El viento le arrancó el paraguas de las manos en cuanto salió a la calle. Lo vio desaparecer detrás de la cortina de agua, arrastrado por una violenta ráfaga. Corrió hasta el coche, aparcado junto a la acera, mientras pulsaba con fuerza la llave a distancia. Empapó el asiento con el agua que chorreaba de su anorak, pero no podía detenerse a quitárselo. Tenía que recoger a Daniel. El tiempo empeoraba por momentos.

Condujo con cuidado, esforzándose por distinguir las luces de los otros vehículos y evitar a los peatones, muy pocos ya, que corrían en busca de refugio cegados por las ráfagas de lluvia y viento.

Cuando llegó a la guardería se dio cuenta de que llevaba quince minutos apretando las mandíbulas. Aflojó la mordida y se acercó despacio al edificio escolar. Las profesoras habían abierto de par en par la verja del patio para que los coches pudieran llegar hasta la puerta principal en una fila ordenada y lenta que rodeaba el patio por la derecha y luego daba la vuelta por la izquierda para volver a salir.

Soleil esperó paciente su turno. Cuando estuvo ante la puerta, corrió de nuevo bajo la lluvia y aguardó a que la profesora le llevara a Daniel, ya abrigado y cubierto. Lo cogió en brazos y lo metió a toda prisa en el coche. Le costó enganchar los amarres de la sillita con las manos empapadas. La lluvia racheada zarandeó el coche cuando volvió a la carretera.

Daniel miraba absorto por la ventanilla. Mejor, pensó Soleil.

Necesitaba concentrarse en la conducción. El río de agua era cada vez más alto, más fuerte, más oscuro. Vio un contenedor de basura flotando en la calle de la izquierda y varios coches desplazados desde el arcén hasta casi el centro de la calzada. Unos segundos después, ya no estaba segura de que las ruedas tocaran el suelo. El coche se balanceaba de un lado a otro sin importar hacia dónde moviera el volante.

Entonces escuchó un enorme estruendo. Daniel también lo oyó, abrió mucho los ojos y empezó a llorar.

—Tranquilo, cariño —le dijo su madre—, solo es agua.

El ruido ensordecedor sonaba cada vez más cerca de ellos. Soleil vio por el retrovisor cómo un muro marrón de agua, barro y ramas se acercaba a ellos a una velocidad de espanto. Apretó el acelerador, pero el coche siguió avanzando sin control.

—Agárrate, cariño —gritó—. ¡Agárrate fuerte!

La ola los alcanzó en segundos y los levantó varios metros por encima del suelo. El agua se coló en el coche, les mojó los pies, después los pantalones y llegó hasta los asientos. Daniel gritaba aterrorizado. Soleil, aferrada al volante, intentaba centrarse y pensar, no dejarse llevar por el pánico.

El agua los arrastró calle abajo. Las paredes de las viviendas estaban cada vez más cerca, y esa estrechez hacía que la riada fuera más y más alta. Al fondo había una pequeña plazoleta y un angosto cruce de calles. Quizá allí, con suerte, pudieran sujetarse a algo.

Se preparó para actuar. Se soltó el cinturón de seguridad y cruzó al asiento de atrás. Daniel seguía llorando y estirando las manos hacia ella.

—Tranquilo, mi vida —le dijo.

El niño la miró, pestañeó con fuerza y volvió a gritar cuando el coche chocó contra la fachada de un edificio.

Era su oportunidad. El coche se balanceaba peligrosamente, pero de momento había detenido su avance descontrolado. Sobre su cabeza, a menos de un metro, vio un balcón con enrejado de hierro. Bajó la ventanilla y gritó con todas sus fuerzas:

—¡Ayuda! ¿Hay alguien?

Al otro lado de la barandilla aparecieron unos pies.

Soleil sujetó a Daniel y asomó la cabeza para mirar al hombre que se aferraba a la baranda.

—¡Cójalo! —gritó.

El hombre vigiló la llegada de nuevas olas y estiró los brazos. Soleil se hizo a un lado y sacó el cuerpecito de su hijo por la ventanilla. Apretó los dientes. No podía soltarlo. El hombre alargó el cuerpo sobre la barandilla, cogió al niño por las axilas y se giró con él en brazos para ponerlo a salvo en el interior.

El coche crujió y se movió unos centímetros. Un nuevo embate del agua hizo que el morro se levantara peligrosamente. La carrocería chirriaba contra la pared de cemento.

—¡Vamos! —le gritó el hombre desde el balcón, de nuevo con los brazos extendidos.

El coche se ladeó y comenzó a alejarse del edificio. Soleil sacó medio cuerpo por la ventanilla, lo justo para ver cómo su salvavidas quedaba atrás.

—¡Daniel! —exclamó. Fue lo único que pudo decir.

Luego, una nueva ola la engulló y la arrastró calle abajo. No oyó gritar al hombre, ni llorar a su hijo, llamándola. Sus oídos se llenaron del sonido del agua furiosa que ya le llegaba al pecho y que ahora entraba a borbotones por la ventanilla abierta. Se aferró al marco. No podía perder su única referencia con el exterior. Casi flotaba en el interior del coche, que giraba como una peonza en el centro de la corriente. Vio otro coche engullido por las fauces de la riada. Tenía que salir de allí. Luchó contra la corriente y se agarró una y otra vez al asidero, al marco, al asiento. Clavó los pies en el suelo e intentó avanzar, moverse unos centímetros, pero el agua la empujaba hacia dentro una y otra vez, y otra vez.

Apenas veía ya nada de lo que la rodeaba, no sabía dónde estaba ni hacia dónde la empujaba el agua. ¿Estaba arriba?, ¿abajo? Había perdido cualquier referencia.

Un último intento. Clavó los dedos con fuerza y flexionó los brazos para acercarse a la ventanilla. En ese momento, el río marrón empujó al coche desde abajo y lo zarandeó como si fuera una cáscara de nuez. Lo meció a un lado y a otro hasta que, por fin, lo giró por completo.

Soleil ya no veía nada. Seguía aferrada a la carrocería del coche, con la boca apretada y buscando una salida con los ojos desorbitados. La ola pasó por encima y hundió el coche aún más.

¿Cuánto aguanta una persona sin respirar?

No lo suficiente.

3

Jamás había tenido tanto frío. Un frío atroz, del que desgarra la carne hasta los huesos con cada sacudida. Soleil temblaba con violencia. Tenía la boca seca y le dolía todo el cuerpo. Sentía las piernas entumecidas, dolorosos latigazos le recorrían la espalda y el corazón latía contra las costillas como si acabara de recibir una descarga eléctrica.

Tanteó el terreno a ciegas. Blando y húmedo, en pendiente ascendente. Y muy frío. Un intenso dolor le recorrió el cuerpo cuando intentó mover las piernas. Tenía que centrarse, abrir los ojos, recordar. Ni siquiera estaba segura de si lo que veía en su cabeza era real o formaba parte de una pesadilla. Pensó en agua y un regusto amargo le llenó la boca. Le dolía el estómago y le ardía la garganta.

¿Dónde estaba? Gritó cuando se giró para colocarse boca arriba. Tenía algo en la pierna derecha, una herida, algo clavado o un hueso roto, no lo sabía, pero se desencadenaba un infierno cada vez que se movía.

Le costó abrir los ojos. Las pestañas, húmedas y pegadas, se desplegaron como un telón para ofrecerle un escenario borroso. Sobre su cabeza, un limpio cielo de otoño. Oía pájaros muy cerca, un alboroto de trinos y silbidos. Levantó despacio la cabeza y se miró a sí misma. El movimiento trajo hasta su boca una profunda arcada que la obligó a girarse. Vomitó un líquido sucio. Luego recuperó el aliento y siguió. Se concentró en no mover la pierna derecha y empujó con la izquierda hacia arriba, clavando el tacón en el suelo blando y ascendiendo poco a poco, unos centímetros cada vez, hasta salir de la zanja en la que estaba.

Entonces lo vio. El río. Y recordó. ¿Estaría Daniel a salvo? Tenía que pedir ayuda, buscar un teléfono, una carretera. Tenía que saber que su hijo estaba bien, que el agua no había entrado en esa vivienda, que el hombre lo había puesto a salvo y que ahora estaba tranquilo en casa.

¿Cuánto tiempo había pasado desde la tormenta? Era incapaz de calcularlo. El sol estaba alto. Podía ser mediodía, primera hora de la tarde como mucho. Eso significaba que había pasado la noche a la intemperie, inconsciente en una zanja.

No recordaba haber salido del coche. Veía sus manos aferradas a la ventanilla y el agua entrando a raudales. El miedo paralizante recorrió de nuevo su cuerpo, igual que... ¿Cuándo? Clavó de nuevo el talón izquierdo en el barro y subió hasta que sus manos pudieron empujar desde arriba. Exhausta y dolorida, se incorporó despacio y contempló el paisaje. La hierba y la tierra continuaban empapadas. Aquí y allá, el agua retenida había formado pequeñas lagunas en las que las aves se estaban dando un festín.

Necesitaba encontrar un lugar alto desde el que ubicarse. O una carretera, pero no conseguía oír nada por encima de los pájaros. Ni un motor, ni un helicóptero. Nada. A unos pocos metros el terreno dibujaba un desnivel descendente. Quizá desde allí... Intentó levantarse, pero el dolor la sacudió hasta la base de la columna. Se detuvo para contener las arcadas y el mareo. Luego se puso de rodillas. Bien, así aguantaría. Dedujo que el problema debía de estar en el tobillo.

Avanzó despacio, temblorosa, hasta donde el pasto comenzaba a descender. Abajo, a unos cien metros desde donde se encontraba, vio una pequeña construcción con el tejado rojo a dos aguas. Sonrió al reconocer la casa. Recordó a sus propietarios, un matrimonio de París que solo la utilizaban en verano. Ahora estaría vacía. Calculó que se encontraba a unos diez kilómetros de Carcasona. En condiciones normales recorrería a pie esa distancia en dos horas, pero, en esos momentos, los cien metros que la separaban de la casa le parecían un mundo.

Necesitó casi media hora para llegar gateando. El camino asfaltado que conducía hasta allí estaba anegado y desdibujado, cubierto en parte por maleza y ramas. Sabía que la carretera principal estaba a apenas un kilómetro.

El agua también había golpeado al edificio. Las preciosas ventanas de marcos de madera pintada de rojo estaban rotas, arrancadas de sus bisagras, y colgaban desmadejadas contra la fachada sucia de barro. Tampoco los cristales de la planta baja habían aguantado el envite de la riada. La puerta principal, sin embargo, parecía intacta. Tendría que levantarse para entrar.

Llegó hasta la pared y se puso de rodillas lentamente. Alargó las manos hasta el alféizar y tanteó la superficie con cuidado. No quería cortarse. Encontró lo que le pareció un apoyo seguro y clavó el pie izquierdo en el suelo. Luego apretó los dientes, concentró sus fuerzas en la pierna y se levantó. Descansó unos segundos. Se sentía mareada y el corazón volvía a latirle con fuerza. Eso no había sido nada, quedaba lo más difícil.

Se quitó el anorak empapado y lo envolvió alrededor de su puño para golpear los trozos de cristal que el agua no había arrancado de la ventana. Cuando el marco estuvo libre de vidrio, extendió el anorak sobre el alféizar y los cristales rotos. Respiró hondo varias veces, apoyó las manos y subió el cuerpo hasta apoyar el estómago en el poyete. Luego solo tuvo que inclinarse hacia delante y dejarse caer.

El golpe de costado contra el suelo la dejó sin respiración. Los cristales que habían caído dentro se abrieron paso a través de su piel en la cara, el brazo y en la cadera. Se llevó la mano a la mejilla y comprobó que no tenía esquirlas clavadas. La sangre se deslizaba mansa hacia el cuello. Nada grave, decidió.

De nuevo de rodillas, se estiró hasta alcanzar el respaldo de una silla, que se convirtió en un improvisado andador.

Paso corto, y golpe de la silla contra el suelo. Paso corto, y un nuevo golpe. Levantó la horquilla del teléfono. Silencio. Tampoco había electricidad. Renqueó hasta una estantería alta sobre la que había un viejo ordenador portátil, un modelo antiguo pero resistente. El agua no parecía haber llegado hasta ahí. Pulsó *Start* y esperó. Le sorprendió comprobar que la batería estaba cargada. Tres pequeñas luces azules y naranjas parpadearon durante unos segundos eternos antes de mostrar el logo de la empresa informática en el monitor.

Soleil sonrió y se sentó en la silla frente al ordenador. Seleccionó el icono de acceso a Internet y esperó mientras el reloj de arena giraba y giraba. Cuando el buscador se abrió ante sus ojos, tecleó la dirección del periódico local. Allí estaba Daniel, en primer plano, en brazos de su padre, sano y salvo. Pegado al brazo de Eric, mirando al niño con devoción, Nicole alargaba la mano hacia el pelo rizado del niño.

La información hablaba del rescate *in extremis* del pequeño y reproducía las declaraciones del hombre que lo salvó. «Vi cómo el agua arrastraba el coche con la madre dentro —decía—. No pude hacer nada». El responsable de Protección Civil aseguraba que las esperanzas de encontrar a Soleil Bisset con vida descendían con cada hora que pasaba. Estaban apareciendo restos arrastrados por la riada a muchos kilómetros de distancia, y no descartaban que la fuerte crecida los empujara hasta el mar. En una imagen más pequeña, el coche de Soleil aparecía embarrancado de lado, cubierto de ramas y barro y rodeado de buzos preparados para rastrear el río en busca de su cuerpo.

Los titulares hablaban de su entereza y valentía al sacar al niño por la ventanilla y ponerlo a salvo por delante de su propia vida. La llamaban heroína, madre coraje, pero ella solo veía la imagen de Daniel con la cabeza apoyada en el hombro de su padre y a su abuela acariciándole el pelo.

La riada y sus consecuencias acaparaban la mayoría de los titulares. Tuvo que bajar mucho en la web hasta encontrar lo que buscaba. La policía no tenía ninguna pista sólida en el asesinato de Maurice

Langon. Junto a la escueta información, una foto de una mujer vestida de riguroso luto, con el pelo castaño recogido en una coleta y un pañuelo en la mano, observaba con mirada ausente el brillante féretro que tenía delante. El pie de foto la identificaba como su viuda. No sabía que Maurice estuviera casado. En realidad, apenas sabía nada de él.

Lo que le había ocurrido a su socio podía estar relacionado con ella o no, pero la sola idea de poner en peligro a su hijo la hacía estremecerse de miedo.

Se dejó caer en el sofá. Estaba mojado, pero agradeció poder descansar en los cojines mullidos. Levantó las piernas, acomodó el tobillo lesionado sobre el brazo del sillón y apoyó la cabeza.

Pensó que debería buscar ayuda, encontrar la forma de ponerse en contacto con la policía, con Eric. Estaría preocupado… Podía enviar un *email*, explicar dónde estaba y esperar la ayuda. No tardarían demasiado.

Después, decidió. Cuando se encontrara mejor, cuando el tobillo le doliera menos, cuando el teléfono volviera a funcionar. Seguro que las redes estaban saturadas y su mensaje acabaría perdido en el ciberespacio… Después, cuando estuviera segura de que no corría peligro.

Cerró los ojos y se concentró en su respiración. Inspiró y espiró como le había enseñado la psicóloga, viendo sus pensamientos pasar, pero sin detenerse en ellos. El agua, el coche, el dolor, Daniel, Eric, la mano de Nicole. Todo llegaba y se iba mientras ella se hundía cada vez más en los húmedos cojines del sofá, tan acogedores a pesar de todo, tan tranquilizadores, allí, lejos de todo…

SEGUNDA PARTE

MOON

4

Llevaba casi quince minutos pegada a la fachada del local, un restaurante cutre que expulsaba vaharadas de humo con olor a aceite mil veces recalentado que prometían una digestión larga y difícil. Por suerte, Moon había conseguido refugiarse lo bastante lejos de la última farola de la hilera como para no ser descubierta.

Había abandonado la seguridad de su coche para husmear por la puerta entreabierta del local. Primer error. El segundo fue no regresar cuando se dio cuenta de que alguien se acercaba. En lugar de eso, corrió hacia el fondo del callejón y se pegó a la pared. Y ahí seguía. Se suponía que la parejita había salido a fumar, pero habían acabado por liarse en un polvo ruidoso que, por fin, parecía haber terminado.

Escuchó el chasquido de un mechero, unos segundos de silencio y unas risitas contenidas. El viento le llevó el olor del tabaco.

Una eternidad después, la pareja entró de nuevo en el restaurante y la pesada puerta negra se cerró a sus espaldas.

Moon suspiró. Estaba helada. La humedad del hormigón de la pared se le había colado hasta los huesos, y de vez en cuando un molesto escalofrío le recorría la columna y le sacudía los hombros y el estómago.

—Tú eres tonta —se dijo en voz baja.

Luego palpó el bolsillo de la cazadora y comprobó que no había perdido el material cuando echó a correr. Allí estaba.

Se acercó al cableado desprotegido que recorría la fachada trasera del edificio y lo inspeccionó hasta dar con lo que estaba buscando. Se frotó las manos en las piernas para hacerlas entrar en calor y sacó las herramientas del estuche que llevaba en el cinturón. Una tijera, unos alicates y un pelacables, todo tan pequeño que podía ocultarlo en la palma de la mano.

Se acercó al tendido, miró a derecha e izquierda, comprobó que estaba sola y fuera del alcance de la única cámara de vigilancia y comenzó a trabajar con precisión y celeridad. Un pequeño corte, separar el plástico protector, instalar la discreta cajita que había llevado, conectar los cables a modo de *bypass* y cubrirlo todo con cinta aislante negra, el color del cableado. Listo.

Se separó unos centímetros para comprobar que la instalación era invisible a ojos profanos y, satisfecha, volvió a guardar las herramientas. De nuevo en el coche, puso la calefacción a tope y conectó la lista de reproducción de su móvil con los altavoces. Un par de minutos después, el chorro de aire caliente le acariciaba la cara con la misma delicadeza con la que Zaz la envolvía con su voz áspera.

París nunca la defraudaba. Moon había recorrido exhaustivamente la ciudad durante los últimos cinco años. Las calles, los edificios, los callejones, los barrios y los suburbios. También los monumentos y los museos, aunque le importaban menos. Cada semana conducía durante horas, siguiendo vagas directrices como girar siempre a la derecha, o a la izquierda, evitar los semáforos o visitar los barrios por orden alfabético y los distritos siguiendo su numeración. La Bastilla, Campos Elíseos, Campo de Marte, La Defensa, Haussmann Saint-Lazare... Guardaba fotos y anotaciones de cada barrio, de muchas de sus calles, de los restaurantes, de la gente sobre las aceras, de las empresas y los complejos deportivos. Luego almacenaba toda la información en la nube, etiquetada bajo múltiples epígrafes. Nunca se sabía cuándo un dato en apariencia nimio podía serle de utilidad.

Si era posible, conducía con la ventanilla abierta para oler la ciudad, para escucharla y sentirla. Apagaba la música y la oía respirar, gritar o canturrear, la sentía amar, amarse, y también odiar como Caín a Abel. París tenía mil caras, y Moon quería conocerlas todas.

Volvió a casa dando un largo rodeo desde Trocadero, donde había hecho el trabajo, hasta el Barrio Latino. Evitó la línea recta y condujo tranquila por avenidas de nombres ostentosos: presidente Wilson, Pedro I de Serbia, George V, hasta llegar a los Campos Elíseos, libres de turistas a esas horas de la noche. Bares, comercios y restaurantes habían cerrado ya, y los escasos paseantes que quedaban avanzaban deprisa, buscando refugiarse del viento y levantando de vez en cuando la mano para llamar la atención de alguno de los taxis que todavía circulaban por la zona.

Cruzó el puente de la Concordia y entró en el bulevar Saint-Germain. Las calles se estrecharon cuando llegó al Barrio Latino, que alojaba la Universidad de la Sorbona y la Gran Mezquita de París. Le gustaban los contrastes. Junto a una librería árabe estaba la sede de la Sociedad de Amigos de la Policía; frente a una pastelería tradicional francesa abría sus puertas cada mañana una carnicería halal con fama de servir la mejor carne del barrio.

Vio luz en su apartamento. Simon la esperaba despierto.

Entró en el garaje, apagó el motor y recuperó la mochila del asiento de atrás. Comprobó su aspecto en el espejo del ascensor. Le favorecía la melena corta. Llevaba el pelo de su color natural, castaño como sus ojos, y se mantenía en forma. *Running* por la mañana, *crossfit* por la tarde y escalada los fines de semana. No tenía una rutina fija, pero siempre llevaba la bolsa de deporte en el maletero para aprovechar cualquier momento que le quedara libre. Tenía que reconocer que las endorfinas eran una droga poderosa. Además, sabía por experiencia que la inactividad solo conduce al desastre: recuerdos dolorosos, pensamientos peligrosos, caras que era mejor olvidar.

Se colocó el pelo detrás de la oreja y abrió la puerta de su casa.

—¿Todo bien? —le preguntó Simon cuando Moon entró en el salón—. Es tarde, empezaba a preocuparme.

—Me ha entretenido una parejita con ganas de marcha, pero todo ha ido bien —respondió.

Se acercó a la chimenea del salón y alargó las manos hacia las brasas que aún ardían tras el cristal protector. Entonces echó un vistazo a su alrededor. Sobre la mesa, un mantel de hilo, dos copas, una cubitera con una botella de champán, un plato con queso y frutos secos y velas encendidas. De fondo, música suave.

—¿Celebramos algo? —preguntó.

Simon se acercó a ella y la besó en los labios. Moon desapareció entre sus brazos y aspiró su perfume.

Le encantaba su olor.

—Hoy es nuestro aniversario —respondió él.

—Nosotros no… —empezó Moon.

—Hace seis meses que me dejaste entrar en tu cueva, pequeña ermitaña gruñona. —Simon sonrió sobre sus labios, la abrazó unos segundos más y la soltó—. Siéntate y come algo. He comprado tu champán favorito. —Sirvió las copas y le acercó el plato de queso sin dejar de mirarla—. No sé por qué te empeñas en salir a la calle y jugarte el tipo cuando cosas como las de hoy podrías solucionarlas tranquilamente desde tu ordenador. Eres la mejor en eso.

Moon se encogió de hombros y aceptó la copa.

—Me aburro —dijo simplemente—. Y me gusta conducir.

Simon suspiró resignado y se sentó a su lado.

—Mañana podríamos ir al cine, esta semana hay varios estrenos interesantes —dijo.

—Bien, pero nada de terror —respondió Moon con el ceño fruncido.

Simon rio con ganas.

—No me puedo creer que te asustes tanto con una película. Eres la persona más racional que conozco, ¡sabes que todo es ficción!

—Yo lo sé —se defendió ella—, pero mi subconsciente se guarda todas esas escenas para montar unas pesadillas espectaculares en cuanto me descuido.

—De acuerdo, nada de terror.

Simon rellenó las copas y se llevó un puñado de frutos secos a la boca.

—Si tienes hambre, puedo preparar algo más contundente —ofreció a continuación.

Moon negó con la cabeza y dejó la copa sobre la mesa.

—Debería comprobar que todo funciona como debe… —empezó.

—Luego —la cortó él—. Relájate un minuto.

—Luego —imitó Moon. Sonrió, le revolvió el pelo y se levantó.

Moon sintió la vibración en cuanto tocó el pomo de la puerta. La habitación que había al otro lado era su despacho, su santuario, su espacio personal e inviolable. Nadie entraba allí sin ser invitado, incluso Simon sabía que debía llamar antes de abrir. Sobre una larga mesa blanca, cuatro enormes monitores permanecían constantemente conectados. Debajo, dos CPU y una interesante colección de *routers*, codificadores, interceptores de señal, amplificadores, memorias externas y un largo etcétera de artilugios, *gadgets* y componentes, cada uno con su propia luz, fija o intermitente, y su particular zumbido.

Moon se sentó en su silla, se retiró el pelo de la cara y tecleó rápidamente una serie de órdenes, que se reflejaron en la pantalla central. Unos segundos después, el monitor se dividió en una cuadrícula y mostró lo que las cámaras de la empresa que había hackeado estaban captando. Repasó cada escenario y sonrió satisfecha. Luego se giró hacia el pequeño portátil que tenía a la izquierda y volvió a teclear.

Simon la observaba apoyado en la jamba de la puerta, con una copa en la mano.

—Lo tengo —afirmó satisfecha sin girarse a mirarlo—. El sistema me avisará en cuanto el objetivo pase su tarjeta en el control de entrada, y estaré lista para interceptarlo.

—Podrías haberlo hecho sin moverte de aquí —repitió él.

—Así es más divertido.

Moon sonrió y separó la silla, lista para levantarse. En ese momento, el portátil emitió un ligero tintineo que la detuvo.

—Es Cheney —dijo sin más.

Simon se situó a su lado y la observó mientras Moon activaba las protecciones y entraba en la cuenta alojada en la *darkweb*.

—Es una oferta abierta —comentó Simon.

Moon abrió el enlace y leyó el breve texto.

Respiró profundamente, cerró los ojos y los volvió a abrir. No se había equivocado, el mensaje seguía allí.

Vació el aire de sus pulmones y tecleó.

Yo lo haré. Cierra la subasta. Lo envió y esperó.

OK, leyó poco después. *Aquí tienes la información. El cliente quiere rapidez, no le importa la discreción.*

OK, respondió ella. *Cierra la subasta,* insistió.

Cerrada, es tuyo.

Moon clavó los ojos en la pantalla. Sintió cómo Simon se alejaba y salía de la habitación en silencio. Cuando se supo sola, abrió el enlace que Cheney le había enviado.

Era él.

Eric Bisset.

Y lo querían muerto.

—Mierda.

5

Eric Bisset se estiró la ropa cuando se bajó del tren en la Gare de Lyon. Casi cinco horas de viaje rodeado de gente ruidosa y maleducada habían puesto a prueba sus nervios y su autocontrol. Sin soltar la maleta, se detuvo en el andén y leyó los carteles luminosos con el ceño fruncido.

Le había sorprendido recibir una invitación para impartir una conferencia en la sede de la Asociación Internacional de Jueces, pero la oferta incluía viaje de ida y vuelta a París en primera clase, dos noches de hotel y dos mil euros como remuneración por una charla de una hora sobre la jurisprudencia en las zonas costeras. Estuvo a punto de rechazar la oferta. Pedirle que diera una conferencia con apenas una semana de antelación no le pareció serio, pero finalmente decidió que ese era justo el tipo de evento que podía abrirle las puertas del circuito de colegios profesionales y universidades que visitaban, y de las que cobraban, otros colegas menos preparados que él.

El móvil vibró en el bolsillo del abrigo anunciando que tenía un mensaje.

Señor Bisset, un coche le espera en la zona reservada de la estación para llevarle al hotel. Bienvenido.

Fabuloso. Sonrió, comprobó que el nudo de la corbata estaba en su sitio y empujó la maletita en dirección a la salida.

Al final de la hilera de taxis, un chófer uniformado mostraba un cartel con su nombre. En cuanto se acercó, el conductor se giró y le abrió la puerta de atrás. Eric se acomodó en el interior del amplio sedán. En una pequeña nevera portátil vio un botellín de agua y otro de Coca-Cola.

—¿Puedo? —preguntó Eric.

El conductor hizo un gesto afirmativo mientras se abrochaba el cinturón de seguridad. Luego arrancó y se incorporó al tráfico. El juez Bisset le dio una largo trago a la Coca-Cola y se acomodó en el asiento. Recostó la cabeza y dejó que sus ojos pasearan por las calles de París. No le gustaba la ciudad, siempre llena de gente, de turistas como los que habían compartido el tren con él. París era cara, ruidosa, demasiado grande, incómoda y llena de peligros.

El largo viaje le estaba pasando factura. Apuró el refresco y dejó la botella en la nevera portátil. Qué curiosos colores, qué gente tan… ¿voladora? Los peatones no tocaban el suelo. Eric acercó la cara a la ventanilla. Flotaban. ¿O era él? Se aflojó el nudo de la corbata. Tenía la mano blanda, los dedos apenas le obedecían. Y luego…, luego…

Eric no conseguía recordar qué había pasado luego. El mundo se desvaneció a su alrededor y lo sumió en un sueño oscuro e intranquilo. En un momento dado, no sabía cuándo ni dónde, abrió los ojos y los cerró al instante. Los volvió a abrir y pestañeó despacio. Creyó moverse, o que lo movían, pero quizá lo había soñado. Le pareció que algo tiraba de él. Movió la cabeza y vio sus pies. Intentó mover la mano, pero ni siquiera consiguió terminar el pensamiento antes de desvanecerse una vez más.

No sabía cuánto tiempo había pasado hasta que se despertó de nuevo. Estaba en una habitación en tinieblas, apenas iluminada por un pequeño foco que emitía una luz anaranjada desde un rincón del techo, justo encima de un brillante punto rojo fijo. Se giró despacio. Aquello no parecía un hotel. Además, no recordaba haber llegado a ninguno. ¿Habría tenido un accidente en el coche? O quizá lo habían atropellado al bajarse, en París suceden ese tipo de cosas a diario. Varias veces al día, pensó. Si había ocurrido algo así, eso explicaría su amnesia y el estado de confusión en el que estaba sumido.

Frunció el ceño. Esa habitación no parecía la de un hospital. Distinguió una puerta en la pared de enfrente, pero ninguna ventana. No estaba seguro del color de las paredes. Parecían blancas, pero con tan poca luz bien podrían ser grises, amarillas o beis.

Cerró los ojos y se concentró. Recordaba el tren, el coche, el chófer y nada más. ¿Se durmió? Impropio de él. Pero algo tuvo que suceder.

Se incorporó despacio en la cama. Ni siquiera sabía cuánto tiempo había pasado desde que se bajó del tren. Estaba dando por supuesto que seguía en París, ¿dónde, si no? Se concentró en su cuerpo. No sintió ningún dolor. Se palpó la cabeza, los brazos, el pecho y los muslos. Nada, todo parecía bien. Además, se dio cuenta de que seguía completamente vestido, excepto por el abrigo. Pantalón, camisa, corbata, americana... Tampoco llevaba zapatos. Se palpó los bolsillos de la chaqueta. Ni rastro del móvil ni de su cartera. ¿Y si el chófer lo había secuestrado?

—¿Hola? —llamó con voz pastosa—. ¿Hay alguien ahí?

Se fijó en el pequeño foco y en la luz roja que había justo debajo. Le recordó a una cámara. En el juzgado tenían unas muy parecidas.

—¿Hola? —repitió un poco más alto.

Giró el cuerpo y se sentó en el borde de la cama. Tanteó el suelo, apoyó la planta y se puso de pie. El mareo le sobrevino al instante. La náusea tardó un par de segundos en aparecer. La boca se le llenó de un asqueroso sabor a cloaca. Tosió, respiró por la nariz y volvió a sentarse.

Le zumbaban tanto los oídos que no oyó la puerta al abrirse. De hecho, si no hubiera sido por la inesperada luminosidad, ni siquiera se habría dado cuenta.

Alguien entró y se detuvo a un paso del umbral. A contraluz no supo decir si se trataba de un hombre o de una mujer, aunque creyó distinguir algo femenino en su figura. Dejó en el suelo lo que llevaba en las manos y dio otro paso adelante.

—Te sentirás mejor cuando comas algo —dijo desde detrás de la máscara que le cubría la cara.

Eric creyó reconocer en la careta los rasgos de una *geisha*. Piel muy blanca, ojos rasgados, labios rojos. La voz también era la de una mujer.

Evaluó sus posibilidades de enfrentarse a ella. El físico le favorecía, pero estaba tan mareado que dudaba de ser capaz de dar un paso sin caerse.

—¿Quién es usted? —preguntó. Su voz sonó ronca, apagada—. ¿Qué quiere?

—Hablaremos luego —respondió la *geisha* sin más.

—No… No entiendo —balbuceó Eric—. Tiene que haber un error…

—Eric Bisset, juez en Narbona, treinta y nueve años —recitó la *geisha*.

—Sí…, pero no entiendo… ¿Qué quiere de mí?

La máscara se movió de un lado a otro.

—Come —dijo por fin—. Te sentará bien. Volveré después.

Luego dio un rápido paso atrás y desapareció. La puerta se cerró con el mismo sigilo con el que se había abierto y Eric se quedó solo de nuevo, mareado por todas las preguntas sin respuesta que lo asaeteaban sin piedad.

Simon la seguía de una habitación a otra, esperando una respuesta que Moon no estaba dispuesta a dar. Y no porque no supiera qué decir. Simplemente, no podía. Lo esquivó en el pasillo y entró en el baño. Cerró la puerta y se desnudó deprisa. El agua caliente, balsámica otras veces, apenas sirvió para templarle los nervios. Se frotó con fuerza con la toalla y se vistió. Cuando abrió la puerta, Simon seguía en el pasillo, apoyado en la pared, esperando con los brazos cruzados.

—No entiendo por qué has aceptado ese trabajo, tú no eres así —repitió Simon a su espalda.

—¿Estás seguro? —bufó Moon mientras entraba en su despacho.

—Hay una gran diferencia entre ser detective, por muchas leyes que te saltes de vez en cuando, y ser una asesina. ¿Eres una asesina, Moon? —Ella se giró sin contestar—. Te matarán si no cumples, lo sabes, ¿verdad? —gritó Simon ante su silencio—. Esto no es un puto juego.

Moon respiró hondo y se volvió hacia él.

—Tengo que pedirte un favor —dijo, mirándolo a los ojos.

Simon frunció el ceño y la miró a su vez.

—¿Qué clase de favor?

—Necesito que te ocupes de los asuntos que tengo en marcha. Solo serán unos días. Son sencillos, estar pendiente de la empresa farmacéutica de Trocadero, una estafa y un caso de espionaje industrial. Pondré la factura a tu nombre.

—¡No es por dinero! —gritó Simon con los ojos muy abiertos—. ¡No puedes ir por ahí matando a la gente!

—No voy a matarlo —dijo Moon tras un tenso silencio.

Simon dio un paso atrás y la miró de arriba abajo. Se pasó las manos por el pelo, respiró hondo y le puso las manos sobre los hombros. Moon, que acababa de coger el abrigo del perchero y se disponía a marcharse, se detuvo junto a la puerta y suavizó el gesto mientras contemplaba el rictus preocupado de Simon.

—No entiendo nada —dijo él lo más calmado que pudo—. Si no vas a cumplir con lo que te han pedido, ¿por qué has aceptado el encargo? Era una petición abierta, nada te obligaba. —La miró en busca de una respuesta, pero ella seguía en silencio—. ¿Quién es ese hombre, Moon?

Ella cerró los ojos. Vio un vestido blanco, un chaqué gris, un ramo de flores. Vio risas, fotos, un baile. Vio unos ojos oscuros, brillantes, y unos labios que sonreían. Vio la casa, el jardín, un vientre abultado. Unas manos diminutas y de nuevo la sonrisa. Luego vio lluvia, fango y recordó la muerte.

—Mi marido —respondió sin más.

6

Moon observó a Eric a través de la pantalla de su portátil. Paseaba de un lado a otro de la habitación como un animal enjaulado. Se había librado de la chaqueta y de la corbata, que había dejado pulcramente colocadas a los pies de la cama. Lo miró e intentó sentir algo, pero en su interior solo había frío.

Subió la intensidad de la luz del cuarto, que seguía en penumbra desde la tarde anterior. Se negaba a llamarla celda, aunque esa palabra había pasado más de una vez por su cabeza en las últimas horas. Luego se acercó a la puerta y tecleó el código de desbloqueo. Al otro lado, Eric detuvo su furioso paseo.

Moon empujó la hoja reforzada. De un salto, Eric se plantó frente a ella con los puños en alto. Moon se agachó, lo esquivó y lanzó un golpe a su estómago. Antes de que Eric hubiera terminado de doblarse sobre sí mismo, ella estiró una pierna y la colocó en la corva de Eric, lo agarró del brazo y lo empujó hacia atrás. Luego se llevó la mano a la cintura y sacó un arma.

—No, no, por favor —suplicó Eric desde el suelo, mostrando las palmas de las manos.

—Levántate —le ordenó desde detrás de la careta sin dejar de apuntarle—. Despacio.

Eric se levantó y se quedó parado en medio de la habitación. No había posible parapeto. Le temblaban las manos, sudaba copiosamente y llevaba la camisa fuera de los pantalones, arrugada y rasgada en una de las costuras. Dio un paso atrás y torció el gesto cuando apoyó en el suelo la pierna que Moon había forzado.

—Siéntate —ordenó ella a continuación.

Él obedeció una vez más y se apoyó en el borde de la cama.

—¿Vas a matarme? —preguntó Eric en voz baja.

Moon sacó una especie de cinta de cuero del bolsillo trasero de sus pantalones y se la tendió a Eric. Le temblaban las manos cuando la cogió.

—Póntelo en el cuello —le ordenó—. Bien apretado y sin trucos.

—¿Qué es?

Moon no respondió.

Eric palpó la superficie. Se detuvo en las protuberancias que sintió en los dedos, pequeños círculos unidos por una especie de hilo grueso o un cable. En los extremos, las dos partes de una hebilla. La miró.

—¿Qué es esto? —preguntó de nuevo.

—Póntelo —insistió ella.

—Tienes un arma. Si vas a matarme, no te compliques la vida y hazlo rápido. ¿O acaso te han ordenado que me tortures? Te lo dije, yo no soy nadie, tiene que haber un error, tienes que…

—¡Que te lo pongas! ¡Ahora!

Eric la miró, se llevó despacio el collar al cuello y se lo ató. Le costó que la hebilla encajara. Cuando por fin bajó los brazos, Moon dio un paso hacia él con el arma levantada y el brazo estirado.

—De rodillas en el suelo, hacia la cama.

Eric cerró los ojos y dejó escapar un sollozo.

—Tengo un hijo —balbuceó en voz baja—. Se quedará solo, no tiene madre…

Moon estiró el brazo. Si disparaba ahora, el cerebro de Eric se esparciría por toda la habitación.

Eric sintió un pequeño tirón en el collar y escuchó un rápido clic metálico. Cerró los ojos.

—Ya puedes sentarte —dijo Moon.

Eric obedeció una vez más. Se puso de pie y volvió a sentarse en el borde de la cama. Se palpó el collar. La mujer le había colocado un pequeño candado en el cierre.

—¿Explotará? —preguntó.

Moon se situó en la pared más alejada de la cama.

—Alguien quiere verte muerto —dijo sin responder a su pregunta.

—Y tú... ¿vas a hacerlo? —Eric movió la cabeza de un lado a otro. Le picaban los ojos y el corazón le latía en la garganta. Sintió que le faltaba el aire. Iba a morir—. Yo no... Por favor —suplicó.

Moon lo observó en silencio.

—Si haces lo que digo, no te pasará nada —respondió después—. Eso que llevas al cuello es un collar electrificado. —Levantó la mano y le mostró un pequeño mando a distancia negro—. Si lo pulso, cincuenta mil voltios te recorrerán el cuerpo. No te matarán, pero te prometo que es muy doloroso. Si intentas atacarme, apretaré el botón. Además, en toda la casa hay instalados controladores de distancia. Si te acercas demasiado a la puerta o a una ventana, saltará una descarga que se prolongará durante cinco larguísimos segundos. ¿Lo has entendido?

Eric asintió en silencio, con la boca abierta.

—Vas a freírme... —susurró.

—No pasará nada si haces lo que te digo —repitió—. ¿Tienes que ir al baño?

Eric volvió a asentir. Moon se levantó y se situó a un lado. Él salió despacio, observando con atención lo que había al otro lado de la habitación. Moon señaló la puerta de al lado, la abrió y Eric entró.

—No te acerques a la ventana —le advirtió.

Luego cerró la puerta y se dirigió a la mesa que presidía la salita. Todos los muebles estaban anclados al suelo. No había nada que se pudiera lanzar, que fuera cortante o susceptible de convertirse en un arma. Sobre la mesa, un vaso y un par de platos de cartón.

En el baño, Eric lanzó un alarido justo antes de desplomarse en el suelo con un golpe sordo. Moon se acercó y abrió la puerta. Eric yacía tumbado de lado entre la ducha y el lavabo. Le levantó con cuidado la cabeza. Le dolería un rato y tendría un buen chichón, pero no se había roto nada.

Lo dejó donde estaba y volvió a la salita. Se acomodó en una de las sillas y sacó el portátil de la mochila. Activó todos los cortafuegos y se conectó a la IP que les había comprado a unos turcos. Cuando se aseguró de que la señal no era rastreable, entró en su cuenta y contactó con Cheney. Como siempre, el conseguidor estaba al pie del cañón.

¿Hecho?, le preguntó.

Todavía no, pero lo tengo, respondió Moon.

¿Ocurre algo?

No estoy seguro de que sea el objetivo.

Cheney tardó unos segundos en contestar.

Es él. Procede. El contrato está firmado.

Es un juez, es peligroso, tanteó ella.

¡Como si es el papa! Procede o devuelve el contrato.

El contrato es mío, todo OK, zanjó.

OK, Blue, dijo Cheney antes de desaparecer de la pantalla.

Moon borró sus huellas y apagó el ordenador. Se quedó mirando la pantalla oscura mientras se esforzaba en pensar con claridad. Hacía tiempo que había aprendido que solo la calma conduce al éxito. Las prisas, el miedo, la ansiedad solo traen desgracias, el fracaso y, demasiadas veces, la muerte. Respiró despacio, cerró los ojos un instante, visualizó el objetivo y los volvió a abrir. Conocía la meta, ahora solo tenía que encontrar el camino. Su mente se activó de inmediato y empezó a esbozar las diferentes opciones que se abrían ante ella, cada una con sus respectivas ramificaciones y consecuencias. Lógica, siempre lógica. Así había logrado volver a nacer y sobrevivir después de la riada. Pensando, esperando, calibrando y, sobre todo, observando para aprender, sin dejar nunca nada al azar.

Eric se agitó en el baño. Gruñó, se quejó largamente y se arrastró hasta la salita. Se movió despacio hasta que consiguió sentarse con la espalda apoyada en la pared. Tenía los ojos vidriosos y el cuello enrojecido.

—Te lo advertí —le dijo desde detrás de la máscara de *geisha*.

—Vete a la mierda —bufó él. Se masajeó la cabeza con cuidado e intentó separar el cuero caliente de su piel—. Me gustaría escribirle unas líneas a mi hijo antes de…

—Daniel —susurró ella.

Eric levantó la cara y la miró con una pregunta en los ojos.

—¿Quién eres?

7

Moon aparcó el coche bajo un grupo de árboles y apagó el motor. Frente a ella, un parque infantil vacío y un sendero que se adentraba en la arboleda urbana. Al fondo, un grupo de *skaters* saltaban y se deslizaban sobre la pista de hormigón cubierta de burdos grafitis.

No conseguía dominar el ritmo de su corazón. Cerró los ojos y respiró profunda y lentamente.

«¿Quién eres?», le había preguntado Eric.

La misma pregunta que ella llevaba seis años haciéndose. «¿Quién soy?».

Recordó a la mujer que sobrevivió a la riada. A veces, incluso volvía a su boca el sabor del agua sucia. Recuerdos en blanco y negro, ajados, deslavazados en un tiempo extrañamente largo.

Se concentró en repetir la técnica que siempre le había funcionado. Cerró los ojos y pintó de negro los recuerdos dolorosos, que desaparecieron detrás de un telón oscuro y denso. Cuando Soleil volvió a hundirse en las aguas del río Aude, rediseñó el mapa que contenía el único camino válido.

—Haz lo que debes —dijo en voz alta—. Haz lo que debes —repitió como un mantra—. Solo lo que debes.

Comprobó que las manos ya no le temblaban. El corazón había dejado de retumbar y su mente estaba de nuevo clara y ligera.

Sabía quién era, estaba segura de su identidad, y decidió que Eric también debía saber con quién estaba tratando.

Conectó su portátil antes de cruzar la puerta que separaba la zona en la que estaba Eric del resto de la casa. Lo vio en la habitación, sentado en el suelo con la espalda apoyada en la pared. Tenía las piernas dobladas y la cabeza entre las rodillas. Creyó distinguir un ligero temblor en sus manos, que se pasaba despacio por el pelo. Por lo demás, estaba inmóvil y en silencio. Apenas había cambiado en esos seis años. Quizá algún cabello blanco en las sienes y salpicando su tupida cabellera oscura, pero, por lo demás, seguía igual. La vida de Eric giraba en torno al control. Ni un gramo de más, ni un pelo fuera de su sitio, ni un traje mal conjuntado. Siempre perfecto.

Moon pulsó el intercomunicador y Eric levantó la cara al escuchar el chasquido del altavoz.

—Voy a entrar —anunció—. No intentes nada, recuerda que tengo un arma.

Eric se levantó despacio y se quedó pegado a la pared.

Moon miró un instante la máscara de *geisha*. Luego cerró los ojos un segundo, cogió aire y abrió la puerta.

Al otro lado, Eric abrió la boca y la miró sin emitir ningún sonido. Dio un paso adelante para volver atrás un segundo después. Achinó los ojos para enfocar mejor, convencido de que la escasa luz y el estrés le estaban jugando una mala pasada.

No podía ser…

—¿Quién eres? —preguntó Eric sin poder apartar los ojos de la mujer que tenía enfrente. La habitación estaba en penumbra, pero aun así…, aun así, era ella. ¿Era ella?—. ¿Quién eres? —repitió en voz más alta.

—¿A quién ves?

Eric movió la cabeza de un lado a otro y comenzó a llorar en silencio. La imagen de la mujer que tenía delante se volvió borrosa unos instantes. Recordó que lo habían drogado para llevarlo hasta allí, quizá los narcóticos le estaban provocando alucinaciones. El pelo era diferente, más corto, y esa mujer estaba más delgada y fuerte. La miró a los ojos, luego le buscó las manos, las piernas y volvió a subir al rostro.

—Soleil...

Moon esperó en silencio. No se movió, no le dio la razón ni se la quitó. Solo esperó. Había fantaseado muchas veces sobre lo que pasaría si se cruzaba con Eric en algún momento. Podría fingir que estaba equivocado, o seguir sin decir nada; podría correr, huir; o quedarse y saludarlo. «Hola, Eric. Cuánto tiempo».

—Soleil murió en la riada —respondió, en cambio.

Eric la miró con la boca abierta. Se pasó una mano por la cara, dio un paso hacia ella y se detuvo.

—Encontraron el coche vacío a kilómetros de distancia. Todos pensamos que el agua te había arrastrado hasta el mar. Te buscaron durante días, ¡semanas!

Moon se encogió ligeramente de hombros, subrayando lo evidente.

—Pero entonces... —siguió Eric—, ¿por qué no volviste? ¿Qué ocurrió? ¿Perdiste la memoria?, ¿alguien te retuvo? —Frunció el ceño durante unos segundos—. ¡Claro! —exclamó acto seguido—, ahora lo entiendo todo. Vamos, suéltame, te llevaré a casa, te sacaré de aquí.

Eric dio otro paso adelante. Moon —Soleil— levantó la mano en la que sostenía el pequeño mando.

—Soleil... —suplicó.

—Soleil está muerta —repitió ella—. Siéntate.

—¿Y Daniel? ¿Qué me dices de tu hijo? Te importa una mierda, ¿verdad? —Compuso una mueca de asco—. Cómo no me di cuenta antes... Siempre fuiste una egoísta sin corazón, una madre desnaturalizada, una mala puta, y ahora eres...

Moon no se lo pensó. Apretó el botón y vio cómo Eric se retorcía hasta caer al suelo desmadejado y con la respiración entrecortada.

—No lo entiendo... —balbuceó Eric cuando la electricidad abandonó su cuerpo. Se puso de rodillas y se sentó sobre los talones con la espalda encorvada.

—Nunca entendiste nada —le cortó Moon—, ¡nada!

Se acercó a él y lo miró con los puños apretados. Eric no podía apartar la vista del mando que ella tenía en una mano y del arma que sujetaba con la otra, apuntando al suelo. Moon casi tocaba con sus pies las piernas del que un día fue su marido, el padre de su único hijo. Daniel...

Se agachó a su lado y acercó su cara a la de Eric hasta que vio las gotas de sudor de su frente.

—Esto va así —empezó—. Alguien quiere matarte, y yo quiero saber quién es. Piensa y dame un nombre —le pidió con voz ronca. Luego se levantó y regresó a la mesa. Eric no se movió—. Tienes una cama, un baño y esta sala. Puedes dormir, ducharte y comer, te he dejado comida y bebida de sobra en la nevera de ese mueble —añadió, señalando el aparador a su espalda—. Y tienes papel y bolígrafo. Quiero que te sientes y te devanes los sesos pensando en quién ha pagado por tu vida.

—¡Nadie! —gritó él—. ¿Quién va a querer matarme?

—Piensa —insistió Moon—, pero no te acerques a la puerta ni a las ventanas si no quieres recibir una descarga. La batería que llevas al cuello es capaz de soltar más de mil sacudidas. Créeme, tu corazón no lo soportaría.

—¿Vas a dejarme aquí?

—Haz lo que te he pedido si quieres que todo termine bien... para todo el mundo.

—¡Daniel! —gritó Eric—. No eres capaz de hacerle daño, ¿verdad? ¡Es tu hijo!

Moon no respondió. Lo miró una vez más y salió de la habitación. Eric escuchó una cerradura y luego otra puerta al cerrarse. Unos segundos después se puso de pie y corrió hacia la salida.

La descarga lo derribó en el acto y, una vez más, lo dejó inconsciente.

Moon cerró despacio la puerta de la segunda habitación del piso. Era más grande que la que ocupaba Eric y contaba con un baño propio, pero estaba amueblada con similar austeridad. Una cama estrecha, un armario vacío, dos sillas y una mesa sobre la que dos ordenadores portátiles emitían una luz azulada. En el suelo, una mochila y una maleta rígida con cámaras fotográficas y varios dispositivos de escucha.

La casa había pertenecido a una mujer que un día fue su clienta. Hacía un par de años, *madame* Port la contrató para que realizara un seguimiento de su marido, presuntamente infiel. Quería divorciarse con garantías de llevarse una buena tajada. El esposo, un empresario vinícola, lideraba desde hacía varios años un partido conservador en la Borgoña. Visitaba París a menudo, tres o cuatro veces al mes, y utilizaba ese mismo apartamento como punto de encuentro con sus muchas amantes, la mayoría muy jóvenes, algunas incluso demasiado.

Fue un trabajo sencillo. Moon lo fotografió en bares de copas, besuqueando a chicas en la calle, magreándolas contra la pared antes de llevarlas al piso en su propio coche. Las mujeres salían solas horas después. En ocasiones venía un taxi a buscarlas, pero la mayoría se alejaba a pie de madrugada. Él se quedaba hasta el día siguiente y regresaba a su casa con una sonrisa en los labios.

Cuando la esposa tuvo las pruebas en su poder, puso las cartas sobre la mesa. Moon supo después que él no lo negó, sino que expuso fríamente sus planes: quería medrar en política, llegar a alcalde y después, quizá, dar el salto a la Asamblea Nacional. No podía permitirse un escándalo, así que le ofreció un trato a su mujer: una vida acomodada a cambio de que hiciera la vista gorda y fuera la esposa perfecta en público. Ella quería sacar provecho, y esa era una buena oferta, así que aceptó, pero le exigió que pusiera a su nombre parte de los bienes que hasta entonces eran de su exclusiva propiedad. El piso de París cambió de manos, y cuando *madame* Port comentó de pasada que no sabía qué hacer con el picadero de su marido, Moon se ofreció a comprarlo. Firmaron un contrato privado, realizó una transferencia por el importe completo de la venta y se ocupó de que en todos los registros públicos constara exclusivamente la información que no la comprometiera.

Por entonces, el marido ya era alcalde de su ciudad y se había convertido en la mano derecha del líder de su partido. Su nombre sonaba como futuro diputado, quizá incluso ministro, quién sabía.

Lo cierto era que Moon apenas utilizaba el piso, pasaba por allí de vez en cuando, aunque nunca se había quedado a dormir. Le gustaba su casa en el Barrio Latino, sobre todo ahora que Simon estaba allí.

Apartó a Simon de su mente y se concentró en la realidad.

Tuvo que acondicionar el apartamento deprisa cuando aceptó el encargo de Cheney. Instaló cámaras de vigilancia, cierres automáticos en puertas y ventanas y un cerco a base de placas eléctricas que se activaban cuando detectaban que el emisor estaba a menos de un metro de distancia.

Esa noche, después de cerrar la puerta de la zona en la que Eric podía moverse, se sentó a la mesa con la vista fija en el monitor, que le mostraba lo que estaba ocurriendo dos puertas más allá. Lo vio arrastrarse a duras penas hasta la pared y, después, ponerse de pie muy despacio. Por un momento, Moon creyó que se iba a volver a caer, pero consiguió mantener el equilibrio. Permaneció apoyado en la pared unos minutos antes de dar unos cuantos pasos vacilantes en dirección a la mesa. Se apoyó con las dos manos y respiró profundamente. Luego se sentó y cogió el cuaderno. Pasó las hojas deprisa, en busca quizá de algún mensaje oculto. Luego arrancó una página y escribió algo, una frase breve, por lo que Moon pudo apreciar. Cuando terminó, Eric levantó la cabeza y recorrió las cuatro paredes con la mirada. Se detuvo en el rincón más cercano a él, donde la luz roja de una cámara parpadeaba con calma. Sin dejar de mirar al objetivo, Eric levantó el papel que sostenía con las dos manos.

Que te jodan, leyó Moon. Sonrió.

En la salita, Eric sostuvo el papel unos segundos más antes de dejarlo sobre la mesa. Luego se levantó y se dirigió hacia su habitación.

Moon frunció el ceño y pulsó el intercomunicador.

—Deberías comer y beber algo —dijo.

Eric escuchó la voz distorsionada y se detuvo.

—No te voy a dar el gusto de que me envenenes —respondió.

—Si quisiera matarte, ya lo habría hecho.

—Que te jodan —masculló Eric—. ¡Que te jodan! —gritó después.

Moon no respondió. Lo vio dar media vuelta despacio y dirigirse hacia el aparador. Se agachó, abrió la puerta de la nevera y observó el contenido. Sándwiches industriales, bocadillos, yogures y varios envases de plástico con una infame variedad de ensaladas: de pasta, de pollo, de cuscús...

Eric cerró la nevera sin coger nada, ni siquiera agua o una Coca-Cola, algo a lo que nunca había podido resistirse.

Moon lo siguió en el monitor. Lo vio renquear hasta el dormitorio, ponerse de lado para evitar tocar la puerta, por si acaso, y dejarse caer sobre la cama. Estiró el edredón sobre su cuerpo y se tapó también la cabeza, ocultándose del escrutinio de las cámaras.

Pero Moon lo oía respirar con fuerza, quejarse de vez en cuando, suspirar.

—Que te jodan —repitió en voz muy baja.

8

Moon apenas pegó ojo en toda la noche. La estrechez del camastro y las luces electrónicas que iluminaban la habitación le impidieron conciliar el sueño. Logró dormir un par de horas, y un poco más justo antes de amanecer, pero a las seis de la mañana estaba tan despejada como si se hubiera tomado un litro de café.

El monitor le mostraba un Eric inmóvil, con las piernas estiradas y un brazo colgando por el lateral de la cama. Podía escuchar su respiración profunda, acompasada, y algún leve ronquido de vez en cuando.

Se vistió y salió a la calle. París la recibió con su habitual caricia fría y húmeda y la rodeó con esa mezcla de olores que la hacía única. Agua, humo, comida…, olores que conformaban el ADN de la ciudad.

Esta vez no se entretuvo callejeando con el coche, no se fijó en los turistas más madrugadores, en las macetas que adornaban los balcones ni en cuánto brillaban las pocas farolas que seguían encendidas. Condujo directamente hasta el Barrio Latino, aparcó en el garaje y subió en el ascensor.

Se detuvo un instante frente a la puerta de su casa, con las llaves en la mano. No se oía nada, pero sabía que Simon estaría ya levantado. Eso, si se había acostado en algún momento. Cogió aire y entró.

Simon estaba en la cocina, vestido con ropa deportiva y leyendo los periódicos del día en el portátil. Señaló la cafetera sin decir nada, pero Moon distinguió las sutiles arrugas verticales que se dibujaron en su frente.

—No tienes motivos para estar enfadado —le dijo.

—Tienes razón —respondió él sin mirarla. Luego levantó despacio la vista hasta encontrarse con sus ojos. Las arrugas de su frente se convirtieron en surcos—. Cuando termine de leer las noticias visitaré dos o tres páginas de funerarias, así lo tendré todo preparado cuando llame la policía y me pida que vaya a reconocer tu cadáver. Eso, con suerte —añadió poniéndose de pie—, porque si los tipos que te han pagado y cuyo contrato no piensas cumplir se aplican a fondo, no quedará nada de ti que de fe de que un día viviste en este mundo.

—Tú no lo entiendes... —empezó Moon.

—¡No lo entiendo porque no me has contado nada! —Simon golpeó la mesa con el puño y la taza volcó. El café se deslizó raudo hasta el borde de la mesa y comenzó a gotear en el suelo. Ninguno de los dos hizo nada por recogerlo. Permanecieron inmóviles, mirándose el uno al otro, con ira Simon, con decisión ella. Luego, él dejó salir el aire de sus pulmones y se acercó a Moon—. ¿Qué está pasando? —le preguntó, poniendo las manos sobre sus hombros—. Ya no sé quién eres...

De nuevo la misma pregunta que se repetía con machacona insistencia. ¿Quién eres?

Moon cerró los ojos y lo abrazó. Simon la estrechó entre sus brazos y la besó en la sien. Sus labios bajaron por la mejilla hasta la boca, donde Moon lo recibió con los labios separados. Pegó su cuerpo al pecho de Simon y sintió su respiración, cada vez más agitada. Espoleado por el gemido que Moon dejó escapar, Simon alargó el brazo y apartó a un lado lo que había sobre la mesa. Bajó las manos hasta los glúteos de Moon, los masajeó un instante y luego la aupó para sentarla en la mesa. Moon se acercó aún más a él, arqueó el cuerpo y adelantó las caderas. Sin hablar, sin apenas respirar, Simon le abrió la camisa para encontrar sus pechos y se lanzó a por ellos. Moon echó la cabeza hacia atrás y se concentró en sentir, en escuchar, en oler. En tocar.

Simon deslizó las manos hasta la cinturilla del pantalón de Moon. Con una mano soltó el botón y la cremallera mientras con la otra la levantaba lo suficiente para tirar de la ropa hacia abajo. La miró un instante a los ojos, sonrió pícaro y se arrodilló ante ella. Cuando sintió su lengua, Moon se inclinó hacia atrás, se apoyó en la pared y se agarró con fuerza a la mesa. Sentía la sangre palpitar en sus oídos, un maravilloso calor y sus músculos vibrando al ritmo que Simon marcaba. Sabía cuándo acelerar, cuándo parar, cuándo soplar. La llevó a lo más alto y la acompañó en el descenso con caricias suaves. Luego volvió a mirarla a los ojos, sonrió una vez más y se deshizo de sus pantalones.

El agua caliente actuaba sobre sus cuerpos como una extensión de las caricias que acababan de compartir.

—¿Estás bien? —le preguntó Simon mientras la enjabonaba.

—Mejor que bien —respondió Moon, que jugueteaba con la espuma sobre el pecho de Simon. Delgado y musculoso, de hombros anchos y vientre plano, Simon hacía que muchas mujeres desearan estar donde ella estaba ahora mismo.

Él sonrió y la hizo girarse para seguir limpiándola.

—No me refiero a esto. Hablo de todo lo que está pasando. Estoy preocupado, Moon. Muy preocupado.

Ella detuvo el masaje y bajó la mirada. El agua corría hacia el desagüe rauda, llena de espuma blanca y pequeñas pompas de jabón.

—¿Qué está pasando? —insistió él.

Moon suspiró, se aclaró bajo la ducha y salió del baño envuelta en una toalla. Simon la siguió al dormitorio un minuto después.

—Es complicado —dijo sin más.

—Inténtalo —le pidió Simon—. ¿De verdad ese tipo es tu marido?

Moon asintió en silencio. Simon se puso una toalla a la cintura, se sentó sobre la cama y la miró. No dijo nada, no era su turno.

—Se llama Eric Bisset. Estuve casada con él en otra vida… En mi otra vida. Tuvimos un hijo, Daniel. Tiene ocho años. Hace seis que lo dejé todo atrás.

—¿Nunca has vuelto a ver a tu hijo?

—No de cerca —respondió. Recordó todas las veces que había viajado hasta Carcasona para verlo unos minutos en el colegio, a lo lejos, jugando al fútbol, charlando con los amigos, corriendo en el patio, pero no dijo nada.

—¿Por qué…? —Simon no terminó la pregunta.

Moon abrió el armario, se vistió deprisa y salió de la habitación. Simon se vistió también y la siguió hasta el despacho. La encontró concentrada en las pantallas, leyendo línea tras línea con el ceño fruncido.

—Han puesto precio a su cabeza —explicó sin más—, y no puedo permitir que mi hijo se quede sin padre.

—No entiendo por qué te fuiste, ni por qué ahora te preocupas tanto —dijo Simon. Se había detenido junto a la mesa y la miraba con los brazos cruzados y el ceño fruncido.

—No tengo tiempo de explicártelo ahora —respondió—, tengo cosas que hacer, debo solucionar esto.

—Te estás jugando la vida —añadió Simon.

Moon se encogió de hombros.

—Necesito averiguar quién ha dado la orden —replicó—. A partir de ahí quizá tenga una oportunidad de solucionar las cosas, de negociar o buscar otra salida.

—Os van a matar a los dos —insistió él. Moon lo miró en silencio—. ¿Tienes un plan, al menos? —añadió resignado.

—Eric es juez, lo más probable es que se haya metido con la persona equivocada. Tiraré de ese hilo. Simon —lo miró a los ojos—, no puedes hablar de esto con nadie, ni un solo comentario.

—Soy consciente —le aseguró él—, y puedes estar tranquila. De hecho, me gustaría ayudarte.

Moon movió la cabeza de un lado a otro.

—Gracias, me basta con que te ocupes de mis casos hasta que vuelva. No debo llamar la atención, todo tiene que seguir como si nada.

—¿Adónde vas? —preguntó Simon.

Moon no respondió. Metió lo que necesitaba en una mochila, se levantó y le dio un largo beso en los labios. Simon la abrazó con fuerza.

—Ten mucho cuidado —le dijo por fin.

—Lo tendré.

9

Encontró a Eric sentado a la mesa, con la cabeza entre las manos. Los folios estaban esparcidos por el suelo y había lanzado el contenido de un envase de ensalada contra la pared.

Moon ocupó la silla anclada al otro lado de la mesa y lo observó en silencio. Tenía el cuello enrojecido, amoratado en algunas zonas y erosionado en los laterales.

—Eres un tozudo estúpido —dijo.

Eric levantó la vista. Las ojeras oscuras rodeaban unos ojos irritados y brillantes.

—¿Y qué eres tú? —bramó—. Una asesina, una secuestradora, ¡una torturadora! No sé quién eres —añadió con los dientes apretados—, no sé qué te ha pasado, por qué desapareciste y no volviste a dar señales de vida. ¡Te lloramos! Tuve que explicarle a Daniel que su madre no iba a volver...

—¿Te encargaste tú de esa tarea o se lo dejaste a tu madre?

Eric se levantó y Moon le mostró el pequeño mando a distancia. Él no volvió a sentarse, pero tampoco se acercó a ella.

—No te reconozco —masculló en voz baja.

Esta vez fue Moon la que se puso de pie para mirarlo de frente.

—Nunca me has conocido, Eric. Jamás te molestaste en hablar conmigo, no me preguntaste qué quería, cómo me sentía.

—¿Que qué querías? ¿Qué más podías querer? —bramó él.

—Respeto.

—Jamás te falté al respeto —protestó.

Moon respiró hondo y se alejó de la mesa.

—No voy a discutir contigo —dijo con voz calmada. Paseó la vista sobre los folios en blanco—. Veo que no has hecho lo que te pedí.

—Nadie quiere matarme —respondió hastiado—. Nadie excepto tú, claro.

Decidió ignorar la puya. No merecía la pena.

—Alguien está dispuesto a pagar por tu vida. Haz memoria —insistió—. ¿A quién has encarcelado recientemente? ¿En qué casos estás metido? ¿Qué quieren evitar que hagas? ¿Qué sentencias has firmado o estás a punto de firmar? Eres juez, seguro que a más de uno le preocupan tus decisiones.

Eric movía la cabeza de un lado a otro, desesperado.

—No lo sé, te repito que no se me ocurre nadie que quiera verme muerto. Excepto… —Se calló cuando se encontró con la mirada de Moon. Puños apretados, mandíbula tensa, hombros contraídos. Y el mando del demonio en la mano—. Presido un juzgado pequeño de una de las zonas con menor índice de delincuencia de Francia. Jamás me he enfrentado a un gran caso, nada mediático, ningún famoso involucrado… Deberías saber cómo va todo —añadió irónico.

Moon rodeó la mesa y cogió la mochila que había dejado en el suelo. Sacó el portátil, lo encendió y conectó un módem USB.

—Siéntate —le ordenó—. Vamos a revisar tus archivos.

—No —respondió tajante desde el centro de la habitación.

Moon tecleó un par de minutos.

—¿Contraseña? —preguntó a continuación.

Eric la miró con la boca abierta.

—Ni lo sueñes, es información confidencial.

Moon sonrió brevemente y volvió a teclear. Luego giró la pantalla y le mostró a Eric sus carpetas, los accesos directos a los diferentes departamentos del juzgado, el correo electrónico e incluso su agenda personal.

—¿Cómo has…? ¿Cómo has podido…?

—Eres previsible —respondió Moon—, pero, aunque hubieras cambiado la contraseña en los últimos seis años, habría podido desencriptarla en pocos minutos. ¿Nunca se os ha colado un *hacker*? —preguntó. Eric movió la cabeza de un lado a otro—. Habéis tenido suerte. O no lo habéis pillado. Siéntate —repitió.

Esta vez, Eric obedeció. No podía apartar la vista de esa mujer que tanto le recordaba a Soleil, pero que, sin embargo, no se parecía en nada a ella. Incluso caminaba de forma diferente, con pasos largos y la espalda erguida. Soleil solía hundir las manos en los bolsillos de la chaqueta o del pantalón, a pesar de que Nicole siempre le decía que, si se caía, pararía el golpe con la cara. Su madre solía decir…

Miró a Moon.

—Mi madre puede ser muy… intensa —dijo con voz mansa.

—Entre otras cosas —corroboró Moon—. Metomentodo, inoportuna, mandona, dominante, insultante, maleducada, soberbia…

—Es mi madre —protestó Eric—. Se ha encargado de Daniel desde que… Desde que tú…

—Cambiaste cuando permitiste que tu madre se interpusiera entre nosotros —le cortó Moon—. Ella siempre tenía razón en todo, y te ponías como una fiera si se me ocurría protestar. Yo no cabía en esa familia, Eric. No podía respirar.

—Si lo hubiera sabido…

—Lo sabías.

—Yo no…

—Basta —le cortó Moon—. Olvídalo, no merece la pena. —Luego señaló la pantalla del ordenador—. Empieza a repasar los casos en los que estás trabajando actualmente. Cuéntame de qué va cada uno.

Eric asintió en silencio y abrió la primera carpeta.

—Una disputa por las lindes de dos terrenos —empezó.

—¿Qué clase de terrenos? —quiso saber Moon.

—Industriales, en el polígono sur de Narbona. Un propietario acusa al otro de haber construido dentro de su finca. Pagará lo que le pide por los metros invadidos sin necesidad de ir a juicio.

—Sigue.

Eric achinó los ojos mientras leía el siguiente documento.

—Necesito mis gafas —dijo—. Me cuesta mucho leer sin ellas.

—¿Las tienes en el maletín? —preguntó Moon.

Eric asintió y ella se levantó de la silla.

En cuanto cruzó la puerta, Eric giró el portátil y abrió el correo electrónico.

Llama a la policía, me han secuestrado, tecleó a toda prisa. Seleccionó la dirección de la secretaria del juzgado y pulsó *Enter*.

La sacudida eléctrica le recorrió la columna vertebral y lo sacudió con fuerza hasta que cayó al suelo como un pelele.

Moon se acercó al portátil y anuló el envío del mensaje. Luego se aseguró de que no hubiera quedado ningún rastro en los metadatos y se giró para mirar a Eric, que se recuperaba en el suelo.

—Eres imbécil —le dijo. Abrió el maletín, buscó el pequeño estuche rígido, sacó las gafas y las dejó caer sobre el cuerpo inerte—. No tengo todo el día, vamos.

Eric necesitó unos minutos antes de ser capaz de levantarse y volver a sentarse en la misma silla. Moon esperaba en silencio mientras leía un documento tras otro.

—¿Qué me dices de este? —preguntó por fin.

Eric se puso las gafas con manos aún temblorosas y se pasó los dedos por el pelo para retirarse los mechones sudados de la frente.

—Problemas familiares por una herencia —respondió con un hilo de voz—. No llegará a ningún sitio, el testamento es absolutamente legal y claro.

—Sigue —repitió Moon.

Eric se concentró en el siguiente documento.

Le dolía terriblemente la mandíbula y la espalda, y todavía podía sentir la electricidad abandonar su cuerpo a través de los dedos de las manos.

—Un empresario que se ha declarado en quiebra y solicita que se le declare insolvente —leyó Eric.

Moon movió la cabeza de un lado a otro.

—Sigue.

Eric respiró un par de veces. El dolor casi había desaparecido. La miró un instante, pero Moon no se dio por aludida. Vio que tenía el mando negro en la mano.

—La aprobación de la expropiación forzosa de dos fincas costeras por interés social —dijo—. El ayuntamiento ha solicitado su reconversión en urbanizable para la construcción de un puerto deportivo privado.

—¿Privado?

—Así es.

—¿Quién firma la solicitud?

Eric leyó despacio el documento.

—Solo el ayuntamiento —dijo por fin—. No especifica ningún dato sobre los promotores privados, pero deja claro que, aunque el municipio es el que toma la iniciativa, una empresa externa se hará cargo de la compraventa y luego sacará a concurso la explotación del complejo deportivo y de vacaciones.

—No has firmado la expropiación —se fijó Moon—, y lleva casi dos meses en tu juzgado.

Eric negó en silencio.

—Encontré algunas irregularidades en el proceso.

—¿Sobornos? —Eric se encogió de hombros—. Las mordidas están a la orden del día —añadió Moon.

—Eso no las hace legales —protestó él—. Además, no entiendo la prisa por construir un embarcadero para yates privados, un hotel de lujo y un club exclusivo para socios. Narbona no es Niza. Todo el mundo declaró que no se trataba de sobornos, sino de incentivos. Las cantidades estaban dentro del marco legal y ningún funcionario recibió dinero en efectivo, pero aun así… Además, no me gusta que me atosiguen con llamadas o visitas.

Moon le tendió un *pendrive*.

—Descarga toda la documentación —le ordenó.

Eric hizo lo que le pedía y le devolvió el USB.

—¿Has comido algo? —le preguntó a continuación. Señaló la

ensalada de las paredes. Eric no respondió—. Deberías comer. Ya te he dicho que no tengo intención de envenenarte.

—¿No más descargas? —preguntó Eric.

—Solo si te acercas a la puerta o a las ventanas. O al ordenador —añadió.

Eric frunció el ceño y abrió la nevera del aparador. Eligió un envase, cogió una Coca-Cola y se sentó a la mesa. Comió despacio y en silencio mientras Moon leía la pantalla del portátil y tomaba notas en uno de los folios que había recogido del suelo. Nombres, fechas, números del registro de la propiedad. De un archivo a otro, Moon saltó las barreras para obtener la información que necesitaba.

Eric terminó de comer y observó a su mujer en silencio. Aunque no era su mujer, ya no. Soleil estaba muerta.

—Hay algo que me preocupa —dijo Moon sin apartar la vista de la pantalla. Apretaba los labios mientras sus ojos recorrían cada línea a toda velocidad.

Eric apartó la comida.

—Algo como ¿qué?

—Tres de los propietarios de los terrenos costeros necesarios para construir el puerto deportivo han muerto en los últimos dos meses. En pocas semanas, de hecho. En tus archivos aparecen los documentos de venta firmados por sus herederos, junto con una copia del testamento que los acredita como nuevos propietarios. Tres hombres muertos, Eric. Esto es más que un intento de soborno o unos incentivos económicos, ¿no te parece?

10

El golpeteo de los dedos de Moon sobre el teclado resonaba desordenado en la mente de Eric. Tres hombres muertos en el plazo de seis semanas. Tres personas relacionadas con el mismo proyecto, propietarios de unos terrenos que hasta entonces apenas tenían valor. Y ahora estaban muertos y enterrados. Comenzó a respirar más deprisa, en bocanadas cortas y rápidas.

Moon se detuvo y lo miró con el ceño fruncido. Eric estaba pálido y mantenía la mirada fija en algún punto de la pared. El pelo había vuelto a caer desordenado sobre su frente.

—No hagas eso —le dijo—. Cálmate, respira despacio.

Por toda respuesta, Eric hundió la cara entre las manos y jadeó aún más deprisa.

—Te vas a marear —le advirtió Moon.

Eric se levantó de la silla y corrió bamboleándose hasta el baño, donde vomitó lo poco que había comido.

Moon esperó en silencio. Cuando oyó el agua del grifo correr, volvió a concentrarse en el ordenador. Eric regresó a la salita unos minutos después.

Estaba pálido y llevaba el pelo mojado. Le brillaban los ojos, quizá por las lágrimas, quizá por el esfuerzo de vomitar. Moon no lo sabía y no tenía intención de preguntar.

—Tres personas… —balbuceó Eric.

—Casi cuatro —corrigió Moon.

—No puede ser, yo lo sabría —negó él.

—Pierre Manotti —empezó Moon—, cincuenta y cuatro años, embolia cerebral. Étienne Golard, sesenta; un infarto fulminante. Luc Durand, de solo cuarenta y cinco años. Sufrió un súbito paro cardiaco. Lo más interesante —añadió, mirando directamente a Eric— es que ninguno de ellos presentaba problemas previos de salud. Estaban completamente sanos.

Eric bajó la cabeza y se estudió las manos en silencio durante unos minutos.

—Has dicho casi cuatro —dijo por fin.

—Vincent Daract, sesenta y dos años. Hace dos semanas sufrió un aparatoso accidente de tráfico del que salió vivo de milagro. Se quedó sin frenos. Vendió su parcela antes incluso de salir del hospital.

—Y los que murieron…

—Los herederos cedieron los terrenos a la promotora designada por el ayuntamiento para la construcción del puerto por una cantidad nada desdeñable.

—Recuerdo que el proyecto abarcaba un buen número de parcelas de pequeño tamaño, ¿qué ha pasado con esas?

Moon revisó el listado que tenía abierto en la pantalla.

—Dieciocho propietarios en total. Doce vendieron hace meses. Luego están los cuatro que hemos mencionado. La promotora ya es dueña también de esos terrenos.

—Faltan dos —añadió Eric.

—Eso es, faltan dos, y ahí es donde entras tú. Esos terrenos pertenecen a una sociedad pública y se necesita la conformidad de un juez para la cesión. Aunque el ayuntamiento lo ha aprobado, va a cambiar el uso del terreno, y eso requiere la firma de un magistrado. ¿Por qué no lo has firmado todavía? —le preguntó de nuevo.

—Porque me pidieron que lo hiciera —respondió él. Vio la pregunta en los ojos de Moon y siguió hablando—: Vino un hombre a mi despacho. Se presentó como el mediador entre el ayuntamiento y la promotora. No recuerdo su nombre…

—Estará en la agenda —supuso Moon.

Eric movió la cabeza de un lado a otro.

—No tenía cita, pidió verme y accedí a dedicarle unos minutos.

Moon asintió.

—Sigue —le instó.

—Me preguntó si había recibido la documentación, y cuando le confirmé que la tenía, se ofreció a despejar cualquier duda que tuviera. Sonreía mucho… —Miró un momento al techo, quizá recordando a aquel hombre, quizá ordenando sus recuerdos—. Dijo que no quería que esas… menudencias, eso dijo; que esas menudencias me quitaran demasiado tiempo, que era consciente de lo ocupados que estamos los jueces y que eso, en el fondo, no era más que un trámite sin importancia, porque todas las partes estaban de acuerdo. Luego añadió que por qué, ya que estábamos, no sacaba el dosier y lo firmaba en ese momento. Así, cuando él saliera por la puerta podría olvidarme del tema definitivamente.

—Pero no firmaste —dedujo Moon.

—No me fío de los encantadores de serpientes —respondió Eric—. Era demasiado amable, tenía demasiada prisa… Nunca he hecho las cosas a la ligera, leo todos los expedientes y pido la documentación que considero oportuna. Necesito que todo esté en orden —afirmó tajante.

—¿Qué hiciste después?

Eric miró a Moon y señaló el ordenador con la mano. Ella asintió y lo giró hacia él, que leyó varias líneas de su agenda.

—Pedí algunos informes al Departamento Municipal de Urbanismo y al Catastro. Edificabilidad, estabilidad del suelo, expedientes medioambientales… También le pedí a Lydia, mi secretaria… Bueno, ya la conoces… Quería que me concertara una cita con los compradores de los terrenos, una empresa holandesa. Cuando vine a París aún no había conseguido hablar con nadie. Y ahora estoy aquí —añadió en voz baja—. ¿Cuánto tiempo…?

—No lo sé.

—Tengo que hablar con Daniel. Y con…

—Emma. —Moon terminó la frase por él.

Eric la miró con la boca abierta, sin dar crédito a lo que había oído.

—¿Cómo sabes…?

—Lleváis cuatro años juntos —siguió Moon—, y hace casi un año que se ha mudado a tu casa. ¿Se lleva bien con Daniel? —le preguntó. Él movió la cabeza arriba y abajo—. ¿Y con tu madre? —añadió con una sonrisa torcida.

Eric no respondió.

—¿Me espías? —dijo después.

—No, Eric. No me importa nada lo que hagas o con quién lo hagas. Pero Daniel sí me importa.

—Me espías —afirmó él, tozudo.

Eric la miró con el ceño fruncido. Se retiró el pelo de la cara y metió dos dedos con cuidado en el escaso espacio entre su cuello y el cuero del collar. Estaba sudando, tenía la piel irritada, quemada y dolorida.

—Quítamelo —le pidió.

—No —respondió ella de inmediato.

Eric se levantó de la silla y miró a su alrededor. Abrió mucho los ojos y boqueó un par de veces, como si le faltara el aire. Luego dobló la espalda, apoyó las manos en las rodillas y escondió la cabeza entre los hombros mientras intentaba respirar más despacio.

—¿De verdad…? —Se detuvo a mitad de la frase. Se irguió de nuevo y miró a la mujer con la que un día vivió, durmió, a la que amó. La madre de su único hijo. La que estaba muerta—. ¿De verdad alguien ha ofrecido dinero por mi vida?

Moon asintió despacio, mirándolo fijamente a los ojos.

—Mucho dinero.

—Pero no lo entiendo… —siguió en voz baja—. Si se han esforzado tanto por camuflar las otras muertes para hacerlas pasar por naturales, ¿por qué ahora contratan a un…?

—¿Sicario?, ¿una asesina? —terminó Moon por él. Eric asintió—.

No estoy segura. Lo único que sé es que el hecho de que estén dispuestos a dejar de disimular los hace aún más peligrosos.

Eric movió de nuevo la cabeza arriba y abajo antes de hablar.

—¿Y qué piensas...? —Miró al suelo y tragó saliva—. ¿Qué piensas hacer?

Moon cerró el ordenador, lo metió en la bolsa y se puso de pie.

—Mi trabajo.

Simon cerró la puerta tras de sí y encendió las luces del apartamento. Estaba vacío, Moon no había vuelto. Dejó la mochila sobre la mesa de su despacho y fue a la cocina. Llevaba todo el día ocupándose de uno de los casos de Moon, además de finiquitar su propio trabajo. Estaba cansado, sediento y muerto de hambre.

Sacó una cerveza de la nevera y metió en el horno un par de *pannini* congelados. No se podía creer que Moon se hubiera ido, que no le hubiera contado qué estaba pasando. Lo había dejado atrás.

Tiró la botella vacía a la basura y cogió otra. La cocina empezaba a oler a queso y a orégano. Había metido dos porciones en el horno, pero estaba solo.

Cogió el móvil y escribió un mensaje.

Hola, cielo. ¿Todo bien? Estoy preocupado.

La línea permaneció en silencio.

Diez minutos después, con la tercera cerveza en la mano y los *pannini* enfriándose sobre un plato, tecleó de nuevo.

Llámame cuando puedas, de verdad que estoy preocupado.

Recordó lo que Moon le había contado sobre su otra vida, apenas cuatro datos deslavazados, pero, desde luego, sorprendentes. Se había marchado de su casa sin mirar atrás, lo había dejado todo, incluido un hijo pequeño, para empezar una nueva vida en otro sitio, lejos.

Él solo era él, nada los ataba. Podía dejarlo atrás con mucha más facilidad.

Abrió otra cerveza y fue a su despacho. Había más papeles y

menos ordenadores y pantallas que en el de Moon, y una de las paredes estaba cubierta de lado a lado y de suelo a techo por una estantería en la que se Eric guardaba con mimo los libros de todos los tamaños y temáticas que llevaba toda la vida coleccionando. Primeras ediciones, ejemplares únicos, grabados con siglos de historia… De hecho, fue gracias a su afición como conoció a Moon.

11

Dos años antes

París era la ciudad de la luz. Sin embargo, siempre era posible encontrar acogedores rincones sombríos, semiocultos y discretos en los que refugiarse del calor y de las hordas de turistas que abarrotaban la ciudad durante todo el año.

Uno de esos lugares, posiblemente el más singular que Moon había conocido nunca, era la librería Parchemin, ubicada en una callejuela sin nombre del barrio de Batignolles. El propietario, Jérémie Lambert, pertenecía a la tercera generación de Lambert que se ocupaba de un negocio que no parecía demasiado boyante, pero que, excepto durante los meses más duros de la Segunda Guerra Mundial, nunca había cerrado sus puertas más allá de un par de días en Navidad y una semana en verano.

Moon pasaba por allí de vez en cuando. Algunos de sus clientes la contrataban como intermediaria en compras y subastas, y sabía que *monsieur* Lambert podía conseguir casi cualquier documento impreso que le pidiera. Su red de contactos era realmente extensa.

Lambert había salido de detrás del mostrador y observaba a Moon con unos ojos que un día fueron azules, pero que ahora griseaban detrás del velo de unas incipientes cataratas.

Hundió las manos en los bolsillos del pantalón y la miró con el ceño fruncido.

—Ya te he dicho que tengo lo que me pides, pero no te lo puedo vender. Está comprometido —le dijo muy serio.

—Diga un precio —le pidió Moon—. Puedo duplicar lo que vaya a darle el comprador.

—Eso es amoral, querida —negó él—. Yo siempre cumplo mi palabra. Si lo quieres, tendrás que negociar con él.

Extendió una mano hacia la puerta de la calle. La campanilla anunció la llegada de un nuevo cliente. Moon y *monsieur* Lambert se giraron al mismo tiempo.

—*Monsieur* Mercier —saludó Lambert—, justo estábamos hablando de usted.

El recién llegado se acercó a ellos con una sonrisa radiante y extendió la mano hacia la desconocida.

—La señorita es Moon… No sé cómo te apellidas, querida —dijo el librero.

—Solo Moon —dijo ella.

—Entonces, yo soy solo Simon. Encantado.

Moon hizo un balance rápido: francés, culto, atractivo y muy seguro de sí mismo. Hombros anchos, al menos un metro ochenta de altura, piel clara, pelo oscuro, ojos ambarinos con unos curiosos puntitos pardos alrededor. Un tipo interesante.

Simon sonreía mientras demoraba el momento de soltarle la mano que había asido en el saludo. Moon pensó que quizá fuera consciente del escrutinio y él la estuviera analizando a ella a su vez. O quizá solo estuviera coqueteando.

—Al parecer —empezó Moon, recuperando su mano—, los dos estamos interesados en el mismo volumen.

—¿En serio? —dijo Simon—. Me alegra comprobar que no soy el único bibliófilo menor de sesenta años de la ciudad.

—No es para mí —aclaró ella—. Uno de mis clientes está muy interesado en ese ejemplar.

—Vaya…

Moon captó la decepción en su voz.

—Y sí, tiene más de sesenta años —añadió con una sonrisa—,

así que está usted solo. Me gustaría hacerle una oferta por él —dijo a continuación.

Simon fingió un mohín decepcionado. Definitivamente, estaba coqueteando.

—No es cuestión de dinero…

—Pero podría serlo —lo interrumpió ella—. Diga una cifra.

Simon se giró hacia *monsieur* Lambert, que asistía en silencio a la negociación.

—¿Puede prepararme el pedido? —le pidió al librero—. Creo que será mejor que la señorita y yo sigamos con esta conversación en otro lugar.

Simon no podía dejar de sonreír. No le había costado demasiado convencer a Moon para que lo acompañara a comer. Al fin y al cabo, ella quería lo que él tenía y estaba dispuesta a negociar. Hablaron del libro, por supuesto. De su valor y de lo que el cliente podía llegar a pagar. Simon se limitó a sonreír. Mientras no dijera sí o no, ella seguiría allí, y le gustaba su compañía. Moon era inteligente, casi diría que brillante, además de divertida y con un maravilloso punto de ironía que acompañaba con media sonrisa que hacía brillar sus ojos oscuros.

Se giró en la cama y contempló la silueta de Moon, que dormía con el flequillo castaño sobre la cara, apenas cubierta con una sábana. Repasó su contorno con la mirada. Llegar hasta allí había sido algo natural para los dos. Nada de proposiciones obscenas, falsas promesas ni exceso de alcohol. Habían comido en un buen restaurante y después pasearon sin rumbo durante más de dos horas. Para entonces, el libro parecía haber pasado a un segundo plano. Se cruzaron preguntas y respuestas, contrastaron gustos y aficiones y, en un momento dado, Simon se inclinó hacia ella y la besó. Simplemente, la besó. Ella lo miró con una sonrisa, como se mira a un viejo amor, a un amante, y caminaron, esta vez ya con un destino, hasta el apartamento de Simon, donde él acababa de despertarse.

Un año después, el volumen que Simon le compró a *monsieur* Lambert seguía en la estantería de su despacho. Moon le comunicó a su cliente que había sido imposible alcanzar un acuerdo con el propietario, y año y medio después él se mudó a su apartamento para compartir *de facto* lo que parecía unirles de manera natural. De hecho, poco después Simon comenzó a colaborar con Moon y pronto llevó sus propios casos. Quedó claro que con su instinto para descubrir, localizar y hacerse con antigüedades le era muy útil como detective privado. Tenía un buen olfato y a la mejor maestra. A pesar de que se lo pidió en varias ocasiones, Moon siempre había rehusado asociarse con él y ampliar el negocio. Ahora empezaba a entender por qué.

12

Moon llevaba diez minutos sentada al volante de su coche. Había dejado a Eric en el dormitorio y se había marchado. Necesitaba respirar. Condujo hasta dejar atrás los límites de la ciudad y serpenteó siguiendo el curso del Sena hasta Argenteuil. Se detuvo frente a un bar, entró y pidió una cerveza. Se sentó en una de las mesas vacías y observó cómo la espuma se deshacía poco a poco dentro del vaso, con pequeñas explosiones de burbujas diminutas que se desvanecían en el aire.

Había leído los mensajes de Simon y tenía intención de responder, pero no le apetecía una pelea. Decidió no llamar. Contestaría con un mensaje. Además, era ya muy tarde, seguramente estaría durmiendo y ella acababa de decidir cuál sería su siguiente paso. No tenía más opción.

Estoy bien, perdona el silencio, tengo mucho lío. Mañana pasaré el día fuera, te llamaré en cuanto pueda. Intentaré ir a casa por la noche, pero no me esperes.

Metió el teléfono en el bolso y le dio un buen trago a la cerveza. Sintió un cosquilleo en la nuca. Giró la cabeza y se encontró con la sonrisa de un tipo que bebía acodado en la barra. Levantó su vaso hacia ella simulando un brindis y amplió la sonrisa hasta enseñarle todos los dientes. Moon cogió la cerveza, la apuró de un trago largo, se levantó y se marchó.

En el aparcamiento, comprobó que la bolsa que siempre viajaba con ella seguía en el maletero. Estaba a punto de cerrarlo cuando escuchó una voz a su espalda.

—¿Me estás esperando? —dijo el tipo de la barra.

Moon cerró el maletero, abrió la puerta del conductor y se sentó.

—No, en absoluto —respondió.

Él se acercó un poco más y puso una mano sobre la puerta.

—Quita la mano —le advirtió—, no quiero hacerte daño.

—Vamos, te he visto mirarme —repuso el tipo con voz empalagosa—. Lo pasaremos bien.

—Quita la mano —repitió ella.

—¿Me llevas?

El tipo se inclinó hacia delante y Moon tiró de la puerta hacia ella. El hombre retiró la mano justo a tiempo.

—¡Eh, puta loca! —gritó.

Moon cerró los ojos un instante. Sabía que no debía, pero…

Salió del coche. El tipo dio un paso atrás y apretó los dientes.

—Ni las putas ni las locas tienen la culpa de que tú seas gilipollas —dijo.

El hombre lanzó la mano hacia ella para intentar agarrarla sin dejar de sonreír de medio lado. Moon se apartó con rapidez y lo cogió por la muñeca con una mano mientras con la otra le propinaba un fuerte golpe en la garganta. Incapaz de respirar durante unos segundos, aturdido y dolorido, el tipo se alejó de ella tambaleándose y entró en el bar. Moon se sentó en el coche, arrancó y regresó a la carretera. Tendría que conducir toda la noche si quería llegar a Narbona por la mañana.

Había barajado la posibilidad de coger un vuelo, pero no le gustaban los aviones. Aunque su documentación era auténtica, a partir de un certificado de nacimiento falsificado, eso sí, prefería no ponerse a tiro del escrupuloso escrutinio de las aerolíneas. Además, le gustaba conducir, especialmente de noche. Al volante se sentía como una gota de sangre en una vena de asfalto.

Había recorrido muchas veces la distancia que separaba París de

Narbona, sabía dónde podía detenerse a tomar un café sin que una cámara de vigilancia la captara o en qué restaurante de carretera comer algo rápido que no le produjera acidez de estómago. Ya no recordaba las veces que había ido a Carcasona a ver a su hijo. Para espiarlo, como había dicho Eric. Seguía a Nicole en redes sociales desde una de sus muchas cuentas falsas, y gracias a ella se enteraba de cuándo Daniel tenía un partido importante, o un evento escolar, o una pequeña excursión. Disfrazada y camuflada entre el público, Moon había visto a su pequeño correr para pelear un balón, librarse de los contrarios y marcar gol. Lo había visto abrazarse después a su padre en la banda, y a su abuela, y, desde hacía un tiempo, a una mujer morena, baja y delgada que le atusaba el pelo y le remetía la camiseta en los pantalones de deporte después de ajustarle las espinilleras.

No sabía por qué seguía exponiéndose a ese dolor, pero necesitaba hacerlo. Quizá para expiar su culpa, un sentimiento que seguía aguijoneándola de vez en cuando como un tábano molesto.

Condujo en silencio hasta una oscura estación de servicio a las afueras de un pequeño pueblo. La atendió un joven somnoliento que llenó el depósito entre bostezos y le cobró sin decir una palabra. Sacó una Coca-Cola y unas galletas Oreo de la máquina y reanudó el viaje. Ya no se detendría hasta Narbona, cinco horas después. Conectó con una emisora de música *indie* y se concentró en el caso. Tenía muchos hilos de los que tirar y poco tiempo. El cliente se impacientaba.

La mujer que esperaba para ser atendida en el Registro del ayuntamiento de Narbona no se parecía nada a Moon. Se había recogido el pelo en una coleta informal, con algún mechón suelto y el flequillo sobre los ojos. El maquillaje oscuro y las lentillas marrones, junto con un ligero acento rudo en las erres y suave en las ces, permitió que el administrativo del mostrador no dudara cuando le mostró su carnet de prensa: Katy Suárez, redactora del periódico digital *NarbonneNews*.

—Sé que no he pedido cita, pero me han encargado hoy mismo

el reportaje y la paciencia no es la principal virtud de mi jefe. En cualquier caso —añadió con una sonrisa—, solo serán unos minutos.

Amplió la sonrisa de grandes dientes imperfectos y esperó mientras el hombre consultaba con alguien por teléfono.

—El concejal de Urbanismo no está —le dijo por fin—, pero uno de sus asistentes la atenderá enseguida. Me ha pedido que la advierta de que no tiene demasiado tiempo.

—Gracias —respondió Katy.

Siguió las indicaciones hasta el despacho del asistente del concejal, un tal Jacques nosequé, un tipo encorbatado, casi imberbe y con marcas de acné que le cedió el paso al interior de un despacho pequeño y funcional, sin espacio para objetos personales, ni siquiera una planta o un paragüero, pero con una enorme televisión encastrada en la pared y un ordenador con dos pantallas sobre la mesa.

—El concejal Petit ha peleado duro para sacar el proyecto del puerto deportivo adelante —le explicó Jacques nosequé muy ufano—. Está previsto que las obras se inicien dentro de tres de meses y estén terminadas antes de un año.

—Pero no se trata de un proyecto enteramente municipal —matizó Katy a continuación.

—Bueno... —empezó el asistente—. No, no lo es —reconoció por fin—, pero este ayuntamiento ha sabido ver las bondades del plan presentado por un promotor privado y ha decidido apostar por él, convencido de que beneficiará a toda la comarca. Atraer al turismo de lujo no es ninguna tontería, ¿no le parece?

—Desde luego —sonrió Katy—. Quisiera que me concretara en qué consiste la participación del ayuntamiento —siguió.

—Verá, señorita...

—Suárez.

—Verá, señorita Suárez, nuestro concejal ha conseguido que este ayuntamiento realice una inversión mínima y obtenga el máximo beneficio. —Esperó hasta que se aseguró de que la periodista había anotado toda la frase y continuó—: Nuestro compromiso consiste en poner en contacto a los propietarios de los terrenos con la promotora, facilitar las gestiones con las proveedoras de servicios y mejorar los accesos al futuro puerto deportivo antes de la inauguración.

Sonrió y las marcas del acné se le apelotonaron en la parte superior de las mejillas. Las cicatrices de la frente todavía estaban sonrosadas. Katy le calculó veinticinco años. Debía reconocer que Jacques estaba haciendo una buena carrera.

—También han tenido que cambiar el uso de los terrenos —apuntó la periodista.

Jacques nosequé se removió un segundo en su silla.

—Un trámite que se aprobó en el último pleno —aclaró a continuación.

—¿Hubo oposición?

—Siempre hay oposición. —El asistente levantó las manos y los ojos al cielo—. El resto de los partidos estaban en contra, pero solo por estarlo, ya me entiende. Evitan a toda costa alinearse con el partido en el poder, aunque eso perjudique a la ciudad. Por suerte —añadió con media sonrisa—, la mayoría absoluta facilita mucho las cosas.

Katy también sonrió. Jacques miró su reloj sin disimulo.

—Una última cosa —suplicó juntando las manos delante del pecho—. Me ayudaría mucho tener una copia de los planos y los documentos del proyecto.

—No sé si puedo hacer eso...

—Solo lo que sea público, por supuesto —añadió a toda prisa—. Y citaré la fuente que me lo ha facilitado. Puedo poner su nombre, el del concejal o mencionar al ayuntamiento, lo que prefiera.

Jacques suspiró y levantó el teléfono.

—Evelyn —dijo—, te mando a una periodista. Necesita los planos del puerto deportivo de Narbona. Impreso, sí —añadió tras una pausa—. Gracias —dijo, y colgó—. Tercera planta, pasillo de la derecha. El despacho de Evelyn es el 308. Cite al ayuntamiento —añadió.

Katy se puso de pie y extendió la mano a modo de despedida. El asistente se levantó de su silla y se recolocó la corbata y la chaqueta antes de estrechársela y verla salir por la puerta.

Utilizó las escaleras para llegar a la tercera planta. Luego avanzó despacio por el pasillo en curva hasta dar con la oficina 308. Evelyn compartía despacho con otras dos mujeres. Ocupaban tres mesas agrupadas en el centro de la habitación y rodeadas de archivadores metálicos. Detrás de la puerta, limitando el movimiento de la hoja de madera, una enorme impresora y fotocopiadora zumbaba suavemente, lista para trabajar.

—*Monsieur* Martin me ha dicho que está interesada en el puerto deportivo —dijo la mujer que se presentó como Evelyn.

Katy supuso que *monsieur* Martin debía de ser Jacques nosequé. Le pareció un tratamiento demasiado ampuloso para un joven granudo, pero se limitó a sonreír y asentir.

—Ese que nosotras no vamos a conocer nunca —apuntó una de las mujeres.

—¿A qué se refiere? —quiso saber Katy. Simuló no ver el gesto de disgusto de Evelyn.

—Puerto deportivo de lujo y club privado —respondió como si fuera una obviedad—. Es incompatible con el salario del noventa y ocho por ciento de la población, el noventa y nueve, si me apura.

La mujer la miró fijamente, como si la retara a rebatir su afirmación. Katy sonrió, asintió brevemente y se concentró en Evelyn, que buscaba algo en uno de los archivadores.

—¿Qué le interesa exactamente? —le preguntó.

—Todo lo que tenga sobre el proyecto —respondió sin perder la sonrisa—. Planos de la zona de puerto y atraque, diseño de los edificios que se van a construir, previsión de puestos de trabajo, inversiones públicas y privadas, evaluaciones medioambientales, presupuestos…

Evelyn frunció un instante el ceño. Katy se dio cuenta de que estaba mirando el teléfono.

—Acabo de entrevistar a *monsieur* Martin —se apresuró a añadir— y me ha dado luz verde. La ha llamado hace un momento, yo estaba delante…

Evelyn desfrunció el ceño y se giró hacia uno de los archivadores.

—Esto me llevará un rato, si quiere tomar un café…

—No se preocupe, esperaré aquí. Gracias.

13

El hogar de Luc Durand era una explosión de color en medio de la uniformidad urbana. La casa en sí misma era idéntica al resto de las construcciones de la urbanización, pero sus dueños la habían convertido en un rincón arcoíris. El tejado, de un rojo furioso, brillaba al sol. Bajo el alero azul noche, unos muros de color naranja pálido. En el primer piso, las ventanas se cerraban con postigos de madera pintada de gris, mientras que en la planta baja la luz se colaba a raudales a través de unos enormes ventanales acristalados. En el césped, de un verde vibrante, grandes maceteros circulares ofrecían una sinfonía cromática. Hortensias azules y moradas, lilas de las Indias de un rosa intenso, petunias blancas, moradas y rosas, y unas fragantes gardenias blancas.

Moon, todavía Katy Suárez, se soltó el pelo y añadió unas gafas a su disfraz. Sacó un cuaderno de la mochila y se colgó al cuello una identificación en la que su foto y su nombre venían avalados por el logotipo de la *sécurité sociale*.

El hombre que le abrió la puerta parecía haber perdido el color. Piel macilenta, barba descuidada, ropa oscura y una mirada sin brillo. La miró desde el quicio de la puerta. De pronto, un perrillo color canela se escabulló entre las piernas de ambos y salió ladrando al jardín. El hombre lo miró con el ceño fruncido.

—¡Atticus, vamos! No pienso correr detrás de ti otra vez —gritó—. Por mí, como si lo atropella un coche —añadió como si estuviera solo. Luego centró la mirada en la mujer que esperaba sobre el felpudo con una sonrisa en la cara—. ¿Busca a alguien? —preguntó sin entonación.

—Me llamo Katy Suárez —se presentó y le entregó una tarjeta de visita en la que, junto a su nombre y el logo del servicio estatal, constaba un correo electrónico con su alias—. Trabajo para el Servicio Público de Salud. Mi departamento está especializado en hábitos saludables y riesgo de muerte. —Acto seguido le dedicó una mirada cálida y bajó la voz—: El informe afirma que una persona residente en esta finca falleció recientemente. Queremos descartar cuestiones medioambientales y externas en estos casos, intentamos evitar focos perjudiciales para la salud. Si tuviera unos minutos, me gustaría hablar con usted sobre… —Pasó un par de páginas de su cuaderno antes de volver a centrarse en esos ojos apagados—. Luc Durand. ¿Es usted un familiar?

El hombre la había escuchado en silencio, casi sin pestañear.

—Soy su marido —respondió por fin—. Era su marido —corrigió un momento después—. Luc no estaba enfermo —añadió.

Katy frunció el ceño.

—Es importante que hablemos —insistió—, tenemos que descartar que haya un elemento tóxico que perjudique la salud de los habitantes de la zona. Porque *monsieur* Durand no trabajaba con materiales peligrosos, radioactivos o similares, ¿verdad?

—Era profesor de instituto —aclaró el hombre.

—Estudiaremos también su entorno laboral, pero he preferido empezar por el ámbito privado.

El hombre miró al perro, que seguía saltando y corriendo en el jardín, y luego a ella.

—Pase —la invitó por fin—. Dejaré que Atticus se desfogue un poco antes de meterlo en casa. Es el perro de Luc, ¿sabe? Él se ocupaba de sacarlo de paseo, llevarlo al veterinario… Debería buscar la cartilla… —añadió para sí.

Dejó la puerta abierta, supuso que por si Atticus decidía regresar, y condujo a Katy a través de un breve recibidor hasta un salón que parecía sacado del Gran Hotel Budapest. Una tupida alfombra persa en tonos granate cubría el suelo de cerámica; las paredes estaban pintadas de color crudo y cubiertas por cuadros dispares: un bodegón, un paisaje nevado y una enorme prisión cuya sombra parecía alcanzar a quien la miraba. Los muebles, de cuero y terciopelo, parecían sólidos, resistentes. Había cojines mullidos por todas partes, libros y revistas aquí y allá, y un pequeño mueble bar con elegantes copas y botellas oscuras.

—Vaya, es magnífico —exclamó Katy—. Parece obra de un decorador de cine —añadió.

El hombre sonrió por primera vez.

—Soy interiorista —dijo— y un enamorado del séptimo arte. Y usted es muy observadora, gracias. Me llamo Louis Blanchard —se presentó—. Siéntese, por favor.

Katy se sentó en una de las sillas que rodeaban la mesa de comedor y Louis, después de dudar unos instantes, ocupó la de enfrente.

—Lamento mucho su pérdida —empezó Katy. Louis cabeceó y se miró las manos—. Necesito preguntarle si Luc padecía algún tipo de enfermedad, lo que sea, o si en algún momento de su vida había presentado patologías cardiacas. Las arritmias no son frecuentes a su edad sin una dolencia previa…

—Luc estaba completamente sano —le aseguró Louis, que enderezó la espalda para enfatizar sus palabras—. Hacía deporte, en cuanto llegaba a casa por la tarde salía a correr con el perro. Por eso ahora está así, porque apenas se mueve. Se va a volver loco, o me va a volver loco a mí…

Katy esperó unos segundos antes de continuar.

—¿Cómo ocurrió…? —Dejó la pregunta en el aire, no hacían falta más explicaciones.

—Estábamos viendo una película después de cenar cuando dijo que se encontraba mal. Le dolía el pecho y no podía respirar. Luego se desplomó en el sofá. Llamé a emergencias, le hice un masaje cardiaco, le insuflé aire en los pulmones, pero no se movía. Cuando llegaron los sanitarios intentaron reanimarlo durante casi media hora, pero fue inútil.

—¿Qué dijeron los médicos? —preguntó Katy.

—Paro cardiaco —respondió con voz átona.

—¿Nada más?

Louis encogió un hombro.

—Me dijeron que estas cosas pasan, que a veces tenemos una patología oculta o un gen que nos condiciona y un día, de repente, todo explota. Y Luc explotó.

—¿Le practicaron la autopsia? —siguió Katy.

Louis asintió en silencio y se levantó. Salió del salón en dirección a las escaleras. Katy lo vio entrar en una de las habitaciones del primer piso y volver a salir poco después. De vuelta en el salón, puso ante Katy un informe grapado. La autopsia de Luc Durand.

—¿Le importa que haga unas fotografías? Luego las imprimiré y las sumaré al informe. Será muy útil.

Louis se encogió de nuevo de hombros y asintió brevemente.

Katy hizo las fotos mientras decidía cómo afrontar la cuestión que realmente le interesaba.

Cuando terminó, guardó el móvil en el bolso y fingió buscar algo para activar la función de grabación de voz. Los detalles eran importantes.

—He leído en el informe que *monsieur* Durand era propietario de un terreno en la costa. ¿Es posible que allí hubiera una fuente de toxicidad?

—No lo sé, eso tendrán que determinarlo ustedes, aunque no íbamos demasiado por allí. Al menos de momento. —Sonrió de nuevo y sus ojos se perdieron en algún lugar feliz—. Heredó ese terreno de sus abuelos —dijo después— y habíamos pensado construir una segunda vivienda allí, algo pequeño. Está junto al mar y muy bien comunicado. Ya teníamos los planos.

—Entonces, Luc no vendió la parcela.

—Si le hubieran hecho la oferta un año antes habría vendido sin pensarlo, pero ahora teníamos la ilusión de la casita en la playa y no quiso renunciar a ella por mucho dinero que le ofrecieran.

—¿Qué ha sido de ese terreno?

Los ojos de Louis Blanchard se llenaron de lágrimas.

—Un hombre vino a verme, me dijo que había hablado con Luc, que casi habían llegado a un acuerdo. No le creí, y entonces insinuó que me convenía ser razonable, que, si no vendía y el proyecto se iba al garete, el resto de los propietarios se me echarían encima por hacerles perder un montón de dinero. Me amenazó con una batalla legal, habló del ayuntamiento, del interés público... Dijo que la tensión es mala para el corazón.

—Louis... —empezó Katy, pero él no la oyó y siguió hablando.

—Lo vendí —dijo entre sollozos. Se llevó una mano al pecho y aulló de dolor.

En ese momento, Atticus cruzó la puerta a la carrera y saltó al regazo de Louis, que hundió la cara en el cuello del perro y siguió llorando entre hipidos.

Katy se levantó despacio, le apretó un segundo el hombro a Louis, le acarició la cabeza a Atticus y se marchó.

14

El dolor, incluso el ajeno, es un sentimiento agotador. Moon releyó la lista de nombres y direcciones. Tres personas, tres cadáveres. Pierre Manotti había vivido en Narbona, pero el domicilio de Étienne Golard estaba en Perpiñán, demasiado al sur como para ir y regresar a París a lo largo de la noche. Decidió probar suerte con Vincent Daract, el propietario que había sobrevivido a un grave accidente de tráfico. Vivía a las afueras de Narbona. Condujo siguiendo las indicaciones del GPS hasta una villa rodeada por un muro de hormigón de reciente construcción. Detuvo el coche frente a un impresionante portalón metálico. Dos cámaras apuntaban hacia la entrada desde los ángulos superiores. Apagó el motor y se bajó del coche. Pulsó el timbre y miró a la tercera cámara que protegía el acceso a la casa, situada sobre el interfono. Tardaron un par de minutos en responder.

—¿Quién es? —preguntó una voz ajada de mujer.

—Señora, soy Katy Suárez, de la *sécurité sociale*. Mi departamento realiza un seguimiento de las personas que han sufrido un accidente de tráfico, por si hay algo más que podamos hacer.

—¿En serio? —dijo la mujer del interfono—. Nunca había oído hablar de ese departamento. ¿Y qué es lo que quiere exactamente?

—Me gustaría hablar con *monsieur* Daract. No le molestaré mucho rato —añadió.

—Lo siento, señora, pero en esta casa no entran desconocidos. Buenos días.

Un crujido le indicó que la mujer ya no estaba al otro lado.

Echó un vistazo a las cámaras de seguridad. Modernas, de última generación, estratégicamente colocadas. El portón de entrada todavía no había sufrido las inclemencias del tiempo y el muro que rodeaba la propiedad, de unos tres metros de alto y coronado por una concertina brillante y afilada, aún olía a cemento fresco.

Esa familia tenía miedo.

Volvió al coche y se alejó de aquella fortaleza.

Condujo hasta la playa. Los recuerdos de las tardes de verano jugando con Daniel en la arena la golpearon sin previo aviso. Lo vio con su bañador amarillo, corriendo hacia el agua y saltando frente a las olas. Sintió su pelo mojado contra su pecho cuando lo abrazaba envuelto en una toalla. Los paseos en busca de los tesoros que traía el mar, pequeñas conchas y caracolas que replicaban el runrún del Mediterráneo.

Aparcó frente a un restaurante y buscó una mesa junto a la cristalera. Una camarera sonriente se acercó a ella con rapidez.

—¿Para comer? —preguntó.

Moon asintió.

—Este sitio es nuevo, ¿no? —quiso saber—. No lo conocía.

—Bueno, abrió hace tres años, ya no es tan nuevo.

Lo era para ella. Hacía seis años que no ponía un pie en la playa de Narbona.

—¿Cuál es su especialidad?

La camarera sonrió y cogió aire.

—Le recomiendo el *cassoulet* de alubias y pato, sin duda, aunque nuestro bogavante a la americana también es muy famoso.

Moon se ajustó las gafas y le devolvió la sonrisa.

—Probaré el *cassoulet*.

—¿Un vino para acompañar?

—Solo agua, gracias.

Perdió la vista en el arenal que se extendía ante sus ojos hasta el mar, alborotado, espumoso, gris. Eric nunca la acompañaba cuando iba a la playa. Siempre tenía otras cosas que hacer.

«No me gusta la arena», «El agua está helada», «Si vas tú, no hace falta que vaya yo también». No eran excusas, Eric nunca sintió la necesidad de inventarse un motivo. Eran sus razones, y Soleil debía comprenderlas y aceptarlas.

Miró a su alrededor y comprobó que estaba sola. Luego activó en el móvil la aplicación que controlaba las cámaras del apartamento y esperó unos segundos mientras realizaba la conexión segura.

Vio a Eric en la habitación, sentado en el suelo, con las piernas recogidas en el pecho y los ojos cerrados. Había un envase vacío a su lado y dos latas de Coca-Cola aplastadas. Movía la boca, pero la aplicación no tenía sonido. Le pareció que estaba cantando. Eso la sorprendió. Si lo pensaba bien, ni siquiera sabía qué tipo de música le gustaba. ¿El pop, quizá? No lo imaginaba escuchando *rock*, pero tampoco música clásica. Desconectó las imágenes y dejó el móvil sobre la mesa.

La camarera depositó frente a ella un plato humeante. Luego sonrió, le deseó *bon appétit* y se marchó.

Apenas había empezado a comer cuando el teléfono la avisó de que tenía un correo entrante en la cuenta a nombre de Katy Suárez. Dejó la cuchara a un lado y lo leyó con el ceño fruncido.

Si no se ha marchado todavía, me gustaría contarle algunas cosas más sobre Luc y esos malditos terrenos junto al mar. Estaré en casa toda la tarde.

Lo firmaba Louis Blanchard.

Le hizo un gesto a la camarera, abonó la cuenta y salió del restaurante sin mirar la playa. Comprobó su aspecto en el retrovisor del coche y arrancó. Tardaría más de media hora en llegar a la casa multicolor.

Atticus corrió hacia ella cuando entró en el jardín. Movía el rabo y daba pequeños brincos reclamando atención. Katy se agachó, le palmeó la cabeza y siguió hacia la casa.

La puerta estaba abierta.

—¿Louis? Soy Katy —llamó.

Silencio.

Atticus se colocó a su lado.

—Voy a entrar, ¿vale? —anunció después.

Una sombra alargada oscurecía la alfombra del salón. Avanzó despacio y llegó al distribuidor que conducía a las habitaciones superiores.

Lo primero que vio fueron unos pies. Uno calzado, el otro desnudo. Pantalones vaqueros, camisa azul. Las manos inertes; el vientre y el pecho, inmóviles. El cuello, oculto tras una gruesa cuerda y, por fin, la cara.

—¡Mierda!

Corrió escaleras arriba y alargó las manos para izar a Louis, pero pesaba demasiado y lo único que consiguió fue que el cuerpo se balanceara de un lado a otro. Volvió a bajar, empujó la mesa que había pegada a la pared del distribuidor y se subió a ella.

Louis no tenía pulso. Estaba amoratado y la miraba con sus ojos muertos. La cabeza colgaba en un ángulo poco natural. Moon supuso que se había roto el cuello, ahorrándose la agonía de morir asfixiado.

Bajó de la mesa y volvió a colocarla en su sitio. Vio el segundo zapato a los pies de la escalera. Se acercó a Louis y lo observó despacio. Iba vestido como cuando lo vio unas horas antes y, desde luego, entonces no tenía la manga rasgada. Estiró la mano y separó con cuidado el faldón de la camisa. Había una zona rosácea en el abdomen. También vio unos arañazos en el antebrazo y un morado en la mandíbula.

¿Qué había pasado allí?

Subió las escaleras, atenta a cualquier ruido extraño, y estudió el pasillo. La alfombra estrecha estaba arrugada y había marcas oscuras en el suelo de madera.

—Louis… —susurró Moon.

Atticus empezó a ladrar. Un segundo después escuchó las sirenas policiales.

Bajó a toda prisa y miró por las ventanas de salón. Tenía el coche aparcado frente a la casa, pero no podía salir por la puerta principal.

Cruzó el salón y entró en la cocina. Vio una puerta que daba a un jardincillo igual de cuidado que el delantero. Salió y cerró a su espalda. Giró a la izquierda y corrió hacia los arriates que separaban la casa de la de los vecinos. No vio a nadie en las ventanas ni en el jardín.

Saltó el seto y esperó.

Nada.

Luego corrió hacia la entrada de la casa de al lado y se quedó allí, esperando.

Rebuscó en el bolso su manojo de llaves y lo sacó. Quería parecer una vecina saliendo de su casa. Respiró despacio mientras su mirada corría de un lado a otro. La vivienda permanecía en silencio, pero, si alguien se asomaba a cualquiera de los edificios cercanos, la descubrirían.

Dos coches patrulla se detuvieron frente a la casa arcoíris. Atticus corrió hacia los agentes, que esperaron alerta hasta comprobar que el perro era inofensivo.

Uno de ellos echó un vistazo alrededor y la descubrió en la puerta vecina.

—¿Vive ahí? —le preguntó en voz alta.

—Sí, pero ya me iba —respondió Moon—. Tengo el coche ahí mismo. ¿Qué ha pasado?

—Salga —la instó el policía sin responder a su pregunta.

Moon se volvió hacia la puerta y fingió cerrar con llave. Luego se colgó la mochila a la espalda y se apresuró hacia su coche, que estaba a menos de diez metros de los Peugeot policiales, intentando en todo momento que los agentes no se fijaran en ella.

Arrancó y maniobró para alejarse lo más rápido posible.

—Louis, Louis —susurró mientras todo quedaba atrás.

15

Moon condujo de nuevo hasta la playa. El aparcamiento estaba desierto. Era temporada baja y los vecinos de la zona estaban ocupados en sus tareas a esas horas de la tarde. Aparcó cerca de los matorrales que delimitaban la parte más alejada y esperó un instante hasta cerciorarse de que estaba sola. Luego se quitó las gafas de pega y la peluca, se atusó el pelo con los dedos y buscó en la mochila las toallitas con las que librarse del espeso maquillaje oscuro. Por fin, se quitó las lentillas y los dientes postizos y cambió la ropa de Katy Suárez por la suya.

Cuando volvió a ser Moon, metió el disfraz en una bolsa y salió del coche. El mar bramaba a unos metros de distancia y el viento levantaba nubes de arena que le golpeaban la cara. Al final de la zona asfaltada había un pequeño contenedor de basura a rebosar de desperdicios. Estaba claro que, fuera de la temporada turística, los servicios de limpieza espaciaban las recogidas en la zona. Abrió la tapa y removió las bosas hasta hacer un hueco a media altura. Luego metió a Katy Suárez y la cubrió de nuevo hasta que se confundió entre los desechos.

Volvió al coche a la carrera. Estaba a punto de arrancar cuando su móvil comenzó a sonar. Era Simon.

—Hola —saludó.

—Hola —le devolvió él—, ¿todo bien?

—No me puedo quejar —respondió Moon.

—¿Dónde estás? Me parece oír el mar.

Moon arrugó los labios y subió la ventanilla.

—Es el viento, hace un tiempo horrible.

Simon guardó silencio, esperando una respuesta que no llegaba.

—¿Volverás pronto? —preguntó por fin.

—Me quedan varias cosas que solucionar, no sé cuándo…

—Ha pasado algo —la cortó Simon.

—¿Cómo? ¿Qué ha pasado?

—Veo que no has entrado en el foro…

—No he tenido tiempo —confirmó Moon.

Simon respiró hondo.

—Cheney ha subido una nueva oferta. Cien mil euros por Blue. Por ti.

Moon cerró los ojos.

—Bueno —dijo—, esto podía pasar. Pero no cambia nada. Si soluciono el primer problema, todo se arreglará.

—¿Estás loca? —gritó Simon de pronto—. Nada se arreglará. Tienes que volver, renunciar al contrato y esconderte hasta que todo se calme. Por favor, Moon…

—No te preocupes, tendré cuidado. Recuerda que soy una experta en desaparecer. Te llamaré.

—Moon…

Ella no escuchó sus palabras. Colgó, apagó el teléfono y sacó la batería.

Tenía que darse prisa.

No eran alucinaciones suyas. Alguien estaba intentando forzar la puerta de entrada.

Eric se situó a una distancia prudencial para evitar el latigazo eléctrico y escuchó. Sin duda, había alguien al otro lado de la puerta. Si fuera Soleil, o como se llamara, no tardaría tanto en abrir. De hecho, otras veces ni siquiera se había enterado cuando entró en el apartamento. No, quien estuviera al otro lado no tenía llaves.

Dio un paso más, cauteloso. Le temblaban las manos y sentía el sudor empapándole la cara y la espalda.

—¿Quién anda ahí? —preguntó en voz alta.

Quien fuera se detuvo unos segundos antes de reanudar su trabajo, con más afán si cabe que hasta entonces al saberse descubierto.

Eric se retiró un metro hacia atrás.

—¿Policía? —dijo—, alguien está intentando entrar en mi casa. —Los sonidos en el descansillo se detuvieron por completo—. Sí, tengo un arma. Es vieja, pero funciona.

Silencio.

Esperó de pie en el centro de la salita.

—Sigo aquí, sí —dijo a su interlocutor imaginario—. No sé si se han ido, dense prisa. Estoy apuntando a la puerta con el arma, pero no quisiera tener que disparar.

Nada. Ni un ruido, ni un chasquido metálico, ni un rasgueo en la cerradura. Se habían ido.

Eric caminó hacia atrás sin perder la puerta de vista y se sentó en una silla. Permaneció alerta, envarado y nervioso, durante horas. ¿Dónde estaba Soleil? ¿Lo había abandonado a su suerte? La creía capaz, después de todo.

En un momento dado, no recordaba muy bien cuándo, apoyó la cabeza en las manos y, después, se deslizó hasta la mesa. Durmió de sobresalto en sobresalto, asustado por cualquier ruido, real o imaginario. Cuando estaba despierto, vigilaba la puerta como un halcón. Cuando le vencía el sueño se veía muerto en el suelo, en medio de un charco de sangre. Solo.

Nunca había oído la voz del juez Eric Bisset, por lo que no podía estar seguro de que el tipo del apartamento fuera el sujeto que buscaba, pero su informante le había asegurado que lo encontraría allí. Se había recriminado duramente a sí mismo su falta de previsión. No esperaba encontrar una puerta acorazada y una cerradura de máxima seguridad. El bombillo estaba reforzado con láminas de acero y tenía al menos veinte pines, en lugar de los seis habituales. Cuando el tipo llamó a la policía, decidió alejarse de allí lo más rápido posible.

Llevaba más de una hora sentado dentro del coche, apostado a dos manzanas de distancia, esperando acontecimientos. La policía no había aparecido, por lo que dedujo que, o bien el tipo del apartamento había vuelto a llamar para desactivar la alerta, o bien se había marcado un farol y él había caído como un pardillo. En cualquier caso, ya era tarde para volver a intentarlo. El sujeto estaría alerta y, además, estaba empezando a amanecer.

Buscó en el móvil el contacto de su informante y tecleó un rápido mensaje en Telegram.

Intento fallido. Tenemos que hablar.

Esperó atento a la pantalla hasta que comprobó que el receptor lo había leído y el mensaje desaparecía pocos segundos después.

Arrancó el motor y se incorporó a la calzada desierta. A un par de calles de allí, el camión de la basura rompía el silencio con el rugido del motor y el chirrido de sus palas al levantar los contenedores. Las aceras estaban desiertas en esa hora incierta entre la noche y el día, cuando las estrellas y el alba conviven hasta que el sol instaura su tiranía.

Redujo la velocidad al pasar por el edificio. No había luz en el apartamento del sujeto. El móvil le avisó de la entrada de un mensaje. Lo cogió con la mano derecha y lo leyó.

Donde siempre, a las 19.

Respondió afirmativamente y vio desaparecer las dos líneas de texto. Luego aceleró y se alejó de allí.

16

—¡Han intentado matarme! —gritó Eric en cuanto Moon entró en el apartamento. Tenía la ropa arrugada, el pelo revuelto y la piel macilenta. Le brillaban los ojos y se movía a empellones, como si sufriera algún tipo de espasmo.

—¿Qué estás diciendo? ¿Te has acercado a la puerta o a la ventana?

—No… No… Escucha, alguien ha intentado entrar. ¿Qué podía querer, si no era matarme? Quien haya puesto precio a mi vida sabe que estoy aquí y ha venido a buscarme.

Moon volvió sobre sus pasos y abrió la puerta. Estudió la cerradura, el bombín y pasó la mano por las discretas muescas delatoras. Entró, cerró la puerta y sacó el portátil de la mochila. Un minuto después vio cómo una figura oscura y completamente cubierta se esforzaba en abrir su puerta sin conseguirlo.

—Grité —dijo Eric—, fingí llamar a la policía.

Moon asintió despacio.

—Bien hecho. Le hiciste dudar y no quiso arriesgarse.

—¿Cómo…?, ¿cómo me han encontrado? —balbuceó.

—No lo sé, pero nos vamos. —Se detuvo un instante a mirarlo—. Entra al baño y arréglate un poco, no quiero que llames la atención. —Vio el brillo en sus ojos—. Escucha, Eric. Si estás pensando en gritar, huir y echarte en brazos de la policía, olvídalo. Se enterarán e irán a buscarte donde estés. Tienen ojos y manos en todas las comisarías, en los calabozos… Solo estás seguro conmigo, ¿lo entiendes?

Eric no respondió. Entró en el baño y después se dirigió a la habitación. Llevaba el pelo mojado y de nuevo disciplinado hacia atrás. Sacó un pantalón y una camisa de la maleta y se cambió. Se puso la americana y cogió el abrigo del borde de la cama. Estaba listo.

O casi.

—Quítame esto —pidió con la mano en el collar de cuero electrificado.

Moon lo miró un instante.

—No —respondió tajante—. Sé que estás pensando en escapar. Crees que eres más listo que nadie, más listo que yo, sobre todo. Te estoy protegiendo, pero, mientras no lo entiendas, tú llevarás el collar y yo, el mando en la mano.

—No huiré —le aseguró Eric.

Moon lo miró un instante.

—No te creo. Coge tu abrigo y la maleta —ordenó a continuación.

Mientras Eric cerraba el equipaje y se ponía el abrigo, Moon guardó los dispositivos electrónicos, cámaras, escáneres y demás *gadgets* en una enorme mochila acolchada, los aseguró con las cinchas y se la colgó a la espalda. Configuró la alarma, comprobó que las cámaras funcionaban y abrió la puerta. Eric la miró desde el centro de la habitación.

—No te pasará nada, vamos.

Eric avanzó despacio. Cuando estuvo a un metro de la puerta, contuvo la respiración y dio un paso adelante. No hubo descarga. Soltó el aire de los pulmones y salió al descansillo. Moon cerró y conectó todos los sistemas de seguridad.

En la calle, empujó a Eric al asiento trasero del coche y lo observó un segundo. Se agachó sobre él y, cuando estuvo lo bastante cerca, le clavó en el cuello la jeringuilla que ocultaba en la palma de la mano. Eric gritó y se revolvió, pero el efecto del sedante fue más rápido que su furia y se dejó caer despacio en el asiento. Moon sacó una manta del maletero y lo cubrió con ella.

Miró un momento a su alrededor. Era una calle tranquila, alejada de las principales arterias del barrio. Muchas de las viviendas eran apartamentos turísticos ocupados por personas que pasaban el día fuera y que iban y venían sin fijarse en lo que los rodeaba. Giró a derecha e izquierda. Ni rastro de testigos incómodos. Agradeció el «vive y deja vivir» por el que parecían regirse los parisinos. Nada de miradas curiosas, preguntas incómodas ni llamadas subrepticias a la policía.

Buscó la carretera de circunvalación y se sumó a los miles de coches que entraban y salían de la ciudad. En cuanto pudo, abandonó la autovía y circuló por las carreteras secundarias que se dirigían al sur. Le dolían los brazos y la espalda y le costaba concentrarse en lo que la rodeaba. Había conducido durante casi ocho horas seguidas, con solo una parada rápida para repostar y usar el baño. Ni siquiera había comido o bebido nada. Mientras los kilómetros quedaban atrás, trató de dibujar un plan de acción. Atenta a la carretera, se devanaba los sesos intentando imaginar cómo los habían descubierto.

Eric permanecía inmóvil en el asiento de atrás. Calculó que necesitaría una segunda dosis dentro de tres o cuatro horas, teniendo en cuenta su peso y envergadura.

Condujo en silencio evitando las principales arterias y buscando carreteras secundarias alejadas de los núcleos de población. Cuando Eric comenzó a gemir, buscó un desvío discreto y apagó el motor en un camino de tierra rodeado de árboles y densa vegetación. Sacó una nueva jeringuilla de la mochila y se inclinó sobre él.

—No... —balbuceó cuando sintió la aguja en su cuello.

Moon esperó unos segundos. Cuando Eric volvió a respirar profundamente, regresó al volante y giró en el estrecho camino para dirigirse a la carretera. Tenía que aguantar, ya no faltaba mucho.

Tenía frío. Le dolía la cabeza, sentía la lengua pegada al paladar, gruesa y acartonada, y no podía moverse. Intentó abrir los ojos, pero una dolorosa punzada se le clavó en el cerebro. ¿Dónde estaba? Eric trató de recordar. Se palpó despacio la cabeza y la cara en busca de alguna herida o contusión capaz de provocar un dolor tan intenso. No había nada. Bajó hasta el cuello y se detuvo en la correa de cuero con incrustaciones metálicas.

Entonces recordó.

Esa mujer lo había drogado al menos dos veces en las últimas horas o días, no podía estar seguro. Tenía que salir de allí, alejarse de ella y poner a salvo a su familia.

Se concentró en escuchar. Nada. Silencio.

Se incorporó despacio, controlando las dolorosas sacudidas de su cabeza. Tiró a un lado la manta que lo cubría y pegó la cara a la ventanilla del coche. ¿Dónde demonios estaba? Aquello parecía un establo, un granero o algo por el estilo. Suelo de madera, muy sucio; paredes bastas cubiertas de telarañas y, al fondo, un portón enorme. Y cerrado.

Cogió la manilla del coche y tiró de ella, pero no logró abrirla. Probó con la del otro lado y después encajó el cuerpo entre los asientos delanteros para tirar de las otras dos manijas. Cerradas. No había ni rastro de Soleil. Era su oportunidad.

Se tumbó bocarriba en el asiento trasero y subió los pies. Le dolía tanto la cabeza que tenía ganas de vomitar, pero no podía esperar. Golpeó la ventanilla con los tacones de los zapatos. El cristal se bamboleó un poco, pero aguantó. Lo golpeó otra vez, y otra. Una grieta vertical comenzó a extenderse desde el centro. Concentró los golpes en esa zona hasta que, por fin, el cristal se hizo añicos en medio de un estruendo magnificado por el espacio vacío.

No vaciló. Sacó la mano por el hueco e intentó abrir la puerta desde fuera. Cuando comprobó que no cedía, sacó los brazos y se lanzó al suelo. Se puso de pie lo más rápido que pudo. Tenía el abrigo cubierto de esquirlas. Estudió el lugar. Olía a humedad, a cerrado y a madera. Distinguió unos barriles al fondo y varios aperos de labranza oxidados. Un granero, dedujo. Abandonado, a juzgar por el aspecto general. No vio otra salida que el enorme portón que tenía delante. Corrió hacia él. El candado colgaba a un lado, al final de la gruesa cadena que debería unir las dos hojas. Ya estaba casi.

Alargó las manos, las colocó sobre la madera y empujó.

La sacudida fue brutal. Eric cayó al suelo entre temblores, con los ojos en blanco y los músculos atenazados por la electricidad. Vio una sombra a su izquierda y, luego, oscuridad.

Moon sintió lástima por él. En el fondo, Eric solo estaba cumpliendo con su trabajo, intentaba ser un buen juez. El lío en el que estaban metidos no era culpa suya.

Se giró hacia su mochila, rebuscó en el interior y se inclinó sobre Eric, que empezaba a recuperarse. Acercó la jeringuilla a su cuello y le inyectó el sedante.

—La última vez, lo prometo —le dijo Moon—. Necesito dormir.

17

Los cubitos de hielo cambiaron de posición cuando la tónica los cubrió de burbujas. El hombre cogió el vaso de tubo que le acercó el camarero, sacó la rodaja de limón y la dejó sobre la barra. Luego se giró en busca de una mesa libre. No le costó dar con una. Aquel no era un bar de moda y nunca estaba demasiado concurrido. De hecho, ni siquiera estaba cerca de ninguna atracción turística, y todo el mundo en el oficio sabía que el número de cámaras, controles y policías se reducía exponencialmente con cada kilómetro que te alejaras de la Torre Eiffel.

Se sentó y se dispuso a esperar. Eran las siete menos cinco. Confiaba en que su contacto fuera puntual.

Los hielos siguieron recolocándose en el vaso conforme se convertían en agua. El conocido cosquilleo en la espalda le indicó que alguien se acercaba. La movió imperceptiblemente para sentir el reconfortante contacto de su arma y levantó la vista. Un hombre de cabello rubio, largo y despeinado, vestido con ropa deportiva negra y un casco de motorista en la mano se sentó frente a él. El recién llegado superaba sobradamente los cuarenta, pero su aspecto y su pose informal hacía que los poco observadores no le calcularan más de treinta y cinco años. Sin embargo, para el hombre que lo esperaba eran evidentes las canas en las sienes y en la barba crecida, las arrugas bajo los ojos y a ambos lados de la boca y la incipiente barriga que la chaqueta holgada apenas disimulaba. Por lo demás, se conservaba en buena forma, era alto, de espaldas anchas y brazos y piernas robustas, un tipo al que no querrías tener que enfrentarte.

—¿Qué ha pasado? —preguntó en cuanto se sentó, sin ni siquiera saludar. Dejó el casco sobre la mesa y le hizo un gesto al camarero—. Perrier —pidió—, con mucho hielo y dos rodajas de limón.

Acto seguido, se giró hacia el primer hombre y lo miró como si no hubiera nada más a su alrededor.

—Seguridad máxima —empezó—. Cámaras y una puerta de primera. El tipo fingió llamar a la policía, pero decidí alejarme, en ese momento no podía estar seguro —añadió.

—¿Era él? —preguntó el hombre rubio. Se giró para recibir al camarero, que le entregó la bebida sin llegar a dejarla sobre la mesa.

—No le vi la cara, solo oí su voz a través de una puerta, pero la dirección era correcta, la que tú me diste.

El rubio cabeceó ligeramente. Bebió un largo trago y cerró los ojos mientras las burbujas le cosquilleaban el paladar. Luego miró al sicario con sus ojos de hielo.

—A partir de ahora me ocuparé personalmente. Tienes tu dinero en la cuenta. Nos vemos —añadió mientras se levantaba.

Dejó sobre la mesa un billete de diez euros y apuró la Perrier de un trago. La acidez del agua carbonatada y el limón le hicieron arrugar la nariz. Exhaló con placer, le guiñó un ojo al tipo de la tónica, cogió el casco y se marchó.

Cuando estuvo solo, el hombre agitó una vez más los cubitos dentro del vaso y sacó el móvil del bolsillo.

—Puto Cheney —dijo cuando descolgaron—. Estoy fuera. Pierdo una pasta, pero es lo que hay. Avísame cuando tengas algo para mí —añadió antes de colgar.

Ya no quedaban burbujas tras el cristal y los hielos eran apenas pequeños guijarros quebradizos.

Cogió los diez euros que estaban sobre la mesa y le hizo un gesto al camarero.

Cheney cruzó la calle a la carrera y subió a su Harley Pan America 1250. Se ajustó el casco, hizo rugir el motor y se alejó del bar y del inútil que le había hecho perder un tiempo precioso. No podía ser tan difícil deshacerse de un juez de provincias y de una tipa que se creía más lista que nadie.

Cuando la tal Blue apareció por primera vez en el foro, Cheney cumplió a rajatabla con el protocolo de seguridad que le había sido tan útil durante tantos años. Conocía la verdadera identidad de la detective, dónde vivía, cuánto dinero tenía en el banco y qué otras propiedades poseía. Si decidió abrirle la puerta fue precisamente porque había una parte de esa mujer, que se hacía pasar por un hombre *online*, que lo intrigaba poderosamente. Blue, es decir, Moon Aubry, había nacido hacía solo seis años. A pesar de todos sus esfuerzos, no consiguió averiguar nada más sobre ella. Cheney pensó que, si había sido capaz de borrar su rastro de esa manera, debía ser buena en lo suyo.

En la *deepweb*, Blue siempre se conformaba con los casos convencionales. Espionaje industrial, estafas, adulterios, seguimientos, comprobación de antecedentes, búsqueda de desaparecidos, localización de antigüedades… Hasta ahora, cuando de pronto insistió en ocuparse del juez Bisset. Pero no había cumplido, y eso lo ponía a él en un aprieto frente al cliente.

En su opinión, la solución era sencilla. Debía acabar con el perro y con la rabia. Con el juez y con Blue, Moon o como mierda se llamara.

Condujo lo más deprisa que pudo hasta su casa, una vivienda aislada a las afueras de París que mantenía perfectamente oculta a los ojos de todo el mundo. Muros altos, cristales oscuros en las ventadas, sin timbre en la entrada ni otro acceso que no fuera el que él mismo controlaba con las dos enormes cámaras colocadas a cada lado del portón metálico. La casa ocupaba un claro al inicio de un bosque de árboles bajos y frondosos, y el único camino de acceso a duras penas permitía el paso de un coche pequeño.

La moto avanzó despacio mientras el portón se abría. Ya en el garaje, Cheney se libró del casco, comprobó que la verja estaba cerrada y la alarma conectada y entró en la casa. En la cocina, se preparó un vaso ancho con Perrier, hielo y limón y bajó después al sótano, donde media docena de pantallas encastradas en la pared reproducían en tiempo real las imágenes de todas las cámaras que Cheney había instalado o pinchado. A un lado de la enorme mesa de trabajo, el portátil desde el que controlaba su imperio. Él era el conseguidor, el intermediario entre un mundo y otro, el enlace entre quien quería algo y quien podía dárselo. Cheney recibía la oferta, la analizaba y valoraba, le ponía precio y luego buscaba quien cumpliera el encargo. Sus comisiones eran sustanciosas, por supuesto. Era él quien daba la cara ante el cliente. Su red de contactos era extensa. Pequeños raterillos, detectives de medio pelo, investigadores solventes y respetables y un limitado número de personas sin escrúpulos.

Cuando Blue aceptó encargarse del juez, Cheney decidió cubrirse las espaldas. No podía alegrarse más de su decisión. Esa misma noche había conducido hasta el Barrio Latino, se había colado en el garaje y había colocado un dispositivo de rastreo en el coche de la investigadora.

Consultó una de las pantallas. El pequeño mapa mostraba una zona de viñedos en el departamento de Aude. Anotó las coordenadas y se conectó a un satélite que le ofreció imágenes en tiempo real. No vio ni rastro de Blue, pero, si su coche estaba allí, ella no podía andar lejos.

Cogió el móvil y buscó el contacto que necesitaba.

—Aquí Cheney —dijo—. ¿Cuántos hombres puedes reunir para ya? —Guardó silencio mientras escuchaba la respuesta y sonrió—. Te envío una ubicación. Que no quede ni rastro.

18

Moon no solía tener sueños plácidos. Sin embargo, ese día no soñó con agua oscura ni con cristales rotos. Recostada en el asiento del copiloto del coche, con Eric inconsciente en el suelo del granero, se vio a sí misma sonreír. Era un día soleado y Daniel la instaba a empujar más fuerte el columpio. «Más alto», pedía. Ella reía y lo lanzaba hacia arriba una vez más, muy alto, con el cielo azul de fondo.

Se removió en el asiento. Sentía la espalda rígida y las piernas agarrotadas. Abrió los ojos y parpadeó para enfocar la mirada. Apenas había dormido tres horas, pero tendría que ser suficiente de momento. Dejó a un lado el abrigo con el que se había tapado y estiró los brazos todo lo que pudo para desentumecer los músculos. Luego comprobó que Eric continuaba sedado y se bajó del coche. Convirtió sus dedos en un peine y se recolocó el pelo. Arrugó la nariz. Necesitaba una ducha. Volvió a estirarse para activar los músculos y avanzó hacia la entrada. La paja seca crujió bajo sus pies.

Liberó el enorme cerrojo metálico, empujó el portón de madera lo justo para salir y se detuvo bajo el sol. Levantó la cara y cerró los párpados. El calor la reconfortó. Sonrió un instante antes de abrir los ojos y mirar lo que la rodeaba. El granero era solo una de las tres construcciones anexas al Château Pech Redon. Moon era la propietaria de la finca desde hacía cuatro años. Descubrió el lugar por casualidad una de las veces que se acercó a Carcasona para ver a Daniel a hurtadillas. Conducía sin rumbo por carreteras secundarias para intentar calmarse y apagar el deseo de volver a casa. La llama era cada vez más débil, pero de vez en cuando el calor de su interior se reavivaba y necesitaba hacer un verdadero esfuerzo para regresar a París y seguir siendo la que era.

Recordaba que se detuvo ante la valla de la finca. En algún tiempo estuvo pintada de blanco y rojo, pero entonces la pintura era poco más que un recuerdo sobre la madera desvencijada y ennegrecida por la humedad. Clavado en uno de los postes laterales, un cartel anunciaba que estaba en venta. Moon abrió la verja y entró. Un camino de casi doscientos metros por el que podría circular un coche sin problemas conducía hasta el *château*, que no era un castillo como tal, sino una enorme casona de más de cien metros de planta y dos alturas. Lo rodeó despacio, observando con atención las puertas y ventanas, cerradas a cal y canto, el tejado, que parecía estar en un estado aceptable, y los muros de piedra, cubiertos de yedra en algunas zonas, pero firmes e intactos como el día que se construyó. Visitó después las dos edificaciones cercanas. Encontró algunas herramientas agrícolas, un gallinero vacío y, en el suelo del granero, una trampilla de un metro cuadrado que daba paso a un amplio pasadizo que se comunicaba directamente con el exterior. Bajó con cuidado y caminó con la cabeza agachada. Localizó un par de botas militares con la suela despegada y cubiertas de polvo y una canana vacía. No pudo abrir la trampilla del otro lado, de modo que tuvo que dar la vuelta y salir de nuevo al granero. Calculó que aquel lugar habría sido construido en el siglo XIX, por lo que era muy probable que el pasadizo hubiera sido excavado en cualquiera de las dos guerras mundiales, aunque las botas y la canana de cuero parecían de los años cuarenta.

No encontró grafitis ni restos de basura. Tampoco huellas de neumáticos ni nada que un ser humano hubiera dejado allí recientemente. La ubicación era interesante, a menos de dos horas de Narbona, pero aislado en medio del campo, así que hizo una oferta a la inmobiliaria que gestionaba la venta y lo compró a un precio más que razonable.

No se molestó en rehabilitarlo, aunque instaló unas mínimas medidas de seguridad. Y tampoco había pasado más de un día allí. Sin embargo, le había sido útil en varias ocasiones. Guardaba allí bastante material de trabajo, como una maleta con un completo equipo fotográfico, un sistema de escucha, dos pequeños ordenadores portátiles y algo de dinero, además de un coche pequeño que utilizaba en sus vigilancias por la zona para no quemar el suyo. Nadie conocía la existencia de esa propiedad, ni siquiera Simon. Si un día necesitaba desaparecer de nuevo, ese era un buen lugar en el que hacerlo.

Con la cara levantada hacia el sol, recordó que el *château* tampoco estaba lejos de la casita en la que se refugió tras la riada. Su cabeza se llenó de imágenes que creía olvidadas, como el día en el que un coche de bomberos aparcó junto a la casa. Se escondió dentro de la bañera del piso superior y corrió la cortina. Contuvo la respiración durante cinco interminables minutos, pero los bomberos, conocedores sin duda de que se trataba de una vivienda de veraneo, apenas dieron una vuelta por la planta baja antes de volver al coche y alejarse. La electricidad se restableció en un par de días, y poco después los grifos dejaron de manar agua parduzca. Durante el tiempo que estuvo escondida acabó con las reservas de comida de los dueños y utilizó la ropa que la mujer había dejado en el armario. Le costó una semana poder apoyar el pie y otra más empezar a caminar.

Mientras, Moon, todavía Soleil, comenzó a diseñar su nueva vida. Tardó días en obtener lo que ahora lograba en unas pocas horas, pero consiguió una partida de nacimiento con un nuevo nombre que le permitió solicitar la *carte nationale d'identité* y, con ella, todos los documentos que necesitaba: permiso de conducir, tarjeta sanitaria, una cuenta bancaria e incluso un título universitario con su formación real, pero a su nuevo nombre: Moon Aubry, nacida en julio de 1989 en París.

Cuando se sintió con fuerzas, metió en una mochila el ordenador que había utilizado, algo de ropa y la comida que quedaba en la despensa y se marchó. Sabía que ya no la buscaban, pero debía ser cautelosa. La primera prueba de fuego fue entrar en la oficina de correos de Capendu y pedir la llave del apartado postal que había alquilado por Internet. Había solicitado que toda la documentación, incluidas varias tarjetas de crédito, le fuera enviada allí.

La funcionaria le sonrió cortés y le entregó la llave.

—Ayer mismo le llegó un sobre. Menos mal que ha venido, casi no puedo meterlo... —le dijo mirándola directamente a los ojos.

Moon sintió un escalofrío, pero se calmó cuando se dio cuenta de que la mujer no la había reconocido. Le devolvió la sonrisa y cogió la llave.

—Estoy hasta arriba de trabajo —explicó mientras buscaba el número en la pared de enfrente.

—La entiendo —suspiró la funcionaria—, aquí vamos todos fatal...

Moon vació el buzón, metió los sobres en la mochila y regresó al mostrador.

—¿Dónde está la estación de autobuses? —preguntó.

La mujer sonrió.

—No es una estación como tal —le explicó—. La parada está en la plaza, a tres calles de aquí.

Moon le dio las gracias y salió a la calle.

Estableció sus prioridades. Necesitaba un móvil y dinero en efectivo. Lo del teléfono no podía solucionarlo allí, en el pueblo no había tiendas de telefonía, pero había visto un cajero automático de camino a Correos. Había hecho una transferencia de cincuenta mil euros a su nueva cuenta, todo a base de datos ficticios y trucos de *hacker* que nunca creyó que llegaría a poner en práctica cuando leía artículos en revistas especializadas y en blogs y, sobre todo, mientras escuchaba a sus compañeros de trabajo durante sus reuniones *online*. Transferencias fantasma, acceso al código fuente, inserción de líneas, cortafuegos y..., bum, ya está.

Desde luego, Moon era consciente de que se trataba de una práctica ilegal que podría llevarla a la cárcel... si la encontraban, claro, porque ella, a todos los efectos, no existía. Al menos, no todavía.

Localizó un cajero automático y sacó seiscientos euros, el máximo permitido. Luego se dirigió a la plaza, compró en la taquilla un billete a Montpellier, el primero que salía, y se sentó en la terraza de un bar a esperar. Ese día fue el primero de muchos que controló su entorno en busca de cámaras de vigilancia, miradas demasiado directas o dedos acusadores.

Había pasado mucho tiempo desde aquel primer día. No se arrepentía de nada.

O de casi nada.

Se alejó del sol y volvió a entrar en el granero. Cuando Eric despertara, se instalarían en la edificación contigua para pasar la noche. Allí guardaba comida, colchones hinchables y mantas. Se sentía incapaz de arrastrarlo hasta la casa, jamás en su vida había estado tan cansada como entonces.

Miró a Eric, inmóvil en el suelo. Conectó el móvil de su… viudo y le envió un mensaje a Emma.

Hola, cielo, ¿todo bien? Yo ya estoy harto de París, aunque en la asociación me están tratando de lujo.

Emma tardó solo unos segundos en responder.

¡Hola! Me alegro de que todo vaya bien. ¿Cuándo vuelves?

En un par de días, espero. Ya te contaré, ha surgido un tema interesante. Avisaré a Lydia, no habrá problema.

OK, como quieras.

Moon no sabía si la escueta respuesta se debía a un conato de enfado, pero no tenía tiempo para una pelea.

¿Qué tal Daniel?, preguntó.

Bien. Te echa de menos, y tu madre nos está volviendo locos a los dos.

Moon sonrió. Había cosas que no cambiaban, pensó.

Hablaré con ella, prometido.

A veces es…

Un emoji rojo con la cara congestionada acompañó a los puntos suspensivos.

Bien por Emma, aplaudió Moon. Le gustaría que pusiera a Nicole en su sitio, que hiciera lo que ella no tuvo el valor de hacer.

Se despidió de la mujer, apagó el teléfono y lo guardó.

Eric gimió y se removió en el suelo. Moon abrió un botellín de agua y se acuclilló a su lado. Le cogió la cabeza y le guio la boca hacia el gollete. Eric bebió despacio primero y con ansia después.

—Me duele la cabeza —se quejó.

—Te daré algo.

—No, no. No, por favor.

—Como quieras —aceptó Moon—. Bebe más agua.

Eric apuró la botella antes de ser capaz de sentarse en el suelo. Llevaba el pelo alborotado, cubierto de polvo y paja, igual que el abrigo y los pantalones. Se miró las manos, tan sucias como su ropa.

—¿Qué ha pasado? —preguntó.

—Te has quedado dormido en el suelo —respondió Moon.

—¡Me has drogado otra vez! —gritó de pronto—. ¿Qué me has pinchado? ¿Cuántas veces…?

—Tranquilo, no vas a convertirte en un yonqui. No te habría inyectado la tercera dosis si no hubieras intentado huir.

—Solo quería saber dónde estamos —le aseguró él con voz ronca.

Moon frunció el ceño. Quizá fuera verdad. Quizá no. Qué más daba ya.

—Aquí al lado hay una casa adecentada para pasar unos días —dijo—. No es un palacio, pero servirá.

—¿Unos días? —exclamó Eric—. ¡No tenemos tiempo!

—Cierto, no lo tenemos, pero no nos podemos permitir dar un paso en falso, así que cálmate, coge la maleta y ven conmigo.

19

La casa olía a cerrado, a polvo y a madera vieja. Moon tuvo que luchar unos segundos con la cerradura antes de que esta cediera y les permitiera el paso. Eric entró despacio, cauteloso, mirándolo todo a su alrededor. Moon avanzó pulsando interruptores a su paso. Las lámparas iluminaron un mobiliario escaso y anticuado, aunque en aparente buen estado. Nada de alfombras, cortinas ni manteles. Tampoco había cojines en el único sofá de la sala presidida por una enorme chimenea.

—¿Es tuya? —preguntó Eric. Moon asintió mientras cerraba las contraventanas de madera—. ¿Y para qué…? ¿Qué haces aquí?

Moon no pudo evitar sonreír al adivinar los pensamientos de Eric. Se dio la vuelta y recompuso el gesto serio.

—Nunca he retenido a nadie en contra de su voluntad —dijo—. Tú eres el primero —añadió.

Eric levantó las cejas un instante y se giró para estudiar la casa. Alrededor del salón se abrían una serie de estancias. A la derecha, una cocina con aspecto de llevar décadas sin ser utilizada. Sobre la encimera encontró un pequeño hornillo de dos fuegos conectado a una bombona de butano y, en un rincón, una cacerola, una cafetera y un solo cubierto completo. Plato, vaso, cuchara, tenedor y cuchillo. Aquella era la definición exacta de «lo imprescindible».

La siguiente puerta daba a una impresionante despensa de baldas que un día fueron blancas. Una araña corrió a ocultarse cuando Moon encendió la bombilla del techo. Solo dos estantes estaban ocupados. Cogió una garrafa de agua y dos latas de comida preparada y se las pasó a Eric, que las dejó junto a los fogones de la cocina.

—Lo siento, no te puedo ofrecer nada de lo que te gusta, ni siquiera una Coca-Cola.

—No importa —respondió Eric—. ¿Cuánto tiempo vamos a quedarnos aquí? Tengo que volver a casa, quiero ver a Daniel, debo solucionar todo este lío…

—No podemos movernos a lo loco —le dijo Moon mientras lo guiaba escaleras arriba hasta una de las habitaciones. Abrió la puerta y se hizo a un lado para dejarlo pasar—. El baño está a la derecha. La ducha debería funcionar, pero no hay agua caliente. El depósito está en el tejado y se templa al sol, así que, si eres rápido, no te alcanzará el agua helada. Te espero abajo. —Estaba a punto de cerrar la puerta cuando se giró de nuevo hacia él—. Por favor, no intentes huir, no me obligues a…

—No lo haré —la interrumpió Eric—. Prometido.

Moon calentó las dos latas de carne guisada mientras Eric se quitaba la ropa sucia y se adecentaba un poco. Volvió quince minutos después con el pelo mojado y vestido con un traje azul y una camisa blanca.

—Yo venía a dar una conferencia —se justificó—, no he traído ropa informal ni zapatillas deportivas.

—No creo ni que tengas zapatillas deportivas —dijo Moon sin pensarlo. Se mordió la lengua al instante. No debía entrar en el terreno personal.

Eric se colocó a su lado y olisqueó lo que había en la cazuela.

—Sí que tengo —dijo. Moon lo miró sin entender—. Deportivas, sí que tengo. Monto en bici, hago senderismo por la costa y juego al fútbol en el equipo de padres del colegio.

Moon se giró hacia él con la cuchara en la mano.

—Vaya, no te reconozco —dijo.

Él frunció el ceño.

—Yo a ti tampoco —respondió—. Estamos iguales. Pero creo que me gustaría conocerte —añadió en voz más baja.

Moon se alejó un paso.

—Es tarde, Eric. Para todo.

Cenaron en silencio, uno junto al otro, en la mesa del salón, con la mirada fija en la pared de enfrente. Repasaron las imperfecciones de los ladrillos, las grietas de la chimenea, las telarañas que colgaban de los rincones. Le había servido la comida a Eric en el plato y le había entregado la cuchara. Ella comió directamente de la cazuela con el tenedor. Bebieron en el único vaso y la única taza que había en la alacena.

Después, mientras Eric fregaba la vajilla, Moon encendió el ordenador y encriptó el wifi de su móvil antes de conectarlos.

Leyó varias noticias sobre la muerte de Louis Blanchard. Los periodistas apenas aportaban datos sobre el caso, señal de que la policía seguía investigando. En una de las imágenes que acompañaban a un artículo, pudo ver la casa multicolor y delante, en el césped, a Atticus. El perro se había sentado sobre los cuartos traseros y parecía esperar a que sus amos volvieran. Supuso que lo habrían llevado a una protectora, a no ser que algún familiar de Louis o Luc se hubiera hecho cargo de él.

Recordó la escena que había encontrado en la casa. Ningún policía con un mínimo de sentido común se tragaría lo del suicidio. Sin embargo, estaba segura de que les iba a costar mucho hallar pruebas que los condujeran hasta el asesino.

Eric volvió de la cocina con el teléfono en la mano.

—Me gustaría llamar a Daniel —pidió—. Una llamada rápida, solo para darle las buenas noches. Le extrañará que no le haya llamado en todos estos días.

—Eric… —empezó Moon.

—No haré nada ni diré nada que pueda comprometerte —la cortó—. Entiendo la gravedad de la situación y comprendo que me juego mucho, que realmente hay alguien que quiere matarme.

—Alguien que está muy cerca —le dijo.

—¿Qué quieres decir con cerca?

Moon señaló la pantalla del ordenador y Eric se acercó para leer el titular.

—¿Quién es Louis Blanchard? —preguntó a continuación.

—Era el marido de Luc Durand, uno de los propietarios de los terrenos que murieron repentinamente. —Eric la miró sin comprender—. Lo encontraron ahorcado en su casa. —Señaló la fachada multicolor.

—El duelo es muy duro —respondió en voz muy baja.

—No se suicidó —siguió Moon—. Yo encontré el cadáver. No se suicidó —repitió.

—¿Crees que si llamo Daniel correrá peligro? —preguntó unos segundos después—. ¿O nosotros?

—No lo sé, no puedo estar segura, pero no creo que sea buena idea. Nos están buscando, tenemos que ser discretos, movernos con sigilo y que todo parezca normal a nuestro alrededor.

Eric asintió, volvió a la cocina y se sirvió un vaso de agua.

—No he visto libros, ni una tele, ni nada de nada —dijo cuando regresó.

—No hay nada de eso, lo siento. Aquí solo vengo de paso, por trabajo, y nunca estoy más de unas cuantas horas.

—Entonces, creo que me voy a dormir.

Moon asintió y lo vio subir despacio las escaleras. Oyó la puerta al cerrarse y, después, un manto de silencio se extendió por la casa. Hasta entonces había disfrutado de esa quietud, rota solo de vez en cuando por el vuelo de sus dedos sobre el teclado, pero en ese momento le recordaba a un enorme agujero negro del espacio, capaz de tragárselo todo: la luz, los sonidos, la vida...

Suspiró y se concentró en el ordenador. Necesitaba pistas, nombres, direcciones, motivos. Apagó la luz del techo, le bastaba con el brillo de la pantalla para trabajar. Sin embargo, en el rellano de las escaleras distinguió una franja anaranjada a ras de suelo. Imaginó a Eric al otro lado de la puerta, solo, desolado, muerto de miedo. Lo único que podía hacer era precisamente lo que estaba haciendo. Expulsó a Eric de su cabeza y se concentró en los documentos que tenía delante.

—Senderismo y fútbol —dijo para sí—. No se lo cree ni él.

Todo lo que necesita el cerebro para convertirse en una furiosa alarma es un pequeño detalle que lo saque de su letargo. Moon se había quedado dormida en el sofá, con el ordenador encendido sobre la mesita baja y los auriculares puestos. Por eso no oyó el bip-bip que, con rítmica insistencia, la advertía de que algo iba mal. Su cerebro, mejor entrenado que ella, captó la luz roja intermitente y la intensificó para alertar a Moon a través de sus ojos cerrados.

Parpadeó dos o tres veces antes de incorporarse con rapidez y enfocar la mirada en lo que le mostraba la pantalla. Alguien había cruzado el perímetro de la finca. El sistema de seguridad que había instalado era muy básico, solo unos sensores de movimiento, por lo que no podía saber qué o quién había hecho saltar la alarma. Podía tratarse simplemente de un animal, aunque su cerebro, ya a pleno rendimiento, le decía que no era así.

Corrió escaleras arriba y entró en la habitación que ocupaba Eric. Lo encontró dormido sobre la cama, completamente vestido salvo por los zapatos.

—¡Deprisa! —exclamó Moon—. Nos vamos.

Eric se levantó de un salto y la miró confundido.

—¿Qué pasa? —preguntó.

—No estoy segura —respondió Moon—. Algo ha hecho saltar la alarma. Nos vamos, date prisa —le urgió antes de salir de la habitación y bajar las escaleras a toda velocidad.

Recogió el ordenador y el resto de los aparatos que había utilizado y se puso el abrigo. Eric bajó un minuto después, ya calzado, con el abrigo puesto y la pequeña maleta en la mano.

—Déjala —le dijo Moon—, ya volveremos a por ella si solo es una falsa alarma.

Eric no respondió. Estaba pálido y respiraba por la boca. Dejó la maleta en el suelo y la siguió hacia la puerta.

—Vamos al granero —le explicó Moon—, deprisa, agachados y en silencio, ¿de acuerdo?

Eric asintió con energía y se colocó detrás de ella. Moon abrió la puerta y oteó el exterior. Todo parecía en calma. No vio ni escuchó nada fuera de lo normal. Los grillos a lo lejos y el susurro del viento entre los árboles cercanos. Ni faros, ni motores. Nada. Quizá solo se tratara de un animal, pero no podía arriesgarse.

Corrieron agachados hasta el granero. Moon empujó la puerta lo justo para entrar y se quedaron pegados a la pared. El interior estaba igual de silencioso y oscuro que el exterior. Esperaron un largo minuto antes de que Moon encendiera una linterna.

El coche seguía allí, nada parecía haber cambiado. Los dos respiraron profundamente y caminaron hacia el coche.

—¿Qué vamos a hacer? —preguntó Eric.

Moon no tuvo tiempo de contestar.

Algo impactó con fuerza contra el portón de madera. Luego, el estruendo se repitió en la pared lateral mientras al fondo comenzaba a sonar una ráfaga de disparos.

—¡Al suelo! —gritó Moon.

Eric se lanzó bocabajo y se cubrió la cabeza.

Las balas lanzaban astillas de madera hacia ellos.

Moon tenía la pistola en la mano, pero sabía que no merecía la pena responder a un tirador invisible.

Unos minutos después, los disparos cesaron.

Y comenzó el incendio.

20

La madera vieja y reseca crujía y se abombaba antes de desaparecer en medio de una enorme lengua de fuego. El aire se llenó de ascuas incandescentes.

La paja ardía arriba y abajo, propagando el fuego a todos los rincones del granero.

El tiroteo había terminado, pero Moon estaba segura de que quien fuera seguía allí y no se marcharía hasta asegurarse de que estaban muertos.

Eric se cubrió la boca con un pañuelo y miró a Moon con los ojos desorbitados.

—Necesito que apartes esas pacas de paja de allí —gritó, señalando unos bloques situados contra la pared de la izquierda.

—¡Van a arder! —protestó Eric.

—El fuego todavía no las ha alcanzado, ¡corre!

Azuzado por la urgencia en la voz de Moon, Eric corrió a través de las llamas, todavía bajas, y empujó con fuerza los fardos. Mientras, Moon abrió el coche y recuperó la mochila acolchada del maletero. Se la puso a la espalda y miró a su alrededor.

El humo empezaba a ser espeso y oscuro, les costaba respirar y a cada bocanada inhalaban más y más monóxido de carbono.

Ayudó a Eric a retirar las últimas pacas y se agachó para buscar algo. Pasó a toda prisa la mano por la madera caliente. Apenas veía nada y tosía con fuerza. Eric se arrodilló a su lado.

—¿Qué buscas? —gritó por encima del crujido de las tablas y del aullido del fuego.

—Una argolla metálica —respondió Moon.

Eric se movió a la derecha y su rodilla topó con algo duro. Bajó la mano hasta dar con una anilla de metal, que ya empezaba a calentarse.

—¡Aquí! —exclamó.

Moon se giró hacia él y cogió la argolla con las manos. Sintió el calor en las palmas, tenía que darse prisa.

—¡Apártate! —le gritó a Eric, que se colocó detrás de ella.

Moon afianzó los pies en el suelo e hizo palanca con las piernas mientras aplicaba toda su fuerza en la argolla. La trampilla, de apenas un metro cuadrado, se separó por fin del suelo.

—¡Vamos, baja! —le gritó a Eric.

Él no se lo pensó dos veces y saltó al hueco sin mirar siquiera qué había dentro o a qué distancia estaba el suelo. Ya no podía respirar y las llamas lamían las vigas del techo.

Cuando Eric hubo entrado, Moon se sentó en el borde y se dejó caer. La trampilla se cerró sobre su cabeza con un golpe seco. Eric permanecía acuclillado, era demasiado alto para estar de pie en ese hueco. Tampoco Moon podía erguirse por completo.

—¿Estás bien? —le preguntó.

—Sí —respondió Eric—. Gracias.

Moon le dio la mochila y comenzó a andar.

—Tenemos que salir de aquí, date prisa.

El humo había empezado a colarse en el túnel excavado en la tierra, y las llamas que rugían sobre sus cabezas iluminaban el camino.

Unos metros más adelante tuvieron que doblarse sobre sí mismos. La mochila golpeó un par de veces contra el techo.

—Ten cuidado —ordenó Moon—. Es importante.

Eric se colocó la mochila en el pecho para protegerla y siguió andando detrás de Moon.

—¿Dónde estamos? —preguntó a su espalda.

—En un viejo túnel excavado en los tiempos de la guerra —respondió—. Supongo que lo utilizarían los de la Resistencia para entrar y salir de aquí con discreción.

Unos metros más adelante el túnel terminaba abruptamente. Moon se detuvo y miró hacia arriba. Colocó las manos sobre su cabeza y tanteó el techo. El humo era menos denso allí, pero el olor a quemado los perseguía.

—Aquí está —murmuró Moon—. Ayúdame, no podemos hacer ruido.

Eric asintió en silencio e imitó a Moon. Colocó las manos sobre el techo de madera y empujó. La trampilla tardó unos segundos en ceder. Sudaban por el calor y el esfuerzo. Cuando la portezuela se separó unos centímetros, Moon le hizo un gesto a Eric para que esperara en silencio. Se asomó con cautela, con el arma preparada. Desde su posición, el incendio quedaba atrás, invisible a sus ojos, aunque todo lo que tenían delante brillaba iluminado por una luz naranja.

Tenía que salir.

Apoyó las manos en la tierra y se izó fuera del túnel.

—¡Espera! —susurró Eric.

—Quédate aquí —ordenó.

Moon avanzó con las piernas flexionadas y la espalda inclinada. Buscó refugio en la pared del edificio más alejado del granero, una pequeña construcción de piedra que un día había servido de caballeriza y en la que Moon había escondido su pequeño coche.

Sintió una presencia a su espalda. Se giró veloz con el dedo en el gatillo.

Eric levantó las manos, pero no gritó.

En ese momento, un estruendo los paralizó. Se giraron sobresaltados justo a tiempo de ver cómo el tejado del granero se venía abajo. Una cortina de fuego y humo rodeó el edificio, que siguió consumiéndose a gran velocidad mientras las llamas se extendían voraces hacia la segunda edificación.

—Tengo un coche aquí, tenemos que sacarlo antes de que todo arda —urgió Moon.

—Dime qué quieres que haga —respondió Eric.

Moon lo miró un segundo. Parecía nervioso, pero decidido.

—Sígueme.

Corrieron agachados hacia la parte trasera de la pequeña construcción, todavía a salvo de las llamas y, sobre todo, de la vista de quien hubiera provocado el incendio. Quizá se marcharan ahora que el tejado se había derrumbado. Encontraron unos setos altos que les servirían como parapeto. Se tumbaron y esperaron.

Vieron cómo el granero se consumía y las vigas más gruesas caían al suelo con estrépito mientras los tablones de las paredes se ennegrecían y desaparecían.

Cuando las llamas se cebaron con la casa le hizo un gesto a Eric para que permaneciera tumbado mientras ella iba a buscar el coche. Eric negó vehemente y se puso de pie. Moon suspiró, resignada.

Un grito hizo que volvieran a tumbarse.

—¿Habéis mirado allí? —dijo un hombre a medio centenar de metros de distancia—. Voy yo, seguid atentos.

—Nos va a ver —susurró Eric.

En efecto, si el hombre seguía recto pasaría justo a su lado y sería inevitable que los descubriera. Necesitaban tiempo.

Moon amartilló el arma y apuntó con cuidado. Eric la miró con los ojos muy abiertos. Serena y con el pulso firme, Moon apretó el gatillo. El disparo sonó por encima del incendio y del desplome de las maderas. El hombre cayó al suelo y se quedó inmóvil.

—¿Lo has matado? —preguntó Eric.

—Eso espero —respondió Moon—. Ve a por el coche, rápido —ordenó a continuación—. Abre las dos hojas de la puerta y arranca el motor. Las llaves están puestas. Luego, acelera y sal de aquí.

—¿Y tú? —preguntó asustado.

—Sigue la carretera —añadió, ignorando su pregunta—, no te metas en sembrados o en el campo, ahí encontrarán tus huellas. No dejes el asfalto. Gira a la derecha en el cruce, conduce hasta el siguiente pueblo, busca un lugar discreto y espérame.

—Me alcanzarán… —protestó.

—No tienen los coches cerca, no hemos oído los motores. Los han dejado en algún lugar apartado y han venido andando para sorprendernos. Tendrán que volver a por ellos para poder seguirte. Eso te dará ventaja. Pero sal recto y sin luces, así no podrán verte.

—¿Cómo me encontrarás?

—Lo haré. ¡Vete!

Eric corrió hacia la caseta mientras Moon se ocultaba detrás del seto, lista para recibir al resto de la banda.

No se hicieron de rogar. Apenas un minuto después, otros dos hombres avanzaron a grandes zancadas hacia su compañero caído. Moon disparó antes de que pudieran ponerse a cubierto. El de la derecha recibió un balazo en la pierna, pero el otro logró resguardarse y devolver los disparos.

Moon no se precipitó. Necesitaba ganar tiempo. Eric necesitaba tiempo. ¿Por qué no arrancaba el puñetero motor?

Un hombre apareció en su línea de tiro. Por la posición, dedujo que era el que había herido. Moon no desaprovechó la oportunidad. Apuntó y disparó. El tipo gritó y cayó al suelo mientras lanzaba una rápida ráfaga. Moon se dio cuenta de que no apuntaba y, además, su compañero no le estaba proporcionando fuego de cobertura. Se levantó y disparó dos veces más. El hombre se quedó inmóvil. Entonces, el que se había ocultado a la izquierda comenzó a disparar. Moon se lanzó al suelo y se cubrió la cabeza con las manos. La balas silbaban a su alrededor, el cabrón había tenido tiempo de verla mientras ella abatía a su compañero.

—Vamos, Eric —musitó entre dientes—. Vamos, vamos, vamos.

Como si hubiera escuchado sus súplicas, el sonido de un motor se mezcló con los disparos.

—Por fin —bufó entre dientes.

Eric hizo lo que le había pedido y salió del garaje sin luces y a toda velocidad. Estiró los brazos hacia delante y comenzó a disparar hacia el túmulo que protegía al hombre. El coche se perdió en la negrura de la tarde. Distinguió las luces de freno un par de veces, pero pronto las perdió también de vista.

126

Cambió el cargador y siguió disparando mientras reculaba. El segundo edificio había ardido por completo y ahora las llamas buscaban alimento por lo alto. El fuego llegaría a la casita en cuestión de minutos.

Los disparos habían terminado. Tenía que aprovechar el momento. Se cruzó el bolso y pegó la espalda a la pared de piedra. El calor le traspasó la ropa y le alcanzó la piel. Apretó los dientes y preparó la pistola. Todo lo que se oía era el siseo del fuego y el crujido de la madera abrasada.

Pensó en Eric. No lo culparía si girara a la izquierda en lugar de a la derecha y pusiera rumbo a Carcasona y a la primera comisaría que encontrara.

Entonces tendría que huir por segunda vez, volver a escapar, empezar de cero, dejarlo todo atrás, a Simon, su trabajo, su vida… A Daniel, una vez más.

Oyó el disparo y acto seguido sintió la quemazón en el brazo, el agudo dolor y el calor de la sangre deslizándose hacia el suelo.

—Mierda.

21

Moon conocía el terreno. Sus perseguidores, no. Ese era su único punto a favor. Ellos eran más y estaban mejor armados. Ella estaba sola y herida, pero decidida a no dejarse atrapar.

Tres hombres avanzaban en silencio, con las piernas separadas, los brazos extendidos y una semiautomática en las manos.

—No se ve una puta mierda —masculló uno de ellos.

—¡Cállate, joder! —respondió otro—. ¡A lo que estamos! Y avisa a Yves para que vaya tras el coche. La tía está aquí, la he visto. Creo que le he dado, pero el tipo ha huido.

Moon rodeó la casita y se parapetó junto al muro del otro lado. A su derecha se extendía una hilera de grandes maceteros con cipreses de un metro que se contorsionaban empujados por el aire caliente. La oscuridad se había teñido de un naranja sucio, manchado de humo, hollín y virutas incandescentes.

La casa de madera crujió amenazadora y los tres hombres se giraron alarmados. En ese momento, Moon corrió hacia los maceteros y se ocultó detrás del ciprés. Un segundo después, los hombres retomaron el camino hacia la casa.

Calculó sus probabilidades de éxito si comenzaba a disparar. Le quedaban cinco balas en el arma y un cargador en el bolsillo. El resto de la munición estaba en el coche, con Eric. La herida del brazo le dificultaría apuntar con precisión. Además, ellos estaban en movimiento y el viento también jugaría en su contra.

Tenía que moverse. Se tumbó sobre el estómago, se apoyó en los codos y se impulsó con piernas y brazos, con el arma lista y la mirada fija en los tres hombres, que avanzaban ahora en silencio hacia los setos tras los que Eric y ella se habían ocultado.

Llegó hasta el último macetero sin ser vista. Los hombres habían alcanzado la casita de piedra y se disponían a rodearla. Esperó un instante. Cuando los asaltantes se situaron a ambos lados de la construcción y empezaron a avanzar pegados al muro, Moon se levantó con cuidado y corrió hacia el incendio.

El viento empujaba las llamas, ahítas de madera, hacia el patio central del *château*. Giró a la derecha y buscó la trasera del granero. El humo era denso, apenas podía ver con claridad un metro de terreno a su alrededor, pero eso significaba que tampoco los hombres la verían a ella.

El calor era insoportable.

Avanzó lo más deprisa que pudo, vigilando al mismo tiempo las llamas y a los hombres, que acababan de llegar al portón abierto del garaje y se preparaban para entrar. La herida del brazo le dolía terriblemente, aunque apenas sangraba.

Llegó al final del granero, poco más que unas ruinas incandescentes para entonces. Dejó el fuego a su espalda y corrió en dirección al camino asfaltado. Cincuenta metros más adelante distinguió dos coches cruzados en la calzada. Dedujo que su paso por el límite de la finca habría disparado la alarma. Tenían las luces encendidas y el motor en marcha. Junto a uno de los vehículos, de pie, un tipo grande fumaba sin perder de vista el *château*. Ese debía de ser Yves. Si había recibido el mensaje de seguir a Eric, había decidido ignorarlo.

Moon rodeó un grupo de árboles y se acercó despacio por la derecha del hombre. Si era diestro, como el noventa por ciento de la gente, llevaría la pistola a la izquierda, de modo que tendría que girarse para desenfundar y disparar. Un segundo podía marcar la diferencia entre la vida y la muerte.

Salió a la calzada y encañonó al hombre.

—Apártate del coche —le ordenó.

El tipo se llevó la mano derecha al costado. Moon no dudó. Disparó y la sangre tiñó en el acto la ropa de Yves, que cayó hacia atrás, muerto.

Moon corrió hacia el coche, se sentó al volante y puso marcha atrás justo cuando una salva de disparos impactaba contra los dos vehículos. Aceleró mientras giraba el volante. El cristal trasero se hizo añicos y lanzó una lluvia de esquirlas hacia su espalda. Se agachó por instinto y cambió de marcha. Luego se alejó de los tipos y de las balas.

Eric encendió los faros al llegar al cruce. El corazón le latía con fuerza. Respiraba entrecortadamente y estaba sudando. Miró a derecha e izquierda. La carretera estaba desierta. Volvió a mirar a derecha e izquierda. A un lado, su casa, la libertad, Emma y Daniel. Al otro, las descargas eléctricas, las puertas cerradas, las balas, el fuego y el dolor. Cerró los ojos y pensó en esa mujer que no reconocía, que debería estar muerta, que lo estaba, de hecho, y que había aparecido de la nada para poner su vida del revés. Si giraba a la izquierda, llegaría a casa en menos de una hora. Llamaría a la policía, le pondrían protección… Recordó las palabras de Moon, «tienen gente en todas las comisarías». Si volvía a casa, pondría en riesgo a Daniel. Golpeó el volante y giró a la derecha. Condujo concentrado en la carretera, controlando el retrovisor cada pocos segundos y pensando en cómo iba a salir vivo de esa situación.

En el primer pueblo que encontró, el presidente Charles de Gaulle le dedicó una mirada pétrea desde el centro de una rotonda. Se detuvo en el arcén y se preparó para esperar. La calle estaba desierta y oscura. Unos metros más adelante, donde empezaba la zona urbana, unas farolas dispersas teñían la noche de naranja.

No podía dejar de mirarse las manos. Temblaba como una hoja. Aferró el volante y trató de calmarse. Había oído disparos, un tiroteo rápido que continuaba cuando se alejó con el coche a toda velocidad. Los otros eran muchos, y él había abandonado a Soleil a su suerte. Quizá estuviera herida. O muerta.

Tenía que volver.

Salió del arcén en el que se había detenido, rodeó la rotonda del presidente y enfiló la carretera hacia el *château*. Distinguió unos faros en dirección contraria. Venían muy deprisa. Eric miró a su alrededor. Si eran los asaltantes, estaba muerto. Pensó en echarse al arcén, en dar la vuelta y huir...

Apretó los dientes, asió con fuerza el volante y siguió recto. Vio el sedán oscuro, pero no consiguió distinguir al conductor, que empezó a hacerle guiños con las luces. Eric frunció el ceño y redujo la velocidad. El coche no dejaba de lanzar destellos. Estaban casi el uno frente al otro. Entonces, el sedán redujo la velocidad y salió al arcén. Eric frenó y observó al conductor cuando llegó a su altura. ¡Era Soleil!

Se detuvo por completo y puso marcha atrás hasta detenerse junto al sedán. Bajó del coche y corrió hacia ella.

—¡Estás herida! —exclamó Eric cuando la vio. Tenía la ropa empapada de sangre.

—No es grave —respondió—. No se ha acercado al hueso. ¿Adónde ibas? —quiso saber entonces.

A Eric pareció sorprenderle la pregunta. Levantó las cejas, separó las manos del cuerpo y dijo:

—A buscarte. No debí dejarte sola —añadió señalando el brazo herido de Moon.

Ella movió la cabeza de un lado a otro y luego hizo un gesto hacia el coche.

—Da la vuelta y sígueme —ordenó—. Deprisa.

Eric maniobró en la carretera estrecha y la siguió.

A unos kilómetros, en el cruce, los sicarios tardaron un segundo en decidir qué dirección tomar. Con un fuerte volantazo, el conductor giró a la derecha y aceleró.

***

Moon siguió la sinuosa vía que terminaba en la playa de Cabanes de Fleury. Redujo la velocidad al llegar a la zona urbana y avanzó por las calles desiertas hasta la orilla del mar. Por allí había varios *campings* y manzanas enteras de apartamentos turísticos desiertos en esa época del año. Evitó pasar cerca de una empresa de alquiler de embarcaciones y buscó el camino de tierra que iba de la playa a una de las zonas de acampada. Se detuvo y bajó del coche. Eric hizo lo mismo unos segundos después.

La luna iluminaba la tierra roja del sendero y hacía brillar las motas de polvo levantadas por las ruedas.

—¿Qué hacemos aquí? —preguntó Eric.

—Tenemos que librarnos del coche —respondió ella, señalando el sedán que había conducido.

—¿Lo vamos a dejar aquí?

—No, ahí.

Moon señaló el mar y Eric frunció el ceño.

—¿Cómo…?

Ella no contestó. Había colocado el morro del coche encarado hacia el agua. Quitó el freno de mano y se situó en la parte de atrás.

—Ayúdame —le pidió a Eric.

Él cerró la boca, pestañeó con fuerza y se colocó junto a ella.

—Empuja con fuerza —ordenó—, hay que salvar las rocas del borde. No son altas, pero nos frenarán.

—De acuerdo —respondió Eric con las dos manos sobre el coche y los músculos en tensión—, cuando quieras.

—¡Vamos!

El sedán se movió en silencio y cogió velocidad. Sin embargo, las rocas que delimitaban el camino lo frenaron en seco.

—Mierda —masculló Moon—. Más fuerte.

Los dos apretaron los dientes y bajaron la cabeza mientras empujaban con todas sus fuerzas. Por fin, el coche se elevó unos centímetros y las ruedas salvaron el obstáculo. Después, todo fue mucho más fácil. La inclinación del terreno hizo que el resto del coche se deslizara sin apenas esfuerzo hacia el mar.

No se movieron mientras el coche caía con estrépito y hundía el morro en el agua. Más de la mitad quedó fuera.

—¿Se va a quedar así? —preguntó Eric.

Moon no respondió. Cuando el coche se llenó de agua, el vehículo se ladeó y se hundió despacio hasta desaparecer.

—Vámonos —dijo Moon.

La boca le sabía a agua sucia.

22

Moon conducía en silencio. No había querido que Eric se ocupara del volante. Le dolía el brazo, mucho, de hecho, y había vuelto a sangrar por el esfuerzo de empujar el sedán, pero necesitaba tranquilizarse y pensar, y no podría hacerlo si tenía que indicarle a Eric el camino a cada paso. Además, aún tenía que decidir adónde se dirigían. Su mente desarrollaba mapas y caminos a cada kilómetro, analizaba las opciones de cada dirección y seleccionaba la que le parecía más adecuada.

Se detuvo en La Cavalerie, una localidad junto a la autopista acostumbrada a la gente de paso. Localizó una gasolinera y llenó el depósito. Luego los dos utilizaron el baño y entraron en la tienda. Tenían hambre y sed, y Moon necesitaba curarse la herida. Se había puesto una chaqueta oscura sobre la ropa manchada para no llamar la atención de la dependienta. De todos modos, la mujer apenas levantó la vista un segundo antes de volver a concentrarse en el libro que estaba leyendo.

Compraron bocadillos y ensaladas de pasta con verdura, agua, Coca-Cola y un paquete de galletas. Moon cogió vendas, gasas, antiséptico y yodo. Encontró también puntos de sutura de papel y se llevó un paquete.

Después de pagar se sentaron en una de las mesas de piedra que rodeaban el aparcamiento, cerca de una farola. Estaban solos.

Eric dejó la bolsa y miró a Moon.

—Vamos a ver eso —dijo.

—¿Desde cuándo eres médico? —preguntó Moon con el ceño fruncido.

—Soy padre, ¿recuerdas? He curado muchas heridas.

Moon no contestó.

—No quería… —balbuceó Eric.

En silencio, Moon se quitó la chaqueta, se abrió la camisa y liberó el brazo izquierdo.

—Puedo sola —dijo por fin—, solo es un rasguño.

—No seas cabezota, yo lo haré.

Eric abrió una botella de agua y le cogió la mano para estirarle el brazo. Una extraña familiaridad se apoderó de ella. Se sentía cómoda, tranquila. Confiada. Moon lo miró un instante, pero él estaba concentrado en limpiar la sangre y no se dio cuenta. Mejor, pensó.

La herida ya no sangraba, pero Moon tenía el brazo cubierto de sangre reseca. Eric se lo limpió con cuidado, procurando no acercarse demasiado a la herida. Luego abrió el bote de yodo y vertió una generosa cantidad. Utilizó las gasas para presionar y limpiar el profundo arañazo por dentro. Moon se estremeció de dolor. Eric la miró y esperó a que la piel se secara. Después abrió la caja de los puntos de papel y le colocó seis muy juntos para unir los bordes. Por último, le vendó el brazo y la ayudó a ponerse una camiseta limpia que sacó de la mochila.

—En ese bolsillo hay analgésicos. —Moon señaló una cremallera en el lateral.

Eric la abrió y sacó el contenido del bolsillo. Además de las pastillas había varios blísteres con píldoras sin identificar, una bolsita con tres agujas hipodérmicas y un vial con un líquido transparente.

La miró un momento en silencio. Cogió el paracetamol, se lo dio y volvió a guardarlo todo. Luego se sentó a su lado y perdió la mirada en la oscuridad. Podían oír los grillos entre la maleza y el monótono runrún de los motores en la carretera cercana.

—A veces sueño contigo —dijo de pronto—. Con Soleil —aclaró—. Sueño que no estás muerta, que un día regresas a casa. Daniel

135

sale a recibirte y tú lo coges en brazos. Yo corro hacia ti y te abrazo con fuerza. Tú te ríes, dices que tienes hambre y nos damos la vuelta para entrar en casa. Lo curioso es que no es mi casa, nuestra casa, quiero decir, sino otra, más pequeña pero mucho más bonita, con un jardín verde y dos columpios. Luego, en mi sueño empieza a llover y las gotas de lluvia hacen que poco a poco te desvanezcas, cada gota te borra un poco más y te vas desdibujando hasta desaparecer. Daniel llora, yo grito pidiéndote que entres, que te pongas a cubierto, pero ya es tarde, ya no estás, te has convertido en lluvia, en gotas. En nada.

Moon lo miraba en silencio. No sabía qué decir. ¿Le debía una explicación? ¿Le bastaría con la verdad? ¿Debería decirle que, simplemente, no podía volver? Si lo hubiera hecho, tarde o temprano habría lamentado no haber muerto en la riada. Estaba a punto de hablar, pero Eric acabó con el momento.

—¿Qué vamos a hacer ahora? —preguntó.

Moon suspiró.

—Necesitamos descansar —respondió—. Buscaremos un lugar en el que pasar la noche y mañana nos pondremos en marcha. Tenemos que solucionar este problema cuanto antes.

—Estoy preocupado por Daniel. Y por Emma —añadió.

Moon asintió.

—La llamarás por la mañana —dijo.

—De acuerdo.

Moon regresó a la tienda y le preguntó a la dependienta por un lugar en el que pasar la noche.

—Justo aquí detrás hay un hostal bastante decente —respondió—. Tienen aparcamiento cubierto, aunque podrían dejar el coche donde lo tienen.

Le dio las gracias y regresó junto a Eric, que había vuelto a perder la mirada en la noche.

El hostal era pequeño y discreto, una construcción de tres plantas con muros grises y ventanas blancas. El rótulo sobre la puerta principal anunciaba *Hôtel de l'Église*, seguramente en honor de la iglesia que se alzaba justo al lado. La recepción estaba desierta y en penumbra. Varias luces ámbar iluminaban el mostrador y el inicio del pasillo. El resto era como la boca del lobo.

Moon pulsó el timbre y esperó. Un minuto después apareció un asiático de pelo erizado y rostro adusto que intentaba disimular cuánto le molestaba que lo hubieran despertado.

—¿Sí? —dijo a modo de saludo.

—Necesitamos una habitación doble, dos camas —pidió Moon—. Solo para una noche.

—Una noche, dos camas —repitió el recepcionista mientras revisaba la pantalla del ordenador—. Habitación 103, en la planta baja. No alquilamos por horas, toda la noche. Son ochenta y cinco euros.

—Dejaré el coche en el aparcamiento subterráneo —añadió Moon.

—Quince euros más, cien en total. ¿Efectivo o tarjeta? Su documentación, por favor.

—Nos han robado —dijo Moon con el ceño fruncido—. Llegamos tan tarde porque hemos estado en la comisaría para presentar la denuncia. Tengo la tarjeta sanitaria, el carné de la biblioteca…

—No importa. ¿Nombre?

—Honorine y Jules Verne —dijo. Sintió la mirada de Eric sobre ella.

El asiático tecleó con rapidez, sacó una tarjeta de un cajón, la acercó al aparato de radiofrecuencia y esperó hasta que la luz lateral se puso en verde.

—¿Necesitan algo más? —preguntó cuando Moon cogió la llave magnética.

—Nada, gracias.

—El *check out* es a las once. Si se quieren quedar más, deben avisar y les cobraremos un recargo. Veinte euros hasta las dos de la tarde.

—No será necesario, buenas noches.

El asiático regresó al interior sin despedirse y ellos giraron hacia el pasillo enmoquetado.

La habitación no estaba mal. Dos camas amplias, un armario empotrado, baño completo y una televisión en la pared. Parecía limpia y las sábanas blancas estaban perfectamente estiradas y remetidas en los laterales.

Moon dejó la mochila encima de una de las camas.

—¿Honorine y Jules Verne?, ¿en serio? —dijo Eric en voz baja.

Moon se encogió de hombros.

—Es lo primero que se me ha ocurrido —respondió—. Voy a meter el coche en el aparcamiento —dijo después—. Sigo teniendo esto.

Levantó la mano y le mostró el pequeño mando a distancia. Eric se llevó la mano al cuello. Casi había olvidado el maldito collar.

—No serás capaz, no después de todo lo que hemos pasado… —murmuró.

—No quiero hacerlo, pero sería capaz, no lo dudes. Vuelvo en un minuto.

Moon salió y cerró la puerta con cuidado a su espalda. Eric se sentó sobre la cama y sacó el móvil del bolsillo del abrigo. La pantalla mostraba un largo arañazo. Frunció el ceño. Confiaba en que no se hubiera roto. Pulsó el botón lateral y esperó hasta que apareció el logo azul. Introdujo la contraseña cuando se la pidió y esperó mientras se cargaban las aplicaciones. Tenía varios mensajes de Emma, una llamada perdida de Daniel y unos cuantos *emails*. No se entretuvo en leerlos, no quería que Moon lo sorprendiese con el teléfono en la mano. Podía pensar que estaba pidiendo ayuda y apretar el maldito mando a distancia. Apagó el móvil y lo volvió a guardar en el abrigo.

El punto verde que palpitaba en el centro de la pantalla del rastreador desapareció de pronto. Los tres hombres que lo miraban en silencio dieron un respingo.

—Ha apagado el móvil —dijo el conductor. Luego amplió la cuadrícula del mapa en la que la luz había parpadeado por última vez—. Es un hotel, no se va a mover de ahí en toda la noche. Da la vuelta, deprisa.

Media hora después llegaban a La Cavalerie. El conductor se detuvo junto a una gasolinera y apagó el motor.

—Voy a avisar al jefe —dijo.

Salió del coche, se alejó unos metros y se llevó el teléfono a la oreja. A la derecha, la tienda de la gasolinera permanecía desierta. Luego entraría a por algo para comer, tenía hambre.

—Lo tenemos —anunció sin más. Esperó unos segundos y siguió hablando—: No sé si están los dos, el hombre se marchó con un coche y ella se llevó uno de los nuestros. De lo que estoy seguro es de que él está aquí, en un hotel en La Cavalerie. ¿Qué hacemos? —El hombre escuchó de nuevo en silencio—. De acuerdo —dijo, y colgó.

Volvió al coche, pero no entró. Se agachó y miró a sus compañeros a través de la ventanilla bajada.

—Pasaremos la noche aquí —les explicó— y lo seguiremos cuando salga. Tenemos que encontrarlos a los dos. Si están juntos, bingo, disparamos y nos vamos. Si está solo, lo necesitamos vivo para encontrarla a ella, ¿entendido? —Esperó hasta verlos asentir. Luego se incorporó, se estiró la chaqueta, se subió los pantalones tirando del cinturón y se dirigió a la tienda.

La mujer apenas apartó la mirada de las páginas de su libro cuando lo vio entrar.

23

Eric permanecía tumbado bocarriba en la cama, con las manos en los bolsillos del pantalón y la mirada clavada en el techo. No se volvió cuando Moon regresó a la habitación. Tampoco dijo nada. Llevaba los zapatos puestos y el abrigo permanecía estirado a los pies de la cama.

—Tienes que dormir —le dijo Moon—, no se puede pensar con claridad cuando se está agotado.

—Es suficiente con que pienses tú —respondió con voz monótona. Luego se giró hacia ella y añadió—: Yo me limito a hacer lo que me mandas, ¿no es así? Soy un rehén, tu prisionero. A pesar de todo lo que acaba de pasar, sigues sin confiar en mí.

Moon avanzó hasta los pies de la cama de Eric, que se sentó sobre el colchón.

—Veo que no has entendido nada —empezó ella—. No has cambiado en absoluto, no escuchas, no ves más allá de tus intereses. Eres ciego y sordo a lo que te rodea.

—Eso es…

—¡Cállate! —gritó Moon—. Cállate y escucha por una vez en tu vida —añadió más despacio. Se dirigió a su cama y se sentó en el borde. Eric la imitó. Sus rodillas se tocaban—. Estoy intentando salvarte la vida. Te quieren muerto. Yo solo quiero que Daniel no pierda a su padre.

—Esto… —Eric se llevó la mano al collar de cuero.

—¿Qué habrías hecho si me presento ante tu puerta y te digo que alguien muy peligroso ha puesto precio a tu cabeza? —Moon lo miró. Eric frunció el ceño y calló—. Piénsalo, ¿me habrías creído? Por supuesto que no. Te habrías puesto como loco, habrías llamado a la policía, se lo habrías contado a tus colegas del juzgado, a la prensa… Y a estas horas los dos estaríamos muertos, quizá también Daniel. Tenía que asegurarme de que me escucharías.

—Te he escuchado —respondió Eric— y sé que tienes razón. Los dos estamos en peligro, y tú lo estás por salvarme a mí.

—Lo he hecho por Daniel —le cortó Moon.

Eric suspiró largamente y se echó el pelo hacia atrás.

—Lo que sea, pero aquí estás. Gracias.

Moon no contestó. Cogió la mochila del suelo y la puso sobre la cama. Sacó la pistola, comprobó el cargador y la guardó debajo de la almohada. Luego se quitó las botas y se tumbó sobre la colcha, dándole la espalda a Eric. Apagó la luz del techo, pero dejó encendidas las dos lamparitas.

—Duerme —le dijo.

Eric suspiró, se quitó los zapatos y se tumbó sobre la cama.

—¿Sabes? —empezó él de nuevo—, nunca superé tu desaparición. Te echaba de menos cada día, incluso después de conocer a Emma. Incluso ahora… —añadió en voz baja—. Nunca pensé que fueras tan infeliz como para decidir marcharte sin mirar atrás. Le he estado dando vueltas y veo que tienes razón en muchas cosas.

—Tarde —le cortó Moon—. Duerme.

Eric guardó silencio. Lo oyó moverse sobre la cama, acomodarse de lado y ahuecar la almohada. La mente de Moon se llenó de imágenes felices. Eric y ella bailando en un *pub*; el día de su boda; su cara cuando le anunció que estaba embarazada. Fotografías que había guardado en el cajón más profundo y oscuro y que ahora volvían sin que ella pudiera hacer nada por evitarlo. Sin embargo, durante los años transcurridos desde la riada había aprendido algo muy importante: ahora era capaz de relegar los sentimientos no a un segundo plano, sino al final de la lista. En su situación era básico ser racional, pensar en lugar de sentir, actuar con lógica y sensatez, y nunca, bajo ningún concepto, dejarse llevar.

Cerró los ojos y se concentró en respirar. Tenía que descansar, dormir unas horas y planear con cuidado su siguiente paso. Les iba la vida en ello.

Eric abrió los ojos, sobresaltado. No recordaba haberse quedado dormido. Tenía la ropa revuelta y la boca seca. No vio a Moon en su cama. Escuchó movimiento en el baño. Allí estaba.

Se levantó despacio, estiró la mano y levantó la almohada de la otra cama.

—No está ahí.

Eric se giró de un salto, con la almohada todavía en la mano. Moon le mostró la pistola y lo miró con ojos fríos.

—No es lo que piensas... —empezó Eric.

—Nunca lo es. —Moon tenía el pelo mojado y olía a jabón. Se había puesto un jersey limpio, aunque llevaba los mismos pantalones, sucios de tierra, cenizas y sangre—. Puedes ducharte si quieres. Luego nos pondremos en marcha.

Sacó el ordenador de la mochila y se acomodó en el pequeño escritorio. Eric la miró en silencio y entró en el baño.

Se conectó a la wifi de su móvil y encriptó la IP. Luego activó todos los protocolos de protección y accedió a la *darkweb*. Cheney no estaba en línea, pero le dejó un mensaje.

Nada de esto es necesario. Retira la oferta por mi vida. Hablemos.

Cheney se conectó un momento después. Siempre estaba alerta. Moon no lo conocía en persona. No era un gremio muy dado a las relaciones sociales. Todo el mundo se ocultaba detrás de su alias y protegía al máximo su verdadera identidad. A más de uno le iba la vida en ello. O la libertad. Las actividades de Moon siempre habían estado dentro de la legalidad. En el filo, a veces, pero legales al fin y al cabo. Seguimientos, espionaje industrial, localización de desaparecidos, informes económicos sobre cuentas opacas… Sus habilidades informáticas le abrieron la puerta a un mundo oscuro, increíble y muy rentable. Sus clientes eran casi siempre personas que tenían mucho que perder si acudían a la policía, por lo que necesitaban alguien eficaz y discreto para solucionar sus problemas. Moon, Blue en la *darkweb*, era eficaz, reservada y rápida. Cuando tenía un caso, dedicaba las veinticuatro horas del día a resolverlo. Nunca había fallado. Hasta ahora.

Debí sospechar cuando aceptaste la oferta tan deprisa, respondió Cheney, *no es tu estilo, nunca has cruzado la línea. Creí que necesitabas pasta.*

Te dije que lo haría y lo haré, tecleó Moon. *Retira la oferta. Tengo al objetivo y cumpliré el trato, pero a mi manera.*

Imposible, querida. Game over.

Moon leyó de nuevo la última frase. «Querida». Cheney sabía que era una mujer. Hasta ahora siempre se había referido a ella en masculino, y Moon nunca lo había sacado de su error. Era mucho más fácil si pensaban que era un hombre. Y más discreto. ¿Cómo se había enterado Cheney de su identidad?

Tenía que ponerse en movimiento, y deprisa.

Camufló su presencia en la red y rastreó el chat hasta dar con la cuenta de Cheney. No podía hacer demasiado con un móvil, un ordenador y un wifi portátil, pero tendría que intentarlo. Por suerte, a esas alturas importaba poco que la descubriesen fisgando.

Necesitó casi diez minutos para sortear los cortafuegos de Cheney. Era bueno.

Eric salió de la ducha, se sentó en el borde de la cama y la observó en silencio.

Moon tecleaba con furia unos segundos y luego se detenía para leer las líneas que aparecían en la pantalla.

—Mierda —bufó. Tecleó de nuevo y sonrió—. Allá vamos.

Recorrió rápidamente las conversaciones de Cheney hasta encontrar las del día que había subido la oferta por la vida de Eric. Entonces avanzó despacio, buscando entre los centenares de mensajes que el conseguidor intercambiaba cada día. Por fin vio el que le interesaba. Anotó el alias del cliente, salió del chat de Cheney y buscó el de quien había hecho la oferta, alguien que se hacía llamar Hammer. No le costó demasiado encontrarlo. Hammer debía de ser nuevo en esto, porque su rastro era claro, casi fosforescente. Clicó en su cuenta y buscó por fechas. Luego abrió los mensajes, los leyó deprisa y apuntó un par de nombres.

En ese momento, un icono verde se iluminó en la pantalla. Tenía un mensaje de Cheney.

Te estás equivocando, Blue. Este no es el camino. No fisgues por aquí. Sal y ríndete. Será rápido.

Moon desconectó el wifi y apagó el ordenador. Se levantó y lo guardó todo en la mochila.

—Deprisa —le dijo a Eric—. Nos vamos.

24

Moon abrió muy despacio la puerta de la habitación. Escuchó un segundo y luego se asomó con cautela. El pasillo estaba vacío. Se llevó un dedo a los labios para pedirle silencio a Eric y señaló la pared de enfrente. Eric miró la señal de salida de emergencia y frunció el ceño. Moon repitió el gesto con el dedo cuando Eric empezaba a abrir la boca. Giraron a la izquierda, dejando atrás la recepción. La moqueta del pasillo amortiguó sus pasos. A medio camino, Moon descolgó un extintor de la pared y se lo dio a Eric, que la miró con los ojos muy abiertos.

—Quita la anilla y estate preparado —susurró Moon—. Solo por si acaso.

Luego desenfundó el arma y avanzó con la pistola pegada al muslo, lista para disparar.

La puerta de emergencia estaba al fondo del pasillo. Apoyó la mano en la barra antipánico y le hizo un gesto a Eric, que levantó la boquilla del extintor. Moon accionó la barra y empujó la hoja metálica. Reconoció el lateral del hotel. La entrada al garaje quedaba a la derecha.

Tendrían que pasar necesariamente frente a la recepción, y eso era justo lo que quería evitar. Estaba segura de que cuando Cheney la conminó a salir no se refería al chat, sino al hotel. Los estaban esperando, seguramente los mismos que habían intentado matarlos en el Château Pech Redon.

Confiaba en que esta vez fuera diferente. Antes de salir de la habitación habían apagado sus móviles y sacado las baterías. Hizo lo mismo con los equipos electrónicos que llevaba en la mochila. Si estaban rastreando su señal, cualquier señal, ahora no podrían seguirlos.

El día apenas había empezado a clarear y La Cavalerie se presentó ante ellos tranquila y silenciosa. Avanzaron pegados a la pared hasta la calle y corrieron en busca de refugio en el porche de la iglesia.

—¿Y el coche? —preguntó Eric, que apoyó el extintor en el muro de piedra.

—No podemos ir a buscarlo —respondió Moon—. Si nos están esperando, tendrán controlado el garaje.

—No entiendo cómo nos han encontrado…

—De eso nos ocuparemos luego. Ahora tenemos que alejarnos de aquí. —Moon estaba a punto de reemprender la huida cuando miró a Eric—. Date la vuelta —le ordenó. Luego le empujó la cabeza hacia delante con la mano y soltó el candado del collar de cuero. Por fin, liberó la hebilla y se lo quitó.

Eric se masajeó el cuello con cuidado. Lo tenía amoratado, con pequeñas ampollas y quemaduras donde la piel había estado en contacto con el metal y recibido las descargas.

—Sigo teniendo un arma —le recordó—, pero creo que has comprendido de qué va esto, ¿no?

Eric asintió en silencio. Por supuesto que lo había entendido. Ya no se trataba de un secuestro, sino de una carrera por salvar su vida y la de su hijo.

Una pareja caminaba en silencio por la otra acera, un hombre maduro y una joven que arrastraba una maleta. Moon le hizo un gesto a Eric y comenzaron a seguirlos.

Cuando el hombre se giró hacia atrás, Moon cogió a Eric del brazo, lo miró y le sonrió. Él le devolvió una sonrisa tensa y se puso rígido.

La estación de autobuses era poco más que una corta hilera de marquesinas al aire libre en las que los viajeros se resguardaban mientras esperaban el autobús. No había taquilla, el propio conductor se encargaba de cobrar y asignar los asientos. Un cartel en el parabrisas del vehículo anunciaba que su destino era Montpellier.

—Perfecto —dijo Moon mientras buscaba el dinero para los billetes—, desde allí será sencillo llegar a Marsella.

—¿Marsella? —preguntó Eric, sorprendido.

—Tengo algo que hacer allí.

—Tenemos —dijo él muy serio—. Tenemos que hacer algo, los dos —repitió—. Vamos juntos, estamos juntos en esto, ¿recuerdas? Cuando mi familia esté a salvo podrás hacer lo que te dé la gana, pero ahora estamos juntos en esto —repitió.

Moon no respondió. Compró unas botellas de agua y un par de sándwiches en el bar más cercano, pagó al chófer y subieron al autobús. Se sentaron al fondo y se ocultaron detrás de las cortinas, que cerraron en cuanto ocuparon sus asientos.

—¿Qué pasa en Marsella? —preguntó Eric en voz baja mientras abría su bocadillo.

—He seguido el rastro del cliente que…, bueno, que hizo el encargo. Por ti y, supongo, también por los demás. No ha sido difícil, no se ha molestado en cubrir sus huellas, o simplemente no sabe hacerlo. Se creen impunes en la *darkweb*, pero aquello está lleno de cabrones de la peor calaña y muy hábiles en las redes —le explicó—. El cliente se llama Gérard Muller, un abogado de Marsella. Su nombre aparece en los papeles de tu juzgado, ¿te suena? —Eric movió la cabeza de un lado a otro—. No he encontrado página web, perfil en LinkedIn ni redes sociales a su nombre, pero tengo una dirección. Puede ser una tapadera o tratarse de un intermediario discreto, pero está dentro.

Eric asintió en silencio y le pasó el segundo sándwich. Moon negó con la cabeza.

—Come —le dijo él—. Anoche apenas probaste bocado y hoy no hemos desayunado. Vas a desfallecer. La adrenalina no es un buen alimento —añadió con el ceño fruncido.

Moon sonrió levemente y cogió el envase de plástico, pero no lo abrió.

—Hablas como un padre —dijo.

Eric no respondió.

El autobús arrancó puntual y enfiló la carretera en dirección contraria al hotel. Si, como temía, los habían localizado y estaban esperando a que salieran para acabar con ellos, no tardarían demasiado en impacientarse. Supuso que primero comprobarían que el coche seguía en el garaje. Después, preguntarían en la recepción por el dueño del vehículo. Podrían decir que les había dado un golpe con el coche, o que ellos lo habían rozado al entrar y querían rellenar un parte amistoso. El recepcionista llamaría a la habitación, pero no contestaría nadie. Quizá se pusieran nerviosos y pretendieran comprobarlo por ellos mismos, o convencerían al hotelero para que entrara en la habitación. En cualquier caso, Moon estaba segura de que en menos de media hora estarían de nuevo tras su pista.

Les pisaban los talones.

—*Montpellier, fin du voyage!*

Se habían dormido. La voz del conductor a través de la megafonía los sobresaltó. Cogieron la mochila y los abrigos y se sumaron a la fila de pasajeros que esperaban para bajar.

—Necesitamos ropa —dijo Moon.

—Y cepillos de dientes —añadió Eric.

Encontraron una tienda en la esquina de la calle. El escaparate mostraba conjuntos informales, pero sobrios. Pantalones vaqueros, chinos y rectos, polos, camisas, blusas y jerséis en tonos neutros.

Eligieron en silencio, se probaron con rapidez, pagaron y salieron. Luego compraron útiles de aseo en una farmacia y una mochila en una tienda de regalos. Utilizaron los baños públicos de la estación para cambiarse de ropa y se deshicieron de la sucia en las papeleras de los andenes. Cada uno cargó con una mochila, entraron en la hamburguesería y pidieron dos menús completos.

—Tienes razón con lo de la adrenalina —dijo Moon con la boca llena—, me duele el estómago.

—Es por los ácidos, se te pasará comiendo —le aseguró Eric.

Almorzaron en silencio. Moon no apartó la vista de la plaza al otro lado de la cristalera, atenta a la aparición de un sedán oscuro. Eric la miraba a ella. Su perfil, la curva de su cuello, el pelo castaño. Estaba más delgada, también más atlética, y mucho más atractiva que cuando era su mujer. Porque por fin había comprendido y aceptado que Moon no era Soleil, sino otra persona. Sí, Soleil desapareció en la riada.

—¿Qué la has contado a Daniel de mí? —preguntó Moon de pronto.

Eric parpadeó con fuerza para volver a la realidad y sonrió levemente.

—Que su madre murió por salvarle la vida —respondió—, que eras maravillosa, que lo querías con locura, más de lo que nadie lo querrá jamás.

Moon sonrió con tristeza. Le brillaban los ojos y volvió a mirar a través del ventanal.

—Hay fotos tuyas en casa —siguió Eric—. Le he contado la historia que hay detrás de cada una de ellas. Hay una en la playa, estás jugando con él en la arena…

—Daniel llevaba un bañador amarillo.

Eric sonrió y asintió en silencio.

—Hay fotos de su primer cumpleaños, de las vacaciones en aquel pueblecito de los Pirineos…

—¿Montado en el burro? —preguntó Moon.

—Eso es. No se asustó, ¿recuerdas?

—Lo recuerdo. Se agarró a las crines y se reía mientras el burro caminaba. —Se giró hacia Eric y lo miró de nuevo seria—. ¿Cómo se lleva con Emma?

—Bien, se llevan bien. Llevamos juntos cuatro años, lo conoce desde hace mucho tiempo y para Daniel la presencia de Emma es algo… natural —explicó—. No lo fue tanto para mi madre —añadió en voz baja.

—Me lo imagino —sonrió Moon—. No se lo permitas —añadió—, no dejes que Nicole le amargue la vida.

Eric movió la cabeza de un lado a otro.

—No lo haré.

Moon guardó silencio unos minutos. Luego apretó el paso de regreso a la estación intermodal. Necesitaban un tren con destino a Marsella. Dejó atrás a sus padres, a Daniel e incluso a Nicole. Tenía un nudo en la garganta y le dolía el estómago.

—Mierda de hamburguesa —bufó mientras aceleraba calle arriba.

25

La estación de Marseille-Saint-Charles tenía un aspecto lóbrego cuando bajaron del tren. O quizá fuera Moon quien la viera así. Apenas había hablado durante todo el camino y respondió con monosílabos a las preguntas de Eric, que pronto renunció a mantener una conversación. El paisaje al otro lado de la ventanilla era como su propia vida, quedaba atrás a toda velocidad, sin tiempo para acostumbrar la vista ni para recrearse en los detalles. Correr, siempre adelante, deprisa, deprisa...

Cruzaron a buen paso la sala de espera, cada uno con una mochila a la espalda, y siguieron las indicaciones para llegar a las oficinas de Hertz.

—Necesitamos un coche —respondió Moon a la pregunta muda de Eric.

Esperaron su turno hasta que un joven encorbatado y sonriente la miró un instante antes de centrar su atención en Eric.

—¿Puedo ayudarlos en algo? —preguntó.

—Necesitamos un coche. Gasolina, potente, trescientos caballos como mínimo, con buena tracción —respondió Moon.

El comercial se giró hacia ella con la sonrisa congelada en la cara. Le echó un vistazo a Eric, que levantó imperceptiblemente las cejas, y le sonrió a Moon.

—Por supuesto, señora.

Poco después, el Lexus acariciaba el asfalto mientras se dirigían a la dirección que Moon había introducido en el navegador.

—Has utilizado tu verdadero nombre —le dijo Eric cuando salieron de las oficinas de Hertz—. Aubry. ¿Por qué lo elegiste?

Moon sonrió de medio lado.

—Jack Aubry es el protagonista de unas novelas de aventuras que leía de pequeña. Era un marino de la Armada inglesa que surcaba el océano de punta a punta y superaba innumerables obstáculos. No sé por qué se me vino a la cabeza cuando estaba rellenando mi partida de nacimiento —confesó.

—¿Tú hiciste todo eso? Conseguir una partida de nacimiento, toda la documentación, un trabajo... —Moon asintió—. ¿Cómo aprendiste a hacerlo?

—Siempre he sabido —respondió ella—. Siempre he sido capaz de hacer muchas más cosas de las que hacía, o de las que tú pensabas que hacía. —Volvió la cabeza un instante para mirar a Eric—. Menospreciabas todo lo que hacía. Me hacías sentir culpable, una mala madre, una desagradecida. Y, al final, decidí darte la razón.

—Yo... —empezó Eric.

—Déjalo —le cortó ella—, nada de eso es importante ahora.

El despacho de Gérard Muller, el abogado que figuraba en los papeles de la compraventa de los terrenos, estaba en un discreto edificio de oficinas al inicio de un enorme polígono industrial a unos quince kilómetros del centro de Marsella. El bloque, de diez alturas, fachada blanca y ventanas ahumadas, tenía el acceso restringido para vehículos y personas. Moon aparcó en la zona pública y bajó del coche.

—Espera aquí —le ordenó a Eric mirándolo a los ojos—. Hablo en serio —insistió ante el conato de resistencia—, esta vez, quédate aquí.

Moon abrió el maletero del Lexus y sacó varios dispositivos de la mochila reforzada que guardó en su bolso. Luego se atusó el pelo, se arregló la ropa y se dirigió hacia la entrada. En la botonera de los timbres figuraba el nombre de las empresas que tenían sus oficinas allí. No encontró ningún Gérard Muller, pero decidió probar suerte en el único despacho de abogados que figuraba: *Legal Marseille*. Pulsó y esperó.

—Legal Marseille, ¿quién es? —respondió una voz femenina.

Moon se dio cuenta de que se había encendido una luz en la parte superior de la botonera. Videoportero. Sonrió y miró de frente.

—Buenos días, me llamo Moon Aubry, necesito hablar con el señor Gérard Muller.

—¿Tiene cita? —preguntó la voz. La buena noticia era que no había negado la existencia del abogado.

—No, pero le agradecería que le anunciara mi presencia. Represento a un cliente interesado en los terrenos de Narbona que gestiona el señor Muller.

—Un momento, por favor —le pidió la mujer.

Moon sonrió a la cámara y esperó. Se giró para echar un vistazo al coche. Eric no se había movido.

Pasaron casi cinco minutos antes de que la luz de la cámara se encendiera de nuevo y volviera a escuchar a la mujer.

—Señora Aubry, disculpe la espera. El señor Muller la recibirá ahora.

La verja se abrió con un chasquido. Moon la empujó y recorrió el sendero embaldosado hasta la puerta principal del edificio.

Un guardia de seguridad le franqueó el paso.

—Documentación, por favor —le pidió.

Moon le mostró su *carte d'identité*. El guardia la observó sin tocarla y escribió su nombre en un listado con apenas anotaciones. Luego le tendió una tarjeta plastificada amarilla con una enorme V negra en el centro.

—Llévelo siempre bien visible —le dijo—. Coja ese ascensor, quinta planta.

Moon asintió en silencio y se dirigió a la zona de ascensores.

Entró en el primero, que la esperaba con las puertas abiertas, y pulsó el cinco. Apenas tuvo tiempo para pensar qué iba a decir. Las hojas metálicas se separaron en un pequeño vestíbulo enmoquetado. El suelo y las paredes eran de color beis, en perfecta armonía con las sillas y la mesita baja colocadas a la derecha. Una mujer vestida con un severo traje azul marino la esperaba con una sonrisa profesional en la cara.

—Señora Aubry —saludó—. Sígame, por favor.

Moon sonrió sin separar los labios y la acompañó por un breve pasillo hasta detenerse ante una puerta cerrada. En el corto trayecto, Moon descubrió tres cámaras de vigilancia, demasiadas para un espacio que no superaría los setenta metros cuadrados, según sus cálculos.

La mujer abrió la puerta sin llamar.

—Señor Muller, la señora Aubry.

El hombre que ocupaba el despacho rozaba los sesenta. Iba impecablemente vestido con un traje oscuro, camisa blanca y corbata en tonos azules. El pelo canoso se batía en retirada desde la frente, aunque en la nuca se adivinaban unos rizos engominados.

Gérard Muller salió de detrás de su escritorio y la recibió con la mano extendida. Moon la estrechó y le devolvió la sonrisa. No escuchó ningún sonido, nada de conversaciones, dedos sobre un teclado, impresoras en funcionamiento o el timbre de un teléfono. No parecía haber nadie más en la oficina aparte de ellos tres.

—Buenos días, señora Aubry. Siéntese, por favor.

Moon se sentó mientras la secretaria cerraba la puerta y Muller regresaba a su sitio tras la mesa.

El despacho era tan anodino como el resto del bufete. La misma moqueta beis en el suelo, paredes color crema, una estantería de madera llena de volúmenes legales encuadernados en granate y azul, y un archivador metálico con una cerradura en cada uno de los cajones. No vio la habitual orla universitaria ni ningún título de máster o cursos de especialización. Tampoco había fotos enmarcadas, cuadros ni apenas adornos, aparte de un perchero gris del que colgaba un abrigo marrón y una maceta con un tronco de Brasil de poco más de un palmo y un par de hojas verdes en el extremo.

—Gracias por recibirme sin cita previa —empezó Moon.

Muller sacudió la cabeza para restarle importancia y sonrió.

—Lo cierto es que ha despertado mi curiosidad. No entiendo cómo se ha enterado de que represento los intereses de las empresas que trabajan en el proyecto del puerto de Narbona. No es un dato público —añadió.

Luego abrió un cajón, sacó un revólver y lo dejó sobre la mesa.

26

El cañón del revólver apuntaba directamente hacia Moon. Gérard Muller lo dejó con cuidado sobre la mesa y la miró con una sonrisa que no llegó a sus ojos. No sostuvo el arma. Las manos descansaban delante de su cuerpo, relajadas.

—¿Quién es usted? —le preguntó el abogado.

Moon ladeó la cabeza, miró el arma y luego buscó los ojos de Muller.

—Solo soy una intermediaria —respondió Moon tranquila, ignorando el revólver y con la mirada fija en el abogado—. Como usted. Uno de mis clientes ha mostrado interés en un asunto y yo he buscado la manera de satisfacerlo, eso es todo. Me dedico a eso, y soy buena en mi trabajo —añadió.

—Ya veo. —Muller la estudió en silencio durante unos segundos antes de continuar—. Mi secretaria me ha dicho que está interesada en el puerto deportivo de Narbona.

—Así es —confirmó Moon—. Mi cliente quiere comprar un amarre y una participación en el futuro club náutico. Tiene la certeza de que cuando se corra la voz estarán muy cotizados y prefiere adelantarse. El proyecto es público —añadió—, y mi cliente lamenta haber llegado tarde a la puja por los terrenos.

Muller asintió en silencio.

—No hubo puja —respondió—. El proyecto es enteramente privado.

—Tengo entendido que el ayuntamiento de Narbona está involucrado...

El abogado hizo un gesto desdeñoso con la mano.

—Solo en lo imprescindible —aclaró—. Este es un proyecto privado —repitió—, y no hay parcelas en venta.

—El precio no sería un problema...

—Tampoco para nosotros —respondió Muller.

—Me gustaría saber quién o quiénes son los promotores —siguió Moon—, quizá podamos hacerles una oferta interesante.

El abogado sonrió.

—Lo siento, señora Aubry, pero para eso estoy yo aquí, para que nadie moleste a mis clientes. Y lo siento, pero no aceptan ofertas ni proposiciones, por muy interesantes que puedan ser.

—¿Y usted? —lanzó Moon—. ¿Acepta propuestas? Ya le he dicho que el dinero no es un problema.

—Me ofende, señora. —El abogado dibujó un mohín infantil con los labios.

Se estaba divirtiendo.

—Es una lástima. Si no es posible comprar un amarre, quizá busquemos un terreno anexo. A mis clientes les gusta la idea de pertenecer al club náutico —insistió—, sobre todo, si es exclusivo y discreto.

—Señora Aubry. —La mano de Muller se deslizó hasta casi rozar la culata del revólver—. El puerto deportivo de Narbona es, como usted ha dicho, exclusivo y privado, por eso no hay nada que pueda hacer por usted, ni ahora, ni en el futuro. No hay terrenos en venta, la dirección del proyecto ha adquirido todos los necesarios. Le recomiendo que hable con su cliente y le sugiera que busque otro puerto en el que amarrar.

Gérard Muller cogió el arma y volvió a guardarla en el cajón. Luego la miró en silencio.

Moon comprendió. El tiempo de cortesía había terminado, era

157

el momento de irse. Abrió el bolso y buscó algo en el interior. Muller se tensó ostensiblemente, pero no se movió. Luego, Moon sonrió y le tendió una tarjeta de visita que el abogado observó el tiempo necesario para que ella pudiera colocar un discreto micrófono en la parte inferior del asiento de su silla.

—Por favor, hábleles a sus clientes de mi oferta. Mi representado está dispuesto a negociar, está vivamente interesado en el puerto.

—Lo haré —respondió Muller—, pero no espere gran cosa.

Moon cabeceó y se levantó. Esperó hasta que Muller llegó a la puerta y la abrió. La secretaria apareció un segundo después con la misma sonrisa profesional.

Cuando las puertas del ascensor se cerraron, se colocó a toda prisa un discreto auricular en el oído.

Bingo.

La voz del abogado le llegó con nitidez.

—No, no sé quién es esa tía —estaba diciendo—. Me ha dejado su tarjeta. Moon Aubry. No indica profesión y tampoco hay un número de teléfono, solo una dirección de correo electrónico. —Hubo un silencio mientras Muller escuchaba—. No me ha dicho el nombre de su cliente. —Nuevo silencio—. ¿Cómo quieres que lo sepa? No, ni idea, pero no parecía peligrosa, tenía pinta de mosquita muerta. —Muller esperó de nuevo—. Bien, de acuerdo. Adiós.

Moon le devolvió la credencial al guardia de seguridad, que anotó la hora en el folio junto a su nombre, y se dirigió a la puerta.

En su oído, dos golpes rápidos y una voz femenina.

—Gérard —dijo la secretaria con una inesperada familiaridad—, deberías ver esto.

Tras un silencio, el abogado exclamó:

—¡No me jodas! Mierda, mierda… ¡Albert! —exclamó de pronto—, aquí Gérard. Dime, ¿qué pinta tiene la mujer que estáis buscando? —Escuchó en un silencio roto por frecuentes sonidos de asentimiento—. No me jodas… La acabo de tener delante, sentada en mi despacho. ¡Janice! —gritó entonces.

—¿Sí? —respondió la secretaria.

—Averigua cómo ha llegado hasta aquí, qué coche conduce, si está sola o la acompaña un hombre. ¡Vamos! —urgió.

Oyó la puerta cerrarse y a Muller mascullar en voz baja. Luego, de nuevo la puerta, un escueto «gracias» por parte del abogado y silencio. Unos segundos después, Muller estaba de nuevo al teléfono.

—*Monsieur* Dubois, prefiero que se entere por mí antes que por terceras personas. La mujer sigue escarbando, acaba de estar aquí. No, no la he detenido —dijo tras una pausa—, no sabía que era ella hasta que se ha ido, pero tengo su nombre y la descripción completa. Conduce un Lexus de alquiler, mi secretaria lo acaba de confirmar. —Escuchó unos segundos—. Sí, *monsieur*, es un despropósito, pero le garantizo que todos los efectivos están alerta y en marcha. Pronto será historia. Y el juez también —añadió.

Moon corrió hasta el coche, subió, cerró la puerta y arrancó el motor.

—¿Qué ha pasado? —preguntó Eric.

—Me han descubierto —respondió Moon—. Nos vamos.

Hundió el pie en el acelerador y el Lexus respondió con un agradable rugido. Unos segundos después dejaron atrás el polígono industrial y se adentraron en las calles de Marsella.

—¿Qué ha pasado? —volvió a preguntar Eric.

Moon se quitó el auricular del oído. A esa distancia ya no podía captar nada.

—Te dije que el abogado estaba dentro —le contó—. Ha tenido un arma sobre la mesa durante toda la conversación —añadió.

—¿Un arma? Podía haberte matado...

—No creo que esa fuera su intención, era más una advertencia, un escudo.

—¿Cómo te ha descubierto? —preguntó Eric.

—Recibió un mensaje, un *email* o un fax, no lo sé. La secretaria se lo entregó cuando me fui. Supongo que en ese documento se hablaba de mí, de nosotros, e incluía una descripción. Llamó a alguien en cuanto lo leyó, a un tan *monsieur* Dubois. ¿Te suena de algo? —Eric negó con la cabeza—. Buscaremos ese nombre en tus archivos, por si acaso. Estaba muy nervioso. Ha levantado la liebre, saben que estamos aquí, el aspecto que tenemos y el coche que conducimos.

—¿Qué vamos a hacer?

Moon miraba fijamente a la carretera. Serpenteaba entre los coches en dirección al puerto de Marsella.

—Conozco a alguien que puede ayudarnos —dijo por fin.

Metió la mano izquierda en el compartimento junto al asiento y recuperó la pistola que había guardado allí antes de entrar en el edificio de oficinas. Luego se inclinó levemente hacia delante y se la colocó en la espalda.

—¿Corremos peligro? —preguntó Eric en voz baja.

—Más que nunca.

27

Condujo por las grandes avenidas de Marsella en dirección a la costa, atenta a los retrovisores y con el volante firmemente agarrado. Eric se removía inquieto en su asiento, mirando adelante y atrás cada pocos segundos, con el ceño fruncido y los labios apretados. Moon conocía ese gesto, se lo había visto cientos de veces. Cuando estaba enfadado o nervioso, Eric arrugaba la frente y convertía su boca en una línea recta. No toleraba los contratiempos, no era un hombre flexible, no se adaptaba a los cambios.

Moon sacudió la cabeza para expulsar las imágenes que se reproducían en su mente. No importaba cómo era el hombre con el que había compartido parte de su vida. En cuanto solucionara el problema desaparecería de nuevo, y para siempre.

Entonces recordó a Daniel. Después de tantos días pensando en él, hablando de él, jugándose la vida por salvar la de su padre, su hijo se había convertido de nuevo en un ser real, más incluso que cuando lo espiaba de lejos, protegida por el graderío de un campo de fútbol o el patio del colegio. Pensaba tanto en él que le parecía que casi podía tocarlo. Casi…

Las calles se hicieron más estrechas, y los viandantes, más oscuros. Eric observaba lo que le rodeaba como si fuera Marte. Había rótulos escritos en árabe, hombres vestidos con largas túnicas y mujeres con abayas de colores y la cabeza cubierta con el tradicional hiyab. Moon bajó la ventanilla unos centímetros y recibió con una sonrisa el olor de esa parte de la ciudad. Asfalto y gasolina mezclado con especias, tabaco y té. Aceite caliente, goma y ropa limpia. Unos metros más adelante, tras un par de giros, olió el petróleo y el mar. Estaban llegando.

Farid puso los brazos en jarras y mostró dos filas de dientes desparejados en medio de una enorme sonrisa. Era un tipo menudo, de piel café y pelo ralo. Vestía una túnica azul cielo y se cubría la nuca con una taqiyah blanca. Subía y bajaba los dedos de los pies, que asomaban por debajo de la túnica en el extremo de unas sandalias de cuero.

No dejó de sonreír mientras Moon detenía el Lexus y se bajaba del coche.

—Me han avisado de que había un coche enorme y caro rondando por nuestras calles —dijo a modo de saludo—, pero ni en mil años habría imaginado que eras tú. —Avanzó hasta Moon, que lo esperaba en la acera, y se llevó la mano al corazón—. *As-salāmu 'alaykum* —dijo después.

—*Wa'alaykum as-salām* —respondió Moon, devolviéndole la sonrisa y el gesto—. Él es Eric Bisset, un… amigo —añadió.

Eric inclinó levemente la cabeza y Farid imitó el gesto con una sonrisa comedida. Luego volvió a centrarse en Moon.

—¿A qué debo esta sorpresa? —Farid levantó una ceja interrogadora.

—Es una larga historia. Necesito que alguien se ocupe del coche —pidió—, solo hay que dejarlo en una oficina de Hertz.

La segunda ceja de Farid se sumó a la primera. Luego se giró y habló hacia el interior del local que estaba a su espalda.

—¡Mahmoud! —llamó—, *taeal huna, ladaya hadiat lak.*

Al chaval se le iluminaron los ojos cuando vio el Lexus y a Moon tendiéndole las llaves.

—Sabía que le iba a gustar —sonrió Farid—. Es buen chaval, prudente y responsable.

Acto seguido le dio las indicaciones oportunas y el muchacho saltó al interior del Lexus y arrancó. Oyeron su risa antes de que se perdiera entre el tráfico.

—¿Entramos?

Siguieron a Farid al interior de una tienda de alimentación. Tras el mostrador, un hombre atendía en árabe a la clientela, media docena de mujeres que esperaban su turno charlando y riendo en voz alta.

Farid tuvo una palabra y una sonrisa para cada una de las clientas, que agradecieron la atención con alegría. Al fondo de la tienda había una cortina de tela y, detrás, una puerta de madera que Farid abrió con una llave que sacó de su túnica. Esperó hasta que Eric y Moon entraron y cerró a su espalda. Fuera quedaron las voces, la luz y los olores. Avanzaron por un pasillo largo que trazaba un ángulo de noventa grados antes de desembocar en un distribuidor con tres puertas.

Farid abrió la que tenía a la izquierda y entró.

—Bienvenidos a mi pequeño refugio —dijo con el brazo extendido para invitarlos a pasar.

No era la primera vez que Moon accedía a la zona privada de Farid, pero Eric no pudo evitar detenerse en el umbral para observar con la boca abierta lo que estaba viendo. Una gruesa alfombra absorbía cualquier sonido. Dibujos geométricos en granate, ocre, blanco y verde cubrían hasta el último centímetro del suelo. Enfrente, junto a la ventana encortinada, una silla baja con las patas en tijera, los brazos curvos y el respaldo decorado con intrincados arabescos. A su lado, un narguile aguardaba su ración de agua, tabaco y hachís con la manguera pulcramente recogida. A izquierda y derecha del asiento se habían colocado infinidad de grandes y mullidos cojines a lo largo de tres de las cuatro paredes. En la última, una mesa baja con una tetera, un juego de vasitos de cristal tallado, un ordenador portátil, un teléfono fijo y cuatro móviles.

Farid los invitó a sentarse con un gesto y él se acomodó en la silla.

Antes de hablar, rebuscó en el bolsillo de su túnica hasta dar con un pequeño teléfono móvil. Lo abrió, tecleó un número de memoria y se lo llevó a la oreja.

—*'iihdar alshaay walmueajanat* —dijo, y colgó—. He pedido un pequeño refrigerio —explicó—. ¿Tenéis hambre?

—Gracias, Farid, pero no queremos entretenerte más de lo necesario.

El hombre hizo un gesto con la mano para restarle importancia y sonrió. Luego su semblante compuso un gesto severo, adusto, muy alejado de la cordialidad que había mostrado hasta ese momento.

—Tú dirás. —Extendió las palmas hacia Moon y esperó.

—Estoy metida en un lío —empezó—. Los dos lo estamos, de hecho —añadió señalando a Eric con la cabeza. Farid elevó las cejas para resaltar lo obvio—. Necesito material y un coche, pero no puedo recurrir a mis proveedores habituales.

—¿Cómo de peligroso es quien te sigue? —preguntó Farid.

—Cheney, y quien esté por encima de él —respondió Moon.

Farid apoyó el codo en el brazo de la silla y se llevó la mano a la cara. El dedo índice se paseó despacio sobre el grueso labio superior mientras perdía la vista en la pared de enfrente.

Unos golpecitos en la puerta lo devolvieron a la realidad.

—*'iilaa al'amam* —invitó. La puerta se abrió y un joven muy parecido al que se había llevado el Lexus entró cargado con una bandeja que depositó en el suelo frente a Farid—. ¿Ha vuelto tu hermano? —le preguntó. El joven negó con la cabeza—. Este es mi hijo Zaid —les dijo con una recuperada sonrisa—. Dile a Hasan que me avise cuando vuelva —añadió mirando de nuevo al chico, que afirmó en silencio y se marchó con rapidez.

Farid entregó una taza de té humeante a Eric y otra a Moon. Luego les pasó el plato con unos pequeños pastelillos marrones y esperó con el brazo extendido hasta que ambos estuvieron servidos. Luego él también cogió un dulce y lo paladeó con deleite.

—Es cierto —dijo después—, estás metida en un lío. No te voy a preguntar qué quieren. Eres mi amiga, confío en ti. Sé que no me pondrías en peligro a mí ni a mi familia sin una buena razón. ¿Buscan el Lexus? —preguntó.

—Nos han visto huir en él —respondió Moon.

Farid volvió a sacar el viejo móvil del bolsillo y marcó un número. Habló rápidamente en árabe, escuchó, respondió y colgó.

—Hasan ya ha devuelto el coche, está volviendo en metro. Él sabe cuidarse, pero le he pedido que tenga mucho cuidado y que dé un rodeo para asegurarse de que nadie lo sigue. —La miró detenidamente, como si pretendiera colarse en su cabeza con esos ojos oscurísimos—. Te ayudaré —anunció tras un largo minuto.

—Gracias, Farid. Esta vez, no regatearé el precio —dijo Moon.

—No esperaba menos de ti —sonrió él.

Eric, todavía con el pastelillo en la mano, asistía mudo a la negociación. No podía dejar de pensar que había estado casado con esa mujer, que había dormido con ella, le había hecho el amor, habían tenido un hijo juntos… Y luego había enterrado un ataúd vacío, había colocado una lápida con su nombre sobre un cúmulo de tierra y la había llorado durante semanas, meses. Aún sonreía cuando pasaba junto a alguna de las fotografías de Soleil que había en su casa, a veces incluso estiraba la mano y la acariciaba con la yema de los dedos. También ahora, con Emma a su lado, durmiendo juntos, compartiendo una vida, se detenía cada día frente a la imagen de Soleil y aguantaba estoico la punzada en su corazón.

Y ahora…

—Id a comer algo y volved dentro de una hora. Lo tendré todo preparado —dijo Farid.

Moon se levantó y se llevó la mano al corazón mientras se inclinaba levemente ante su amigo árabe.

Eric la imitó y esperó. Por fin, Farid se puso de pie y se acercó a ellos. Cogió las dos manos de Moon y las guardó entre las suyas unos segundos, mirándola a los ojos.

—No nos volveremos a ver hasta que Cheney se haya olvidado de ti —añadió—. Si te mata, quizá nuestras almas se encuentren en el camino. —Luego le soltó las manos y se dirigió a la puerta—. Uno de mis hijos te esperará aquí. Sed puntuales, y que Alá os acompañe. *As-salāmu 'alaykum*.

—*Wa'alaykum as-salām* —respondió Moon con una nueva inclinación de cabeza.

Les pusieron delante un plato de carne y arroz que ninguno de los dos tocó. Moon jugueteaba con la comida mientras controlaba la puerta del local en el que se habían sentado a esperar. Eric, incapaz de probar bocado, consultaba su reloj de pulsera cada pocos segundos.

—No va a pasar más rápido por mucho que lo mires —le dijo Moon.

—¿No estás nerviosa? —le preguntó Eric.

—Lo justo —respondió ella.

Eric la miró en silencio hasta que ella giró la cara hacia él. Frunció el ceño y esperó la pregunta.

—¿Te fías de él? —preguntó Eric por fin.

—¿De Farid? No especialmente, pero no le queda más remedio que cumplir una vez que se ha comprometido. No nos venderá, sería malo para su reputación. Tiene fama de discreto, vale más por lo que calla que por lo que dice, y si nos delatara, los clientes pensarían que también podría hacerlo con los demás y se alejarían de él. No le conviene.

—Es un pobre consuelo…

—Es lo único que tenemos.

A la hora acordada regresaron a la tienda de Farid. No entraron. En la acera los esperaba el mismo joven que se había llevado el Lexus. Tras un rápido saludo, les entregó unas llaves y señaló al arcén, donde había estacionado un Renault Clio blanco. Por la matrícula le calculó unos diez años. Luego, el chico le entregó una bolsa de plástico. Dentro había dos teléfonos móviles y un portátil de quince pulgadas.

—El motor es increíble —les dijo el chico mientras les guiñaba el ojo— y he llenado el depósito. Las tarjetas son nuevas, y dice mi padre que del ordenador se ocupará usted. Pueden llamar, pero necesitarán wifi para conectarse. Es más seguro —añadió—. Los papeles están en la guantera. Tienen comida y... otras cosas en el maletero —sonrió—. Buen viaje.

—Gracias —dijo Moon—. Dile a tu padre que recibirá el pago muy pronto.

—Se lo diré. Adiós.

El chico desapareció en el interior de la tienda. Moon abrió el coche, dejaron las mochilas atrás y arrancó el motor.

—¿Adónde vamos? —preguntó Eric.

—A Narbona —respondió Moon—. Esto tiene que terminar.

28

Simon entró al apartamento vacío y se detuvo tras la puerta. No era que le extrañara estar solo. De hecho, Moon pasaba la mayor parte del tiempo fuera o encerrada en su despacho. Lo que lo había hecho pararse era el olor. O la falta de él. La casa ya no olía a Moon. En solo tres días, las paredes, el suelo, los muebles, todo se había desprendido de su olor, era incapaz de reconocerlo. Su perfume atrevido, las pomadas que utilizaba cuando las viejas heridas le provocaban dolorosos calambres, la fragancia picante de la laca con la que se fijaba el pelo detrás de las orejas. Todo había desaparecido. Como ella.

Había rastreado la señal de su móvil durante los dos primeros días. La vio moverse y detenerse en una ruta que no comprendía, pero desde hacía varias horas la señal también había desaparecido. Probó todos los trucos que conocía para encontrarla, pero nada. Se había volatilizado.

Había cumplido con los asuntos que Moon le había encargado. Había sido sencillo dar con el topo en la farmacéutica de Trocadero, el caso de estafa estaba ahora en manos de la policía, y había instalado escuchas y monitoreado las redes para tratar de descubrir quién pasaba información sensible de una empresa a la competencia. Ahora solo era cuestión de esperar.

Dejó la mochila encima del sofá y se quitó la chaqueta. Tenía que distraerse, no podía pasarse el día entero pensando en un fantasma. Si lo necesitaba, llamaría. Si no llamaba, era que todo iba bien.

Con ese pensamiento en la cabeza, entró en la cocina y sacó una cerveza de la nevera. Le dio un buen trago directamente de la botella y decidió salir a cenar. Llamaría a algún amigo. El móvil sonó en su mano cuando buscaba la lista de contactos. Número privado. Frunció el ceño y descolgó.

—¿Quién es? —preguntó.

—Simon, aquí Cheney.

Simon parpadeó con fuerza y miró un momento la pantalla del móvil en busca de una respuesta. ¿Cheney? ¿El mismo Cheney que actuaba de mediador en la *darkweb*? Cheney… ¿Cómo conocía su nombre real? En la web él era Green, nunca había mencionado su verdadero nombre ni mucho menos su número de teléfono.

—Hola —respondió por fin.

—Necesito un minuto de tu tiempo.

—¿Cómo has conseguido mi número? —le interrumpió Simon—. Y mi nombre…

—Vamos, Simon, no sé con quién te crees que estás hablando. Escúchame bien, no lo repetiré: olvídate de Moon, Blue o como quiera que se llame. Está muerta. No todavía, pero tiene una diana en la espalda. Ella y el objetivo, el juez. Ayúdanos y podrás quedarte al margen —dijo.

—¿Al margen de qué?

—De sus asuntos. Solo los queremos a ellos, no tenemos nada contra ti, pero, para que eso siga así, tienes que ayudarnos, ¿comprendes?

—No, no lo comprendo —replicó Simon con la voz helada—. ¿Por qué no me lo explicas?

—¿De verdad quieres jugar a esto? No te hacía tan estúpido… Blue no ha cumplido con el contrato, le ha tomado el pelo a mi cliente y este ahora me exige responsabilidades a mí. Bien, yo asumo mi parte, me encargaré personalmente de los dos. Y aquí es donde entras tú —añadió—. Si eres listo, me ayudarás a encontrarla. Llámala, escríbele, lo que quieras, pero localízala y dímelo. Y hazlo ya, esto está durando demasiado.

—No cuentes conmigo —bufó Simon.

—Te pagaré, por supuesto —siguió Cheney como si no lo hubiera oído—. Hay una buena cantidad en juego. Pon tú el precio.

—Yo no…

—¡No seas imbécil! —le cortó Cheney—. La cosa está así: o conmigo, o contra mí. Si no me ayudas, sumaré tu nombre a la lista de objetivos. Dará igual que huyas o que te escondas, si no me entregas a la zorra de tu novia, estás tan muerto como ella. ¿De verdad vas a arriesgar tu vida por un cadáver? Piénsalo, espero noticia tuya. —Y colgó.

Simon permaneció quieto un buen rato, con el móvil en la mano, tratando de asumir lo que acababa de ocurrir. Cheney, valiente hijo de puta. Se pasó la mano por el pelo, cogió el botellín de cerveza y lo lanzó contra la pared. Los cristales se mezclaron en el suelo con la espuma y el líquido ambarino.

Tenía que actuar, hacer algo, pero no debía precipitarse. Moon le había enseñado que las prisas son hermanas del fracaso. Tenía que llegar hasta ella y sabía cómo hacerlo.

Moon entró despacio en el aparcamiento exterior del aeropuerto de Marsella. Buscó un hueco libre y detuvo el motor, pero no se bajaron.

—La red está tan saturada aquí que es casi imposible que nos detecten —explicó ante la mirada interrogante de Eric.

Luego abrió la guantera y sacó los móviles que Farid le había facilitado. Conectó el primero de ellos y lo configuró con rapidez. Memorizó el número y lo apagó. Luego encendió el segundo, lo configuró y se conectó al wifi público del aeropuerto.

Eric la observaba en silencio. La vio entrar en Internet y descargar una aplicación llamada Track Security. El logo era un círculo azul atravesado por el símbolo de una autopista. Lo guardó en su bolso y sacó el ordenador.

—Necesito ir al baño —dijo Eric entonces.

Moon lo miró con el ceño fruncido.

—Hazlo entre dos coches, nadie te verá —respondió.

—Ni lo sueñes —protestó Eric—. Iré al baño.

—No irás al baño, no podemos separarnos. Si nos han seguido hasta aquí y te encuentran, no podré hacer nada por ayudarte.

—Pensé que estábamos seguros, que Farid era de fiar…

—Nadie es completamente de fiar, Eric.

—¿Ni siquiera tú? —le lanzó mientras abría la puerta del coche y salía.

Moon lo vio alejarse unos metros y detenerse detrás de una furgoneta. Volvió a aparecer poco después y regresó al coche mientras se limpiaba las manos con un pañuelo.

Ella se concentró en el ordenador. Tecleó deprisa, esperó impaciente mientras las aplicaciones se instalaban, volvió a teclear, maldijo en voz baja y martilleó con los dedos sobre el plástico del ordenador.

Cuando la barra azul llegó por fin al final, el portátil inició un lento reajuste al que Moon asistió con la mirada fija en la pantalla.

—Por mucho que mires, no terminará antes —le dijo Eric.

Ella sonrió.

Eric se giró hacia la ventanilla y estudió el aparcamiento. Vio a dos hombres que caminaban directos hacia ellos. Morenos, de hombros anchos y cintura estrecha. Los músculos de sus brazos se les marcaban bajo la ropa. Los dos llevaban un chándal oscuro y se cubrían la cabeza con la capucha de sus chaquetas de marca, sin duda falsas. Calzaban deportivas y caminaban sin prisa, lanzando miradas furtivas a los coches aparcados.

—Soleil… —la llamó.

Moon levantó la cabeza y miró en su dirección. Vio a los hombres.

—Son ladrones —dijo Moon mientras salía del coche. Rodeó el Clio hasta el otro lado y puso las manos en jarras frente a la puerta de Eric—. Cariño, date prisa —dijo en voz alta—, me estoy asando, prefiero esperar dentro, al menos hay aire acondicionado. Ya hablarás con tu madre en otro momento.

En el reflejo del cristal vio cómo los dos hombres se detenían un segundo antes de girar a la derecha y cambiar el rumbo. Intercambiaron un par de frases que no pudo oír y captó sus miradas de reojo.

—Sal —le pidió a Eric—. Rápido.

Eric hizo lo que le pedía y se bajó del coche. Los dos hombres le echaron un vistazo a su hipotético rival y decidieron que no merecía la pena correr el riesgo por un pequeño turismo de más de diez años. No tardaron mucho en perderlos de vista.

—¿Cómo has sabido que eran ladrones? —le preguntó Eric cuando volvió a sentarse.

—No lo sabía, solo lo sospechaba. Buscan un coche interesante que abrir lejos de las cámaras de seguridad, que es justo donde estamos nosotros.

Volvió a colocarse el ordenador sobre las piernas y activó el programa que acababa de instalar. No entró en el chat de Cheney, ya sabía todo lo que necesitaba saber. Tecleó una larga lista de símbolos y letras y esperó hasta que la caja de texto apareció en el centro de la pantalla.

Un único mensaje parpadeaba en el centro.

Remitente: Green.

Texto, una sola palabra: *Atolón*.

Moon cerró los ojos y respiró con fuerza. Luego seleccionó el mensaje y escribió el número del teléfono que había guardado en su bolso y una indicación: *dos horas*. Apagó el portátil, lo guardó en la mochila y arrancó el motor.

—Tenemos que irnos.

—¿Qué ha pasado? —preguntó Eric.

—Simon me advierte de que estamos en peligro —respondió Moon.

—¿Quién es Simon?

Moon dudó un instante antes de contestar.

—Mi novio.

Eric la miró con los ojos muy abiertos, mudo. Luego abrió la portezuela y salió del coche. Moon salió también y lo miró por encima del techo, desde el otro lado.

—¿Ocurre algo? —le preguntó.

Eric la miró con la boca abierta y el ceño fruncido.

—Tú… —empezó—. Tú… has rehecho tu vida por completo. ¡Es como si Soleil nunca hubiera existido!

—Eso es una tontería —replicó ella. Luego rodeó el coche y se detuvo frente a Eric—. Soleil existió. Tuvo unos padres, se casó y tuvo un hijo. Fue feliz un tiempo… —La voz se le rompió un instante. Tragó saliva y continuó—: Y luego murió.

—Eso es…

Moon eliminó la distancia que la separaba de Eric y le cogió las manos. Él le apretó los dedos y la miró a los ojos.

—Soleil ya no está —siguió Moon—. Murió, es solo un recuerdo. Déjala ahí. Yo soy otra persona. Me parezco a ella, conservo muchas de sus costumbres y manías, pero no soy ella. Mírame —le pidió cuando Eric bajó la vista—. Soleil no está —añadió— y no va a volver.

29

Moon conducía en silencio, concentrada en el tráfico mientras intentaba desenredar la madeja en la que estaban atrapados. Se detuvo en un área de servicio y llenó el depósito. Luego entró en la tienda y compró dos gorras de béisbol y un mapa de carreteras. Tenía que evitar utilizar el GPS del móvil.

De vuelta al coche, encontró a Eric masticando una barrita de chocolate. Le ofreció otra a Moon, que lo miró con la boca abierta.

—¿De dónde has sacado eso? —le preguntó.

—De la máquina —respondió él—, no he entrado en la tienda, si es lo que te preocupa.

—¿Cómo has pagado?

Eric guardó silencio un momento.

—Mierda —dijo en voz baja—. Con la tarjeta.

Moon se giró y dio cuatro pasos en dirección contraria. Luego dio media vuelta con rapidez, llegó al coche y golpeó el techo con la mano.

—¡Mierda! —exclamó—. ¡Eso es rastreable! ¡Es que no has aprendido nada en el juzgado?, ¿a cuánta gente detienen siguiendo el rastro de su tarjeta de crédito? Joder, Eric.

—Lo siento…

Moon soltó aire y se sentó al volante.

—No importa, ya no tiene remedio. Vámonos.

Le lanzó el mapa de carreteras y arrancó el motor.

—Busca una carretera secundaria en dirección a Narbona —le pidió.

Eric abrió el mapa sobre sus piernas y buscó Marsella. Luego pasó el dedo por la página hacia la izquierda.

—En pocos kilómetros hay una salida hacia la D35. Podemos seguirla hasta Arlés y allí coger la D6572 hasta Lunel. De ahí…

—Está bien de momento —le cortó Moon—. Busca un lugar en la D35 donde podamos detenernos dentro de una hora.

—El camino está lleno de fincas agrícolas, seguro que encontramos un camino de entrada que…

Moon accionó la radio y puso el volumen al máximo. La voz de una mujer ofreciendo las últimas noticias internacionales reverberó en el interior del coche y sobresaltó a Eric, que cerró el mapa y giró la cara hacia la ventanilla. Envolvió el resto de la chocolatina en su papel y se la guardó en el bolsillo. Ya no tenía hambre.

Moon paseaba nerviosa a un lado y a otro del estrecho camino de tierra que había seguido desde la carretera. No vio maquinaria agrícola en la finca ni ningún vehículo en los alrededores, así que avanzó hasta que el coche fue invisible desde la calzada y comenzó a caminar en círculos con el móvil en la mano.

Hacía dos horas que Simon le había enviado el mensaje de alerta.

«Atolón» era la palabra clave que utilizaban cuando jugaban duro en la cama. Si uno decía «atolón», el juego terminaba. Nadie más conocía ese código.

El teléfono comenzó a vibrar en su mano. Moon respondió al instante.

—Simon —dijo sin más.

—Moon, por Dios, menos mal que no te ha pasado nada. ¿Estás bien?

—Sí, sí. Estoy bien —confirmó ella.

—Y tu…

—Él también está bien, pero nos pisan los talones.

—Lo sé, Cheney ha llamado —dijo Simon.

—¿Cheney? ¿Cómo ha…?

—Conoce nuestros nombres y me llamó por teléfono, al personal. Me ha dicho que, si no le ayudo a encontrarte, me matará.

—Mierda, Simon…

—Tranquila, no pienso entregarte. Ni a él tampoco —añadió—, pero no puedes seguir adelante sola, me necesitas.

—No quiero…

—No digas que no quieres meterme en esto —la cortó de nuevo—, ¡ya estoy metido hasta el cuello!

Moon cerró los ojos e intentó pensar.

—¿Es que no confías en mí? —oyó decir a Simon.

—No es eso, por supuesto que confío en ti. Es solo que…

—¿Qué? —la apremió él.

—No quiero ponerte en peligro, no más de lo que ya estás. Ocúltate hasta que solucione las cosas, no falta mucho. Después te llamaré y todo volverá a ser como antes.

—Eso no va a pasar —repuso Simon más calmado—. No podrás hacerlo sola. Por favor, deja que te ayude, estamos juntos en esto.

Moon respiró profundamente y miró hacia el coche. Eric se había apeado y la miraba en silencio.

—De acuerdo —accedió por fin—. Vamos en dirección a Narbona. Llegaré en unas dos horas, tú tardarás más de siete. Te enviaré una dirección. Nos veremos allí.

—Ten cuidado hasta entonces —le pidió.

—Lo tendré —prometió.

Eric la miró cuando regresó al coche. Moon sacó el portátil y lo abrió sobre el capó. Tecleó unos segundos y luego lo giró para mostrarle unos documentos a Eric.

—Son los informes de las autopsias de los propietarios de los terrenos —le explicó Moon—. Todas están firmadas por el mismo médico forense, igual que el parte de lesiones del único superviviente. ¿Esto es habitual?

—Puede tratarse de una coincidencia —aventuró Eric.

—Léelo, por favor.

Eric frunció el ceño y cogió el portátil para acercárselo a la cara. Leyó concentrado las conclusiones de las autopsias, sin detenerse en los tecnicismos ni en los detalles. Cuando terminó, volvió a dejar el ordenador sobre el coche, estiró la espalda y cruzó los brazos por delante del pecho. Moon conocía esa postura. Estaba a punto de dictar sentencia.

—El problema no es que el mismo forense firme las tres autopsias y el parte de lesiones —dijo—, lo que me llama la atención es que un forense adscrito a otro juzgado se haya ocupado de estos casos. Puede ocurrir de manera puntual —añadió—. Por ejemplo, en una catástrofe, o durante una epidemia, los sanitarios, incluidos los forenses, acuden donde son requeridos sin importar de dónde procedan, pero en estos casos no viene a cuento, nuestros forenses estaban operativos y, sin embargo, vino uno de otro juzgado. No lo entiendo.

—Yo sí lo entiendo —dijo Moon—. Necesitaban a alguien de confianza que no hiciera preguntas si se cruzaba con alguna anomalía en el cuerpo o en la analítica.

—Eso es muy grave… Además —añadió de pronto—, tuvo que contar con alguien de dentro, de mi propio juzgado, para que lo avisara a él en lugar de a los habituales. Dios mío, esto es…

Moon tecleó el nombre del médico forense y esperó unos instantes. Apretó los labios y continuó buscando unos segundos más antes de dar un paso atrás y observar en silencio lo que había en la pantalla. Anotó algo en un papel que se guardó en el bolsillo del pantalón y levantó la vista hacia Eric.

—Por curiosidad, ¿un forense cobra más o menos que un juez? —le preguntó Moon de pronto.

Eric frunció el ceño.

—Su salario es inferior al mío, ¿por qué lo preguntas?

—¿Tú podrías pagar una casa en Armissan? Una grande —siguió Moon.

—¿En Armissan? ¿Cerca de la playa? No lo creo —reconoció Eric—. Sin patrimonio o unos buenos ahorros me sería imposible comprar una casa allí.

—Nuestro amigo tiene una. Vamos a hablar con ese forense. Luego buscaremos al misterioso *monsieur* Dubois.

30

Simon recuperó la mochila que había dejado en el sofá y corrió a su habitación. Metió algo de ropa y se dirigió a su despacho. Con el manojo de llaves en la mano, seleccionó la más pequeña y abrió el último cajón del escritorio. Dentro solo había una caja negra, pulcramente colocada en el centro del espacio. Simon levantó la tapa con las dos manos y observó un segundo la semiautomática Sig Sauer P226 perfectamente encajada en la espuma troquelada. Era la segunda vez que la veía. La primera fue el día que la compró, poco después de empezar a vivir y a trabajar con Moon. Ella lo había ayudado a superar las pruebas para obtener la licencia de armas cuando se inscribió como detective y visitaban juntos una vez al mes la galería de tiro, donde Simon había demostrado tener una increíble puntería innata. Sin embargo, nunca hasta entonces se había visto en la necesidad de ir armado.

Cogió la pistola, encajó el cargador y la guardó en la mochila junto con los seis cargadores que había apilado a ambos lados de la caja negra. Luego rebuscó al fondo del cajón hasta dar con una linterna, dos baterías y un pequeño espray de pimienta. Se puso la chaqueta, recuperó las llaves de la entrada y salió de casa sin ni siquiera apagar la luz.

Se miró en el espejo del ascensor. Estaba despeinado y le brillaban los ojos. Se pasó una mano por el pelo para retirarse el flequillo de la cara y se masajeó la barbilla en un gesto inconsciente que repetía a menudo. Mientras bajaba al garaje tuvo tiempo de pensar en lo que iba a hacer. Moon le había dado una sola indicación: conduce hasta Narbona. Tenía un número de teléfono y un objetivo: encontrarla y evitar que la mataran.

Cerró los ojos un momento y evocó el rostro de la mujer que había puesto su vida literalmente del revés. Él aspiraba a un puesto de profesor en una pequeña universidad del sur de Francia. Quería leer, estudiar e inculcar en otros su pasión por las letras. Quería viajar, descubrir otros pueblos, otras culturas. Se imaginaba formando una familia, jugando con sus hijos, dos, quizá tres, en una casa con jardín en las afueras de alguna ciudad.

Hasta que Moon se cruzó en su vida. Audaz, inteligente, con una mente rápida, brillante, y una boca de labios gruesos, unos increíbles ojos marrones y el pelo corto enmarcándole una cara que, desde entonces, solo vivía para ver, para besar, para acariciar.

Simon siempre había presumido de tener una mente analítica, de sopesar los pros y los contras de todas y cada una de las decisiones que tomaba. Y, sin embargo, de la noche a la mañana se había lanzado de cabeza a la aventura de convivir con una mujer de la que no sabía nada, con una profesión incierta y peligrosa y una forma de vivir muy alejada de la del profesor universitario que aspiraba a ser.

Apretó los labios y salió del ascensor en el garaje. Apresuró el paso hacia el DS 3 negro que había aparcado hacía menos de una hora. Lanzó la mochila al asiento del copiloto, arrancó y se puso en marcha. Tenía un largo camino por delante.

Cheney sonrió cuando Simon salió del garaje. La gente estúpida le facilitaba mucho el trabajo. Moon había resultado ser una listilla que le estaba complicando bastante la vida. Nada que no pudiera solucionar, desde luego, pero habría preferido que esa imbécil hubiera seguido con los pies dentro del tiesto. Su amigo, sin embargo, era harina de otro costal. Predecible, impulsivo, un novato sin curtir que correría siempre hacia la boca del lobo.

Lo que más le gustaba de esa pareja era la seguridad en la que creían moverse. Nombres falsos, mensajes encriptados, cortafuegos supuestamente inexpugnables… Pan comido para su equipo. Si algo había aprendido Cheney era a contar siempre con los mejores profesionales que el dinero pudiera comprar. Era un círculo perfecto: a mejores expertos, más dinero entraba y mejores profesionales podía contratar.

Sin embargo, no quiso desilusionarlos. Si pensaban que eran invisibles e ilocalizables, más fácil sería verlos y controlarlos. Green y Blue, por favor… Rio ante tanta estupidez. No obstante, los dos eran buenos en su trabajo. Nunca habían fallado y siempre lo hacían en el plazo establecido. Ni un solo cliente descontento… Hasta ahora.

Desconfió cuando la chica aceptó el encargo de eliminar al juez, pero decidió que no pasaba nada por probar. Supuso que necesitaría dinero, o que simplemente quería dar un paso más y cruzar definitivamente la línea.

La línea… No recordaba ni un solo día de su vida en el lado «correcto» de la ley. Daba por hecho que nació inocente, pero apenas tenía seis años cuando su madre empezó a utilizarlo como correo para entregar pequeños paquetes de droga a sus clientes. ¿Quién iba a desconfiar de un precioso niño rubio que iba de un lado a otro con su brillante bicicleta roja?

No lloró cuando la policía entró en su casa y encañonó a su madre, ni cuando lo metieron en un coche patrulla. Vio por última vez su bici roja apoyada en la puerta del garaje. Brillante, preciosa.

Una mujer le hablaba dentro del coche policial, pero no recordaba sus palabras. Sí su tono, tranquilizador, condescendiente. El agente al volante arrancó mientras dos policías escoltaban a su madre hasta otro de los coches que habían invadido el jardín. Llevaba las manos esposadas a la espalda y la camisa manchada de sangre. Cuando levantó la cara, supuso que para buscarlo, vio que tenía una herida en el pómulo.

El pequeño Cheney se puso de rodillas en el asiento y empezó a golpear el cristal. Su madre intentó correr hacia él, pero los policías tiraron de ella hacia atrás y acabó cayendo al suelo. Cheney gritó, pataleó y golpeó a la mujer que lo acompañaba, que al final le dio una fuerte bofetada y le ordenó que se estuviera quieto. Tampoco entonces lloró.

Ese fue el primer día de su nueva vida, siempre al otro lado de la línea. Los pequeños hurtos y las peleas fueron una constante en las casas de acogida por las que pasó, y en los centros en los que lo internaban cada vez que una familia lo rechazaba.

Formó su primera banda con trece años. Sus miembros, un grupo de inadaptados violentos, acabaron enganchados a las drogas o muertos antes de los quince. En una de sus múltiples estancias en el reformatorio estatal descubrió la clase de informática, y eso le abrió un abanico de posibilidades con el que nunca había soñado. Cumplió condena, salió y formó una nueva banda, muy diferente a la primera. También eran unos inadaptados, pero con unas habilidades que poca gente poseía. Contactó con todo tipo de individuos a uno y otro lado de la línea y se convirtió en Cheney el Conseguidor. De eso hacía veinte años, y aunque había tenido problemas en más de una ocasión, nunca se había tenido que enfrentar a una situación como la que esos dos gilipollas habían provocado.

Arrancó la moto, pero no salió a la calzada. En la pantalla táctil del dispositivo que llevaba junto al manillar, comenzó a parpadear una luz azul que se desplazaba despacio por las líneas que formaban el barrio. Recto, derecha, otra vez derecha y de nuevo recto.

Por fin, Cheney accionó el intermitente y repitió los movimientos de Simon minutos antes. Recto, derecha, otra vez derecha y de nuevo recto. El bueno de Green iba directo a la boca del lobo, pero no sin antes conducirle hasta la perra que le estaba costando tanto dinero y parte de la reputación que se había forjado a lo largo de los años.

Lo siguió a distancia por la circunvalación de París en dirección sur. Simon mantenía una velocidad constante, parecía tener claro adónde se dirigía. De momento, la ruta ofrecía un amplio abanico de posibilidades. Cruzaron el valle del Marne y dejaron atrás las salidas hacia Fresnes, Champlan y Villebon-sur-Yvette.

Cheney empezó a preocuparse. Pronto necesitaría detenerse para repostar. El dispositivo de seguimiento que había instalado en el DS era de los mejores, pero necesitaba estar a una distancia máxima de cinco kilómetros para captar la señal. A la velocidad a la que iban, lo perdería en cuestión de segundos si se detenía.

La aguja del combustible entró en la franja roja.

—Mierda —masculló.

Según los carteles, había una gasolinera a dos kilómetros. Se fijó en el punto azul. Simon seguía la A10 desde que habían salido de París. No le quedaba más remedio que confiar en la suerte que lo había acompañado siempre. Una de sus primeras novias solía decir que Cheney tenía una estrella en el culo, y quizá tuviera razón.

Entró en la gasolinera y repostó él mismo, sin esperar al tranquilo empleado que se situó a su lado.

—¿Le ayudo? —preguntó.

—Puedo yo —respondió Cheney vigilando el surtidor—. Vaya hacia la caja, necesito que me cobre cuanto antes. Tengo prisa.

—Claro, como todos —dijo el hombre en voz baja mientras daba media vuelta.

Acababa de llegar al mostrador cuando Cheney le mostró la tarjeta de crédito. El tipo consultó en el ordenador el número de surtidor, tecleó la cantidad en el datáfono y se lo ofreció al cliente. La tarjeta tardó unos segundos en contactar. Cuando el pitido confirmó que todo estaba bien, Cheney se dio la vuelta y corrió hacia la moto.

—¿No quiere el tique? —preguntó el empleado.

No obtuvo respuesta.

Cheney se ajustó el casco, encendió el motor y volvió a salir a la autopista. La pantalla táctil solo mostraba una red de carreteras oscuras. Aceleró por encima del límite de velocidad, adelantando a los coches por la izquierda y por la derecha, atento a los vehículos estacionados en las áreas de servicio junto a la calzada.

Llevaba diez minutos conduciendo a ciento cincuenta kilómetros por hora cuando una lucecilla azul apareció en la parte superior de la pantalla.

—¡Ja! —rio Cheney—. ¿Soy el puto amo o no soy el puto amo?

Aceleró un poco más y se acercó al punto azul. Cuando supo que Simon estaba a menos de dos kilómetros, se relajó, redujo la velocidad a ciento treinta y empezó a canturrear entre dientes un viejo tema de Queen.

31

Moon decidió que no era buena idea dejarse ver por Armissan. El centro de la localidad, de poco más de mil quinientos habitantes, era un laberinto de calles estrechas y viviendas pegadas unas a otras, pequeñas plazas, cruces agudos y muros cubiertos de yedra trepadora y arbustos que invadían la calzada.

Apenas habían hablado desde que salieron de la gasolinera. Eric se había limitado a indicarle las carreteras que tenía que seguir para después girar el cuerpo hacia la ventanilla, de modo que Moon solo podía verle la espalda, el hombro y la nuca. Cuando llegaban a una pequeña población, cogía de nuevo el libro de mapas, lo consultaba con el ceño fruncido y le daba las indicaciones necesarias. En el último tramo, no le dirigió la palabra hasta que llegaron a Armissan.

Moon detuvo el coche detrás de un supermercado y le pidió el mapa. Lo estudió en silencio durante un minuto y se lo devolvió.

—El forense vive en la última casa del pueblo hacia el noreste, en dirección al mar —le dijo.

Moon rodeó el pueblo por las calles más alejadas del centro hasta llegar al final de la Avenue de la Méditerranée. Junto a la tapia que delimitaba la finca, la estrecha calzada asfaltada se convertía en un sendero de tierra que se adentraba en el bosque.

Redujo la velocidad y se internó en el camino. A la derecha, los viñedos se perdían en el horizonte. A la izquierda, árboles cada vez más altos, más espesos, más frondosos.

—¿Qué piensas hacer? —le preguntó cuando detuvo el coche en una estrecha franja de hierba.

Moon no respondió. Apagó el motor, se bajó del coche y se alejó unos metros. Se acarició el brazo herido con cuidado. Le escocía el rasguño y el músculo le palpitaba de vez en cuando, pero podía aguantar. Tenía que aguantar. Eric la observó inmóvil, sin saber qué hacer. Si fuera Soleil, habría ido tras ella para ver qué le pasaba, pero no conocía a esa mujer, no tenía ni idea de quién era Moon y no sabía cómo actuar con ella.

Por fin, él también bajó del coche y se acercó despacio a la mujer, atento a cualquier advertencia o gesto de rechazo. Pero Moon no se movió. Estaba quieta, con la espalda apoyada en el enorme tronco de un árbol y los ojos cerrados. Eric se detuvo a dos metros de ella y la miró en silencio. No se atrevía a tocarla, ni siquiera a hablarle. ¿Qué podía decirle?

—Lo siento —murmuró por fin.

Moon apretó los labios antes de abrir los ojos. Eric tenía la mirada fija en el suelo, los hombros caídos y las manos abiertas a los lados del cuerpo. Caminó hasta él y puso una mano en su antebrazo.

—No, Eric. Tú no tienes nada por lo que disculparte. En cambio, yo sí, pero no encuentro la forma de pedirte perdón por todo el daño que te he causado, y por el daño que también le he hecho a mi hijo…, a nuestro hijo. Lo siento —dijo por fin—. Lo siento mucho. Siento no haber vuelto, siento haber elegido huir, alejarme de ti, de vosotros. Yo…

—He estado pensando mucho en lo que me dijiste de que no te veía, que no te conocía —la interrumpió Eric—, y creo que tienes razón. No te valoré, no supe quererte, igual que ahora no sé querer a Emma. Quizá un día ella también desaparezca.

Moon negó con la cabeza.

—No lo hará, ella no es como yo. Ella es fuerte.

—¿Y tú no lo eres? Mírate. —Eric extendió las manos hacia ella—.

Mira todo lo que has conseguido en tan poco tiempo, has vuelto a nacer y has volado alto. Yo solo era un lastre para ti, y lo lamento.

Moon regresó junto al árbol y se sentó en el suelo. El sol acariciaba ya la cima de las montañas. Pronto anochecería.

Eric se acercó despacio y se sentó a su lado.

—Fue duro, ¿sabes? —empezó él—. Fue duro esperar. Los equipos de búsqueda nos llamaban a diario, siempre con la misma noticia: no la hemos encontrado, no hay rastro de ella. Tus padres y yo recorríamos cada mañana la orilla del río, subíamos por una ribera y bajábamos por la contraria. Avanzábamos atentos a cada bulto, a cada jirón de tela o de plástico. Pero el hombre al que le entregaste a Daniel había dicho que el coche se hundió muy rápido y que no te vio salir. No te vio salir —repitió muy bajo—. Cada noche soñaba contigo, te veía dentro del coche, ahogándote poco a poco rodeada de agua sucia. —Calló un momento antes de coger aire y continuar—: Cuando encontraron el coche pensé que ya estaba, que pronto darían con tu cuerpo, porque para entonces ya habíamos perdido la esperanza de encontrarte con vida. Seis días… Era imposible. La búsqueda continuó dos semanas más, por aire y por tierra, también con barcas neumáticas por el río. Nada. Cada tarde se repetía la misma llamada. Nada, no hay nada, no hemos visto nada. Soleil no está, habrá sido arrastrada hasta el mar… Hasta que un día nos comunicaron que suspendían la búsqueda, que veinte días después de la riada ya sería imposible dar contigo…, con tu cuerpo —rectificó.

—Tuvo que ser difícil —murmuró Moon.

—Lo fue —reconoció Eric—. Una psicóloga se ocupaba de Daniel cada día. Venía a verlo, jugaba con él, analizaba sus reacciones, respondía sus preguntas… No podía contar conmigo, yo estaba… esperándote, buscándote. No estuve con él cuando más me necesitó, como tampoco supe estar a tu lado.

—No digas eso.

Eric sacudió la cabeza a un lado y a otro.

—Cuando me dieron la noticia de que suspendían la búsqueda, me derrumbé. Me encerré en mi habitación y no salí en días. Mi madre se hizo cargo de Daniel mientras yo me dejaba morir. Habría muerto de haber podido, te lo juro —le aseguró mirándola a los ojos—, pero no pude. Un día, un tipo al que no conocía entró en mi dormitorio sin llamar. Se presentó como Félix y dijo ser terapeuta del duelo. Se sentó en una silla y empezó a hablar. Habló y habló sin que yo dijera ni una palabra. Volvió al día siguiente, y al otro. Tres días después consiguió que me afeitara y me cambiara de ropa. Al siguiente, bajé a cenar con Daniel, y entonces, cuando lo vi, comprendí que tenía que seguir adelante. Félix me convenció para organizar un funeral. Compré un ataúd y tu madre se encargó de la música y las flores. Hubo muchas flores —añadió con una sonrisa triste—. Celebramos una misa en Carcasona, cerca de casa. Pensé que te habría gustado. Luego fuimos al cementerio. Tus padres habían comprado una pequeña parcela y yo encargué una lápida. *Soleil Bisset, madre, esposa, hija. Descanse en paz.* No pusimos la fecha de la muerte, solo eso. Ese día hacía sol y soplaba un viento fresco muy agradable. Bajamos el ataúd, lo cubrimos de tierra y nos despedimos de ti. Te dije adiós. Y después…

Moon le cogió la mano y le acarició despacio los dedos. Eric estiró el brazo y se lo pasó por los hombros. Moon se deslizó hacia él y apoyó la cabeza en su pecho. Cerró los ojos y escuchó su corazón. Sonaba tan familiar… Eric la estrechó con fuerza contra su cuerpo. Tanto dolor…

En ese momento les llegó el sonido del motor de un coche. Luego, el chirriar de una puerta al abrirse y de nuevo el motor. Poco después distinguieron una luz a su izquierda. Una ventana se había iluminado en la parte trasera de la casa.

—El forense ha vuelto —dijo Moon, que se levantó de un salto—. Vamos.

32

Moon abrió el maletero del coche y rebuscó entre las cosas que el hijo de Farid les había proporcionado. Luego cerró con cuidado y se giró hacia Eric.

La pistola, negrísima y opaca, ocultaba casi por completo la mano de Moon, que la sostenía sobre la palma con el brazo extendido hacia él.

—Esta vez tendrás que acompañarme —le dijo—. Si hay alguien más en la casa, necesito que lo controles mientras yo hago mi trabajo.

Eric observaba en silencio el arma que Moon le tendía. Ella ya se había guardado una en el bolsillo antes de sacar la que debería empuñar él.

—Nunca he disparado —repuso—, ni siquiera sé cómo manejarla.

Moon le cogió la mano y lo obligó a sujetar la pistola.

—Es sencillo, basta con quitar el seguro y estará lista.

—No puedo disparar contra una persona —protestó Eric, que retiró la mano como si el metal oscuro quemara. Dio un paso atrás y giró la cabeza hacia los árboles.

Moon lo miró unos largos segundos. Se había levantado un viento frío procedente del mar que les trajo un penetrante olor a sal.

—Como quieras —dijo sin más—. Quédate aquí. Si no he vuelto en media hora, coge el coche y ve a Narbona. Reúnete con Daniel y con Emma y conduce lo más deprisa que puedas directo a las oficinas de la Interpol en Lyon. No confíes en nadie. Y protege a Daniel con tu vida —añadió con voz seca.

Eric volvió a mirarla y, cuando Moon estaba a punto de marcharse, estiró el brazo y puso la mano en su hombro.

—Espera —dijo—. Dame el arma. Voy contigo.

Moon le tendió la pistola, cogió el pequeño portátil y la bolsa con sus herramientas y se dirigió hacia la casa con Eric pegado a sus talones. Escuchó su respiración agitada. Sabía que todo aquello estaba siendo una prueba muy dura, pero no le quedaba más remedio que hacerlo.

Se detuvo a unos metros de distancia, todavía bajo el amparo de los árboles, y se arrodilló en el suelo. Al instante, la hierba húmeda le mojó los pantalones. Eric se acuclilló a su lado, en silencio. Moon conectó el ordenador y tecleó unos segundos. Poco después tenía ante sus ojos el plano de la casa. Alrededor de la construcción brillaban una serie de luces verdes y rojas.

—¿Alguna vez has coincidido con este tipo? —preguntó Moon sin apartar la vista de la pantalla—. Se llama Michel Laurent. Supongo que habrá sido asignado más veces a tu juzgado, lo contrario habría hecho saltar las alarmas.

—Me suena el nombre —respondió—, aunque no creo que lo haya visto más de un par de veces a lo sumo. Quizá me lo haya cruzado por los pasillos en alguna ocasión, y es posible que hayamos hablado por teléfono, pero hace mucho tiempo. No consigo recordar su cara —añadió—. Lo siento, no sé nada de él. ¿Qué es eso? —preguntó, señalando el portátil.

—Las señales verdes son alarmas desconectadas. Todas las del interior de la casa están apagadas, pero el perímetro está en rojo, las ha conectado cuando ha entrado.

—No lo habría hecho si esperara a alguien, ¿no? —sugirió Eric.

Moon sonrió.

—Así es. Si hay alguien más en la casa, ya estaba dentro.

—Pero no hemos visto luces…

—No, aunque nunca se sabe. Vamos.

Moon volvió a concentrarse en el ordenador. Ejecutó un programa y comenzó a teclear a toda prisa. Las líneas se deslizaban sobre la pantalla oscura. Abajo, el plano de la casa comenzó a parpadear. Una a una, las señales rojas viraron a verde. Cuando terminó, Moon esperó unos segundos sin apartar la vista de la pantalla.

—Listo —dijo cuando comprobó que todas las luces se mantenían en verde—. Ponte esto. —Le tendió un pasamontañas negro que había sacado de la bolsa. Eric obedeció y ella se puso uno igual—. Entramos —anunció a continuación.

Michel Laurent era un hombre de rutinas. Le disgustaba mucho que lo tildaran de maniático. No lo era. Simplemente, disfrutaba de las cosas hechas con orden y en el momento adecuado. El despertador sonaba a las seis y media en punto cada mañana, los trescientos sesenta y cinco días del año. Se levantaba en el acto, se libraba del pijama y se ponía el pantalón corto y la camiseta que había dejado preparada la noche anterior. No importaba que fuera invierno o verano, que diluviara o hiciera calor. Cada mañana salía a correr treinta minutos sin más abrigo que una sudadera con capucha. Ni siquiera llevaba auriculares, prefería escuchar lo que le rodeaba y controlar su respiración. A las siete, una ducha, un desayuno ligero y diez minutos para recoger su habitación. No le gustaba que la asistenta entrara allí cuando iba a limpiar. Salía de casa a las ocho en punto al volante de su impoluto Citroën, y media hora después ya estaba sentado en su despacho, organizando el trabajo del día, al menos el que se podía prever.

No modificó sus rutinas matinales mientras estuvo casado, pero sí las vespertinas. Su mujer siempre quería algo de él. Ir a comprar, charlar de nimiedades, ver una película… No era que no le gustara hacer ese tipo de cosas, pero no cuando se las imponían. Y si no le apetecía, desde luego que no las hacía. Y eso enfadaba mucho a su mujer, que hablaba de esfuerzos necesarios, de doblarse como un junco y otras tonterías por el estilo. Desde el divorcio, estaba recuperando el placer de encontrar la casa en silencio, servirse un *whisky* de malta con dos cubitos de hielo y sentarse en el salón a leer hasta la hora de cenar.

Justo eso estaba haciendo cuando escuchó un ruido en la cristalera que daba al jardín. Pensó que se trataría de algún animal. El bosque estaba demasiado cerca para su gusto. Tendría que volver a hablar con el concejo al respecto. Una cosa era vivir en un entorno natural y otra muy distinta que la naturaleza te invadiera. Dejó el vaso en la mesita y se levantó. Estaba a punto de dar el primer paso cuando se detuvo en seco. Ante él, dos encapuchados le apuntaban con sendas pistolas.

—Buenas noches, señor Laurent —dijo la figura más pequeña, con voz de mujer—. Siéntese —ordenó a continuación.

El forense levantó las manos y volvió a sentarse. Moon le tendió a Eric una brida negra.

—A la espalda —le indicó—. Con fuerza.

Eric asintió y se dirigió hacia el hombre, que temblaba en su sofá. Se colocó a un lado, lo empujó para que se inclinara y le ató las manos a la altura de los riñones. Luego regresó junto a Moon.

—No tengo nada de valor —balbuceó el forense—. Mi cartera está en la cocina, cojan lo que quieran, pero no me hagan daño —suplicó.

—No queremos su dinero —respondió Moon—. Tenemos que hablar. Si responde correctamente, nos iremos sin tocarle ni un pelo. Si me miente, tendrá problemas. ¿Hay alguien más en la casa?

Laurent movió la cabeza de un lado a otro. Sudaba copiosamente y respiraba en rápidas bocanadas. Moon sacó el portátil de la mochila que llevaba a la espalda y abrió los documentos que había descargado de los archivos del juzgado de Eric. Amplió la primera página de los informes de las tres autopsias y se acercó al forense, que dio un rápido respingo hacia atrás.

—¿Qué es eso? —preguntó Laurent.

Moon movió uno de los documentos hasta la parte inferior.

—Esta es su firma —dijo—. La misma en las tres autopsias y en un parte de lesiones. Pierre Manotti —añadió, señalando el PDF de la derecha—, Étienne Golard —siguió, y golpeteó el siguiente documento—, Luc Durand, Vincent Daract. Tres muertos y un herido grave.

Laurent pasó la vista deprisa de los documentos a la encapucha-
da y vuelta. El cañón del arma estaba muy cerca...

—Es mi trabajo —respondió con voz entrecortada—, soy forense...

—No está adscrito a este juzgado —lo interrumpió Moon—. Lo
contrataron para que hiciera pasar por muertes naturales tres asesinatos y un intento de homicidio. ¿Cuánto le pagaron? Tuvo que ser una
buena cantidad, aunque, a juzgar por su nivel de vida en los últimos
años, no era la primera vez, ¿verdad, doctor? Es usted un fijo en la
plantilla de determinada gente. Quiero nombres. ¿Quién lo contrató?

La pregunta quedó flotando en el aire espeso del salón.

—No sé de qué me habla —exclamó Laurent casi en un grito—,
debe de tratarse de un error, ¿quién es usted?

Moon lo miró fijamente y luego dio dos largas zancadas hacia
él. Lo cogió del brazo y tiró de él con fuerza para obligarlo a levantarse. Luego lo empujó hacia una puerta blanca que había junto a la
cocina. La abrió, encendió la luz y lo lanzó hacia las escaleras que
descendían. El forense se detuvo en el tercer escalón. Moon le apuntó con el arma y se giró hacia Eric.

—Espera aquí —le ordenó. Vio la duda en sus ojos.

Laurent también la vio e intentó asirse al eslabón más débil.

—¡No se vaya! —gritó el forense desde las escaleras—, no me
deje solo con ella, ¡me va a matar!

Eric descubrió el hielo en los ojos de Moon. Dio un paso atrás y
ella cerró la puerta. Escuchó los gritos del forense mientras Moon lo
empujaba escaleras abajo, suplicando piedad, jurando todavía que
era inocente, que no sabía de qué le estaban hablando.

Regresó al salón y cogió el *whisky* con hielo que se había preparado el doctor. Se levantó el pasamontañas hasta la frente y se lo bebió de un trago. Al otro lado de la puerta blanca, cada vez más lejos,
el forense seguía gritando palabras ya ininteligibles.

Eric se acercó al mueble bar, cogió la botella de *whisky* y se sirvió
otro trago.

Abajo, Michel Laurent gritó una vez más.

33

La puerta blanca volvió a abrirse casi dos horas después. Moon regresó sola al salón. Encontró a Eric en la butaca que antes había ocupado Laurent, con un vaso vacío en la mano y una botella de *whisky* sobre la mesita del salón, junto a la pistola. Se había quitado el pasamontañas y lo había dejado en el brazo del sofá. Lo miró con el ceño fruncido, pero no dijo nada.

Moon sudaba debajo de la tela oscura. Llevaba la pistola en la mano y la mochila colgada de un hombro. A Eric le pareció que no estaba tan erguida como de costumbre, sino que lo miraba con la espalda ligeramente encorvada y las piernas separadas.

—Nos vamos —ordenó sin acercarse a él—. No te dejes nada. Y ponte el pasamontañas.

Eric se levantó trabajosamente del sillón, se cubrió la cabeza, cogió el arma y siguió a Moon. Se tambaleó ligeramente al dar los primeros pasos, pero consiguió salir sin chocar con ningún mueble y cruzar el jardín detrás de Moon.

—¿Estás borracho? —le preguntó.

—No, no —le aseguró él, aunque su voz no sonó tan convincente como pretendía.

Moon soltó un bufido y salió por donde habían entrado.

—Deprisa —lo azuzó cuando atravesaron la verja.

La calle estaba pobremente iluminada, pero había luz en las casas cercanas. No quería cruzarse con alguien que hubiera salido a pasear al perro o a hacer ejercicio, o que simplemente estuviera fumando asomado a la ventana. Necesitaban tiempo para alejarse de allí.

Eric corrió torpemente por el sendero de tierra. Con las prisas se había colocado el pasamontañas un poco torcido, lo que le dificultaba la visión del camino. Acababa de cruzar la verja cuando tropezó con sus propios pies y cayó de rodillas al suelo. Se levantó rezongando y se sacudió el polvo de los pantalones.

—¡Vamos! —le apremió Moon—. No me puedo creer que hayas estado bebiendo.

—Y yo no me puedo creer que hayas torturado a una persona —bufó mientras corría detrás de ella.

Ella no respondió. Desbloqueó las puertas del coche, entró y encendió el motor. Estaba empezando a moverse cuando Eric se dejó caer en el asiento del copiloto.

—Espérame —pidió. Se abrochó a duras penas el cinturón de seguridad y apoyó la cabeza en el asiento.

Moon maniobró en el camino y regresó a la avenida. No percibió movimiento en casa del forense cuando pasaron al lado. Eric cerró los ojos con fuerza, negándose a mirar, y permaneció así hasta que sintió que el coche aceleraba y se mantenía estable sobre el asfalto. Entonces abrió los ojos y miró a Moon, que se había quitado el pasamontañas y conducía con el ceño fruncido y la dos manos sobre el volante. Eric se quitó también la prenda que ocultaba su rostro y se giró hacia ella.

—¿Cómo está…? —No terminó la frase—. ¿Lo has…? —Tragó saliva—. ¿Está vivo?

Moon apretó los dientes.

—A veces —dijo—, el miedo a lo que pueda suceder provoca un terror más efectivo que el propio dolor.

Eric volvió a apoyarse en el respaldo y asintió en silencio. Aún le escocía la piel del cuello, que seguía amoratada e irritada. Contuvo el impulso de tocarse la garganta con los dedos.

—¿Te ha dicho algo útil? —preguntó a continuación con voz pastosa. Estaba empezando a dolerle la cabeza. Nunca había sido un buen bebedor, se emborrachaba con rapidez y solía tener unas resacas espantosas.

Moon no respondió, siguió con la mirada fija en la carretera y los nudillos blancos alrededor del volante.

—¿Adónde vamos? —insistió Eric poco después.

De nuevo, silencio. Continuó adelante por vías secundarias en dirección al mar. Esquivó todas las poblaciones que iluminaban la noche hasta que distinguieron un enorme anuncio publicitario a un lado de la carretera: PLAYA DE ORO, LAS VACACIONES SOÑADAS. APARTAMENTOS DESDE CIEN MIL EUROS.

Moon giró el volante y se adentró en el amplio camino asfaltado que conducía hasta una urbanización de casas pareadas y bloques de apartamentos de cuatro alturas. El lugar parecía desierto. Solo la mitad de las farolas de la calle estaban encendidas y apenas distinguieron un par de casas iluminadas en una hilera de más de veinte viviendas.

Apagó los faros y avanzó despacio para no revolucionar el motor. Por fin se detuvo en una zona especialmente sombría, lejos de las últimas farolas y de los pocos vecinos de la calle, y permaneció atenta a cualquier señal de presencia humana o animal. Ya había tenido varios encontronazos con perros guardianes y no quería tener ninguno más. Apagó el motor y bajó un poco la ventanilla. No oyó nada, ni voces ni ladridos.

—Espérame aquí —le ordenó a Eric, que no tuvo tiempo de preguntar ni protestar.

Moon se bajó del coche, encendió la linterna y metió la otra mano en el bolsillo para asir la pistola. Se coló por el estrecho pasillo que separaba dos viviendas. Estaban a oscuras y silenciosas. Tenían las persianas bajadas y no había ningún mueble en los balcones ni en las terrazas. Nada de sillas, tumbonas, mesas o cojines. Solo cemento y madera. El caminito entre las dos fincas estaba cubierto de hojas medio podridas, bolsas de plástico que había arrastrado el viento y envoltorios de comida basura.

Dio la vuelta al edificio. No encontró ninguna puerta forzada ni agujeros en la valla. Inspeccionó los muros y los postes próximos en busca de cámaras o algún sistema de alarma, pero nadie se había preocupado por asegurar aquellos inmuebles. Perfecto. Se dirigió a la segunda vivienda, la más alejada de la calle y la acera, y saltó la tapia. Vio un cartel en una de las ventanas superiores: SE ALQUILA. Esperó agachada al otro lado. El pequeño jardín tenía un aspecto descuidado, con grandes calvas en el césped, los arbustos sin podar y los arriates de flores, secos y marchitos.

Observó la cerradura de la casa. Era de las sencillas, le llevaría un par de minutos abrirla. Volvió a estudiar la puerta y la pared en busca de sistemas de alarma, pero esa casa, como la otra, parecía desprotegida. Sacó su estuche de herramientas de la mochila, seleccionó un juego de ganzúas y empezó a trabajar. La cerradura cedió antes incluso de lo que pensaba. Empujó la puerta con cuidado, entró y cerró.

Iluminó la planta baja con la linterna. Muebles baratos, de los que se compran por catálogo en las franquicias internacionales, bastante gastados. En la cocina, la nevera estaba vacía y desenchufada, igual que el microondas, la tostadora y el resto de los electrodomésticos. En la pared del recibidor, la palanca principal del cuadro de luces apuntaba hacia abajo.

Comprobó que todas las persianas estaban bajadas y subió a la planta de arriba. Tres dormitorios con dos camas cada uno, dos baños y otros tantos armarios empotrados. Una de las habitaciones daba a una pequeña terraza desde la que se veía el mar. Distinguió las luces de los pesqueros de bajura y siguió con la vista el brillo de la costa.

Respiró tranquila, volvió al coche y arrancó el motor.

—¿No nos quedamos? —preguntó Eric.

—Luego —respondió Moon—. Necesitamos comer algo.

Volvió a rodear el pueblo. Recordaba haber visto un local iluminado cuando se dirigían hacia allí, una especie de bar restaurante al final de un polígono industrial. Le pareció distinguir varios camiones estacionados fuera. Gente de paso, la mejor.

Tuvo que dar la vuelta cuando se pasó de largo el acceso. Giró en la rotonda y entró en el enorme aparcamiento. Había al menos diez camiones aparcados al fondo, además de varias autocaravanas y furgonetas de todos los tamaños. Contó también una decena de coches. Calculó que en el aparcamiento cabrían al menos un centenar. Estaba claro que aquel era un lugar concurrido y que lo sería más en verano, con el pueblo lleno de turistas y gente de paso hacia sus destinos de vacaciones.

Aparcó entre un camión y una furgoneta frigorífica.

—Esperaremos aquí a Simon —decidió—. Ya debe de estar cerca.

Acto seguido sacó el teléfono y tecleó un rápido mensaje. Esperó hasta que recibió la confirmación de que se había enviado correctamente y lo volvió a guardar. Luego recuperó la mochila del asiento de atrás y sacó las dos gorras de béisbol que había comprado en la tienda de la gasolinera.

—Póntela —le dijo—. Si hay cámaras, esto nos ayudará.

Ver las gorras le hizo recordar las barritas de chocolate y su tremenda metedura de pata, pero también provocó que su estómago gruñera como un animal.

—Yo también tengo hambre —sonrió Moon.

Un susurro de música folk envolvía las voces de los clientes repartidos en una docena de mesas y a lo largo de la barra, una treintena aproximadamente, la mayoría hombres.

Como esperaba, nadie se giró a mirarlos ni interrumpió lo que estuviera haciendo para comprobar quién había entrado. Se acomodaron en la barra y le sonrieron a la camarera, una joven morena con el pelo recogido en una coleta alta. Les devolvió una sonrisa de dientes torcidos mientras pasaba de un lado a otro el chicle que mascaba.

—¿Qué les pongo? —preguntó.

—Nos gustaría ver la carta —pidió Moon.

Ella movió la cabeza de un lado a otro y masticó un par de veces el chicle.

—A estas horas solo puedo ofrecerles sándwiches y bocadillos fríos o calientes y lo que la cocinera haya dejado preparado. Si quieren, echo un vistazo en la cocina y les cuento.

—Sí, por favor.

La mujer entró en la cocina y volvió a salir un par de minutos después.

—Tenemos *casserole* de judías verdes y champiñones, estofado de vaca con patatas y pollo con tomate. Además de los bocadillos, claro.

—¿Lo preparan para llevar? —preguntó Moon.

—Por supuesto —respondió la morena.

—Perfecto. Quiero tres raciones de cada uno de esos platos y tres bocadillos de atún, todo para llevar. Y dos Coca-Colas mientras esperamos —añadió Moon.

—Tres de cada y tres bocadillos de atún, oído. Ahora mismo les sirvo la bebida.

Como había prometido, la camarera les puso los refrescos delante antes de regresar a la cocina. Moon alargó la mano para alcanzar el periódico que había doblado sobre la barra. Estaba arrugado y muy manoseado, y alguien había resuelto los pasatiempos de la última página con bolígrafo rojo. Un crucigrama, la sopa de letras y el juego de buscar las diferencias. Ojeó la portada. Política nacional y asuntos locales.

Estaba a punto de pasar de página cuando una sombra se materializó sobre la barra. Luego, una voz.

—Esa gorra no te favorece nada. Eres demasiado guapa para esconderte.

El corazón de Moon brincó hasta su garganta. Se giró en el taburete y se colgó del cuello del hombre que sonreía a su lado y que la abrazó con fuerza.

—¡Simon!

A pocos kilómetros de distancia, Cheney vio cómo la lucecita azul de la pantalla se detenía.

—Ya era hora de que llegaras —masculló mientras aceleraba la moto—. Me estoy meando.

34

La camarera sirvió el café que Simon había pedido y se sentaron a una mesa. El recién llegado alargó el brazo en busca de la mano de Moon, entrelazaron sus dedos y se miraron en silencio, con una sonrisa en los labios. Al otro lado de la mesa, Eric asistía mudo al extraño espectáculo. Su mujer, o la que fue su mujer, comiéndose con los ojos a otro hombre delante de sus narices. A pesar de todo lo que había pasado en los últimos días y de las palabras de Moon sobre Soleil, no podía dejar de sentirse incómodo.

—Voy al baño —dijo al tiempo que se levantaba y les daba la espalda.

Simon esperó hasta que estuvieron solos para hablar. Llevaba el pelo revuelto y barba de dos días, pero Moon nunca lo había visto tan atractivo ni se había alegrado tanto de verlo.

—¿Cómo estás? —preguntó en voz baja mientras señalaba a Eric con la barbilla.

—Bien —respondió Moon—. Ha sido un *shock* mucho mayor para él. No esperaba volver a verme nunca —añadió con una sonrisa irónica.

—¿Hace mucho que os divorciasteis? —siguió Simon.

Moon clavó la mirada en la superficie de la mesa. Había olvidado que nunca le había hablado a Simon de esa parte de su vida. Respiró hondo, preparándose para una nueva conversación incómoda.

—Nunca nos divorciamos —confesó—. Él pensaba que estaba muerta.

—¿Muerta? —exclamó Simon demasiado alto. Moon frunció el ceño—. No me has contado nada de eso, solo me dijiste que te fuiste.

Eric se sentó en su silla.

—Está llena de sorpresas —dijo, señalándola—. Para empezar, ni siquiera se llama Moon. Su nombre es Soleil. Soleil Bisset, y es mi mujer.

Moon estaba a punto de decir algo cuando la camarera le hizo un gesto desde la barra y levantó dos enormes bolsas de plástico. Decidió alejarse de ellos. Se colgó la mochila a la espalda y se dirigió a la barra. Luego cogió la comida, pagó y salió a la calle. Los dos hombres la siguieron en el acto.

—Dejaremos tu coche aquí —le dijo a Simon con tono cortante mientras le tendía las bolsas. No quería seguir con la conversación, ni siquiera iniciarla—. Volveremos mañana a por él. Vamos.

Caminó deprisa hacia el fondo del aparcamiento y se puso al volante del Clio blanco. Simon se interpuso en el camino de Eric y se sentó a su lado. Eric bufó y abrió la puerta de atrás.

Esta vez, cuando llegaron a la casa accedieron a la parcela por la portezuela sin asegurar del jardín delantero. Rápido y en silencio, cruzaron el césped y entraron en la vivienda. Moon comprobó una vez más que seguía vacía y con las persianas bajadas antes de accionar la luz y encender la lámpara del salón. En la cocina, la nevera inició un suave ronroneo cuando la enchufó. Eric y Simon dejaron las bolsas del restaurante sobre la mesa y la miraron en silencio.

—¿Cenamos? —propuso ella sin más.

Sacó la comida de las bolsas y entró en la cocina. Abrió los armarios hasta dar con los platos y los vasos y volvió al salón.

—Me estáis poniendo nerviosa —dijo—. Vamos a comer.

Los dos hombres se acercaron a la mesa y la ayudaron a repartir la comida en los platos. Guardó lo que quedó en la nevera y se sentó a la mesa. Cenaron en silencio, Simon mirando a Moon, Eric estudiando a Simon y Moon con la vista fija en la pared de enfrente.

Cuando terminaron, Simon y Moon encendieron sus portátiles. Eric los observó en silencio, con los dedos entrelazados sobre la mesa.

—¿Qué te ha dicho el forense? —preguntó Eric por fin—. No te has dignado a contarme absolutamente nada desde que salimos de allí.

—Estabas borracho, ¿recuerdas?

Touché.

Eric apretó los labios y bajó la cabeza. Simon asistía al intercambio con el ceño fruncido.

—En este momento sí que me habéis recordado a un matrimonio —dijo.

—Por favor... —bufó Moon. Luego respiró hondo y miró a Eric—. ¿Te suena el nombre de Global Trade France? —Eric negó con la cabeza mientras Simon tecleaba en su portátil y giraba después la pantalla hacia ellos.

La *home* de la web corporativa de la empresa anunciaba, en inglés y en francés, todo lo que Global podía hacer por sus inversores. El listado de negocios en los que participaban era apabullante: mercado internacional, banca, inversiones en bolsa... Moon señaló la línea en la que hablaba de patrimonio inmobiliario. Simon clicó y desplegó el apartado. Ni una sola palabra sobre el puerto deportivo y club privado de Narbona.

—No son ellos —dijo Simon con el ceño fruncido.

—No buscan inversores —le corrigió Moon—. Es un proyecto privado, su trabajo es facilitar su construcción y seleccionar a los miembros del club.

—Estoy casi seguro de que esa empresa no aparecía en la documentación que se presentó en el juzgado —intervino Eric.

—No aparece —confirmó Moon—. Todos los expedientes están firmados por el abogado de Marsella.

—Tengo un nombre —la interrumpió Simon—. Al frente de este conglomerado de negocios está Alain de Froissy. Sus antepasados consiguieron conservar buena parte de su patrimonio cuando se instauró la República y han sabido adaptarse y hacer negocios muy lucrativos a lo largo de los años, incluso durante la ocupación nazi. Un tipo discreto, apenas aparece en la prensa ni en actos empresariales. Solo he encontrado un par de fotos suyas, ambas en eventos en *le Palais de l'Elysée*.

Giró el portátil y les mostró la imagen de un hombre de unos sesenta años, con el pelo blanco, rizado y muy corto, que sonreía discretamente mientras inclinaba la cabeza para saludar a la primera dama de Francia. Vestía un impecable esmoquin negro con pajarita del mismo color, camisa blanca y las insignias de su rango en la solapa.

—Laurent afirma no saber qué relación tiene Global Trade France con el caso, pero el hombre con el que se reunió llevaba una carpeta con el logo de la empresa. Supongo que sería Muller —explicó Moon.

—¿Y por qué…? —empezó Eric—. Tres muertos, y ahora esto. —Extendió las manos para abarcar la casa en la que se habían ocultado—. Quieren matarme. A todos —rectificó.

—Laurent no sabía quiénes eran los fallecidos —explicó Moon—. Contactaron con él y le ofrecieron una importante suma de dinero por certificar que se trataba de muertes naturales. Les practicó la autopsia, vio lo que le dijeron que tenía que ver, redactó el informe y fin de la historia. El secretario de tu juzgado fue quien le asignó los casos a cambio de una interesante suma.

—¿Philippe? —exclamó Eric. Moon asintió—. Qué hijo de puta…

—Solo faltaba tu firma —siguió ella—. Tu negativa lo complicó todo.

Eric bajó la mirada a sus manos, de nuevo entrelazadas. Se acarició el dedo corazón y la miró con tristeza.

—Llevé cuatro años la alianza después de tu… muerte —dijo—. Solo me la quité cuando mis sentimientos hacia Emma me hicieron pensar en un futuro juntos. —Respiró profundamente antes de seguir—. ¿Qué habría pasado si tú no hubieras aceptado ocuparte de mí?

—Seguramente estarías muerto —respondió Moon.

—Debería haber firmado. ¿Qué más da si construyen un puerto

deportivo? Como si levantan una réplica de la Torre Eiffel. No es importante, pero soy tan soberbio que pretendo controlarlo todo, que cada cosa esté en su sitio, que todo cuadre a la perfección... Emma me ha dicho muchas veces que me vendría bien un poco de cintura. —Cerró los ojos y apretó los labios—. ¿Estaría muerto? —preguntó.

—Eso creo —respondió Moon—. En cualquier caso, todo el trabajo que se están tomando me hace pensar que el dichoso puerto no es más que una tapadera para algo más grande. Un amarre privado es un lugar perfecto para embarcar y desembarcar a personas y mercancías con total discreción.

Eric asintió en silencio.

—Gracias —dijo después.

Simon y Moon se miraron largo rato a los ojos, inmóviles uno frente a otro entre las dos camitas de uno de los dormitorios. Eric había preferido dormir en el sofá del salón, en la planta baja. Simon alargó la mano hasta la cintura de Moon y la atrajo hacia él.

—No sabes el miedo que he pasado, lo preocupado que estaba —susurró contra sus labios.

Moon no respondió. Lo besó y comenzó a desnudarlo deprisa, con urgencia. Luego se libró de su ropa y lo arrastró con ella a la cama.

—Fue buena idea utilizar «atolón» para llamar mi atención —dijo entre jadeos.

—Espero que no la utilices ahora —respondió él.

—Técnicamente, seguís casados —dijo Simon. Había unido las dos camas y ahora descansaban bajo las sábanas.

Moon apoyó la cabeza en el hueco del hombro de Simon, que la abrazaba mientras pasaba la yema de los dedos por su espalda.

—Oficialmente, es viudo. —Moon acarició despacio el estómago de Simon y jugueteó con el hilo de vello que nacía en su ombligo—. Fui declarada muerta hace seis años, y eso no va a cambiar.

—¿Y si un día cotejan tus huellas?

—Las de Soleil Bisset no constan en ningún archivo —respondió Moon—, me aseguré de borrar las que me tomaron para la *carte nationale d'identité* y el pasaporte. Nunca me detuvieron ni tuve ningún percance que exigiera mi identificación dactilar, y por entonces ni siquiera los teléfonos móviles pedían la huella como medida de protección.

—Te esforzaste mucho en eliminar tu rastro.

Moon se separó de él y lo miró con la cabeza apoyada en la mano. La herida del brazo le molestó cuando la piel se estiró demasiado, pero no se quejó.

—Era la única manera —dijo—, y lo mejor para todos. Así, ellos podrían seguir adelante y yo no tendría la posibilidad volver ni aunque me tentase la idea.

—¿Nunca pensaste en el divorcio? —le preguntó Simon muy serio.

Moon volvió a acomodarse sobre el hombro de Simon, que reanudó las caricias perezosas.

—Claro, muchas veces, pero habría sido un infierno, sobre todo para Daniel. Eric habría litigado por la custodia, y Nicole, su madre, la abuela de mi hijo, me habría hecho la vida imposible y habría intentado ponerlo en mi contra. Es convincente y tenaz, lo habría conseguido. Además, yo no podía pagar la casa en la que vivíamos, habríamos tenido que mudarnos, cambiar de barrio, quizá incluso de ciudad. Ningún empleo compatible con el cuidado de un niño pequeño me habría permitido sufragar todos los gastos. Eric habría acabado llevándoselo y yo me habría muerto. Así que decidí morir sin presentar batalla, ahorrándonos a todos las heridas.

—Todo el mundo sufrió —la corrigió él.

—Sí, pero una vez superado el duelo pudieron seguir adelante. De la otra forma, la batalla habría durado años, toda la vida. No merecía la pena —zanjó.

Simon la abrazó y la besó en el pelo.

—Como yo lo veo —dijo—, tu decisión te trajo hasta mí, así que nada que objetar.

Cheney le dio una patada al neumático del coche de Simon, luego otra y otra más. Había llegado al restaurante hacía media hora, pero no había encontrado al objetivo.

—¿Dónde cojones te has metido? —masculló entre dientes. Minúsculas gotas de saliva salieron despedidas de su boca.

Había aparcado detrás de un enorme camión y había entrado en el bar. Simon no lo había visto nunca, era imposible que lo reconociera. Pidió una cerveza y esperó. Pensó que estaría en el baño, o sentado en alguna mesa al fondo del enorme comedor. Se levantó y paseó por el local. Nada. Luego salió y rodeó el edificio. Miró dentro de los coches y debajo de los camiones. Por último, forzó la cerradura del DS y se sentó al volante. Abrió la guantera y los compartimentos laterales, registró los asientos, metió la mano por debajo y entre las rendijas; salió y abrió el maletero. Nada.

El teléfono comenzó a vibrar en el bolsillo de su chaqueta. Se secó el sudor con la mano y contestó:

—*Monsieur* Dubois —saludó—. No hay ni rastro de él —dijo tras un momento—. Supongo que se ha reunido con la mujer y se han ido juntos. —Escuchó unos segundos—. No, no tengo ni idea de dónde está, pero lo encontraré. —Luego frunció el ceño y escuchó un largo rato—. ¿Hace cuánto que ha llamado a Muller? —preguntó por fin—. Bien, yo me ocupo. Ese forense no hablará con nadie más.

35

Michel Laurent había tardado más de media hora en reunir el valor suficiente para salir del sótano de su propia casa. Subió despacio, agarrado a la barandilla de madera y atento a cualquier ruido. La casa parecía en silencio, pero no podía fiarse.

Todo parecía igual que antes de que llegaran, salvo por la botella de *whisky* casi vacía sobre la mesita y el ventanal del salón, que se habían dejado abierto. Se acercó a las escaleras, pero no subió. Escuchó con atención desde el primer peldaño. Ni siquiera la casa hacía ruido, como si la vieja casona se estuviera esforzando por devolverle la calma.

Cuando estuvo seguro de que se habían marchado, cerró con llave todas las puertas, aseguró las ventanas y conectó la alarma. Se detuvo un instante con el ceño fruncido. Estaba seguro de haber hecho lo mismo cuando llegó de trabajar, pero los intrusos habían conseguido desconectar los sensores y entrar sin que la alarma los delatara.

Tenía ganas de llorar y de vomitar.

Subió despacio a su dormitorio y se quitó la ropa que llevaba. Se había meado encima cuando la mujer lo miró fijamente, cogió con una mano la mochila que llevaba a la espalda y dijo una sola palabra.

«Empezamos».

En ese momento sintió el líquido caliente en los pantalones y empezó a llorar como un niño.

—¡No, por favor! —había gritado—. Dígame qué quiere saber, ¡dígamelo! Pero no me haga daño…

La mujer repitió sus preguntas y él comenzó a hablar deprisa, entrecortadamente, mientras ella acercaba el móvil a su boca para grabar lo que decía. No recordaba todos los datos, pero pareció darse por satisfecha, porque se guardó el teléfono y se acercó a la silla en la que lo había atado para soltar las bridas. Sin embargo, él no se movió. Había visto en una película cómo el asesino esperaba a que el rehén se moviera para tener una excusa para apuñalarlo hasta la muerte, y ella tenía un cuchillo en la mano, uno que había cogido de su propia cocina.

—No salgas de aquí antes de diez minutos —le dijo desde detrás del pasamontañas—, y no le cuentes a nadie que hemos estado aquí. Si me entero de que has hablado con alguien sobre nuestra visita, volveré, y te prometo que ni siquiera me verás venir.

Michel movió la cabeza de un lado a otro con énfasis y se quedó sentado sobre su propio meado.

Ni siquiera se planteó lavar la ropa sucia. Cuando bajó a la cocina, ya duchado y vestido, lo metió todo en el cubo de la basura, sacó la bolsa, la cerró y la dejó junto a la puerta de entrada. No tenía ánimos para ir hasta el contenedor.

Regresó al salón y se dejó caer en el sillón. Hundió la cabeza en las manos e intentó ordenar sus ideas. No podía no hacer nada. Le habían ordenado que no hablara con nadie sobre lo que había sucedido, pero las personas que lo habían contratado lo matarían si se enteraban de que había dos personas husmeando y haciendo preguntas sobre esas muertes y no les había advertido de inmediato.

Se puso de pie y levantó el asiento de la butaca de lectura. Dentro, en el hueco central, había varios cuadernos, una cámara de fotos, una pequeña grabadora y un teléfono móvil. Michel Laurent podía ser muchas cosas, pero no era tonto. Desde la primera vez que le pidieron su colaboración a cambio de una sustanciosa cantidad de dinero llevaba un registro de los casos, las causas reales de la muerte y lo que él había hecho constar en la documentación que finalmente había firmado. Tenía fotos y grabaciones en vídeo, era su seguro de vida.

Cogió el móvil y seleccionó en la agenda uno de los pocos números que tenía guardados. El abogado respondió cuando estaba a punto de colgar.

—¿Qué pasa? —preguntó Muller con sequedad—. Espero que sea grave, no son horas —bufó.

El forense comenzó a contarle atropelladamente lo que había ocurrido, que dos personas habían entrado en su casa por la fuerza, armados y ocultos tras dos pasamontañas, que lo habían torturado y que no había podido evitar contarles algunas cosas, aunque le juró una y otra vez que no había mencionado su nombre en ningún momento.

—¿Los conocías? —preguntó Muller cuando Laurent acabó.

—Iban cubiertos —repitió—. Lo que sí sé es que eran un hombre y una mujer. Él se quedó atrás, era ella la que llevaba la voz cantante.

—¿Viste el coche en el que se marcharon? —siguió.

—Me dejaron atado en el sótano —mintió—, no he conseguido soltarme hasta hace un momento y lo primero que he hecho ha sido ponerle sobre aviso.

—Has hecho bien —dijo Muller tras unos segundos—. Gracias.

Y colgó.

Laurent se quedó mirando el móvil mudo y regresó junto a la butaca destripada. Luego apretó los dientes y tomó una decisión.

Entró en la habitación de la planta baja que hacía las veces de oficina y cogió un sobre manila acolchado. Luego regresó al salón y metió dentro el móvil que acababa de apagar, los cuadernos, la grabadora y la tarjeta de memoria de la cámara. Escribió una sucinta nota en un papel blanco y la metió también. Por último, lo cerró y escribió la dirección de su exmujer en el sobre. Pegó sellos suficientes y respiró profundamente.

Cogió la bolsa de basura, usó el mando a distancia para apagar la alarma del exterior y abrió la puerta de la calle. Un escalofrío le recorrió de arriba abajo, pero tenía que hacerlo. Respiró profundamente y salió al jardín. Cruzó a continuación la verja que delimitaba su finca y caminó a buen paso hasta el contenedor de basura. Lanzó la bolsa dentro y siguió adelante.

Hacía frío, se arrepentía de no haber cogido una chaqueta, pero si se daba prisa estaría de vuelta antes de ponerse enfermo.

A unos doscientos metros distinguió la figura achaparrada de un buzón de correos. Aceleró el paso hasta llegar y miró a ambos lados de la calle. Estaba desierta, como esperaba. Levantó la solapa metálica del buzón y dejó caer dentro el sobre.

Michel Laurent sonrió un instante antes de dar media vuelta y volver a casa.

36

Desde el sofá en el que había pasado la noche, Eric los oyó bajar las escaleras y hablar en susurros en la cocina. Los escuchó reírse bajito y, después, un silencio que Eric no tuvo problema en interpretar.

Sabía que esa mujer no era Soleil, entendía todo lo que le había dicho el día anterior, pero no lograba arrancarse del estómago el bicho que le arañaba y le mordía, que le llamaba estúpido y calzonazos por permitir que su mujer se acostara con otro.

—Eric —lo llamó Moon.

Le sobresaltó oír su voz. El bicho desapareció y la cordura volvió a reinar en su cerebro.

—Estoy despierto, me levanto ahora mismo —dijo.

Le dolía la espalda y tenía las piernas agarrotadas. Culpa suya, por negarse a utilizar una de las habitaciones. Si los había oído desde el salón, en una de las habitaciones de arriba le habría resultado insoportable.

Entró en el baño y sacó el cepillo de dientes de la mochila. Luego se dio una ducha rápida con agua fría y se secó con la camisa que había llevado el día anterior. Se puso la única que le quedaba limpia y salió.

El bicho volvió a mordisquearle las entrañas cuando los encontró juntos en la cocina. Eric suspiró. Tendría que domesticarlo y aprender a vivir con él.

Se afanaron por eliminar cualquier rastro de su paso por la casa antes de marcharse. Se llevaron la basura, recogieron la vajilla, hicieron las camas con pulcritud y comprobaron que no dejaban atrás ningún objeto personal. Desconectaron la luz y cerraron puertas y ventanas. Luego se cercioraron de que las casas colindantes y las aceras estaban despejadas y corrieron hasta el coche.

Poco después, Moon aparcó junto al DS de Simon, frente al restaurante. Después de desayunar pondrían rumbo a Biarritz, donde la familia de Simon tenía una casa. Les pareció un buen lugar en el que refugiarse y pensar en el siguiente paso.

Entraron en el restaurante y ocuparon una de las pocas mesas que quedaban libres. Pidieron café, zumo, tostadas y huevos revueltos. La camarera morena había sido sustituida por una señora de pelo castaño, pómulos prominentes y mirada huidiza que, curiosamente, también mascaba chicle.

La televisión informaba sin sonido desde la pared del fondo. El noticiario matinal recorría el mundo de desgracia en desgracia. De pronto, un murmullo generalizado se extendió por el comedor y todas las miradas convergieron en la pantalla colgada de la pared.

Moon siguió los ojos de los demás y dejó de respirar. Las imágenes de la televisión llegaron a su cerebro a cámara lenta. La casa del forense, coches patrulla, una ambulancia, hombres con monos blancos, la fotografía de Michel Laurent en un recuadro. Sonreía. Y unas letras sobreimpresas que pasaban a toda velocidad por la parte inferior de la pantalla: *Hallado muerto en su casa el doctor Michel Laurent con evidentes signos de violencia.* Poco después, la imagen de Laurent fue sustituida por el retrato robot de una mujer de melena corta, ojos oscuros y labios gruesos.

—Nos vamos —la urgió Simon en un susurro—. Ahora. Moon, vamos —insistió.

Moon volvió a la realidad. Se caló la gorra de béisbol, Simon se ocupó de pagar el desayuno que dejaron intacto sobre la barra y se dirigieron a la salida intentando no correr.

—Lo han matado —dijo ella cuando estuvieron fuera.

—Y te culpan a ti —añadió Simon.

—¿Cómo se han enterado? —preguntó Eric.

Moon sacudió la cabeza.

—Él mismo los llamaría. El muy idiota… Querría advertirlos, pero se convirtió en una amenaza.

—Se necesita su testimonio para demostrar la falsificación de los informes —intervino Eric—. No tenemos pruebas de que aceptara un soborno, y ningún juez va a exhumar los cuerpos con unos indicios tan vagos. Sin él, no tenemos nada.

—El retrato robot se parecía mucho a ti —les recordó Simon—. Quizá alguien os vio al entrar o salir.

—No, nadie nos vio. Si hubiera testigos hablarían de dos personas, porque entramos los dos, pero solo buscan a una mujer, a mí. Cheney habrá dado mi descripción. Me necesita fuera de combate para acabar contigo —dijo mirando a Eric, que tragó saliva.

Eso tenía sentido. Sin Moon, no tendría escudo que lo protegiera.

—Están cerca —les urgió Simon—. Cheney anda por aquí, y no necesariamente solo. Tenemos que irnos.

—No podemos separarnos —decidió Moon.

Simon asintió y corrió hacia el Clio.

Cuando sonó la primera detonación, ni siquiera fueron conscientes de que se trataba de un disparo. La luna del coche aparcado junto al Renault saltó hecha pedazos, provocando una lluvia de esquirlas.

La segunda rebotó en el suelo, junto al pie de Eric, y se incrustó en un neumático.

—¡Nos disparan! —gritó Moon.

Los tres corrieron hacia el coche mientras los disparos se sucedían con una cadencia lenta, calculada.

Moon se refugió detrás del Clio y preparó el arma. No veía al tirador.

Empujó a Eric hacia la parte de atrás de una furgoneta y comprobó que Simon se había puesto a cubierto.

Al fondo, la calle comenzó a llenarse de gente que salía a trompicones del restaurante y corría despavorida en todas direcciones. Los gritos se mezclaron con nuevas detonaciones. El tirador se había acercado a ellos y el impacto de las balas era cada vez más certero. La puerta del coche, el faro de la furgoneta aparcada justo detrás, la rueda de la moto tras la que acababa de pasar.

—Eric, ¿tu arma? —preguntó Moon.

Él se había tumbado sobre el asfalto y se cubría la cabeza con las manos. Giró la cara y señaló al coche.

—¡En la guantera! —gritó.

Simon se parapetó detrás de una furgoneta y le mostró a Moon su pistola y los cargadores que se había guardado en los bolsillos. Ella asintió y le indicó el lugar en el que creía que estaba el tirador. Luego levantó el brazo y dibujó un círculo en el aire. Simon asintió y se agachó.

Moon abrió la puerta del copiloto. Una salva de disparos impactó contra la carrocería. Abrió la guantera, sacó la pistola y regresó a la protección de la parte trasera.

Eric vio la mano de Moon tendiéndole el arma. Se incorporó, la cogió y la miró un segundo.

—Retira el seguro y dispara —le dijo—. Tienes que salir de aquí. Corre hacia atrás sin levantar la cabeza, mézclate con la gente y vete, aléjate lo más rápido que puedas.

—¿Y tú?

—Estaré bien —le aseguró—. Vete, ¡ya!

Eric se agachó y corrió hacia el fondo del aparcamiento. Moon se levantó y disparó hacia delante. El tirador respondió de inmediato.

Al fondo, los gritos habían cesado.

Un silencio cargado de olor a pólvora se extendió por el aparcamiento. Moon se movió despacio, con el brazo extendido y el dedo en el gatillo. Ni siquiera respiraba. El ruido de los cristales rotos al ser aplastados por su bota la delató. Al instante, tres disparos consecutivos impactaron en el coche que la protegía. Se lanzó al suelo y se arrastró por debajo del vehículo impulsándose con las piernas y los codos. Salió al otro lado, se puso de pie y devolvió los disparos mientras corría hasta la siguiente fila de coches.

Oyó una respiración agitada y el chasquido de un cargador al encajar en el arma. Luego, el tirador apoyó el arma en el maletero de un enorme Volvo y asomó poco a poco la cabeza.

Moon apretó el gatillo y falló. En ese instante, Simon apareció entre dos coches y disparó a su vez. El tirador se giró y devolvió el fuego.

Simon gritó y cayó hacia atrás. Moon lo vio caer, lo oyó gritar, y luego, silencio.

—¡Simon! —lo llamó.

No obtuvo respuesta.

El tirador recrudeció su ataque con una salva rápida de disparos. Moon se lanzó al suelo. Los cristales se le clavaron en los brazos y en la cara. Sintió la sangre caliente en la frente y en el pómulo.

Rodó sobre sí misma hasta encontrar refugio detrás del remolque de un camión. Se puso de pie y corrió agachada hacia el lugar desde el que Simon había disparado. Las balas se incrustaban en la lona de los tráileres, rebotaban en el suelo, acuchillaban el aire y se perdían a lo lejos.

Entre el coche que la protegía y tras el que se había apostado Simon había dos plazas libres, una extensión de asfalto tan peligrosa en esas circunstancias como un volcán en erupción.

Miró a su alrededor. En todas las filas delante y detrás había huecos libres. Tenía que cruzar. Cogió la pistola con las dos manos, dobló ligeramente las piernas, inclinó la espalda y estiró los brazos hacia delante.

Gritó con fuerza cuando abandonó su escondite y pisó el terreno despejado. Disparó sin cesar, con rapidez, adelante y a un lado, barriendo el terreno. El tirador mostró su cabeza rubia y devolvió el fuego.

Moon se agachó detrás de un sedán y apretó los dientes. Se llevó la mano al muslo. Sentía palpitar la sangre que abandonaba su cuerpo y cada latido era un latigazo de dolor. Se quitó rápidamente el cinturón y lo anudó por encima de la herida. La pernera estaba empapada y había comenzado a formarse un charco oscuro junto a su pie.

El torniquete le dolía incluso más que la herida, pero no podía aflojarlo todavía. De nuevo agachada, rodeó el sedán y llegó hasta la furgoneta junto a la que había visto a Simon por última vez. Se asomó desde la trasera del vehículo y gimió.

Lo primero que vio fue su pelo, sus ondas claras cubiertas de pequeños cristales. Luego, sus brazos, extendidos a los lados. Y por fin, su pecho, inmóvil, húmedo de sangre. Sin vida. Tenía los ojos cerrados y la boca abierta. Su boca… Un reguero de sangre salía de entre sus labios, manchándole la mejilla y la oreja.

En ese momento, Moon comprendió que ella también iba a morir. Si no la mataba el tirador, si no se desangraba por la herida, moriría irremediablemente por el dolor que ardía en su pecho, que le sacudía la espalda, que le llenaba los pulmones, que borraba de su cabeza cualquier pensamiento que no fuera la muerte.

Las balas volvieron a cruzar el aire. Unas la buscaban a ella. Otras volaban de un lado a otro sin un objetivo concreto.

Vio luces azules destelleando en los cristales rotos. Levantó la vista justo a tiempo para ser testigo de cómo un tipo rubio le apuntaba directamente. Estaba de pie entre dos coches, quieto. Levantó el arma y la miró.

El siguiente disparo llegó de arriba. El tipo rubio se agachó al mismo tiempo que apretaba el gatillo y la bala encontró metal en lugar del cuerpo de Moon. El ruido de las sirenas era ensordecedor. Vio al tirador deslizarse entre los coches hacia el restaurante.

Sintió una mano sobre su hombro. Se giró, incapaz de centrar la vista.

—Vamos, vamos —la urgió Eric.

Moon no contestó. Eric se acercó a Simon y lo observó un par de segundos. Luego cogió su arma y los dos cargadores que había en el suelo y se los metió en el bolsillo de la chaqueta. Cuando se giró, Moon estaba a su lado. La agarró por los hombros y la empujó en dirección contraria, pero ella no se movió.

La herida y el dolor la habían dejado sin fuerzas.

—Mierda —dijo Eric con los dientes apretados—. Vamos —repitió a continuación.

Rodeó las piernas de Moon con los brazos y la levantó hasta colocarla en su hombro. Moon se dejó llevar, apoyó la cara en la espalda de Eric y calculó cuánto tardaría en morir. Diez minutos, quizá veinte. Una eternidad.

37

Cheney consiguió esquivar por los pelos el cordón policial que rodeó el aparcamiento en segundos. Una mujer policía le dio el alto mientras corría hacia su moto. Él levantó las manos con las palmas hacia delante y la miró con un rictus de terror. La gendarme le hizo gestos para que se saliera de allí por la derecha, él viró el rumbo sin discutir y se alejó hacia la calle de atrás.

Moon y el juez habían escapado. Los tuvo a tiro, vio sus cabezas perfectamente alineadas con la trayectoria de sus balas, pero habían conseguido esquivarlo una y otra vez. Debería haber sido algo rápido.

No podía creer en su suerte cuando los vio aparecer. Salió del bar y se parapetó detrás de los contenedores de basura. Estaba a punto de llamar a la policía para decirles que la sospechosa del asesinato del forense estaba en el restaurante cuando decidieron marcharse y todo se aceleró. Si la hubieran detenido, ocuparse del juez y de Simon habría sido un juego de niños. Pero dadas las circunstancias, con tres armas repeliendo su ataque, no había tenido demasiadas opciones.

—Mierda —bufó entre dientes mientras se alejaba del aparcamiento intentando no llamar la atención.

Tenía que recuperar su moto. Había memorizado la matrícula del coche blanco en el que habían escapado. Ahora necesitaba la terminal de rastreo para intentar localizarlos. Entró en un bar y se sentó junto a la cristalera. Desde allí podía ver el ir y venir de coches patrulla y ambulancias. Los curiosos cruzaban a la carrera en busca de un lugar desde el que ser testigo del suceso. Vio los ojos brillantes de hombres y mujeres, sus gestos de ansiedad y sus cuellos estirados como telescopios. Y todos, con un teléfono en la mano.

Sacó el móvil y entró en Twitter. El tiroteo en el aparcamiento del restaurante ya era *trending topic*. Seleccionó los *posts* que incluían un vídeo. Varias personas estaban retransmitiendo en directo. Fue de un *post* a otro hasta encontrar un usuario que parecía haberse colocado en primera fila, justo detrás de la línea policial. Conectó los auriculares y subió el volumen.

«Los sanitarios llevan un buen rato arrodillados junto a alguien», estaba diciendo. «No consigo ver si es un hombre o una mujer. Hay cuatro personas a su alrededor y dos camilleros esperando a un lado. ¡Eso que traen ahora es un desfibrilador! Esto no pinta bien…».

El tuitero movió la cámara e hizo un barrido por la zona. Cheney se acercó a la pantalla y observó con atención. Su moto había quedado dentro del perímetro de seguridad. De hecho, todo el aparcamiento estaba clausurado. Tendría que esperar un buen rato. Se giró hacia la barra y le hizo una señal al camarero. Pidió café, huevos revueltos y beicon. Luego reacomodó la pistola en la sobaquera y salió de Twitter.

—Si Mahoma no va a la montaña… —masculló entre dientes.

Eric conducía deprisa. Había conseguido llevar a Moon hasta el Clio y salir del aparcamiento justo antes de que la policía lo rodeara. El coche había recibido varios impactos de bala, pero había arrancado y seguía adelante renqueando. La aguja de la temperatura se estaba aproximando peligrosamente a la franja roja, pero no podía parar. La dirección se movía hacia la derecha, y en un par de ocasiones había estado a punto de salirse de la carretera. Aferraba el volante con todas sus fuerzas para mantenerlo en el centro de la calzada, pero no podía evitar dar un violento bandazo de vez en cuando.

Moon se desangraba en el asiento de atrás. Tenía los ojos cerrados, aunque Eric sospechaba que no había perdido la consciencia, al menos no del todo, o no todo el rato. Estaba pálida y permanecía inmóvil, apenas sacudida por los vaivenes de la carretera. Movió el espejo retrovisor y la observó un instante. La sangre había empapado la tapicería y goteaba lentamente sobre la alfombrilla.

Un cartel anunciaba la existencia de un área de descanso a dos kilómetros. Pisó el acelerador y apretó los dientes.

Giró con cuidado en el desvío. Las ruedas parecían querer marcar su propio rumbo. La zona estaba desierta. Se detuvo al fondo, pegado a unos descuidados arbustos y frente a la tosca construcción que albergaba los aseos públicos. Eric se bajó y observó en silencio. Al otro lado de la franja de árboles, el tráfico rugía sobre la carretera. Detrás, solo el canto de los pájaros y el extraño chirriar del motor de su coche. No tenía ni idea de mecánica, así que decidió que sería una tontería levantar el capó e intentar solucionar el problema. Es más, estaba convencido de que lo que fuera que le pasaba al coche no tenía remedio. Las balas lo habían perforado en varios sitios, así que podía sentirse afortunado de que al menos los hubiera sacado de allí.

Abrió la puerta trasera y se inclinó sobre Moon. Le tocó la frente, le retiró el pelo sudoroso de la cara y le acomodó la cabeza lo mejor que pudo. Cerró con cuidado y dio la vuelta al coche para abrir la del otro lado y poder observar de cerca la pierna herida. La bala había atravesado la carne como si fuera mantequilla. Metió la mano con cuidado por detrás del muslo, pero no encontró el orificio de salida. Moon se movió, sacudida por el dolor.

—Hace dos años asistí a un cursillo de primeros auxilios —dijo Eric—. Yo mismo lo organicé para el personal del juzgado, así que no me quedó más remedio que acudir. He olvidado la mayoría de lo que nos enseñaron —reconoció con una sonrisa nerviosa—, pero sé que te tiene que ver un médico cuanto antes. Tienes una bala en la pierna y has perdido mucha sangre. Quizá estés en estado de *shock*...

Siguió hablando sin pensar en lo que decía, un parloteo que a veces era poco más que un susurro, mientras sus dedos intentaban comprobar el estado del torniquete y el caudal de la hemorragia.

—Antoine —continuó—, no sé si te acuerdas de él. Es uno de los conserjes. Bueno, pues se mareó solo con la explicación, ni siquiera habían puesto las imágenes en el proyector. ¡Qué desastre de hombre, tan grande y tan cobarde! Tuvieron que sacarlo entre dos y tumbarlo en el suelo hasta que se le pasó.

Moon se revolvió cuando Eric recolocó el torniquete. La herida había dejado de sangrar, pero tenía miedo de que fuera porque apenas le quedara sangre en el cuerpo. Le pareció que estaba temblando. No vio nada con lo que cubrirla, así que se quitó la chaqueta y se la puso encima.

Moon abrió los ojos un momento y lo miró. Luego, las comisuras de sus labios se curvaron hacia abajo y volvió a cerrarlos.

—Nos vamos —dijo Eric—. No voy a permitir que te mueras.

Se incorporó con cuidado a la calzada. El coche zigzagueaba levemente, pero Eric creía haberle cogido el tranquillo. Si mantenía el volante girado unos veinte grados a la izquierda, las ruedas permanecían más o menos rectas. Después, era cuestión de afinar el movimiento en cada curva y recuperar el ángulo lo más rápido posible.

Se preguntaba qué habría sido de Simon. Moon no se lo había dicho, pero estaba seguro de que había muerto. ¿Alguien se ocuparía de él? ¿Reclamarían su cadáver, o acabaría en una tumba sin nombre en el cementerio más cercano? No sabía nada de él, ni siquiera su apellido o a qué se dedicaba.

Sacudió la cabeza y se concentró en la carretera. No podía pensar en eso ahora, no debía distraerse. Miró de reojo las dos pistolas que había dejado en el asiento del copiloto. Una de ellas brillaba, húmeda de sangre. La otra, la que él había empuñado, seguía con el cargador casi intacto. No había sido capaz de disparar hasta que fue demasiado tarde. Gimió en voz baja y sacudió la cabeza para que las lágrimas no le nublaran la vista. No podía permitir que fuera demasiado tarde.

Tomó un desvío y puso rumbo a la costa. Solo había una cosa

que podía hacer, y ni siquiera sabía si tendría éxito. Su amigo Paul tenía una embarcación amarrada en la laguna Des Exals, un yate de doce metros de eslora con dos camarotes, cocina y un salón en cubierta. Habían salido varias veces a pescar juntos y a disfrutar de un día en el mar. Los dos eran viudos, ambos tenían hijos pequeños y estaban empezando una nueva relación. Y Paul, además, era médico.

Condujo hasta el final de la dársena y ocultó el coche entre los árboles bajos de la orilla. Apagó el motor y buscó desesperado el teléfono que Moon le había dado. Marcó a toda prisa el número de Paul y esperó. Giró el cuerpo para observarla. Seguía sin moverse ni emitir sonido alguno, pero comprobó que su pecho subía y bajaba muy despacio.

No podía ser demasiado tarde…

38

Paul Morel se detuvo sobre el pantalán, frente a las escalerillas que daban acceso a su embarcación. Un reguero de sangre coloreaba el camino agostado. Pensó en no seguir adelante. Debería llamar a Eric y pedirle más explicaciones. Su amigo había sido muy escueto por teléfono. Le dijo que necesitaba su ayuda y le urgió a acudir al barco lo antes posible. Se trataba de Eric, así que no hizo más preguntas. Pensó en un accidente de pesca, en una torcedura durante un paseo por el monte cercano o en la picadura de algún insecto, pero no se le había ocurrido nada que implicase una hemorragia profusa como la que estaba viendo.

—¿Eric? —llamó en voz alta sin terminar de abrir la cancela.

Su amigo apareció de inmediato. Estaba a bordo. Sucio, despeinado y sin afeitar. Paul frunció el ceño y empezó a subir.

—¿Qué ha ocurrido? —preguntó—. Hay sangre en la pasarela…

Las palabras se le congelaron en la garganta cuando llegó a cubierta. En el suelo, una mujer yacía inconsciente. La sangre era suya, a juzgar por el estrecho reguero que se deslizaba desde una de sus piernas.

—¿Estás bien? —preguntó mientras corría hacia su amigo. Eric también tenía la ropa y las manos manchadas de sangre.

—Estoy bien —le aseguró—, pero ella necesita ayuda. Tu ayuda —puntualizó al instante.

Paul abrió la mochila que había llevado y se puso unos guantes de látex. Luego se acercó a Moon y la examinó despacio. Le tomó el pulso, estudió la reacción de sus pupilas, la auscultó con atención, le palpó el cuello y, por último, acercó las manos al muslo herido y separó un poco la tela empapada del pantalón.

—¡Le han disparado! —exclamó poniéndose de pie—. Eso es un balazo —insistió señalando la pierna de Moon—, hay que llamar a la policía. Y a una ambulancia.

Eric le arrancó el teléfono de las manos. Paul lo miró asombrado y dio un paso atrás.

—No puedes llamar a nadie —dijo.

—Eric, ¿qué está pasando aquí?

—Te juro que te lo contaré todo, pero ahora tienes que ayudarla. Por favor, Paul, me va la vida en ello. Por favor… —suplicó.

Paul frunció el ceño y miró a la mujer.

—Bájala a mi camarote —dijo después—. ¿Es un disparo? —preguntó a continuación, rogando por haberse equivocado. Vio a Eric asentir—. Tengo que ir a la consulta, hay cosas que necesito y que no tengo en la mochila. Esto solo vale para primeros auxilios —añadió señalando el material extendido en el suelo—. Volveré en quince minutos. Mientras, quítale el pantalón y limpia la herida lo mejor que puedas. Aflójale el torniquete —le indicó cuando ya se iba— o tendré que cortarle la pierna. No lo sueltes, solo aflójalo un poco, ¿entendido?

Eric asintió y se guardó las llaves que Paul le tendía. Mientras el doctor corría hacia el coche, Eric abrió la puerta de acceso a los camarotes y cogió a Moon en brazos. Ella abrió ligeramente los ojos, pero no pareció verlo. Bajó con cuidado. Las escaleras eran empinadas y estrechas, igual que el corto pasillo y la entrada al camarote. La depositó despacio sobre la cama y entró en el baño. Cogió todas las toallas que encontró, humedeció unas cuantas en la ducha y rebuscó unas tijeras en los cajones. Cuando las encontró, salió y volvió al dormitorio.

Observó a Moon, inerte sobre la cama, con el pelo empapado de sudor y la ropa cubierta de sangre. Había vuelto a cerrar los ojos. Eric estudió la situación. Le temblaban las manos. Las abrió y las cerró varias veces y respiró profundamente, inspirando por la nariz y espirando por la boca. Empezó a cortar el pantalón desde abajo. Intentó meter las tijeras por debajo del cinturón, pero era demasiado arriesgado. Tendría que soltarlo para poder quitarle la ropa y limpiarle la herida como le había pedido Paul. Soltó la hebilla. La sangre llenó al instante el hueco que había producido la bala y se deslizó, espesa y caliente, por el muslo de Moon.

Tenía que darse prisa.

Tuvo que esforzarse mucho para cortar el refuerzo de la cinturilla. Cuando lo logró, retiró la tela a los lados y cogió los extremos del cinturón para rehacer el torniquete. El flujo de sangre se redujo bastante, aunque no desapareció, y comenzó a empapar la colcha de Paul. Eric colocó un par de toallas bajo la pierna herida y cortó la segunda pernera con rapidez. Cuando el pantalón solo era un sucio gurruño en el suelo, empezó a limpiar la piel alrededor de la quemadura que había producido el impacto. Moon gruñó y se revolvió, pero no abrió los ojos.

—Sé que me oyes —dijo Eric mientras retiraba la sangre con cuidado—. Todo va a salir bien. Paul es médico, él te sacará la bala y te curará. Luego esperaremos unos días hasta que te encuentres mejor y lo arreglaremos todo. Llamaré a Emma para que se lleve lejos a Daniel —añadió—. La llamaré hoy mismo, dentro de un rato. Pensaremos en un lugar seguro. Pero tenemos que pensar juntos, yo no sé qué hacer. Soleil, por favor —suplicó sin dejar de limpiarla con mucho cuidado—. Moon —la llamó después—, no puedes rendirte. Por Daniel.

Moon giró la cara y abrió los ojos. Dos gruesas lágrimas escaparon de las comisuras de sus ojos y se deslizaron raudas hasta la almohada.

—Simon está muerto —dijo con la voz rota, solo para confirmar lo que Eric ya suponía—. Por mi culpa.

Eric movió la cabeza de un lado a otro.

—No es culpa tuya, ni mía, ni de Simon. El culpable es el tipo rubio que disparó contra nosotros.

—Cheney —dijo Moon, y cerró los ojos de nuevo.

—Cheney —repitió Eric—, él es el único culpable. Nos estaba esperando, mandó a los tipos que intentaron quemarnos vivos. Ha matado a ese pobre hombre, al forense, y trata de echarte la culpa. Es el que ha ofrecido dinero por mi vida, ahora también por la tuya. Y ya se ha cobrado la de Simon. Lo siento tanto…

Moon giró despacio la cara hacia la pared. Eric comenzó a limpiarle la otra pierna y siguió hablando:

—No hay vuelta atrás —dijo en voz baja, más como si estuviera hablando consigo mismo que con ella—. Ya no hay forma de volver a empezar. No puedo firmar los papeles ni deshacer lo que hice. Estamos aquí y…

—Solo hay un camino —murmuró Moon—, el que está delante.

Eric sonrió cuando Moon acabó la frase.

—Te acuerdas —constató Eric.

—Lo repetías a todas horas, era tu mantra. Incluso lo decías cuando estabas solo y pensabas que nadie te oía.

—Lo digo cuando tengo miedo —reconoció Eric. Se había acercado a Moon y le limpiaba el cuello y los hombros con una toalla húmeda. La sintió estremecerse—. ¿Te he hecho daño? —le preguntó.

—Tengo frío —respondió ella en un susurro.

Eric se levantó y buscó algo con lo que cubrirla. Encontró una manta en un armario. La estiró y la extendió con cuidado sobre Moon. Su respiración se hizo más lenta y superficial, y su piel, pálida y fina, pareció pegarse a sus músculos, a los huesos.

Eric le quitó la camisa y terminó de limpiarla. Ella no se movió. Empezaba a pensar que Moon se había rendido definitivamente cuando abrió los ojos y volvió a mirarlo. Le cogió del brazo con fuerza y lo obligó a acercarse. Eric obedeció.

—Si me pasa algo —empezó—, coge a Daniel y huye. Sal de Francia. Cruza fronteras en las que no necesites pasaporte. Alemania —dijo de pronto—. Leon Fischer vive en Dortmund. Todas las tardes acude al Stadtgarten, queda allí con sus contactos. Junto a la fuente —añadió—. Es alto, tiene el pelo gris y la barba pelirroja, lo reconocerás enseguida. Él os ayudará. ¿Lo has entendido?

Apretó la mano de Eric y lo miró intensamente. No había luz en sus ojos, una especie de neblina parecía haberlos cubierto.

Eric asintió.

—Lo he entendido, pero no va a hacer falta —respondió—. No va a pasarte nada, Paul va a…

En ese momento, unos pasos rápidos en cubierta precedieron a la aparición del doctor en el quicio de la puerta.

—¡Paul! —exclamó Eric—. Está despierta —añadió—. He hecho lo que me indicaste. He limpiado y…

—Déjame —le pidió el recién llegado sin miramientos. Eric se hizo a un lado y Paul se inclinó sobre Moon—. Soy el doctor Morel —se presentó. Moon lo miró con sus ojos vacíos—. Esto es un disparo. Luego los dos me deberéis unas cuantas explicaciones, pero ahora intentaré salvarte la pierna. Y la vida —añadió en voz más baja.

Acto seguido preparó una inyección, limpió con una gasa empapada en alcohol la sangradura del codo de Moon y le buscó la vena para suministrarle la anestesia.

Pocos segundos después, el mundo desapareció para ella.

El médico entró en el baño y se lavó las manos a conciencia. Cuando regresó a la habitación, miró a Eric y arrugó la nariz.

—Me pondré yo mismo los guantes —dijo.

Se colocó también una mascarilla y un gorro desechable en la cabeza. En un minuto desapareció su suave pelo gris, que llevaba demasiado largo en opinión de Eric, pero que le encantaba a Silvie, su novia y futura esposa. También le gustaban su nariz recta y los labios delgados que durante tanto tiempo habían apuntado hacia abajo en un rictus triste y que ahora sonreían casi sin cesar.

Excepto ahora.

—Acércame la maleta que he traído y ábrela justo aquí —pidió, señalando la mesita junto a la cama—. No toques nada, está esterilizado. Aunque este no es el mejor entorno para una operación, al menos vamos a intentar no empeorarlo.

Eric asintió y se puso en marcha. Paul se inclinó sobre Moon, le pidió a Eric que modificara el ángulo de las lámparas y se concentró en la herida.

39

Paul Morel sirvió dos generosas copas de *cognac* y se sentó junto a Eric en el banco corrido de cubierta. La tarde había llegado acompañada de un viento fresco que había limpiado el cielo de nubes. El sol se retiraba detrás del mar en calma, teñido en parte de naranja y un rojo profundo. Todo sería perfecto si no fuera porque a Moon acababan de extraerle una bala del muslo y cosido la herida que otro proyectil le había provocado en el brazo.

Mientras se ocupaba de suturar las heridas, Paul le indicó a Eric dónde guardaba algo de ropa y le conminó a ducharse y cambiarse. Luego se ocuparían entre los dos de la cubierta y el pantalán. En temporada baja apenas se acercaba nadie por allí y, además, la noche había convertido en invisible el reguero de sangre. Sin embargo, bajaron juntos, conectaron la manguera al surtidor y se afanaron en borrar las huellas sanguinolentas. Eric había frotado con fuerza la pasarela con un escobón mientras Paul empujaba la suciedad hacia el agua.

Eric miró la copa que Paul le tendía, la cogió y le dio un largo trago. El alcohol le quemó por dentro.

—Tardará un buen rato en despertar —le dijo Paul.

—¿Cómo está? —preguntó Eric.

—Bien, teniendo en cuenta lo que ha pasado, pero insisto en que la lleves a un hospital. Puede haber complicaciones. Si me he dejado un fragmento de metal dentro, tiene los días contados.

—Antes has dicho que la bala ha salido entera —recordó Eric.

Paul cabeceó despacio.

—Es cierto, eso me ha parecido, pero la he estudiado a simple vista. Habría necesitado aumentar el interior de la herida en busca de metralla minúscula. En serio, piensa en ello.

—Lo haré —prometió Eric.

Los dos bebieron en silencio durante un par de minutos.

—¿Me vas a contar en qué andas metido? —preguntó Paul por fin.

Eric dejó la copa sobre la mesa y levantó la vista hacia el mar.

—Alguien quiere matarme —dijo en voz baja. Era la primera vez que hablaba de ello con otra persona que no fuera Moon y le sonó raro, casi como si se tratara de una broma.

—¿Cómo dices? —exclamó el médico.

—Por un tema relacionado con un caso del juzgado —añadió Eric—, no puedo ser más explícito. Han puesto precio a mi cabeza —repitió.

—No lo entiendo. —El doctor movió la cabeza de un lado a otro—. Eres juez, cuentas con protección, ¡estás blindado! ¿Has ido a la policía?

—Es más complicado que todo eso —respondió Eric—. Acudiré a la policía… cuando sea el momento.

Paul se acercó a él y habló en voz baja:

—No estarás metido en algo turbio… Drogas, mujeres…

—¡No! No —repitió más tranquilo—. Yo solo he cumplido con mi deber, y eso ha molestado a algunas personas muy peligrosas.

—Entiendo… ¿Y ella? —siguió.

Eric suspiró. Paul no llegó a conocer a Soleil, y esa mujer apenas se parecía a la de las fotografías que había en su casa y que Paul había visto muchas veces. Era imposible que la hubiera reconocido.

—Me está ayudando. Es una larga historia —añadió, cogiendo de nuevo la copa de *cognac*—. Sin ella, ya estaría muerto.

—Tienes que llamar a la policía —insistió Paul, que se volvió hacia él y le puso una mano en el hombro—. ¡Piensa en Daniel! —añadió.

—No dejo de pensar en él, por eso he intentado alejarme mientras se solucionan las cosas, pero esta mañana nos han encontrado y... Ha habido un tiroteo.

—¡Lo he visto en televisión! ¿En el aparcamiento de un restaurante cerca de la playa?

—Sí —confirmó Eric—. Ha sido terrible.

Apuró la copa y escondió la cara detrás de las manos. Lloró en silencio, consolado por el susurro del mar y el calor de la mano de su amigo en el hombro. Cuando se recompuso, se limpió la cara y sonrió tristemente.

—Podéis quedaros aquí todo el tiempo que necesitéis —dijo Paul—. Os traeré comida y agua y estaré pendiente de la evolución de tu amiga. Si no hay complicaciones, estará de pie muy pronto. Dame media hora —añadió poniéndose de pie.

Poco después escuchó el motor del coche de Paul alejándose.

Eric dejó la copa en la mesa y bajó al camarote principal. Paul había limpiado la habitación y entre los dos habían colocado ropa de cama limpia. Moon dormía vestida solamente con la braga y el sujetador. Habían colocado dos almohadones debajo de la pierna herida y Paul le había vendado el brazo, que había sujetado al tórax con una especie de banda elástica. La habitación olía a yodo y a desinfectante. Y a sangre. Porque a pesar de que habían fregado el suelo a conciencia y habían sacado de allí toda la ropa ensangrentada, el aire seguía impregnado de olor a hierro.

Se sentó con cuidado al borde de la cama y la contempló en silencio. Estudió su frente ancha, el armonioso nacimiento del pelo, la nariz pequeña, recta, los labios carnosos. No recordaba que Soleil tuviera pecas. Moon las tenía. Nunca se había fijado. Desde luego, tenía una larga lista de cosas que recriminarse.

Definitivamente, esa mujer no se parecía a Soleil, no era su esposa. Moon era valiente, decidida, parecía preparada para afrontar cualquier situación. También era muy atractiva, muchísimo. No le extrañaba que Simon lo hubiera dejado todo por seguirla. Él también lo habría hecho. Pero ya era tarde. Aquella no era su mujer, se repitió, y nunca lo sería. Soleil murió en la riada.

La miró y sonrió. Moon era un regalo del cielo, su ángel de la guarda, pero nada más.

Como prometió, Paul regresó al barco media hora después cargado de víveres. Llevaba dos bolsas repletas de comida preparada, fruta, embutido, agua y otra botella de *cognac*. «Nunca se sabe cuándo vas a necesitar un buen trago», había dicho con una sonrisa. Llevó también ropa de abrigo y una considerable cantidad de medicamentos.

—Le vendrá bien descansar y, además, así le evitamos el dolor —dijo mientras le inyectaba una nueva dosis de antibióticos y un sedante—. Volveré por la mañana, pero llámame si le sube la fiebre o hay algún problema, ¿de acuerdo?

Eric asintió e intentó sonreír. Le aseguró que así lo haría y se despidió de su amigo con un fuerte abrazo.

Paul se marchó cuando ya era noche cerrada, después de comprobar una vez más el estado de Moon. Después, Eric cogió una almohada y un edredón del segundo camarote y los dejó en el suelo, junto a la cama en la que descansaba Moon.

El doctor Morel había apagado las luces de cubierta y puesto el candado en la cancela metálica, como si el barco estuviera vacío. Dentro, Eric cerró los portillos con la contraventana de madera y apagó las luces del techo. La única iluminación del camarote procedía de una pequeña lamparita con tulipa verde que Eric acercó hasta el borde de la mesita para poder vigilar a Moon, que seguía dormida.

El juego de luces y sombras le afilaba las facciones. Eric le retiró el pelo de la cara y recolocó la ropa de cama alrededor de su cuerpo. Le palpó la frente y le tomó el pulso en la muñeca. Todo iba bien.

Se tumbó sobre la moqueta del suelo, se tapó con el edredón y paseó la vista por las figuras que la luz dibujaba en el techo. Sonrió al recordar el día que había intentado explicarle a su hijo qué era la pareidolia.

—No tienes poderes extraordinarios —le había dicho cuando el pequeño afirmó ver cosas que los demás no podían ver—, ni una energía oculta. Eso que te pasa se llama pareidolia, y es el esfuerzo que hace tu cerebro para entender el mundo. Si se encuentra con cosas que no comprende, te obliga a ver algo que reconozcas, como cuando ves un perro o una bruja en las baldosas jaspeadas de la cocina, ¿te acuerdas?

—Claro —había respondido el niño—, y siempre intento no pisarlos. Entonces, ¿nadie ha dibujado cosas para que yo las vea?

Eric sonrió.

—No, Daniel. Esto le pasa a todo el mundo, pero es divertido tumbarse en la hierba y ver formas en las nubes, o encontrar figuras en las baldosas de la cocina. No dejes de hacerlo, aunque no sea magia ni se trate de mensajes secretos.

El pequeño sonrió y regresó corriendo al parque.

—Pareidolia —musitó en voz baja junto a la cama de Moon.

Las sombras de las paredes dibujaron un coche, un perro con las fauces abiertas, un anciano con boina. Se movió y las imágenes cambiaron. Dos niños mofletudos, una bota, una tortuga…

Al día siguiente no recordaba haberse quedado dormido, pero sí fue capaz de evocar las figuras que su cerebro completó con los trazos inconexos que le ofrecían sus ojos.

Se incorporó despacio. Le dolía todo el cuerpo. Ya no tenía edad para dormir en el suelo. Luego recogió el edredón y la almohada y los metió en el armario del camarote.

—Roncas —dijo una voz a su espalda.

Se giró y buscó los ojos de Moon. Tenía la mirada nublada y los labios agrietados. Estaba pálida, incluso las pecas parecían haber perdido el color.

—Agua —pidió entonces.

Eric sonrió.

—Ahora mismo.

Regresó con un vaso y una pajita de plástico. Le colocó un cojín en la espalda para que pudiera incorporarse y le acercó la pajita a los labios.

—Despacio —le pidió Eric.

Moon cerró los ojos y sorbió con cuidado. El agua le limpió la garganta y le despejó la mente.

—¿Dónde estamos? —preguntó cuando no quiso beber más.

—En un barco —respondió Eric—. Pertenece a mi amigo Paul Morel, es médico. Él te ha curado. Te sacó la bala y te cosió por dentro y por fuera. Te está dando antibióticos y nos ha traído comida y agua, pero todavía no puedes comer nada sólido.

Moon recostó la cabeza en el cojín y cerró los ojos un momento.

—Llevo mucho rato despierta y he estado pensando —dijo en voz baja—. No podemos quedarnos aquí eternamente. Nos encontrarán. Y si no nos encuentran, harán que nosotros los busquemos. —Abrió los ojos y lo miró fijamente—. Tenemos que poner a Daniel a salvo. Ahora.

40

El camarote permanecía con las contraventanas cerradas, prácticamente a oscuras, pero la luz del sol lograba colarse sigilosa entre las lamas de madera, iluminando pequeños fragmentos de la estancia. El pómulo de Moon, la barba de Eric, el vendaje del brazo, la pierna estirada sobre la cama. La oscuridad hizo que la urgencia en la voz de Moon resonara como un grito.

—Tenemos que ocuparnos de Daniel —insistió Moon, que estaba haciendo un esfuerzo por incorporarse en la cama. Un fuerte latigazo de dolor la obligó a detenerse un momento, pero no se rindió—. Si no te encuentran —añadió con los dientes apretados—, es posible que vayan a por él y lo utilicen como moneda de cambio.

—¿Cómo? ¡No!

—Ayúdame —le pidió.

Eric la cogió por los hombros y la levantó con cuidado hasta sentarla en la cama. Le sorprendió su ligereza. Luego recolocó los cojines y esperó. Moon sudaba por el esfuerzo y el dolor. Paul llegaría enseguida y podría darle algo, no le había dejado instrucciones sobre qué hacer en estos casos.

—Quiero que llames a mi madre —dijo Moon a continuación—. Puede quedarse con Daniel hasta que todo esto termine.

—¿Con tu madre? —exclamó Eric—, ¿no sería mejor con la mía?

—¿Hace cuánto que mi madre no ve a su nieto? —le preguntó Moon—. Mucho, ¿verdad? —Eric bajó la cabeza—. Por eso, si van a por Daniel y no está en casa, lo buscarán en la de Nicole porque conocen su existencia, pero dudo que sepan algo de mis padres. Llámala —insistió—. ¿Recuerdas el número?

Eric asintió en silencio y encendió el móvil. Tecleó despacio el número de los padres de Soleil. Hacía más de un año que no hablaba con ellos. Contestaba sus mensajes interesándose por su nieto, les mandaba fotos de vez en cuando y las últimas Navidades los saludó un instante mientras charlaban con Daniel por videollamada, pero nada más. Lucille Monfort descolgó al segundo tono.

—¿Sí?

—Hola, Lucille. Soy Eric.

A la mujer le tembló la voz cuando contestó:

—¿Eric? Hola, ¿ha pasado algo? No tengo este número en la agenda…

Moon le pidió que conectara el altavoz. La voz de su madre la atravesó como una bala y le dolió más que la que la había alcanzado hacía unas horas.

Mamá, pensó. Se acercó al teléfono y lo miró fijamente. Recordó las mañanas de sábado, cuando iban juntas al mercado; sus pies tocando los de su madre mientras leían acomodadas una a cada lado del sofá. Su mente se llenó de olor a comida y al perfume profundo con el que rociaba su ropa después de plancharla para que solo emanaran un ligero aroma cuando se la pusiera. Vio sus lágrimas cuando nació su primer nieto, Daniel, y a su padre a su lado, sonriendo en silencio, intentando comportarse como se suponía que debía hacerlo un hombre. Recordó las charlas en la cocina y los castigos por llegar tarde, las clases de cocina y los fallidos intentos de su madre por enseñarle a coser. «Lo mío son los ordenadores», le decía siempre, pero su madre insistía en que coser era útil te dedicaras a lo que te dedicaras en la vida, «porque a todo el mundo se le puede caer un botón».

—Hola, Lucille. No pasa nada, tranquila —respondió Eric—. Te llamo desde el teléfono del trabajo —mintió.

—¿Está Daniel bien? —siguió la mujer.

—Sí, sí. Por eso te llamo. Estoy en una convención en París y a Emma le ha surgido un imprevisto. Me preguntaba si podrías quedarte con Daniel unos días, hasta que vaya a recogerlo. Puedes llevártelo a tu casa, a Daniel le encanta el campo.

—Eso sería… ¡maravilloso! —exclamó Lucille—. ¿Y el colegio? —preguntó un tanto preocupada.

—Tiene ocho años, no pasa nada porque se coja unas pequeñas vacaciones a mitad del curso.

La imaginó sonriendo al otro lado de la línea.

—¿Cuándo quieres que vayamos a por él?

Eric miró a Moon, que susurró «hoy».

—Cuanto antes —respondió Eric—. Emma le preparará una mochila con lo imprescindible.

—Estupendo, iremos hoy mismo. —La voz temblorosa se había convertido en una risa cantarina—. Gracias por pensar en nosotros, Eric —añadió.

—Sois sus abuelos, los padres de Soleil. Es bueno que esté con vosotros. Telefonearé a Emma para que lo tenga todo listo. Tienes su número, ¿verdad?

—Sí, la llamaré para avisarla de nuestra llegada.

—Hasta pronto, Lucille —se despidió.

La mujer soltó una risita nerviosa. Antes de colgar, la oyeron gritar llamando a su marido.

—Escríbele a Emma —le pidió Moon a continuación—, no la llames. Y que ella se encargue de Nicole.

Eric obedeció.

Hola, cariño, tecleó. *Me han robado el móvil, me han prestado este hasta que pueda recuperar mi número. Lucille y Armand recogerán a Daniel en casa esta tarde y pasará unos días con ellos. Hace mucho que no los ve, le vendrá bien. Avisa a mi madre, ¿quieres? Tengo que irme, hablaremos cuando salga del simposio.*

Se lo enseñó a Moon, que asintió en silencio, y lo envió.

Moon se apoyó de nuevo en las almohadas.

Se esforzó, pero no pudo imaginar cómo sería su madre en esos momentos. ¿Habría envejecido mucho? Solo habían pasado seis años desde la última vez que la vio, pero sabía que un dolor intenso como el que provocaba perder a una hija podía encanecer el cabello y hender el rostro con profundas arrugas. Su voz había cambiado. Recordaba su risa alegre, vibrante, y hoy apenas había dejado escapar una risita contenida. Quizá temía que reír espantara su dolor y relegara los recuerdos a un rincón.

También la risa de Moon había cambiado. Ya no le rebotaba en el estómago ni atravesaba su boca como una cascada incontenible, no se le escapaban las lágrimas ni tenía que esforzarse por recuperar el control. Ella también lucía una sonrisa contenida y era incapaz de recordar la última vez que había soltado una carcajada.

—No contesta.

La voz de Eric la devolvió a la realidad.

—Estará ocupada —sugirió Moon.

Eric movió la cabeza de un lado a otro.

—Siempre lleva el móvil encima. Nunca tarda más de un minuto en responder, esté trabajando o en casa, aunque sea con un emoticono para decir que lo ha recibido. Ni siquiera lo apaga por la noche.

Moon frunció el ceño.

—Llámala —le pidió—. Si contesta, sé rápido, cuelga cuanto antes y no respondas preguntas. Cuanto más hables, más posibilidades tienes de meter la pata.

Eric asintió en silencio mientras pulsaba la sucesión de dígitos. Luego se llevó el teléfono a la oreja y esperó.

—Da señal —anunció, y siguió esperando—. No contesta...

—Cuelga —le ordenó Moon.

Eric la ignoró y volvió a marcar.

—Emma —dijo cuando una voz electrónica lo invitó a dejar un mensaje—, llámame en cuanto oigas esto. ¿Va todo bien? Los pad...

—¡Para! —gritó Moon. Eric la miró, todavía con el teléfono en la mano—. Cuelga —añadió. Esperó hasta que Eric obedeció—. No puedes dejar un mensaje, no sabes quién puede estar escuchando.

—¿Lo dices en serio? —La voz de Eric sonó mucho más aguda de lo normal—. Tengo que ir a casa, comprobaré que todo está bien y volveré. Yo...

No pudo seguir hablando. El sonido de unos pasos en cubierta los puso en guardia.

—El arma —pidió Moon.

—Es Paul... —empezó Eric.

—¡La pistola! —exigió Moon.

Eric cogió las dos, le dio una a Moon y empuñó la otra.

—Buenos días —saludó Paul Morel con una sonrisa que se le congeló en la cara al verlos. Levantó las manos y dejó caer la bolsa que llevaba. Un rictus de terror se dibujó en su cara.

—Lo siento —se disculpó Eric al instante—. Estamos... —miró a Moon sin saber muy bien qué decir— nerviosos. Y un poco asustados —reconoció por fin mientras ambos bajaban las armas.

El doctor Morel se había vestido con ropa formal, un pantalón gris con chaqueta del mismo color, camisa celeste y corbata azul oscuro. También llevaba unos lustrosos zapatos negros.

Mudo todavía por el susto, Paul recogió la bolsa del suelo, entró en el camarote y la dejó sobre la mesa. Luego abrió los portillos para que entrara el aire e iluminara la estancia. Tenía el rictus tenso, el ceño fruncido, las mandíbulas apretadas y los labios convertidos en una fina línea.

—He traído café —dijo—. Me vendrá bien uno.

Sacó un termo de la bolsa y colocó tres tazas de cerámica alrededor.

—Es por precaución —se justificó Moon.

Paul se giró hacia ella con la taza en la mano.

—Lo entiendo —dijo—, pero no me gusta. Y me he asustado —reconoció—. Quizá debería haberos llamado desde cubierta, pero no se me ha ocurrido. Es mi barco, simplemente, he entrado y...

—Es buena idea que nos llames en voz alta —dijo Moon conciliadora—. Utilizaremos una palabra clave en caso de que algo vaya mal.

—¿Una palabra clave? —preguntó Paul—, ¿como en las películas de espías?

—Algo parecido.

Moon sonrió con tristeza. Pensó en Simon y por un segundo creyó ver su rostro, su sonrisa. Sintió sus manos y su boca en ella la última vez que estuvieron juntos. Lo había abandonado en un aparcamiento, había muerto por su culpa... Se le escapó una lágrima. La apartó de un manotazo y se centró en los dos hombres que la miraban.

—Una palabra para avisarnos del peligro —insistió—. Ancla —propuso. Eric y Paul asintieron en silencio—. Cuando subas a cubierta, un simple hola bastará si todo va bien. En caso contrario, ingéniatelas para usar la palabra *ancla*. «Soy yo, voy a revisar el ancla» —propuso—. Solo entonces sacaremos las armas.

—De acuerdo. —Paul cabeceó con fuerza y sirvió tres tazas de café—. ¿Cómo te encuentras? —le preguntó mientras le ofrecía una a Moon.

—Mejor —confirmó ella—, gracias por todo.

Paul sonrió y asintió.

—Esta mañana tenía un asunto en Carcasona y he pasado por tu casa —dijo después—. Emma tenía visita, había un coche aparcado junto a la entrada y he visto a un tipo rubio llamando a la puerta.

41

Cheney llevaba una hora aparcado frente a la casa del juez Bisset. El tipo vivía en un barrio elegante de Carcasona, muy cerca del centro histórico, pero con las principales vías de comunicación a mano. La casa de dos plantas estaba rodeada por un jardín vallado con una cerca de poco más de un metro, más decorativa que protectora. El camino asfaltado que conducía al garaje anexo estaba despejado. Sobre el portón, una canasta de baloncesto con la red enredada en el aro. Apoyada en la pared había una bicicleta roja infantil y una verde más grande, con un cesto delante.

Pero lo que le llamó la atención fue el enorme letrero rojo y blanco que anunciaba, junto a la cancela de entrada a la propiedad, que la casa estaba protegida por una alarma que incluía cámaras de vigilancia. Distinguió un dispositivo junto a la puerta y otro sobre el garaje. Supuso que habría al menos otras dos en la parte de atrás. Eso lo complicaba todo. Era consciente de que su apariencia no era precisamente discreta; aun así, había conseguido seguir siendo invisible en todas las situaciones.

Había dejado la moto en un garaje de Narbona y había alquilado un coche a través de una aplicación móvil. Eligió el coche, pagó con la tarjeta virtual, recogió las llaves en el buzón exterior después de introducir el código, buscó el coche en la pequeña explanada y se marchó. Las nuevas tecnologías y el trabajo en remoto habían facilitado mucho su vida.

Sonrió divertido y volvió a estudiar la casa. No podía esperar a que estuviera vacía para entrar, entonces sería incluso más peligroso que si lo hiciera a plena luz del día y a cara descubierta. Dio por hecho que, si había dispositivos de seguridad en el exterior, también los habría dentro, y los activarían cuando los inquilinos salieran. Definitivamente, no le iba a quedar más remedio que arriesgarse.

Había una mujer en la casa. La había visto abrir las ventanas de una de las habitaciones de arriba y cerrarlas poco después. Más tarde la vio pasar por delante de los ventanales de lo que supuso que sería el salón, en la planta baja. Era una mujer no muy alta, delgada y de larga melena oscura. Le pareció que vestía el tipo de ropa que se ponían las mujeres para hacer yoga, un pantalón holgado de algodón y una camiseta ceñida de manga corta.

«Así que el juez tiene una mujercita», pensó Cheney.

Sonrió. Mahoma estaba a punto de llegar a la montaña.

Bajó del coche y observó la calle. Estaba desierta. Le encantaban los barrios residenciales. Cruzó hasta la acera de enfrente, saltó por encima de la valla de madera y se apresuró hacia la puerta, evitando pisar los guijarros del camino y alertar a la mujer antes de tiempo. Le habría venido bien una gorra o un sombrero, pero ya era demasiado tarde. Agachó la cabeza y tocó el timbre. Pasó un coche, aunque no se detuvo.

Un minuto después, la mujer menuda y morena abrió la puerta.

—¿Sí? —preguntó.

—Buenos días —saludó Cheney con una sonrisa encantadora—, ¿vive aquí el juez Bisset?

Emma le devolvió la sonrisa antes de contestar.

—Sí, pero…

No tuvo tiempo de decir nada más. Cheney la empujó hacia dentro y cerró la puerta a su espalda. Luego se lanzó hacia la sorprendida mujer y le propinó un puñetazo en la cara. Emma cayó hacia atrás, se golpeó contra una silla y se desplomó en el suelo, inconsciente.

Cheney se quedó quieto. Escuchó una canción que no reconoció, un hombre que le cantaba al amor y a la naturaleza. Se giró hasta dar con la fuente del sonido. Sobre la mesita de café, un móvil se iluminaba mostrando un número mientras sonaba la alegre sintonía. La mujer no tenía ese número entre sus contactos. Quien fuera colgó y volvió a llamar. Cheney sacó su propio móvil y le hizo una foto a la pantalla antes de que la llamada se cortara de nuevo. Una campanilla anunció las llamadas perdidas y una tercera, la entrada de un mensaje. Cogió el móvil y se agachó junto a la mujer, que seguía inconsciente. Le cogió la mano derecha y apoyó el dedo índice sobre el dibujo que mostraba la pantalla del teléfono. Error. Cogió el pulgar y probó de nuevo. Error. Le soltó la mano y pensó un momento. Es zurda, dedujo. Le agarró la mano izquierda y dudó. Le quedaba un intento antes de que el móvil se bloqueara. ¿Pulgar o índice? Se decidió por el pulgar, lo colocó sobre la imagen y ¡bingo! Todas las aplicaciones se desbloquearon al instante.

Leyó los mensajes que había intercambiado con el juez y frunció el ceño. ¿Un simposio en París? Se supone que Blue lo tenía en su poder desde hacía varios días. Quizá ella misma los había escrito para tranquilizar a la mujer y que no diera la voz de alarma. Eso tenía sentido.

Entró en el buzón de voz y pulsó sobre el mensaje que acababa de llegar.

«Emma, llámame en cuanto oigas esto. ¿Va todo bien? Los pad... ¡Para! Cuelga».

Volvió a reproducirlo una vez más. Y otra. El juez seguía vivo y estaba con Blue. Tenía su número de teléfono, rastrear la llamada sería pan comido.

Sonrió y se frotó las manos. Cómo le gustaba su trabajo.

Avanzó despacio hasta el recibidor. No parecía haber nadie más en la casa.

Regresó al salón, cogió a la mujer y se la cargó al hombro. Después subió las escaleras y abrió varias puertas hasta dar con el dormitorio principal. La dejó en el suelo y entró. Rebuscó en los cajones y volvió al pasillo con un par de medias, un cinturón y un fular. Cuando llegó junto a Emma, la mujer se quejaba quedamente y se había llevado una mano a la cara. Cheney se agachó a su lado, la cogió con fuerza del pelo y le estrelló la cabeza contra el suelo. Emma se quedó inmóvil, con los ojos en blanco y la punta de la lengua asomando por la comisura de la boca.

Le ató las manos con las medias, inmovilizó sus pies con el cinturón y usó el fular para amordazarla. Cuando estuvo satisfecho, se puso de pie, sonrió y regresó a la planta baja. Junto al salón descubrió un pequeño despacho con dos mesas, una grande de madera y otra más pequeña con un portátil y una agenda negra. Comprobó que las cortinas estaban echadas y entró. La agenda estaba abierta por el día actual. Cheney se inclinó sobre el papel y leyó:

> 09:00   *Daniel partido de fútbol. Nicole.*
> 12:30   Pizza *en Giovani's*
> 16:00   *¿Cine?*

Regresó al salón y volvió a coger el móvil. La pantalla estaba bloqueada de nuevo y le exigía la identificación dactilar. Subió las escaleras y se arrodilló junto a la mujer, que seguía inconsciente.

—Cariño —dijo—, vengo a pedir tu mano.

El brazo de Emma se torció de forma poco natural cuando Cheney le agarró el pulgar izquierdo. Desbloqueó el móvil y se sentó en las escaleras. Había varios mensajes de la tal Nicole.

He llamado a Eric, pero tiene el teléfono apagado, ¿sabes algo de él?
¡Daniel ha marcado gol!

Dice que le duele la tripa y que no quiere pizza. *Prefiere volver a casa. Te lo llevaremos e iremos nosotros a Giovani's, tenemos una reserva.*

El último mensaje había llegado hacía solo quince minutos. Lo seleccionó y tecleó deprisa.

Estoy en casa, no hace falta ni que os bajéis del coche.

Unos segundos después llegó la respuesta.

OK, avísame cuando sepas algo de Eric.

Le devolvió un pulgar hacia arriba y dejó el teléfono sobre la mesa. Se acercó al ventanal y observó el exterior. Todo parecía tranquilo. Vio pasar un grupo de jóvenes con sus bicicletas. Un coche tocó la bocina para que se hicieran a un lado, pero ellos levantaron los brazos para pedirle calma y le dedicaron sonoros silbidos cuando el conductor aceleró y los adelantó.

—Al lío, Cheney —dijo en voz alta—, no te dejes seducir por la buena vida.

Subió las escaleras silbando por lo bajo.

42

Nicole le remetió la camiseta a Daniel por los pantalones y le subió la cremallera del abrigo con un gesto decidido. Seguía vestido con el conjunto de su equipo de fútbol, pantalón azul eléctrico, camiseta blanca con un rayo azul atravesando el pecho de izquierda a derecha y el número en la espalda y medias a rayas blancas y azules. Su abuelo acababa de quitarle las espinilleras y le había estirado las medias hasta encima de las rodillas. Daniel se inclinó y las dobló con precisión milimétrica por debajo de la rótula. Cuando estuvo satisfecho, se irguió y se encaró con su abuela con el ceño fruncido.

—¡Hace calor! —protestó el niño mientras se bajaba la cremallera del abrigo.

Nicole interrumpió el gesto con un manotazo decidido.

—No hace calor —le refutó—. Estás sudado y no quiero que te enfríes. Y acabas de decir que te duele la tripa. Vamos al coche —ordenó a continuación.

Daniel se colgó del brazo de su abuelo, que tiró de él hacia arriba hasta que sus pies dejaron de tocar el suelo. El pequeño estalló en carcajadas.

—¡Soy un mono! —gritó.

—A ver si se va a caer... —advirtió la mujer.

El abuelo sonrió y volvió a levantar el brazo, para regocijo de su nieto.

—¿Seguro que no quieres ir a la pizzería? —le preguntó la abuela mientras controlaba que Daniel se abrochara bien el cinturón de seguridad.

—No, prefiero ir a casa —le aseguró el niño.

—Pero te lo ibas a pasar muy bien —insistió Nicole.

Daniel se limitó a encogerse de hombros y a conectar la consola que había dejado en el coche antes del partido.

—Hoy has jugado muy bien —le dijo su abuelo, que vigilaba los espejos en busca del momento oportuno para incorporarse al tráfico.

—Y he metido un gol —sonrió el niño, que separó la vista de la consola lo justo para encontrar los ojos de su abuelo en el retrovisor—. El próximo partido es contra los que van primeros —siguió—, a ver si mi padre puede venir…

—Seguro que sí —respondió Nicole—. Ya sabes que hace todo lo que puede para verte jugar.

Daniel cabeceó en silencio y se concentró en el juego. En el coche solo se escuchaba la musiquilla de la consola, los giros y derrapes del vehículo virtual y las exclamaciones del niño cuando superaba a un contrario o chocaba contra un obstáculo.

Quince minutos después, el coche se detuvo junto a la acera.

—Lo acompañaré hasta casa —anunció Nicole.

—Emma ha dicho que vaya solo —protestó su marido—. Recuerda lo que hablamos el otro día —añadió con el ceño fruncido—. Y, además, tenemos una reserva y es casi la hora.

Nicole apretó los labios, pero no dijo nada. Besó a su nieto, se recolocó el pelo, se aseguró de que no se dejaba nada en el asiento y se quedó junto al coche mientras el niño cruzaba el jardín y llamaba a la puerta. Un instante después desapareció en el interior.

—Ni siquiera ha salido a saludarnos —protestó Nicole mientras volvía a entrar en el coche.

—Estará ocupada —le restó importancia su marido.

—Claro, ya me lo imagino. Pintándose las uñas.

***

Daniel no podía dejar de mirar al hombre rubio que le había abierto la puerta y que había tirado de él con fuerza para obligarlo a entrar.

—Tranquilo, Daniel. Soy un amigo de tu madre. Me ha pedido que te espere aquí y te lleve con tu padre. Ella ha tenido que salir, una cosa urgente, ya sabes…

—Emma no es mi madre —dijo el niño en un susurro.

—Bueno, ya me entiendes, es una forma de hablar. Tengo el coche justo ahí, ¿nos vamos?

—¿Con mi padre?

—Claro, ya te lo he dicho. Creo que tiene una sorpresa preparada para ti, pero no le digas que te lo he contado.

Cheney sonrió afable y estudió la reacción del crío. Estaba listo para acallarlo si se le ocurría gritar o echar a correr.

Daniel miró a su alrededor. La casa estaba en silencio. Debía de ser cierto que Emma había salido, y si ese hombre estaba en su salón, era porque ella le había dejado entrar.

—Vale, pero antes tengo que cambiarme —dijo, y levantó la pierna para mostrarle el pantalón corto y la media—. Y debería ducharme…

—¿Dónde está tu habitación? —preguntó Cheney.

—Arriba —respondió el niño señalando a la derecha.

La de la pareja estaba a la izquierda.

—¿Tienes baño propio? —siguió el hombre rubio.

—No, está en el pasillo.

—De acuerdo —accedió por fin—. Verás lo que vamos a hacer. —Y se agachó para poder mirarlo a los ojos—. No hace falta que te duches, tenemos un poco de prisa. —Arrugó la nariz y simuló olfatearlo—. Y tampoco hueles mal —le aseguró, guiñándole un ojo—. Sube y cámbiate en cinco minutos, ¿de acuerdo? Cinco minutos. Si no, tendré que subir a buscarte.

Daniel dio un paso atrás. Lamentó no haber ido a comer *pizza*

247

con sus abuelos. No le gustaba ese hombre, no lo conocía. Luego pensó que había mucha gente que no conocía, amigos de su padre y de Emma que a veces venían a casa y que no había visto nunca. Él sería uno de esos.

—De acuerdo —dijo, y salió corriendo escaleras arriba.

—¡Cinco minutos! —le recordó Cheney desde abajo.

Luego se giró y entró en el salón. La pared del fondo estaba cubierta por una librería de techo a suelo y de un lado a otro de la pared. Se acercó para curiosear entre las fotografías enmarcadas. El niño, el juez, unos viejos, la mujer que estaba arriba…

Cheney se detuvo ante la imagen de una mujer sonriente que abrazaba a un niño con un bañador amarillo.

—¡Ja! —soltó sin poder evitarlo—. Vamos, no me jodas…

Volvió al pie de las escaleras.

—¡Ya ha pasado el tiempo! —gritó.

Al instante, el sonido de una puerta al abrirse y unos pasos apresurados bajando las escaleras precedieron a la aparición de Daniel en el rellano. Se había puesto un pantalón vaquero, un jersey rojo y unas zapatillas negras. Llevaba el abrigo en una mano y la consola en la otra.

—Por curiosidad —empezó Cheney. Levantó la mano en la que llevaba la foto y se la enseñó al pequeño—, ¿quién es esta mujer?

—Mi madre —respondió él—. Está muerta.

43

Hacía calor dentro del pequeño camarote en el que se apiñaban tres adultos bastante alterados. Los restos del desayuno seguían esparcidos sobre la mesa. En la cama, Moon apretaba los dientes mientras urgía al doctor Morel a hacer lo que le había pedido.

—Necesito que asegures la herida de manera que pueda moverme —dijo. Se había sentado en la cama e intentaba girarse para ponerse de pie. Un latigazo de dolor la detuvo—. Y analgésicos, pero nada de relajantes musculares ni opiáceos.

—Puedo anestesiarte la zona —propuso el médico—. Los analgésicos no te harán nada si apoyas la pierna o la fuerzas, y parece que esa es tu intención. Pero eso no servirá para prevenir una hemorragia o una infección —añadió muy serio—. Deberías quedarte un par de...

Moon no lo dejó acabar.

—La anestesia está bien —dijo—. Inyecciones locales. Luego puedo pincharme yo, explícame cómo.

El doctor Morel se giró hacia su maletín y seleccionó un vial y una jeringuilla.

—Tienes que tumbarte —le pidió después.

—Está bien así —protestó Moon—, adelante.

Paul suspiró y cortó el vendaje que le protegía la herida. La examinó un momento y cabeceó satisfecho. No había rastro de infección ni estaba más inflamada de lo que cabía esperar.

—Allá voy —anunció.

Se sentó junto a Moon sobre la cama y pinchó en la zona enrojecida. Moon sintió como si el fuego la consumiera por dentro. Gimió y apretó los dientes.

—Intenta relajarte —le pidió Morel—, si te tensas, será peor. Pronto notarás el efecto, no te preocupes.

Moon asintió en silencio y vio cómo el médico sacaba la aguja y la volvía a clavar unos centímetros más arriba, presionaba el émbolo para que una pequeña cantidad de líquido entrara en su cuerpo y repetía la operación. Rodeó la herida con pinchazos, que cada vez le dolían menos, hasta agotar el anestésico. Luego pasó una gasa con yodo por la herida, revisó los puntos y volvió a vendarla.

—Te daré lo que necesitas para un par de días, tres si aguantas bien el dolor y lo dosificas, es todo lo que tengo aquí —dijo Morel mientras se quitaba los guantes y los tiraba a la papelera—. Puedo ir al hospital si quieres más…

—Bastará —le aseguró Moon—. Mi ropa —pidió a continuación mientras miraba a su alrededor.

—Está hecha jirones —respondió Eric.

—Hay ropa de mi novia en el armario —intervino Paul—. Te quedará un poco grande, pero servirá.

Moon asintió y miró al frente mientras el doctor preparaba una nueva jeringuilla y le pinchaba en el brazo. Cuando terminó, se tocó la pierna alrededor de la herida. No sintió nada, era como golpear un trozo de madera.

Apoyó los puños en la cama y se puso de pie. Eric le ofreció la mano para ayudarla, pero ella lo ignoró y se agarró con fuerza en el cabezal para cargar su peso en la pierna ilesa. No fue tan duro como esperaba, la duda estaba en cuánto duraría el efecto de la anestesia. El médico le ofreció una bolsa con jeringuillas y varios viales, un paquete de vendas y gasas, un bote de yodo, un tubo de pomada cicatrizante y una caja de apósitos. Añadió unos cuantos blíster de analgésicos, varios pares de guantes y una caja del antibiótico que estaba tomando.

—Intenta que la zona permanezca limpia y seca —le indicó—, cámbiate el vendaje una vez al día y no olvides tomar el antibiótico, es importante.

—Gracias —respondió Moon.

Se dirigió cojeando hacia el armario que le había indicado Paul y estudió la ropa que su pareja guardaba allí. Había sobre todo prendas deportivas de colores vivos, pantalones de algodón, un par de tejanos y un buen montón de camisetas de tonos vistosos.

—Puedes coger lo que necesites —le ofreció Morel.

Moon se puso unos *leggings* negros, una camiseta del mismo color y una sudadera gris con capucha. Guardó un vaquero, una camiseta verde y un chubasquero en la mochila, la cerró y se la echó a la espalda. Cuando se dio media vuelta, se encontró con el rostro serio de Paul Morel. El médico alargó la mano y le tendió una gorra negra.

—No olvides que te busca la policía —dijo.

Moon cogió la gorra y se la caló sobre la frente para ocultar sus facciones.

—Gracias —dijo sin más—. Eric —lo apremió a continuación—, el coche.

—No creo que nos lleve muy lejos —respondió—. Ya perdía todo tipo de líquidos cuando vinimos, y la dirección también estaba tocada.

Moon apretó los labios una vez más. Paul extendió el brazo con un juego de llaves en la mano.

—Mi coche está aparcado justo ahí. Volveré andando —añadió cuando su amigo intentó decir algo—. También están las llaves del barco y de una pequeña caseta de pesca que tengo no muy lejos de aquí. Eric la conoce. Disponed de todo, yo no me acercaré por allí hasta que me devolváis las llaves, así que, si oís ruidos, sacad las armas.

—Gracias, Paul —repitió Moon—, nos veremos pronto.

—Eso espero —respondió el doctor estrechando la mano que Moon le ofrecía.

Eric abrazó a su amigo mientras ella salía del camarote y subía las escaleras. Le dolía la pierna, pero era un dolor tolerable, sordo y lejano. La anestesia y la adrenalina estaban haciendo su trabajo.

—Yo conduzco —dijo Eric cuando llegaron junto al coche de Paul—. No hace falta que fuerces la pierna antes de tiempo —añadió.

Moon no discutió. Asintió y le tendió las llaves.

Morel tenía un SUV enorme equipado con todos los extras que la marca ofrecía.

—Paul es un fanático de los vehículos de todo tipo —dijo Eric mientras el motor comenzaba a ronronear y él maniobraba en el camino—. Tiene dos coches, este barco e incluso un pequeño tren en el jardín para que juegue su hijo. A Daniel le encanta —añadió con una sonrisa—. También tiene una moto enorme y una bicicleta de carretera, y sé que está pensando en comprarse una avioneta, aunque antes tendría que conseguir el título de piloto.

—No recordaba que hablaras tanto —comentó Moon.

—Solo me pasa cuando estoy nervioso —respondió Eric.

—Cálmate —le pidió— y piensa.

Le echó un vistazo a hurtadillas. Eric no tenía mucho mejor aspecto que ella. Llevaba el pelo revuelto, barba de varios días y la ropa sucia y arrugada. Lucía unas bolsas oscuras debajo de los ojos fruto del insomnio y todavía eran visibles en el cuello las marcas de las descargas eléctricas. Le había ofrecido una respuesta difusa a Paul cuando le preguntó por las quemaduras, pero el médico, que había demostrado ser una persona inteligente, prefirió dejarlo estar y limitarse a ofrecerle una crema para aliviar el escozor.

Moon empezó a encontrarse mal en cuanto enfilaron las primeras calles de Carcasona. Las plazas, los edificios, los comercios, la gente… Se había esforzado mucho por dejar todo aquello atrás. No almacenaba recuerdos de su vida pasada. Cuando alguna imagen inesperada de esa época la asaltaba, respiraba hondo y la expulsaba de su cabeza. Poco a poco, los cajones de su memoria se fueron vaciando de caras, de voces, de olores, de momentos y de recuerdos. Solo quedó Daniel. A él sí lo recordaba, se detenía en sus facciones, se esforzaba por evocar su voz. A veces lo acompañaba Eric, claro. El que fuera su marido aparecía siempre serio en la película de su vida. Erguido, severo, exigente, esperando algo de ella, lo que fuera.

Clavó la vista al frente y se concentró en el objetivo. Ignoró las murallas, las tiendas y a los turistas. No vio las placas que recordaban la altura que alcanzó el agua durante la riada que se lo llevó todo por delante, también a ella. A Soleil, en realidad. Porque Moon nació ese mismo día.

La ciudad había cambiado muy poco en esos seis años. Reconoció el camino que Eric estaba siguiendo y las primeras viviendas del que fue su vecindario. Nunca, en todas las veces que se había aventurado hasta la ciudad para ver de lejos a su hijo, se había acercado a su barrio, a aquella casa. Le bastaba con el colegio, el polideportivo o el campo de fútbol. Ver la casa fue como exhumar un cadáver.

—Aparca aquí —le ordenó, señalando un hueco junto a la acera.

—Todavía estamos lejos —protestó Eric—, no es bueno que camines tanto.

—No son más de doscientos metros. Aparca —insistió.

Eric obedeció y estacionó el SUV donde le había indicado.

Moon se apeó del coche y observó lo que la rodeaba. Todo seguía igual, pero, al mismo tiempo, le resultaba extrañamente diferente. Casas unifamiliares de dos alturas con un pequeño jardín delantero y una terraza en el piso superior, un garaje anexo y caminos asfaltados. Fachadas de piedra gris o blanca, ventanas de madera y tejas mate. Un barrio discreto y elegante, con tiendas pequeñas y colegios privados.

—Eres tú la que has cambiado —dijo Eric, adivinando los pensamientos de Moon. Se había bajado y había rodeado el coche para situarse a su lado.

—¿Ahora eres capaz de leer el pensamiento? —le lanzó—. Una pena que no supieras hacerlo hace unos años.

Eric no contestó.

—¿Hay algo diferente desde aquí hasta tu casa? —siguió Moon—.

Cámaras de seguridad, edificios nuevos, algún comercio o entidad bancaria...

—Nada, todo sigue como cuando... te fuiste —acabó.

—¿Los mismos vecinos?

—Los mismos —confirmó Eric.

—No podemos ir por la avenida —decidió—, alguien puede reconocernos. Además, si Cheney sigue aquí, nos verá venir.

En lugar de dirigirse directamente hacia la casa, Moon dio media vuelta y se alejó dos calles hacia arriba antes de girar a la izquierda y abandonar la calle principal en dirección a la trasera de las viviendas. Pasó un cruce y volvió hacia la derecha. Solo un par de veces se toparon con alguien, un adolescente que paseaba a su perro con la mirada fija en su móvil y una pareja adulta que discutía acaloradamente mientras avanzaban con paso rápido.

Cuando llegaron a su calle, Moon se detuvo en una esquina sombreada.

—¿Reconoces esos coches? —le preguntó a Eric.

Él se tomó un minuto para analizar lo que veía.

—Creo que sí —dijo por fin—. Al menos me resultan familiares, ya sabes que los coches no son lo mío.

Moon asintió en silencio y retrocedió unos metros.

—¿Adónde vamos? —preguntó Eric, señalando su casa.

—No sabemos si Cheney sigue dentro, si se ha ocultado por aquí o si ya se ha marchado. Piensa —repitió—, necesitamos acercarnos sin ser vistos.

—De acuerdo. —Eric miró a ambos lados antes de cruzar la calle y colarse por el estrecho pasadizo que separaba la valla de dos viviendas—. Tendremos que saltar —dijo cuando llegaron ante una empalizada de madera de metro y medio de alto—. Te ayudaré.

Unió las manos y flexionó las rodillas para auparla hasta el otro lado. Luego, Moon se apoyó en el borde de la valla y bajó con el máximo cuidado. El latigazo de dolor fue brutal. La flexión le había tensado los músculos del muslo y parecía haber despertado a la bestia.

—¿Te has hecho daño? —le preguntó Eric cuando estuvo a su lado—. Tendremos que saltar otras dos vallas.

—No es nada —respondió ella con los dientes apretados—. Sigamos.

Avanzaron agachados por los patios traseros de otras dos viviendas hasta salir a un camino de servicio que Moon reconoció en el acto.

Desde el otro lado de la valla de madera vio la cocina. Habían cambiado las cortinas, pero no los muebles, los azulejos ni las sillas. Le hormiguearon los dedos y le escocieron los ojos.

—¿Has arreglado la puerta corredera? —le preguntó a Eric en voz baja. Lo vio negar con la cabeza. Moon sonrió un segundo—. Vamos.

44

El viaje en el tiempo fue tan repentino e intenso que Moon no pudo evitar que Soleil volviera a la vida y se hiciera con el control.

La vivienda estaba en silencio. La puerta corredera siseó cuando Eric la cerró a su espalda. Luego avanzaron despacio, atentos. Cada vez que Moon estiraba la mano y rozaba la superficie de un mueble, Soleil se hacía más fuerte en su interior. La vajilla blanquísima, los vasos de cristal labrado, los imanes en la nevera, recuerdo de los lugares que habían visitado. Había unos cuantos más desde la última vez que estuvo allí.

Salió al pasillo y giró a la derecha. El salón apenas había cambiado. Vio el sofá de lectura de Eric junto al que había sido el suyo. Una manta a cuadros sobre el de él, una beis en el segundo y una lámpara de pie entre ambos. Supuso que ahora lo usaría Emma. Distinguió una bolsa de costura colgando del brazo del sillón y unas pequeñas gafas sobre uno de los cojines. Detrás, la estantería repleta de libros, *souvenirs* y fotografías enmarcadas o simplemente apoyadas en los lomos. Enfrente, la chimenea, y sobre ella, tres marcos plateados con otras tantas instantáneas. Se acercó para ver las fotos escogidas para presidir el salón. En la primera, Eric y Daniel sonreían rodeados por los abuelos Bisset. Iban vestidos de *sport* y detrás se distinguía una enorme extensión de arena. En la segunda, Daniel estaba flanqueado por su padre y por la mujer menuda y morena que había visto de lejos. Emma. Le pareció guapa. Tenía una mirada viva y una sonrisa sincera que le llegaba a los ojos. Daniel reía mostrando un hueco entre sus dientes. En la tercera fotografía estaba ella, Soleil, abrazando a un niño de apenas dos años que la miraba con devoción. Recordaba ese día. Daniel se había sentado sobre sus rodillas y ella lo rodeaba con sus brazos desde atrás. Él se había girado, divertido, y ella dejó una ráfaga de besos en su mejilla regordeta. Recordaba cada día de su otra vida, todas las escenas en las que Daniel era el protagonista. Y recordaba el dolor y el vacío, el miedo y el agua sucia inundando el coche. La decisión final de dejarse morir. Y morir, finalmente.

—Aunque te cueste creerlo —dijo Eric a su espalda en voz baja—, siempre serás su madre, nunca llamará así a ninguna otra mujer, te lo aseguro.

Cerró los ojos con fuerza y arrancó a Soleil de su cabeza. No tenía tiempo para eso, no ahora. Cruzó la puerta del salón y se detuvo en el vestíbulo. La casa estaba en silencio. Le hizo un gesto a Eric para que no se quedara atrás y señaló las escaleras.

Empezó a subir. Poner la mano en la barandilla le produjo un escalofrío. Ignoró el papel pintado y los cuadros decorativos que ella misma había comprado y subió peldaño a peldaño con la vista fija en el descansillo. Se detuvo un instante y desenfundó el arma. Se la mostró a Eric, que la imitó.

Una vez arriba, le indicó que se dirigiera a las habitaciones de la izquierda. Ella giró hacia la derecha.

—Con cuidado —susurró—, el arma siempre delante de ti, lista para disparar. Si ves a alguien que no sea Emma o Daniel, dispara, no dudes.

Eric movió la cabeza arriba y abajo y se dirigió a la primera habitación. Metódico, abrió la puerta de su dormitorio y lo revisó desde el umbral. Luego entró, abrió el armario y se agachó para mirar debajo de la cama. Nada. Vio los cajones de la cómoda abiertos y algunas prendas tiradas por el suelo. Salió y entró en el dormitorio de invitados. Allí dormían los abuelos Bisset cuando se quedaban hasta tarde cuidando de su hijo. Repitió la operación. Inspeccionó el espacio desde la puerta, abrió el armario y miró debajo de la cama. Nada. Le quedaba el baño principal.

Al otro lado del pasillo, Moon entró en la habitación de Daniel. No la reconoció. La cuna había desaparecido, y en su lugar había una cama cubierta con un edredón azul noche plagado de estrellas y satélites. Las paredes, pintadas de un azul muy pálido, estaban decoradas con pósteres de películas Disney y un enorme *collage* fotográfico que recogía la vida de Daniel desde su nacimiento. Se encontró en varias de ellas, hasta que su cara fue sustituida por la de Emma.

Vio la ropa de deporte doblada sobre la cama y las botas de fútbol en el pequeño zapatero junto a la pared. Se alegró de que su hijo hubiera heredado su sentido del orden. Sonrió un instante y siguió.

Observó el escritorio. Libros escolares, cajas de puzles, una colección de *stickers* de animales, cuadernos, lápices de colores y la foto de su equipo de fútbol de la temporada actual. Los niños posaban como profesionales, muy erguidos los de la fila de atrás, rodilla en tierra los de primer plano, flanqueados por los dos entrenadores, que llevaban un balón cada uno bajo el brazo. Buscó a Daniel. No llegó a dar con él.

—¡Noooo! ¡Noooo! Emma, ¡no!

Moon corrió en busca de Eric. Lo encontró en el baño, arrodillado junto a la bañera. Tiró de su hombro hacia atrás y Eric cayó sentado en el suelo.

Entonces la vio. La mujer tenía medio cuerpo sumergido en el agua que llenaba la bañera. Llevaba las manos atadas a la espalda y los pies inmovilizados con lo que le parecieron unos trozos de tela y un cinturón. Moon vio el nudo de una mordaza. Eric se levantó y cogió a Emma por la cintura.

—¡No! —gritó Moon—. No la toques.

—¡Tenemos que ayudarla! —exclamó él fuera de sí.

Braceó para librarse de Moon y sacó a Emma del agua. Se arrodilló junto al cuerpo y comenzó a aplicar una rítmica presión sobre el pecho de la mujer. Después, le arrancó la tela que le cubría la boca, le tapó la nariz e insufló aire presionando sus labios contra la piel fría y húmeda de Emma. Repitió la operación varias veces, sin descanso. Presiones en el pecho y aire por la boca. Presión, aire. Pero Emma no se movía.

Moon se arrodilló al otro lado del cuerpo y puso las manos sobre los hombros de Eric. Tuvo que sacudirlo con fuerza para llamar su atención.

—Mírame, Eric. Respira.

Eric detuvo poco a poco la inútil reanimación cardiaca y levantó la cabeza hacia ella. Sus ojos bailaban de un lado a otro, de Moon a Emma, del pecho inerte al agua derramada en el suelo, de los brazos estirados de Moon a sus propias manos sobre el cuerpo empapado de la que, quizá, se habría convertido en su mujer. Respiraba muy deprisa y todo estaba empezando a darle vueltas.

—No podemos hacer nada por ella —siguió Moon en voz baja—. Quien haya hecho esto se aseguró de que estaba muerta antes de marcharse.

Eric se dejó caer hacia atrás y se apoyó en las baldosas de la pared. Miró el rostro de Emma, su pelo chorreando agua, sus manos y sus pies atados, su cuerpo desmadejado, sin vida. Se tapó la cara con las manos y empezó a llorar.

Moon se puso de pie y giró despacio sobre sí misma, intentando comprender qué había pasado y cómo. Daba por hecho que el hombre rubio que Paul Morel había visto en la puerta de la casa era Cheney. Tuvo la desgracia de conocerlo en el aparcamiento del restaurante de Armissan. También estaba segura de que Cheney era el responsable de la muerte de Emma.

Daniel...

La imagen de su hijo la golpeó como un mazo. Había visto la ropa deportiva en la habitación. Eso solo podía significar que Daniel había pasado por casa. Si Cheney ya estaba allí cuando volvió...

Salió del baño y lo miró todo con otros ojos. Ahora era ella la que respiraba con dificultad. Vio la alfombra del pasillo arrugada y dos largas líneas oscuras en la madera del suelo. Entró en el dormitorio de Eric. Los cajones estaban abiertos y había algunas prendas en el suelo. Luego regresó al cuarto de Daniel. Abrió los cajones y las puertas del armario.

—¡Eric! —llamó. Eric debió captar la urgencia de su voz, porque unos segundos después estaba a su lado en la habitación infantil—. Necesito que compruebes si falta algo. Ropa, una mochila...

El timbre de la puerta los sobresaltó. Moon se acercó a la ventana y miró con cuidado desde detrás de la cortina.

—Son mis padres —dijo en voz baja—. Mierda.

Se había olvidado de ellos. No podía ver a su madre desde allí, supuso que estaría junto a la puerta, pero sí que distinguió a su padre, que esperaba unos pasos más atrás con las manos en los bolsillos del pantalón. Había engordado un poco y tenía el pelo blanco y mucho más escaso que hacía seis años. Miraba a los lados, quizá buscando el motivo por el que nadie les abría la puerta. Cuando giró la cabeza hacia arriba, Moon dio un rápido paso hacia atrás.

El timbre volvió a sonar. Moon se giró hacia Eric, que seguía rebuscando entre las cosas de su hijo.

—¿Falta algo? —preguntó.

—Creo que no —respondió Eric—. Aquí está la mochila que utiliza cuando pasa la noche fuera, y su neceser —añadió con una pequeña bolsa de aseo en la mano, decorada con los protagonistas de *Toy Story*. Eric revolvió en los cajones y en las estanterías y abrió el mueble zapatero que había junto a la pared—. No falta nada. Si se ha ido, ha sido con lo puesto.

El timbre resonó furioso, una rápida ráfaga de campanillas que se extendió por la casa silenciosa. Su madre se impacientaba. Moon se asomó de nuevo por la ventana con cuidado y la vio junto a su marido, con el teléfono en la mano. Lucille miró la pantalla con el ceño fruncido y volvió a llevárselo a la oreja. El mensaje que estaría recibiendo sería inapelable: apagado o fuera de cobertura.

Se alejaron unos pasos de la casa. Moon los vio cogerse de la mano y mirar hacia las ventanas superiores. Se sabía invisible, pero aún se echó hacia atrás. Cuando se atrevió a asomarse de nuevo, su padre estaba escribiendo algo en un papel. Luego se acercó a la puerta y desapareció de su ángulo de visión durante unos segundos. Cuando volvió a aparecer, se acercó a su mujer, le pasó el brazo por los hombros y juntos dieron media vuelta. Los vio entrar en el mismo coche que tenían cuando Soleil estaba viva, arrancar y alejarse calle abajo.

Moon bajó la escalera a toda prisa. En el suelo, junto a la puerta de entrada, había un papel doblado. Se agachó, lo cogió y lo leyó. La letra de su padre le dolió como una descarga eléctrica.

Supongo que ha habido un malentendido. Pasaremos en día
en Carcasona, llamadnos cuando podáis.
Un abrazo. Lucille y Armand

Volvió a doblar el papel y se lo guardó en el bolsillo de la sudadera. Se obligó a concentrarse en lo urgente y subió las escaleras de dos en dos para regresar junto a Eric, que había salido de la habitación de Daniel y contemplaba a Emma desde el umbral de la puerta del baño.

Moon se situó a su lado y le puso la mano sobre el brazo. Eric miró un segundo hacia abajo antes de volver a fijar la vista en la mujer tendida junto a la bañera.

—Tienes que llamar a tu madre, pregúntale si Daniel está con ella —le urgió.

Eric asintió en silencio.

—Le escribiré —dijo por fin—. Sabrá que algo pasa si escucha mi voz.

Sin esperar respuesta, sacó el teléfono del bolsillo y lo encendió. Cuando todas las aplicaciones estuvieron operativas, seleccionó el Messenger, tecleó el número de su madre y pulsó sobre el cuadro de texto.

Hola, ¿está Daniel con vosotros? No consigo que Emma me coja el teléfono, escribió.

Su madre tardó solo unos segundos en conectarse.

No, está con Emma. Lo dejamos en la puerta, como nos dijo. A mí solo me coge el teléfono cuando le da la gana, así que bienvenido a mi vida, añadió.

Eric frunció el ceño, disgustado.

OK, respondió sin más y salió de la aplicación.

Antes de apagar el móvil comprobó que tenía tres llamadas perdidas de la madre de Moon. De Soleil, en realidad.

—No está con ellos —le confirmó a Moon, que había estado pendiente de la conversación.

Moon se dio la vuelta demasiado deprisa y la pierna le lanzó un doloroso aviso. Recuperó la mochila que había dejado en la cocina, sacó el pequeño portátil y lo abrió sobre la mesa. Cuando por fin se encendió, entró en el foro sin preocuparse por ocultar su IP ni su señal.

Tenía un mensaje de Cheney.

Pulsó sobre el icono y esperó unos segundos.

En la pantalla, Daniel sonreía desde la parte trasera de un coche y saludaba a la cámara con la mano abierta. En primer plano, al volante, Cheney les guiñaba un ojo.

Un niño precioso, mami. Si lo quieres de vuelta, ya sabes lo que tienes que hacer.

45

Daniel había seguido a Cheney hasta el coche sin oponer resistencia. Se sentó en el asiento de atrás y se abrochó él solo el cinturón de seguridad. En el coche de su padre y en el de su abuelo utilizaba un alza, pero prefirió no decir nada y sujetar la cinta con la mano para que no le molestara en el cuello.

Antes de arrancar, el hombre le había pedido que sonriera para una foto.

—Se la voy a enviar a tu padre —le dijo—, para que sepa que estamos de camino.

Daniel sonrió y levantó la mano para decir «hola».

—¿Adónde vamos? —preguntó a continuación.

—Eso depende —respondió Cheney, que ya no sonreía—. Quiero que seas un niño bueno y no molestes mientras conduzco, ¿de acuerdo? —Miró por el retrovisor mientras Daniel asentía—. Puedes jugar con la maquinita esa todo lo que quieras —añadió.

Daniel no estaba muy seguro de haber entendido la respuesta, pero le habían enseñado a no cuestionar a los adultos y eso hizo, así que asintió en silencio y tiró del cinturón de seguridad hacia abajo y pasó el brazo por encima.

Luego encendió la consola y se puso al volante de su propio coche.

Cheney conducía deprisa por la autopista en dirección a la costa. Cuando el niño repitió por segunda vez que necesitaba ir al baño, se detuvo en un área de descanso desierta y le indicó un grupo de arbustos donde podía orinar. El chaval frunció el ceño, pero no dijo nada. Lo sorprendió mirándole de reojo un par de veces y supo que empezaba a recelar. Si echaba a correr, gritaba o intentaba llamar la atención de otros conductores, podía tener un serio problema. La gente era muy sensible con todo lo que afectaba a los niños.

Apretó los labios y se dirigió a la parte de atrás del coche de alquiler. Había guardado en el maletero el escaso material que llevaba en la moto, pero seguro que algo podría hacer. Era un niño, no debería haber ningún problema.

Dejó el maletero abierto mientras el niño se acercaba. Ya no sonreía y lo miraba con la cabeza gacha y los labios fruncidos. Sin embargo, el pequeño no parecía tener miedo.

Sin decir ni una palabra, Cheney lo cogió por los hombros, le dio la vuelta y pegó la espalda de Daniel a sus piernas. Mientras lo sujetaba con el brazo, le tapó con la otra mano la boca y la nariz. El niño pataleó e intentó soltarse, pero la presa de Cheney era insalvable. Sentía el aliento caliente del pequeño contra la palma de su mano. Poco a poco, Daniel dejó de luchar y se desmayó. Cheney retiró la mano. Lo necesitaba vivo, al menos de momento.

Se agachó para pasarle un brazo por las corvas y el otro por las axilas y lo levantó sin ningún esfuerzo. Lo tumbó con cuidado en el maletero y cogió el rollo de cinta americana que había sacado de la bolsa. Puso un trozo sobre su boca antes de juntarle las manos a la espalda y atárselas con fuerza. Por último, le quitó las botas, puso un pie sobre otro y los rodeó con cinta. Se aseguró de que el niño respiraba y cerró el maletero.

Cheney tuvo que llamar dos veces antes de que *monsieur* Dubois contestara al teléfono. Oyó ruido de fondo, gente hablando, música y agua, un chapoteo rítmico.

—En ningún momento te he dado carta blanca para usar este número —dijo Dubois sin ni siquiera saludar.

—Lamento la molestia —respondió Cheney—, no le llamaría si no se tratara de algo urgente.

—Lo único que quiero oír es que el trabajo se ha realizado satisfactoriamente —replicó Dubois, que parecía haberse alejado un poco del bullicio—. ¿Es así? —preguntó.

—Todavía no —reconoció Cheney con voz grave.

—Entonces, no sé de qué tenemos que hablar.

—El caso ha dado un giro inesperado —siguió Cheney—. La mujer que aceptó el encargo, Blue, tiene un hijo que vive con el juez Bisset. No sé qué relación hay entre ellos, me da igual. Tengo al niño —añadió—, y solo hay un trato posible si lo quiere de vuelta.

—¿Has secuestrado a un niño? ¡Estás loco! Nuestra asociación termina aquí —añadió.

—¡Espere! —se apresuró Cheney—. Es un riesgo controlado, no va a llamar a la policía, hará lo que le diga y la situación estará solucionada mañana mismo, o en un par de días como mucho.

—¿Y cómo piensas encubrir la muerte de un juez y de su hijo, o lo que sea ese niño para él? —bufó Dubois.

—No se preocupe, tengo un plan.

Dubois rio al otro lado del teléfono.

—Yo no me preocupo, pero tú sí deberías hacerlo. Enviaré a mis propios hombres a encargarse de todo. Eres un chapucero, Cheney —añadió—. Espera mis instrucciones, pronto te diré dónde tienes que ir y qué tienes que hacer.

Dubois colgó sin despedirse.

Cheney apretó los puños y rugió hacia el cielo. Pateó el suelo y se llevó las manos a la cabeza. Abrió al maletero y observó al niño. Se había despertado y lo miraba con los ojos muy abiertos.

Podría… Realmente podría…

Cerró el maletero de un golpe y se alejó unos pasos. Tenía que calmarse y pensar.

Gérard Muller recibió una llamada inesperada. *Monsieur* Dubois en persona, y con un encargo que tampoco esperaba.

—Entiendo —dijo cuando su principal cliente terminó de explicarle la situación—. Me hago cargo. Yo mismo contactaré con Cheney y me ocuparé de todo. No debe preocuparse por nada.

Tomó nota de los detalles y se despidió con rapidez. Sin soltar el teléfono, buscó en la agenda el número de Cheney y pulsó el icono verde.

—Tenemos que hablar —dijo cuando el hombre rubio contestó.

—Tú dirás —respondió Cheney.

—Por teléfono, no. Tenemos que vernos. ¿Dónde estás?

Cheney consultó el GPS.

—Cerca de Montpellier —respondió.

Muller se levantó de la silla y se situó junto a la ventana. Fuera hacía calor, a pesar de que ya era otoño. Vio un par de furgonetas en la carretera y un camión cargado hasta los topes de tubos de acero.

—Te voy a enviar las coordenadas de un lugar en el parque natural de la Camarga —dijo por fin—. Conduce directo hasta allí, ¿de acuerdo? Sin paradas ni tonterías.

—Yo no hago tonterías —gruñó Cheney.

—No soy yo el que ha secuestrado un niño —replicó Muller—. ¿Dónde lo tienes, por cierto?

—En el maletero, no hay peligro de que alguien lo descubra.

—No, salvo que tengas una avería, un accidente o te pare la policía. Ven directo —repitió—, y sin tonterías.

—Gilipollas —masculló Cheney cuando colgó.

Muller lo sacaba de sus casillas. Puto esnob remilgado, siempre mirando a todo el mundo por encima del hombro. Un día se le acabaría la suerte y ahí estaría él, para cavar la fosa, volarle la cabeza y cubrirlo de tierra. Sonrió ante la idea y pisó el acelerador.

El punto de encuentro era una casa desvencijada a escasos metros del lago de la reserva natural. Se llegaba hasta ella por un camino a medio asfaltar flanqueado por arbustos bajos y algún que otro chopo disperso. La casa, de una sola planta de no más de sesenta metros cuadrados, tejado a dos aguas y una galería acristalada añadida mucho después de la construcción original, ofrecía una falsa imagen de indefensión. Cualquiera que pasara por el camino podría pensar que la valla metálica de metro y medio de alto y el portón de madera de similar altura era todo lo que la protegía de los vándalos, cuando lo cierto era que el edificio y la finca que lo rodeaba contaban con sensores de movimiento y cámaras encastradas en los marcos de las ventanas y de la puerta de entrada, para resultar invisibles a los ojos no expertos. Además, la verja estaba electrificada y la casa contaba con vigilancia permanente vía satélite. Ni siquiera una mosca podría entrar sin que el equipo de Muller se enterara.

El motivo de tanta precaución no era otro que lo que el abogado marsellés custodiaba en el interior, y que dependía de lo que sus clientes le hubieran demandado. Armas, drogas, animales salvajes, prendas falsificadas e incluso personas, aunque esta parte era la que menos le gustaba, ya que le obligaba a mantener un contingente en el lugar hasta que se realizara la entrega, multiplicando las posibilidades de ser descubierto. Sin embargo, esa zona del parque natural era la menos visitada. Los turistas y los estudiosos y amantes de las aves acudían al observatorio y a las áreas preparadas para recibirlos, muy lejos de la casita blanca.

Un hombre vestido de negro abrió la cancela cuando Cheney llegó. No tuvo que llamar ni bajarse del coche. Entró despacio en la finca y se detuvo junto al sedán de aspecto familiar aparcado cerca de un grupo de árboles.

El tipo de negro esperó hasta que se apeó del coche y lo precedió hacia la casa sin decir ni una palabra. Antes de abrir la puerta, se detuvo y le hizo un gesto para que separara los brazos. El hombre cogió un detector de metales y lo pasó despacio por cada centímetro del cuerpo de Cheney.

—El abrigo —pidió después.

Cheney obedeció y se quitó el abrigo. El tipo chequeó cada centímetro antes de devolvérselo y abrir por fin la puerta.

Accedió a un recibidor completamente vacío. Esperó hasta que el hombre cerró de nuevo con llave y se colocó frente a una de las dos puertas que había a ambos lados del vestíbulo. Entraron en una cocina pobremente equipada, apenas una mesa larga en el centro con cuatro sillas arrimadas de cualquier manera, una alacena estrecha, un hornillo sobre unas patas altas metálicas y unos cuantos utensilios esparcidos sobre la encimera que recorría la pared del fondo. La única ventana estaba cerrada y los cristales, cubiertos de vinilo negro. La escasa luz procedía de una lámpara situada en el centro del techo y que apenas iluminaba lo que había justo debajo. Por eso tardó unos segundos en verlo.

El sonido de un mechero al encenderse llamó la atención de Cheney. De pie en un rincón, apoyado con desidia en el borde de la encimera, Muller se encendía un cigarrillo.

Inhaló el humo y lo soltó unos segundos después. Su cara se difuminó detrás de la vaharada gris.

—¿Dónde está? —preguntó sin más. Cheney frunció el ceño un segundo—. El niño —añadió Muller.

—En el maletero —respondió.

Muller levantó la vista hacia el hombre que se había quedado junto a la puerta y le hizo un gesto con la cabeza. El tipo salió en silencio y desapareció.

—Nos has metido a todos en un buen lío —siguió el abogado.

—Ha sido esa…

Se detuvo ante el gesto taxativo de la mano de Muller.

—*Monsieur* Dubois me ha pedido que me encargue, y eso voy a hacer. Olvídate de todo, ¿de acuerdo? Vete por donde has venido.

Cheney dio un paso adelante y Muller sacó el arma que guardaba en el bolsillo del abrigo. El hombre rubio se detuvo, pero no retrocedió.

—Soy un profesional —dijo entre dientes— y siempre cumplo. Me va la reputación en ello. Acabaré con esto yo mismo, no puedes apartarme como si fuera una mosca.

—Claro que puedo —replicó Muller con media sonrisa en la cara. Luego giró levemente la cabeza hacia el rincón opuesto de la cocina e hizo un gesto casi imperceptible con la cabeza.

Cheney no vio la pistola que emergió de la oscuridad, ni el largo brazo que la empuñaba. No escuchó la respiración tranquila del enorme hombre negro que tardó menos de un segundo en apuntar y disparar. El pop del silenciador fue lo último que Cheney oyó en su vida.

Muller dio un paso atrás para evitar la sangre y rodeó la mesa en dirección a la salida con paso rápido.

—Ocúpate del coche —le dijo al primer tipo mientras abría la segunda puerta del vestíbulo—. Y de él —añadió antes de entrar.

Dentro, tumbado sobre un catre estrecho y un colchón desnudo, estaba Daniel, todavía atado y amordazado con cinta americana. Muller lo miró un momento y sonrió mostrando los dientes.

—No tengas miedo —le dijo—, aquí vamos a tratarte bien hasta que tu padre venga a buscarte, ¿de acuerdo?

Daniel no contestó, apenas podía ver entre las lágrimas que anegaban sus ojos.

—Bastará con la cadena, no importa que grite —les dijo Muller a sus hombres—. Dadle agua y algo de comer. Yo me ocupo del resto.

46

Eric daba vueltas de un lado a otro del salón como un león enjaulado. De vez en cuando se detenía y parecía estar a punto de decir algo, pero luego reanudaba su andar errático con los ojos llorosos y retorciéndose las manos.

Moon se había refugiado en la cocina y mantenía la cara pegada a la pantalla del portátil. Cheney no había vuelto a conectarse desde que le envió la foto de Daniel y el escueto mensaje. Sabía que no tardaría en ponerse en contacto con ella para darle instrucciones o exigir el cumplimiento del contrato, pero, de momento, nada.

El silencio la estaba matando. Sentía un hierro ardiendo retorciéndole las tripas, y las terminaciones nerviosas de cada uno de sus dedos vibraban exigiéndole el contacto con el teclado. Pero no había nada que pudiera hacer, al menos, no todavía.

La sombra de Eric apareció a su lado. Moon levantó la vista y lo encontró en el borde de la mesa, con las manos apoyadas sobre el mantel y los hombros hundidos. No tenía buen aspecto, aunque, si era justa, debía admitir que ella tampoco lo tenía. La pierna había empezado a dolerle de verdad tras el esfuerzo de subir y bajar escaleras, agacharse y tratar de controlar a Eric. Decidió posponer la anestesia hasta que el dolor fuera intolerable o hasta que tuvieran que moverse. De momento, se limitó a tomarse una cápsula del antibiótico y dos analgésicos.

La imagen de Daniel en manos de Cheney se reproducía una y otra vez en su cabeza. Lo imaginaba asustado, quizá herido, seguramente atado y amordazado. Esperaba que Cheney no le hubiera hecho daño. Lo necesitaba vivo. Sin él, Moon nunca cumpliría su parte del trato.

El trato, pensó. Debía matar a Eric para recuperar a Daniel, pero ni siquiera eso le garantizaba que Cheney le devolviera a su hijo. No podía olvidar que también habían puesto precio a su cabeza.

—¿Hay algo? —preguntó Eric, de pie a su lado. Se agachó para leer la pantalla y se volvió a levantar en el mismo segundo.

—Nada todavía —respondió Moon.

—Mierda...

—Tranquilízate —le pidió una vez más—. Si perdemos los nervios, estamos muertos.

—¡Emma es la que está muerta! —gritó Eric—. Y Daniel... —añadió en voz más baja antes de echarse a llorar de nuevo.

—Daniel está bien —le aseguró.

—¿Cómo puedes saberlo? —le preguntó con sorna—. Desde que apareciste en mi vida se han sucedido las desgracias. No deberías haber vuelto nunca...

—Entonces, tú estarías muerto —le recordó Moon.

—¡Sí! —chilló Eric encarándose con ella—, pero se habría acabado todo. Daniel estaría a salvo y Emma seguiría viva. Todo es culpa tuya.

Luego se giró bruscamente y barrió con el brazo lo que había en la encimera. El frutero se hizo añicos en el suelo y las naranjas rodaron en todas direcciones. Después agarró el salero y lo lanzó contra la pared. Estaba a punto de repetir el movimiento con un vaso cuando Moon lo cogió desde la espalda y le inmovilizó los brazos.

Eric no se resistió. Agachó la cabeza y dejó que las lágrimas fluyeran sin oponer resistencia. Moon lo soltó poco a poco y lo condujo del brazo hasta una de las sillas. Eric se dejó caer y siguió llorando con la cabeza entre las manos.

El sonido de una notificación entrante hizo que los dos se

abalanzaran hacia el ordenador. En la pantalla, una nueva línea se había añadido al listado de mensajes entrantes.

Moon leyó el nombre del remitente. Legal Marseille. Se sentó y lo abrió.

Tenemos que hablar, decía el escueto mensaje, y añadía un número de teléfono.

Ya tenía el teléfono en la mano cuando otro mensaje reclamó su atención. La dirección IP solo era una sucesión de letras y números. Lo abrió y se llevó la mano a la boca. Daniel se materializó ante sus ojos. Estaba sentado en un catre estrecho y miraba a la cámara asustado. Iba descalzo, excepto por los calcetines. Moon se acercó a la pantalla y estudió a su hijo en busca de heridas o señales. Tenía un moratón en un lado de la mandíbula y la piel alrededor de la boca enrojecida. Luego levantó la vista para estudiar la habitación. Paredes blancas, desnudas, sin puertas ni ventanas visibles.

—Hijos de puta —masculló Eric señalando el pie del niño.

Una argolla metálica le rodeaba el tobillo, y de ella salía una gruesa cadena que se perdía en la imagen en dirección a la pared.

—Hijos de puta —repitió Moon.

Muller dejó que el teléfono sonara ocho veces antes de contestar. Era una cuestión de protocolo, de hacer saber a quien llamaba quién estaba al mando.

Por fin, descolgó y se llevó el móvil a la oreja. Había salido de la casa mientras sus hombres se ocupaban de Cheney y restablecían el orden en el interior. El chiquillo no le preocupaba, tenía el miedo suficiente como para no intentar nada, ni siquiera moverse.

—Señora Aubry —saludó por fin.

Moon respiró.

—Señor Muller —respondió—. Tiene que liberar al niño —exigió a continuación—. No le creía capaz de caer tan bajo.

—Más despacio, más despacio —pidió el abogado—, no puede venir con exigencias sin conocer las circunstancias ni ofrecer nada a cambio.

Moon levantó a vista y miró a Eric, que la observaba desde la esquina de la mesa. Le había pedido que conectara el altavoz, pero Moon se había negado. No podía arriesgarse a que cometiera un error garrafal que complicara aún más las cosas.

—Si deja al niño a un lado, hablaremos de lo que quiera —siguió Moon—, pero debe liberarlo cuanto antes.

—Esto es un *quid pro quo*, señora Aubry, y no olvide que toda esta situación es solo culpa suya.

Moon respiró hondo. Muller tenía razón.

—¿Qué quiere? —preguntó a continuación.

—La cosa no es tan sencilla. Por un lado, usted ya sabe lo que quiero, aceptó la oferta y se comprometió a cumplir. Sin embargo, decidió cambiar de opinión y nos ha puesto a todos en una situación muy delicada. Las vidas que se han perdido pesarán sobre su conciencia —añadió con voz grave.

Moon cerró los ojos. Louis, Laurent, Emma. Simon.

—Me ocuparé de mi conciencia cuando todo esto acabe —respondió—. Ahora, lo urgente es que libere al niño. De hecho, es lo que más le conviene —añadió.

—¡Claro! —exclamó Muller con sorna.

—Escuche bien, esta es mi oferta: deje al niño sano y salvo cerca de un lugar habitado y olvídese del juez Bisset. A cambio, ni él ni yo informaremos sobre todo lo que hemos descubierto sobre el supuesto puerto deportivo de Narbona y las personas que hay detrás.

—Es usted una pésima jugadora —contestó Muller—. Su farol es tan evidente que hasta me da pena.

—No voy de farol, lo sé todo sobre el puerto. Eliminaron sin levantar sospechas a los propietarios que no querían vender; sobornaron a un forense para que certificara las muertes como naturales, forense al que después asesinaron para que no hablara…

—Eso fue cosa suya, Moon…, si me permite la confianza. ¿No ha visto las noticias?

Moon tragó saliva. No iba a caer en la provocación.

—Tengo nombres, documentos, fotografías… —siguió ella.

—No tienes una mierda —bufó Muller, que empezaba a cansarse del juego.

—¿Le dice algo el nombre de Alain de Froissy? No creo que un *chevalier* de Francia esté muy contento si ve su nombre en todas las televisiones, y menos si se le relaciona con el crimen organizado —lanzó Moon.

Muller tardó bastante en contestar.

—No tengo ni idea de lo que habla —bufó por fin. Parecía haber recuperado la calma y volvía a tratarla de usted.

Eric se acercó a ella con una pregunta en los ojos. Moon levantó la mano para detenerlo y él regresó al extremo de la mesa.

—Claro —imitó sarcástica—. Esta es mi oferta —siguió después—, deme al niño y olvídese de todo lo demás. Nosotros haremos lo mismo, tiene mi palabra.

—Me reiría si la situación fuera graciosa, pero no lo es —contestó Muller—. Esto es lo que va a pasar. Nos veremos en Londres dentro de dos días. Yo le daré al niño y usted matará al juez. En caso contrario, nadie volverá a ver al chaval jamás. Es muy guapo, quizá lo mejor sea darle otra utilidad mucho más rentable. —Guardó silencio unos segundos para que Moon asimilara la amenaza—. En cuanto a usted, todavía no lo he decidido. Puede que la deje vivir si cambia de bando. O no, no lo sé. ¿Entendido?

Moon cerró los ojos un instante.

—Entendido —dijo por fin—, pero si le toca un pelo a Daniel...

—Por favor —la cortó—, ¿por quién me ha tomado? Vayan a Londres y esperen instrucciones.

Muller cortó la comunicación antes de que Moon pudiera añadir nada. Luego dejó el teléfono sobre la mesa y se pasó la mano por la cara. La conversación no había ido como esperaba.

—¿Qué te ha dicho? —preguntó Eric—, ¿va a liberar a Daniel?

Moon movió la cabeza arriba y abajo.

—Tenemos que ir a Londres —le dijo sin mirarlo—. Lo soltarán allí.

47

La atmósfera en la casa se estaba volviendo opresiva. Eric le exigía respuestas tras su conversación con Muller, pero Moon solo quería salir de allí.

—Nos vamos —decidió mientras guardaba el ordenador.

—No voy a dejarla aquí, así... —balbuceó Eric.

—Tenemos que ir a por Daniel —le recordó ella—. No podemos hacer nada por Emma. Pronto la encontrarán, vendrán tus padres, o la asistenta, y se ocuparán de ella. Nos vamos ya —dijo una vez más.

Eric gimió y la siguió hacia la puerta trasera. En lugar de saltar por los patios, Moon prefirió seguir por la calle paralela a la avenida y girar a la derecha a la altura del coche de Paul Morel. Eric se había puesto la gorra que el médico le había dado a ella. En ese barrio era más fácil que lo reconocieran a él.

—Tú conduces —le pidió a Eric cuando desbloqueó las puertas.

Se dejó caer en el asiento del copiloto y apretó los dientes. La herida de la pierna palpitaba dolorosamente, le escocía y le producía calambres que la recorrían de arriba abajo. Eric encendió el motor, pero no se incorporó a la carretera. Se quedó quieto, con las manos firmes en el volante.

—¿Qué pasa? —preguntó Moon.

Eric hizo un gesto con la barbilla y señaló al coche que venía de frente.

—Mis padres —dijo sin más.

Al instante, Moon se dobló sobre sí misma y pegó la cabeza a las rodillas. Eric, por su parte, se caló la gorra, agachó la cabeza y giró la cara hacia la acera.

El coche de los Bisset pasó a su lado en dirección a la casa de su único hijo. No frenaron ni hicieron ademán de hacerse a un lado. No los habían reconocido.

—Vamos —le instó Moon.

Eric se movió como un autómata. Accionó el intermitente, miró por el retrovisor y salió al centro de la calzada. Cuando pasó junto a su casa, vio el coche de sus padres aparcado junto a la acera y a su madre buscando algo en el bolso mientras se dirigían a la puerta de entrada. Las llaves, sin duda.

Aceleró y condujo en silencio en dirección a la circunvalación de salida. Pronto quedaron atrás las calles estrechas y las murallas, las tiendas de recuerdos y los turistas. Atrás quedaron Emma y los abuelos Bisset. Los imaginó subiendo las escaleras mientras llamaban a su nieto. ¿Qué habrían hecho al descubrir el cadáver? Aferró con fuerza el volante y se concentró en la carretera.

—¿Adónde vamos? —preguntó con voz ronca.

—A París —respondió Moon—, y luego, a por Daniel.

La tarde caía deprisa sobre la carretera. Sombras alargadas, un cielo gris y, en los espejos, el suave reflejo naranja de los estertores solares.

Hacía casi una hora que habían salido de Carcasona y todavía no habían dicho ni una palabra. Eric conducía por debajo del límite máximo, con las dos manos sobre el volante y atento a lo que lo rodeaba. A su lado, Moon se removía inquieta, intentando encontrar una postura que amortiguara el dolor y le permitiera pensar.

—Necesito parar un momento —pidió por fin—, la pierna me está matando.

Eric asintió en silencio y tomó la siguiente salida, la última antes de llegar a Toulouse. Al final de la vía de desaceleración, una rotonda repartía el tráfico hacia varios pueblos. Eligió Saint-Rome. Sabía que era pequeño, apenas un puñado de casas a lo largo de una carretera comarcal, y que había un pequeño bosque al final de la localidad.

Vieron varias casas vacías, con las ventanas enladrilladas y la fachada enmohecida.

—Detente detrás de una de estas casas —le pidió Moon.

Eric negó con la cabeza.

—Si alguien nos ve, puede pensar que queremos colarnos y llamar a la policía. Yo lo haría —añadió sin mirarla—. El bosque es más seguro, están acostumbrados a la gente que viene a dar un paseo.

Moon lo miró un instante y asintió con la cabeza.

—Tienes razón —dijo sin más.

Apretó los dientes mientras el coche avanzaba los últimos metros por una pista de tierra, hasta que Eric lo detuvo en un pequeño claro con evidentes señales de servir como aparcamiento habitual.

Al instante, Moon levantó el culo para intentar bajarse los pantalones y comenzar la cura.

—Túmbate en el asiento de atrás —propuso Eric—. Yo lo haré.

Moon asintió agradecida. Se bajó del coche con cuidado y se tumbó detrás. La pierna le dolía tanto que tenía ganas de gritar. Eric deslizó los pantalones hasta debajo de las rodillas y sacó lo que necesitaba de la bolsa que Paul Morel les había preparado. Limpió la zona con cuidado, llenó la jeringa con el contenido de un vial, presionó el émbolo para sacar el aire y observó la herida de Moon.

—No tiene buen aspecto —dijo—. La tienes hinchada y un poco morada por debajo. Y creo que eso que hay alrededor de los puntos es pus.

—Cuando deje de dolerme podremos desinfectarla a conciencia. Por favor... —suplicó.

Eric se inclinó sobre ella y pinchó cerca de la herida, como había visto hacer a Paul.

Moon dejó escapar un grito corto y profundo. Sintió un ligero mareo y la cabeza se le embotó por el dolor.

—Lo siento —susurró Eric, y pinchó de nuevo unos centímetros más abajo.

Continuó con la tarea en silencio, concentrado y con mano firme. Cuando por fin terminó, la anestesia había empezado a hacer efecto y el dolor era poco más que un retumbar ahogado.

Dejó pasar un minuto entero antes de sentarse y observar la herida. De nuevo, Eric tenía razón. La herida no tenía buen aspecto.

—Voy a curártela —anunció Eric mientras hurgaba en la bolsa.

—Vaya —dijo Moon—, no te reconozco.

Eric la miró un momento muy serio.

—Quizá tú tampoco te molestaste demasiado por conocerme.

Moon lo empujó a un lado y bajó del coche. Se reacomodó la ropa y abrió la puerta del copiloto.

—Nos vamos —dijo sin más.

Eric la miró con la bolsa en la mano. La dejó en el asiento trasero y volvió a ponerse detrás del volante.

—Lo siento —murmuró—, no debí…

—Déjalo —le cortó Moon— y arranca.

Gérard Muller golpeaba el suelo con un ligero y constante taconeo que hacían crujir los guijarros. Había salido de la casa y esperaba impaciente a que sus hombres terminaran la tarea.

Se alejó unos metros, se detuvo y regresó junto al coche.

—¡Abre! —gritó hacia la casa. El negro enorme se asomó al umbral y accionó el mando a distancia. El coche parpadeó y las puertas se desbloquearon con un ligero chasquido—. Y daos prisa —añadió—, no quiero pasar aquí la noche.

Muller se sentó en el asiento trasero, bajó la ventanilla y se encendió un cigarro. Lanzó el humo hacia fuera y recostó la cabeza en el asiento.

Cuando todo aquello terminara, habría ganado muchos puntos

con *monsieur* Dubois. Sonrió satisfecho y le dio otra calada al pitillo, que brilló en medio de la oscuridad creciente.

Sus hombres salieron por fin de la casa y cerraron la puerta. Dedicaron unos minutos a conectar las alarmas antes de dirigirse al coche.

—Todo listo, señor —dijo uno de ellos.

—¿Habéis limpiado la cocina? —preguntó.

—Todo limpio —respondió el negro—. Y hemos sacado la basura —añadió con una sonrisa breve.

—También hemos devuelto el coche a la empresa de alquiler —intervino el otro—. No hay rastro de que el tipo haya estado aquí.

—Bien. ¿Y el chaval? —siguió Muller.

—La comida lleva el sedante habitual, se dormirá antes incluso de terminar de cenar. Tiene agua y un cubo al alcance de la cadena. Tiene miedo —añadió el negro—, pero es un chico listo y sabe lo que le conviene.

—Sí —suspiró Muller—. Una pena.

48

Eric se detuvo en una gasolinera y llenó el depósito. Compró dos botellas de agua, dos Coca-Colas y dos sándwiches de atún, pagó en efectivo, utilizó el baño y volvió al coche.

Eric comió en silencio sin dejar de conducir, mientras los kilómetros quedaban a su espalda, con sus piernas convertidas en una improvisada bandeja. Luego abrió la lata de refresco y la apuró en cuatro largos tragos.

No dijo nada cuando se dio cuenta de que Moon no había comido nada. Ya era mayorcita. Él necesitaba energía y cafeína para mantenerse despierto y conducir hasta París.

Hacía rato que había caído la noche. No podía dejar de pensar en su hijo, en si tendría miedo, hambre o frío, si lo estarían tratando bien o le habrían hecho algo. Los mataría si le tocaban un pelo, de eso no tenía ninguna duda.

Un halo de luz se hizo visible a lo lejos, un manto brillante que se extendía kilómetros y kilómetros hacia los lados, hasta donde alcanzaba la vista. Estaban llegando a París. Eric estaba exhausto, se frotaba los ojos y se daba golpecitos en las mejillas para no ceder al sueño.

—Hay un área de servicio a un kilómetro —dijo Moon—, yo conduciré el resto del camino.

—Estoy bien —le aseguró él.

—Lo sé, pero yo conozco la ciudad mejor que tú.

Eric aceptó y se detuvo donde Moon le indicó. Había un pequeño bar restaurante al fondo, pero estaba cerrado. Varios camioneros habían echado las cortinas de la cabina y descansaban en el interior. El coche de Paul Morel se deslizó silencioso unos metros, hasta detenerse en la zona de aparcamiento.

Eric bajó y estiró los brazos hacia arriba. Movió el cuello despacio a un lado y a otro y dejó caer el tronco para darles un descanso a las lumbares. Jamás en su vida había estado tan cansado.

Moon se apoyó en el coche y se masajeó la pierna con cuidado. Apenas le dolía. De hecho, apenas sentía esa zona. Mejor, tenía que aguantar como fuera. Luego dio la vuelta y se puso al volante. A su lado, Eric se abrochó el cinturón de seguridad y se giró para mirarla.

—¿Puedo hacerte una pregunta? —dijo.

Moon se incorporó a la autopista y aceleró.

—Tú dirás —respondió.

Eric frunció el ceño, abrió la boca y la volvió a cerrar, como si dudara.

—Dime —insistió Moon.

—¿Cómo fue… cuando sobreviviste a la riada? —preguntó por fin.

Moon abrió mucho los ojos.

—Vaya, eso era lo último que me esperaba —reconoció.

—No me respondas si no quieres —le ofreció Eric.

Moon movió la cabeza de un lado a otro y seleccionó en su cabeza los pasajes de aquellos días que era capaz de repetir en voz alta.

—Recuerdo ver cómo el hombre del balcón cogía a Daniel y lo ponía a salvo —empezó con un tono neutro mientras las luces de París se alzaban ante ellos—. Cuando el agua arrastró el coche y lo hundió, no me cupo duda de que iba a morir. Me aferré a la ventanilla abierta, pero el coche daba vueltas y más vueltas, y la fuerza del agua me empujaba hacia el interior una y otra vez. No recuerdo nada más —siguió—. Supongo que entonces perdí el conocimiento. No sé en qué momento salí del coche, ni cómo. He pensado mucho sobre eso y solo se me ocurre que tuvo que ser algún tipo de corriente, o que simplemente floté inerte y mis hombros pasaron por el hueco. Tampoco sé cuánto tiempo transcurrió hasta que me desperté. Estaba en una zanja a unos diez kilómetros de Carcasona —recordó—. Tenía heridas abiertas por todo el cuerpo, una pierna rota, luxaciones, esguinces… Conseguí arrastrarme hasta una casa que había en mitad del campo —siguió—. La de los parisinos.

—Estabas muy cerca —comentó Eric, reconociendo el lugar.

—Sí, no más de diez kilómetros, y a mil metros escasos de la carretera.

—Podías haber pedido ayuda.

Moon tardó unos segundos en contestar.

—Sí, podía haberlo hecho. Oí los helicópteros, y vi en el ordenador que había en la casa que me seguían buscando.

—¿Tenías un ordenador? —preguntó Eric con voz aguda.

Moon apretó los labios.

—Quizá sea mejor que lo dejemos —propuso.

—No, por favor —se apresuró a decir Eric—. Quiero saberlo.

Moon asintió y continuó.

Le habló de sus días en la casita, de cómo se curó la pierna mientras su cabeza le decía que lo mejor sería tumbarse en el suelo y dejarse morir. Lamentaba no haber muerto, de verdad que lo lamentaba, pero para entonces su cuerpo había entrado en modo supervivencia y la obligaba a seguir adelante.

—Tardé una semana en poder andar. Me movía utilizando una silla a modo de andador —siguió—. Y mientras, me inventé una nueva vida. Si no podía morir físicamente, al menos intentaría enterrar a Soleil y seguir adelante. Morí de otra forma —añadió.

Eric se pasó la mano por el pelo y clavó la vista en las primeras calles de los arrabales de París.

—¿De verdad te importa Daniel? —preguntó sin mirarla.

—Más que nada en el mundo —respondió ella al instante—. Por eso me fui.

—No lo entiendo…

—Unos meses antes de la riada había comenzado a aceptar otra serie de encargos —empezó sin mirarlo—. Casi todos estaban en el límite de la legalidad, pero otros, los más rentables, me habrían podido mandar a la cárcel. Mi socio fue asesinado —añadió con un nudo en la garganta. El asesinato de Maurice nunca se había resuelto—, y tuve miedo. Mi muerte os mantendría a salvo. Si me buscaban y se enteraban de que me había ahogado, se olvidarían de mí. Al principio pensé que sería por poco tiempo, pero después no encontré el momento de volver.

—Pero… ¿para qué querías tanto dinero? —siguió preguntando Eric.

Moon guardó silencio unos segundos.

—Para alejarme de ti —dijo por fin—, para llevarme a mi hijo lejos de ti.

Eric respiró profundamente y asintió en silencio.

Dirigiendo el volante con suavidad, Moon se concentró en las conocidas calles de la ciudad que la había visto renacer.

Moon condujo despacio por el desierto Barrio Latino, atenta a los escasos peatones que caminaban con paso rápido y las manos en los bolsillos, a los vehículos aparcados y a los que se cruzaron en su camino. Pasó dos veces frente a su edificio antes de decidirse a entrar en el aparcamiento. Luego, subieron en el ascensor y salieron al descansillo. Moon le pidió a Eric que guardara silencio. Pegó la oreja a la puerta de su apartamento y escuchó con atención. Nada. Por fin, sacó las llaves del bolso y abrió.

Desconectó la alarma que Simon había dejado activada antes de salir de casa por última vez. En la cocina, una cerveza medio vacía le retorció el estómago. No la tocó. Dio media vuelta y regresó al salón. Eric lo observaba todo con curiosidad.

—¿Es tu casa? —preguntó.

Moon no respondió. Se dirigió al dormitorio que compartía con Simon y entró en el baño. Se desnudó deprisa y dejó en el suelo la ropa de la novia de Morel. Se quitó la venda que protegía la herida, abrió el grifo y se puso debajo del chorro sin esperar a que se calentara. El agua fría le erizó el vello y la hizo tiritar, pero aguantó sin moverse. Los músculos sobrecargados la recibieron como un regalo. Poco a poco, conforme se templaba el agua, empezó a moverse despacio. Primero, champú. Se frotó la cabeza con un ligero masaje, repartiendo la espuma con cuidado. Se aclaró y cogió el bote de gel. Olía a lavanda. Lo había comprado Simon.

Lloró mientras se pasaba las manos enjabonadas por todo el cuerpo. Lloró y gimió sin cortapisas, dejando salir todo el dolor que sentía y que llevaba tanto tiempo macerándose en su interior. Se apoyó en las baldosas y dejó que el agua caliente la acariciara. Una vez leyó un libro en el que el protagonista dejaba ir su dolor por el desagüe de la bañera. Eso no era cierto en su caso. Moon no sintió alivio ni la carga disminuyó ni un ápice. Seguía con ella cuando salió de la ducha y se envolvió en una toalla, la acompañó de vuelta a la habitación, se quedó a su lado mientras se secaba la herida y volvía a vendarla, y se pegó a su piel cuando abrió el armario y se vistió.

Regresó al salón. Eric se había sentado en el sofá y miraba la televisión con el mando en la mano. En la pantalla, su casa de Carcasona aparecía rodeada de coches policía. La alargada furgoneta del servicio forense estaba aparcada junto a una ambulancia. Los agentes habían acordonado la zona y los curiosos se apelotonaban a más de veinte metros de distancia, intentando distinguir algo entre los vehículos y las personas que iban y venían a toda prisa.

—Dame el mando —pidió Moon desde detrás del sofá.

Eric se giró y se lo pasó. Moon pulsó un botón y seleccionó «Ver desde el principio» en el menú que se desplegó en la parte inferior de la pantalla. Pasó deprisa la cabecera del informativo y el saludo del presentador hasta que apareció la que un día fue su casa.

Una periodista miraba a la cámara muy seria, esperando a que le dieran paso desde el plató. Moon puso el programa a velocidad normal.

—Estamos en Carcasona, donde, como muy bien has dicho —empezó la reportera—, esta tarde ha sido hallado el cadáver de una mujer en la casa que puede verse justo detrás de mí. La policía ha confirmado que se trata de Emma Roy, de treinta y cinco años. Además de esta muerte violenta, se ha denunciado la desaparición del propietario de la vivienda y pareja de la fallecida, Eric Bisset, y de su hijo Daniel, de ocho años. La última vez que se vio a Eric Bisset fue hace seis días, cuando viajó a París para participar en un simposio. En cuando el pequeño Daniel, sus abuelos afirman que lo dejaron en casa, después de que jugara un partido de fútbol. Hasta el momento no hay ni rastro de ninguno de los dos, por lo que la policía ha activado una operación especial para tratar de localizarlos.

—Dime, Patricia —intervino el presentador—, ¿qué relación había entre la víctima y el señor Bisset?

—La señora Roy y el señor Bisset mantenían una relación desde hacía casi cuatro años y vivían juntos desde hace dos. No constan denuncias por violencia o altercados. De hecho, los vecinos con los que hemos podido hablar insisten en la buena relación que existía entre la pareja y entre la señora Roy y el pequeño Daniel Bisset.

—¿Con qué hipótesis trabaja la policía? —siguió el presentador desde el plató.

—Aunque no cabe duda de que se trata de una muerte violenta y de que existe una profunda preocupación por la desaparición de Eric Bisset y de su hijo, la policía no ha querido hacer comentarios al respecto.

—Es lógico, dado que todo ha ocurrido esta misma tarde.

—Así es —coincidió la reportera—. De hecho, el hallazgo del cuerpo se produjo cuando los padres de Eric Bisset, Nicole y Jean Pierre Bisset, vinieron de visita. Al ver que nadie atendía a sus llamadas, decidieron utilizar sus propias llaves y entrar. Un grupo de psicólogos está atendiendo a la pareja, que se encuentra muy afectada.

—Seguiremos atentos a...

Moon apagó el televisor.

—Dúchate —le dijo a Eric—, te daré algo de ropa. Tenemos que ponernos en marcha cuanto antes.

49

Eric siguió a Moon hasta la habitación de la que ella acababa de salir y lo condujo hasta el baño. Luego abrió uno de los armarios y sacó unos tejanos, un polo blanco y un jersey azul. Cogió un bóxer del cajón y una toalla de la alacena y se reunió con él en el baño.

—No te afeites —le pidió al ver que miraba los útiles que había sobre un estante—, la barba te ayudará a esconderte y a explicar por qué no te pareces demasiado a la foto del pasaporte.

—¿Qué pasaporte? —preguntó confundido.

—Dúchate, luego hablamos.

Moon salió y cerró la puerta. Luego entró en su despacho. Simon había apagado todos los ordenadores y el servidor antes de irse. Bien hecho, pensó. Nadie podía colarse en los datos de una CPU desconectada.

Se dirigió a la estantería del fondo y apartó la pila de carpetas y dosieres colocados en precario equilibrio. Detrás, encastrada en la pared, había una pequeña caja fuerte de apertura manual. Recordó las burlas de Simon la primera vez que la vio.

—Un genio de la tecnología como tú no debería tener una antigualla como esta —dijo.

—Hay muy poca gente capaz de abrir esta caja —respondió con media sonrisa en la boca—, pero cualquiera con unos conocimientos mínimos y el material adecuado es capaz de hacer saltar un cierre electrónico.

Simon se quitó un sombrero imaginario y la observó mientras giraba las dos ruedas y las hacía encajar.

Sintió su presencia en la espalda. Sabía que estaba sola, oía el sonido del agua desde allí, pero, aun así, se dio la vuelta. Sola, completamente sola.

Aguantó las lágrimas y comenzó a girar las ruedas numéricas. Cuando dos clic consecutivos liberaron la portezuela, Moon metió la mano y sacó un fajo de papeles y documentos sujetos con una cinta de tela. Cogió después un teléfono móvil y lo encendió. Cuando estuvo listo, activó la VPN que mantendría alejado a cualquiera que intentara rastrear su señal o su ubicación. Se lo guardó en el bolsillo del pantalón y volvió a meter la mano. La sacó con dos fajos de dinero entre los dedos. No tenía que contarlo, sabía cuánto había: tres mil euros en billetes de veinte y de cincuenta, y mil libras esterlinas en billetes de diez y de veinte.

Regresó al salón y lo dejó todo sobre la mesa de comedor. Eric había salido del baño y había vuelto a encender la televisión. Moon intentó ignorar la voz de los periodistas mientras repasaba la documentación. Había cuatro pasaportes y otros tantos carnés de conducir, tres femeninos y uno con nombre de varón y la cara de Simon en el lugar de la fotografía. Lo abrió y lo leyó: Léon Richard. Compartía con Eric la edad y el color de pelo y de ojos, pero nada más. Simon tenía los pómulos marcados, los labios carnosos y un hoyuelo en la barbilla. Eric, sin embargo, tenía unos labios finos rodeados de arrugas prematuras y las cejas pobladas. La barba ocultaría en parte los detalles y podía arreglarle las cejas. El resto sería cuestión de suerte. Ella sería la señora Claire Richard. Había comprobado que los matrimonios eran mucho más fiables a los ojos de los demás que las personas solteras, aunque fueran en pareja.

—Va a hablar el responsable de la investigación —anunció Eric, que acababa de volver al salón.

Moon dejó los pasaportes en la mesa y se sentó junto a Eric en el sofá.

En la pantalla, un hombre de pelo gris y nariz ganchuda, vestido con el uniforme de la Policía Nacional, aguantaba estoico los *flashes* de las cámaras. A su espalda podía verse la casa de Eric. La rueda de prensa iba a celebrarse en el jardín. El rótulo sobreimpreso en la televisión informaba de que se trataba del capitán *Alphonse Bastian*. Cuando los fotógrafos se hicieron a un lado, el realizador amplió el plano para captar una imagen completa del lugar.

Contuvieron la respiración al mismo tiempo. A unos metros de distancia estaban los padres de Eric y los de Soleil, de pie junto a la puerta de entrada, cogidos de la mano los Bisset, abrazados los Monfort.

El capitán carraspeó antes de comenzar a hablar.

—Como todos saben —arrancó—, esta tarde ha sido hallado el cadáver de Emma Roy en esta casa, en su casa —corrigió en el acto—. El cuerpo muestra evidentes signos de violencia y...

—¿Cuál es la causa de la muerte? —lo interrumpió un periodista.

—El equipo forense está trabajando en estos momentos —respondió el capitán visiblemente molesto—. Hay varias vías de investigación abiertas —continuó—, aunque hay una a la que estamos prestando especial atención, y es la que implica a la pareja de la fallecida, Eric Bisset, que se encuentra en paradero desconocido, al igual que su hijo, fruto de una relación anterior. Se trata de Daniel Bisset, de ocho años. —Al fondo, las dos parejas empezaron a llorar—. El señor Bisset se habría puesto en contacto en las últimas horas tanto con sus padres como con los de su difunta esposa, Soleil Bisset, madre de Daniel. La policía trabaja de manera prioritaria en la localización del señor Bisset y de una mujer sin identificar para aclarar la relación de ambos con el caso.

En ese momento, la pantalla se dividió en dos. A la derecha, un sonriente Eric apoyaba las manos en los hombros de Daniel, que posaba con un balón debajo del brazo. A la izquierda, un dibujo que recordaba vagamente a Moon y, por suerte, a un buen número de mujeres francesas de su edad y complexión.

—Si alguien los ha visto o puede aportar alguna información

sobre su paradero, puede llamar al teléfono de emergencias. Y ahora, si tienen alguna pregunta…

Un griterío ensordecedor ahogó las últimas palabras del capitán, que levantó un brazo y señaló a uno de los periodistas.

—¿Sugiere que Eric Bisset ha matado a su novia y ha huido con el niño? —preguntó.

—Yo no he sugerido eso en ningún momento —negó el capitán Bastian—. Le repito que tenemos varias vías de investigación abiertas y que es prioritario encontrar al señor Bisset y a su hijo.

—Pero ¿es esta hipótesis una de esas vías? —insistió otro reportero.

—¿Más preguntas? —siguió el policía, ignorando al periodista.

—Tengo entendido que Eric Bisset es juez en Narbona. ¿Puede estar relacionado con algún tipo de mafia o grupo criminal?

Moon sintió que Eric se estremecía a su lado.

—No tenemos constancia de que el juez Bisset esté o haya estado nunca involucrado en ningún asunto ilegal. Última pregunta —anunció.

Los periodistas levantaron la mano y la voz para llamar la atención del capitán, que acabó por señalar a una joven de la primera fila.

—Buenas tardes, señor Bastian. ¿Tiene esta mujer algo que ver con el reciente asesinato de Michel Laurent en Armissan?

El capitán frunció el ceño y Moon se adelantó en el sofá.

—No tenemos constancia de lo que dice, pero ya le he dicho que estamos siguiendo todas las vías de investigación posibles.

—Mierda —dijo Moon—, creo que ni siquiera se les había ocurrido hasta que esa periodista ha hecho saltar la liebre.

—No veo qué diferencia puede haber en que te crean culpable de uno, dos o quince crímenes. Tú no has hecho nada —refutó Eric.

—La diferencia está en los medios que movilizarán para encontrarme. Para encontrarnos a los dos —corrigió en el acto.

Se levantó y Eric la siguió hasta la mesa del salón. Moon le tendió el pasaporte de Léon Richard. Eric lo cogió con una pregunta en la cara que se transformó en sorpresa cuando lo abrió.

—Es imposible que esto funcione —dijo—. No me parezco nada a Simon.

—Es lo que tenemos —respondió Moon—. Compraremos unas gafas, y la barba te tapa la mitad de la cara, te crece muy tupida.

Eric se pasó la mano por las mejillas y la barbilla. Siempre le había molestado mucho tener que afeitarse a diario, y ahora parecía que su vello corporal quizá le salvara la vida.

—Pica —protestó.

—Te aguantas —respondió Moon.

Los dos sonrieron un instante.

—¿Cómo vamos a llegar a Londres? —preguntó a continuación.

—En tren, por el eurotúnel —le explicó Moon—. Usaremos el Shuttle, así podremos pasar con el coche. Cuando lleguemos a Folkestone lo cambiaremos por uno con el volante a la derecha. Tenemos que evitar por todos los medios llamar la atención.

Eric asintió en silencio.

—Estoy preocupada por Morel —reconoció Moon un momento después.

—¿Por Paul? ¿Por qué? No lo entiendo…

—Habrá visto las noticias, quizá piense que nosotros…

Eric negó con la cabeza.

—De ninguna manera, Paul sabe que yo sería incapaz de hacer algo así, sabe lo que siento por Emma y, sobre todo, cuánto quiero a mi hijo.

—Llámale —le pidió.

—¿A Paul? ¿Cómo…?

Moon alargó la mano y le dio el teléfono que había sacado de la caja fuerte.

Eric lo cogió y tecleó el número dando las gracias por su memoria. Moon le pidió que conectara el altavoz y él obedeció. El doctor respondió al tercer tono.

—¿Sí? —dijo sin más.

—Paul, soy yo, Eric.

—¡Eric, válgame el cielo! ¿Qué ha pasado?

—El hombre rubio que viste en la puerta de mi casa es un asesino —le explicó—, por eso nos fuimos tan deprisa del barco, porque teníamos miedo de que…

—Dios mío… Pobre Emma, pobre, pobre Emma —balbuceó.

—Cuando llegamos, ella ya estaba… —No pudo continuar, se le rompió la voz en un sollozo ronco al que pronto se unió el lamento de Morel.

—Paul, escúchame —intervino Moon—. El mismo tipo que ha matado a Emma se ha llevado a Daniel. Lo tiene él, quiere intercambiar su vida por la nuestra, pero no lo hará, lo matará en cuanto nos tenga.

—¡No! Daniel, no, por Dios, es un chiquillo…

—Tienes que creernos, Paul —dijo Eric, más tranquilo—. Oigas lo que oigas, sabes que somos inocentes. Lo demostraremos.

—Claro, Eric. No hay problema en eso.

—Y nosotros no queremos que tú tengas problema —dijo Moon—. Voy a cambiar la titularidad de tu coche para que no salten las alarmas si nos detienen, ¿de acuerdo? Si pasara algo, bastará con que digas que hace días que no lo usas, que Eric sabía dónde guardabas las llaves y que se lo debió de llevar sin que te dieras cuenta mientras estabas en el hospital.

—Entiendo, pero no tengo inconveniente en dar la cara por vosotros —les aseguró Paul.

—Lo sé, y te lo agradecemos, pero no hace falta que asumas problemas que no son tuyos.

—De acuerdo —aceptó por fin—. ¿Cómo tienes la herida? —preguntó a continuación.

—Va bien —dijo ella.

—Está infectada —intervino Eric.

Moon lo fulminó con la mirada.

—No es para tanto, de verdad. El anestésico me está salvando la vida.

—Tienes que ir a un hospital cuanto antes —le pidió Paul—, hay que limpiar bien esa herida, es posible que quedara una partícula minúscula del proyectil dentro. Si no lo haces… —empezó.

—En cuanto tengamos a Daniel, iré al hospital, te lo prometo. Gracias, Paul. Eres una buena persona.

50

Eric insistió en preparar algo para comer mientras Moon trabajaba con el ordenador. Camufló su IP, sorteó todos los cortafuegos de la base de datos de Tráfico y buscó la *carte grise* del vehículo de Paul Morel. Cambió los datos del doctor por los de Claire Richard y activó la aplicación móvil que la identificaría como propietaria del coche. Si los paraban y les pedían la documentación del vehículo, bastaría con mostrar lo que aparecía en la *app* oficial de Tráfico. Todo absolutamente legal. En la era digital ya no se exigía llevar la documentación física.

Luego compró los pasajes para la lanzadera Shuttle. Cruzarían el canal de la Mancha bajo el mar, en el tren de carga que unía los dos países. Eligió uno de los primeros trenes del día. Eran los que más volumen de tráfico soportaban y, por tanto, en los que los funcionarios estarían más atareados. Necesitaban algo más de tres horas para llegar hasta Calais, así que tendrían que salir de París de madrugada.

Antes de volver al salón, entró en su dormitorio y preparó dos maletas pequeñas, una para cada uno. La ropa de Simon llenó el equipaje destinado a Eric. Metió pantalones, jerséis gruesos, ropa interior y un par de botas en cada una. Serían turistas dispuestos a recorrer Gran Bretaña por carretera. Cuando acabó, le dolía tanto el pecho que por un momento pensó que iba a morir.

Cerró las maletas, puso un anorak encima de cada una y las dejó en el suelo, junto a la pared.

Regresó al salón y se sentó en el sofá. En el televisor, los informativos y los programas de debate no dejaban de hablar de lo que ya llamaban «El caso Bisset». La vida de Eric, de Daniel, de Emma y de la propia Soleil se mostró como un tapiz para que la audiencia analizara cada puntada. Moon no tuvo duda sobre dónde habían conseguido las fotografías familiares. La mano de Nicole era evidente detrás de cada una de las imágenes, seleccionadas con cuidado para que su hijo pareciera un gran hombre, un padre maravilloso y un hijo amantísimo. De hecho, en algunas ella misma era tan protagonista o más que su hijo y su nieto. La madre de Emma, viuda desde hacía varios años, corrió desde su casa hasta el coche que la esperaba en la acera en medio de una nube de fotógrafos y periodistas. Entrevistaron a funcionarios del juzgado y a familias del equipo de fútbol de Daniel. El caso se había convertido en un circo de tres pistas, y eso era muy malo para ellos. Millones de personas estaban viendo la foto de Eric en esos momentos, no bastaría con una barba de una semana y unas gafas para engañar a un buen observador.

La apuesta era arriesgada.

Eric regresó con dos platos de pasta con tomate y queso y los dejó sobre la mesa.

—No sé hacer mucho más —se excusó.

—Está bien, tiene buena pinta —respondió Moon, que cogió el tenedor y empezó a dar vueltas a los espaguetis sin llevárselos a la boca. Eric la imitó, con la mirada perdida en el plato.

—No puedo dejar de pensar en Daniel —dijo en voz baja—. Estará asustado. Lo han encadenado, quizá tenga frío…

—Muy pronto estará con nosotros —le aseguró Moon.

—¿Qué te ha pedido Muller a cambio? —preguntó.

Moon se llevó el tenedor a la boca y masticó despacio. Luego se encogió de hombros.

—Tenemos que negociar —mintió.

Comieron en silencio, con desgana, atentos a lo que aparecía en televisión. Después, Moon guardó los pasaportes y el dinero en un maletín, junto con el portátil, el teléfono y los cargadores, y lo dejó junto a las maletas. No habían vuelto a tener noticias de Muller, y no sabía si eso era bueno o malo. Ni siquiera había recibido las coordenadas del punto de encuentro. La única indicación con la que contaban era que debían ir a Londres.

Era tarde, estaban agotados y al día siguiente los esperaba un largo viaje. Eric se acomodó en el sofá y Moon se dirigió a su dormitorio. Se tomó el antibiótico y se cambió el vendaje de la herida. No tenía buen aspecto, pero le dio la impresión de que al menos no había empeorado.

Se tumbó sobre la cama vestida. Lo intentó, pero no pudo dormir. Las imágenes de Daniel encadenado, siendo maltratado y gritando de dolor, la mantenían despierta.

Dos golpes suaves en la puerta alejaron la película de terror. Eric se asomó al umbral y la miró un segundo.

—¿Puedo…? —dijo, señalando la cama.

Empezó a llorar en silencio. Las lágrimas se deslizaban por sus mejillas y caían mansas sobre la camiseta.

—Claro —respondió Moon—. Ven.

Eric se tumbó y se puso de lado. Moon se giró y acercó su cabeza a la de él. Sus frentes casi se tocaban. Moon sintió el dolor de Eric y él conoció la angustia de ella. Lloraron juntos, sin apenas tocarse, dejando que pasara el tiempo.

La alarma del móvil los despertó a las dos de la madrugada. Apenas habían dormido un par de horas, pero se levantaron con la mente despejada y listos para el viaje.

—¿Tienes café? —preguntó Eric.

—Claro —respondió Moon—. En el armario de la derecha.

Luego entró en el baño mientras Eric se dirigía a la cocina. Pocos minutos después le llegó el aroma del café. Terminó de pincharse el anestésico, se tomó una nueva tableta de antibiótico y se vistió con la ropa que había dejado preparada la noche anterior.

—Si tienes hambre, en ese cajón hay magdalenas, bizcochos y galletas. Simon es un goloso.

Se detuvo cuando se dio cuenta de lo que acababa de decir. Nunca más podría utilizar el presente para referirse a Simon. Cogió la taza de café y bebió un sorbo.

—Te he dejado ropa preparada y he hecho una maleta para ti —dijo después.

—No hacía falta… —empezó Eric.

—Somos una pareja de turistas, no podemos ir con lo puesto, ¿entiendes?

—Claro, lo entiendo. No quería…

Moon sacudió la mano para restarle importancia.

Eric apuró su café y se apresuró a la habitación. Cuando salió vestido con la ropa de Simon, Moon sacó un pequeño maletín de un cajón, lo abrió y le pidió que se sentara.

—Es mi set de maquillaje —le explicó—. En mi trabajo, a veces necesito camuflarme. Tenemos que esconder lo que más te diferencia de Simon —siguió—, así que he pensado que podemos simular que has tenido un accidente. Nada grave, pero si te oscurezco la piel bajo los ojos como si tuvieras un hematoma y te coloco un apósito en la mejilla, creo que podría funcionar.

—¿Maquillaje? —se sorprendió Eric—, es imposible que eso cuele.

—Déjame intentarlo. Si se nota falso, te lo quitas.

Moon se inclinó sobre el rostro de Eric, que echó la cabeza hacia atrás, cerró los ojos y se dejó hacer. Durante veinte minutos la sintió pasar pinceles y esponjas, pegar algo húmedo sobre una ceja y darle pequeños toquecitos con los dedos sobre la cara. Le resultó agradable.

—Listo —anunció después.

Eric no se reconoció en el espejo. Tenía los ojos amoratados y uno de los párpados hinchado, una pequeña herida sobre la ceja y un par de rasguños en los pómulos.

—Diremos que te caíste de la bicicleta —propuso Moon.

Eric asintió en silencio. Por primera vez pensó que aquello podía salir bien.

—¿Has tenido noticias de…?

No hizo falta que terminara la frase. Moon ya había chequeado el correo electrónico y el foro cinco veces desde que se habían levantado y no había ni un solo mensaje de Muller o de Cheney, al que parecía haberse tragado la tierra. Supuso que el abogado marsellés había decidido ocuparse de ellos personalmente. No sabía cómo interpretar el silencio, lo único de lo que estaba segura era de que la incertidumbre sobre cómo estaría Daniel la estaba matando.

—Hay una última cosa que tengo que hacer antes de salir —dijo Moon con el móvil en la mano.

Tecleó con rapidez el número de Farid. Sabía que el árabe ya estaría levantado para preparar la mercancía en su tienda, negociar con los proveedores, rezar y ocuparse del resto de sus asuntos.

—*As-salāmu 'alaykum*, Farid. Soy Moon, lamento molestarte tan temprano.

—*Wa'alaykum as-salām* —respondió él—. Llevo horas despierto, lo que me sorprende es que tú lo estés.

—Es una larga historia que te contaré con un té en la mano, ahora no tengo tiempo. Necesito un favor —añadió en voz baja.

—¿Qué clase de favor?

Moon le resumió en pocas palabras su situación y le habló del viaje que estaban a punto de emprender.

—No puedo pasar la frontera con un arma en el equipaje —dijo.

—Entiendo —respondió Farid—. No hay problema —añadió—. Te llamaré pronto. Mientras tanto, ten cuidado, amiga, y que Alá te acompañe. *As-salāmu 'alaykum.*

Moon guardó el teléfono en la mochila y revisó que todo estuviera en orden. Los pasajes, los pasaportes y la bolsita con el dinero. Cada uno cogió su maleta y se dirigieron a la puerta. Moon se detuvo un instante en el umbral cuando Eric hubo salido. Miró atrás. Querría sonreír y despedirse de Simon, pero lo único que dejaba tras de sí era una casa vacía a la que no sabía si volvería algún día.

Suspiró, cerró la puerta y alcanzó a Eric cuando el ascensor abría sus puertas.

51

El coche se deslizaba con suavidad por las calles semidesiertas de París. Furgonetas de reparto, camiones de la basura, algún taxi y unos pocos vehículos particulares, esos eran los únicos ocupantes de las avenidas y los bulevares. París era preciosa de noche. Fragante, vestida con su traje oscuro de lentejuelas y sonriendo en silencio al observador atento. De vez en cuando, la ciudad guiñaba un ojo con picardía, como si pidiera un poco más de atención. Un tesoro oculto, edificios que los turistas aún no habían descubierto, una *boulangerie* con los mejores cruasanes de toda Francia, pero de verdad. Restaurantes que no aparecían en las listas de recomendaciones, bares con música en directo, calles por las que pasear como Dorothy en Oz.

Esa noche, sin embargo, Moon fue incapaz de captar la magia de París. Conducía en silencio, ajena a las luces, a los olores y a los guiños, concentrada solo en llegar a tiempo a Calais, subir al tren y llegar a Gran Bretaña sin contratiempos.

—¿De verdad te gusta vivir en París? —le preguntó Eric, sentado a su lado.

—Sí —le aseguró ella—, mucho.

Eric cabeceó como si la respuesta no lo convenciera. ¿Quién querría vivir en una ciudad peligrosa, sucia y maloliente? Sin embargo, no dijo nada. Miró por la ventanilla y vio cómo las grandes y luminosas avenidas se transformaban en calles más pequeñas y más oscuras hasta que las indicaciones los condujeron a la autopista.

En el bolsillo de Moon, el móvil vibró y emitió un sonoro pitido.

—Será Farid —dijo Moon.

—O el que tiene a Daniel —le rebatió Eric—. Déjame verlo.

—No puedo parar en mitad de la autopista, y el teléfono necesita una doble autenticación para acceder a las funciones. Pararé enseguida —prometió—, pero cálmate.

—Lo siento —dijo Eric en voz baja.

—No te disculpes, no pasa nada. Es normal que estés así.

Eric se giró hacia ella y la miró con rabia.

—Nada es normal —exclamó—, nada de lo que ha pasado en la última semana y sigue pasando ahora es normal. Jamás, en toda mi vida, pensé que volvería a ver a mi mujer muerta, que me secuestraría y me pondría un collar de descargas, que un tipo querría matarme por hacer mi trabajo... —Respiró un segundo y continuó con la voz convertida en un gruñido furioso—: Que Emma moriría y que mi hijo sería secuestrado por el mismo que quiere acabar conmigo. Nada es normal, Soleil, Moon o como quieras llamarte. Nada.

—También es mi hijo —dijo ella en voz muy baja un minuto después—, y Simon...

No terminó. A la derecha distinguió el luminoso de una gasolinera. Accionó el intermitente, salió por el ramal y se detuvo ante un surtidor autoservicio.

—Llena el depósito —le pidió a Eric.

Le dio una tarjeta de crédito a nombre de Léon Richard y se alejó unos metros para escuchar el mensaje. Cuando regresó, Eric se había puesto al volante y la esperaba en la parte menos iluminada de la gasolinera.

—Era Farid —confirmó cuando se sentó en el asiento del copiloto—. Tiene lo que necesito y no será difícil recogerlo.

Un nuevo pitido interrumpió la pregunta que Eric estaba a punto de formular. Moon desbloqueó el teléfono y leyó el mensaje que acababa de llegar. Luego se lo guardó en el bolsillo de la chaqueta y miró a Eric.

—Farid ha cambiado el lugar de entrega —dijo— y me manda nuevas instrucciones. Por suerte, conoce a mucha gente en todas partes.

Le había mentido a Eric. No había sido Farid quien había enviado el segundo mensaje, sino Muller, y Eric no debía saberlo, porque ella ya había decidido qué iba a hacer.

Quiero al juez muerto, empezaba el mensaje. *Mañana recibirás las coordenadas del lugar al que tendrás que acudir y donde tendrás que ejecutarlo si quieres volver a ver al niño. Lo harás tú, y mis hombres serán testigos de que cumples. Si no lo haces, el niño morirá. Si tratas de engañarnos, el niño morirá, ¿está claro? Cuando el juez sea historia te entregaremos al chaval. Tendrás doce horas para llevarlo donde quieras antes de presentarte en mi oficina de Marsella. Si te niegas o te escondes, ya sabes lo que pasará, y no te recomiendo que intentes ir a la policía. El niño está bien, nadie le ha puesto una mano encima. De momento.*

A esas horas de la mañana, las vías que conducían al eurotúnel eran un hervidero de coches, autobuses, camiones y furgonetas de todos los tamaños y todos los países. El Shuttle era un medio rápido y relativamente barato para cruzar el Canal de la Mancha. Gran Bretaña estaba a sesenta euros y treinta y cinco minutos de distancia. Los trenes de carga iban y venían sin descanso las veinticuatro horas del día.

Como esperaba, la cola para embarcar era larguísima y avanzaba muy despacio. Moon, que se había puesto al volante poco antes de llegar a Calais, escogió el carril de embarque preferente y siguió a una autocaravana con matrícula española. Los que usaban esa vía, bastante más cara que el billete sencillo, solían ser turistas que no querían hacer una cola eterna y preferían pagar más del doble, pero llegar antes a su destino. Y los turistas con dinero siempre eran bienvenidos.

Avanzaron despacio, pero sin detenerse. Eric se retorcía las manos a su lado.

—Ponte la gorra —le dijo—. Nadie te reconocerá con esas pintas.

Bajó el parasol y se miró al espejo mientras se calaba la gorra. Moon tenía razón. Con barba de una semana, los ojos amoratados, la herida en la ceja y el apósito en la mejilla no se parecía en nada al juez Bisset. Intentó tranquilizarse. Si no lograban cruzar, Daniel estaría perdido.

En el control de pasajes, centenares de vehículos avanzaban como tortugas hacia las garitas. De nuevo, Moon se situó en la de la izquierda, reservada para los poseedores de un billete como el suyo, y respiró hondo.

Preparó el billete y avanzó hasta quedar frente a la ventanilla. El funcionario pasó el escáner sobre el código QR impreso y abrió rápidamente los pasaportes. Moon contuvo la respiración mientras cotejaba los nombres. Luego los cerró y se los devolvió con una sonrisa cortés.

—*Bon voyage* —dijo.

Moon le devolvió la sonrisa y arrancó. A menos de un kilómetro, una nueva línea de garitas esperaba a los vehículos.

—Esa es la frontera con Gran Bretaña —le explicó Moon.

—Aquí es donde nos la jugamos…

Moon no respondió. Se concentró en seguir a la furgoneta verde que ahora tenía delante, en no quedarse atrás ni acelerar demasiado, en no hacer nada que pudiera llamar la atención.

En la garita, un policía uniformado cogió los pasaportes y les echó un vistazo rápido. Luego le pidió el pasaje, volvió a pasarlo por un escáner y se lo devolvió. Abrió mucho los ojos cuando se fijó en Eric.

—*That must hurt!*[1] —dijo.

—*No longer, but it hurted a lot. The bike was completely destroyed*[2] —respondió Eric.

---

1 ¡Eso debe de doler!
2 Ya no, pero ha dolido mucho. La bici quedó destrozada.

El agente asintió comprensivo y levantó la barrera.

—Ya está —susurró Moon cuando dejaron la garita atrás.

—¿De verdad? —preguntó Eric.

—Técnicamente, esto ya es Gran Bretaña.

Eric sonrió y suspiró. Un paso más. Todo iba bien.

Moon siguió las indicaciones hasta llegar a la rampa de acceso a la enorme lanzadera. Condujo despacio por el interior del tren hasta que un hombre con chaleco amarillo le indicó que se detuviese. Moon puso el freno de mano y apagó el motor. El trabajador le hizo un gesto señalando el techo y se alejó. Al instante, una enorme persiana metálica comenzó a descender hasta el suelo. Detrás de ellos, cinco turismos se detuvieron disciplinadamente antes de que otra persiana similar sellara el compartimento.

Durante la media hora que el tren tardó en ponerse en marcha ninguno de los dos se bajó del coche. No los habían descubierto, habían logrado cruzar la frontera, pero Eric seguía sintiendo un miedo paralizante, una especie de viento helado que le recorría el cuerpo de arriba abajo y le susurraba al oído que iba a morir.

Se removió inquieto en el asiento y miró a Moon. Estaba pálida y muy seria, más de lo normal. Se apoyó en el reposacabezas y cerró los ojos. El viento helado volvió a susurrar como un eco dentro de su cabeza.

«Vas a morir, vas a morir, vas a morir».

52

Desembarcaron sin contratiempos en Folkestone. Nada de controles ni registros, solo una larga cola de vehículos emergiendo muy despacio a la superficie después de atravesar el mar. Desde allí, apenas dos horas los separaban de Londres.

Moon condujo hasta Willesborough, la primera ciudad que encontraron en dirección a la capital tras dejar atrás el entramado de carreteras que se abría como una mano de cien dedos a la salida del eurotúnel. A la entrada de la localidad había un enorme complejo hospitalario. Distinguieron cinco edificios independientes alrededor de una gran extensión de césped y, a ambos lados de cada uno, otros tantos enormes aparcamientos listos para acoger a cientos de vehículos. Eligió el que ocupaba el rincón más alejado de la autovía y aparcó en una plaza pegada a un bosquecillo de árboles resecos.

—No te dejes nada —le indicó Moon.

Eric cogió todos los papeles que había en la guantera antes de abrir el maletero y sacar el equipaje. Moon se colgó la mochila a la espalda y reunió todo lo que habían dejado en los asientos. Cerró el coche y se dirigieron a uno de los centros sanitarios.

Una hilera de taxis esperaba clientes al pie de las escaleras. Se sentaron en el primero mientras el taxista se ocupaba de las maletas. Eric miraba a Moon con una pregunta en los ojos. Ella le hizo un rápido gesto para que guardara silencio y le dio la dirección al conductor.

—A Barchester-Ashminster, en Henwood Industrial Estate —le indicó.

El taxista asintió y se puso en marcha.

Eric se giró hacia ella.

—¿Adónde vamos? —le preguntó en un susurro.

A modo de respuesta, Moon le dedicó una sonrisa que el taxista captó por el retrovisor.

—¿Tienes hambre, cariño? —le preguntó en voz alta.

Eric frunció el ceño, pero le siguió el juego.

—La verdad es que sí —respondió.

—La comida del hospital es asquerosa, luego buscaremos un buen sitio en el que puedas reponer fuerzas.

—Si quieren —intervino el taxista—, puedo recomendarles un lugar para comer bien por poco dinero.

—¡Eso sería estupendo! —exclamó Moon—. Llevamos tres días en el hospital, mi marido tuvo un accidente con la bici.

El conductor asintió comprensivo y citó un par de restaurantes que Moon fingió anotar en el móvil. Cuando llegaron a su destino, le dejaron una generosa propina y se despidieron con una sonrisa.

—Pensé que teníamos que ser discretos —dijo Eric cuando el taxi se alejó.

—Lo hemos sido —le aseguró—. En su cabeza solo somos una pareja simpática y un tipo que se ha partido la cara con la bici. Las personas hurañas, silenciosas y esquivas despiertan todas las alertas de este tipo de profesionales, que se ponen en guardia para adelantarse a cualquier agresión y están atentos a los pasajeros durante todo el viaje.

Eric asintió. Una vez más, la lógica de Moon era irrefutable.

—¿Cómo sabes todas esas cosas? —preguntó después.

—Soy buena en mi trabajo —respondió—, y estudio Psicología en la universidad a distancia desde hace cuatro años. Me falta poco para conseguir el título.

Eric alzó las cejas y asintió en silencio.

Entraron en las caldeadas oficinas de una empresa de alquiler de vehículos. Les atendió un hombre maduro vestido con el uniforme de la compañía, americana roja, camisa blanca y pantalones negros, que les sonrió cordial desde el otro lado del mostrador.

Moon le devolvió la sonrisa y le explicó lo que buscaban: una furgoneta acondicionada con la que poder recorrer el país. Buen motor, buena tracción y que fuera cómoda, ya que pensaban llegar hasta Escocia por la costa y regresar pasando por Gales.

—Es un viaje magnífico —aplaudió el comercial—, y tenemos varios vehículos que pueden serles útiles. —Tecleó un minuto en el ordenador antes de girar la pantalla con una sonrisa—. ¿Qué les parece?

Los Richard estudiaron el abanico de posibilidades que les ofrecía aquel hombre hasta decantarse por una Citroën Berlingo en un estado más que aceptable. Moon leyó las especificaciones del motor, comprobó el estado de las ruedas, preguntó por los niveles de líquidos y sonrió ante las respuestas. Además, tenía las ventanillas traseras tintadas del mismo color azul oscuro que la carrocería.

El comercial tomó nota de sus datos y aceptó el pago en efectivo por una semana de alquiler. Cuando se alejó, dejándolos solos junto a la furgoneta, Moon se volvió hacia Eric. Tenía la frente cubierta de sudor y apretaba los dientes.

—Conduce, por favor —le pidió—. La pierna me está matando —añadió.

Le costó subir al asiento, pero no aceptó la ayuda de Eric.

—No llames la atención —le recordó.

Sonrió mientras se abrochaba el cinturón de seguridad y levantó la mano para despedirse del comercial, que los miraba a través de las cristaleras de la oficina. Eric dejó el equipaje en la parte trasera y se sentó al volante.

—¿Hacia dónde? —preguntó Eric.

—Sal de aquí y gira a la derecha cuando puedas. Busca la M20 y detente en la primera estación de servicio que encuentres, hay que llenar el depósito —le pidió—. Voy a pasar atrás, necesito...

Una ráfaga de dolor la sacudió cuando se soltó el cinturón y se movió para cruzar entre los asientos. Tuvo que agarrarse a los respaldos para no caerse.

—Espera —le dijo Eric—, voy a parar.

—No, no...

Lanzó la pierna herida hacia delante y aguantó el latigazo cuando cargó todo su peso para pasar el resto del cuerpo. Aunque trató de utilizar los respaldos de los asientos a modo de muletas, el dolor le nubló la vista.

Cuando lo consiguió, aturdida y temblorosa, buscó en la mochila la bolsa con los medicamentos y preparó la jeringuilla con una dosis de anestesia. La sujetó con los dientes mientras se soltaba los pantalones y los deslizaba hacia abajo. No quería que la jeringa rodara si Eric hacía un movimiento brusco.

La pierna le ardía y le provocaba dolorosos latidos que rebotaban en todo su cuerpo. Sabía que tenía fiebre, pero decidió que luego se ocuparía de eso. Lo primero era acabar con esa tortura.

Retiró deprisa la venda y las gasas que cubrían la herida. Encontró la piel hinchada y amoratada. De entre los puntos de sutura rezumaba un fluido amarillento con un olor desagradable.

—Eso no está bien —dijo Eric mirándola a través del retrovisor—, tiene que verte un médico.

—Mañana —respondió ella sin más.

Empapó una gasa en antiséptico y se la pasó por la herida. Le dolía tanto que apenas sintió el escozor del antiséptico. Luego pinchó, apretó los dientes y comenzó el lento recorrido de la aguja hasta cerrar el círculo. Cuando terminó, se recostó en el asiento, cerró los ojos y se concentró en su respiración.

Uno, dos, tres, cuatro...

Contó las inhalaciones mientras esperaba el milagro, que el dolor desapareciera y le permitiera completar su misión.

Cuando la anestesia comenzó a hacer efecto, empapó una nueva gasa y comenzó a limpiar la herida. Retiró el pus reseco, presionó la piel inflamada y la cubrió con una generosa capa de la pomada antibiótica que Paul Morel les había proporcionado. Tras volver a proteger la herida con una venda limpia, se subió los pantalones y se tomó dos pastillas que confiaba en que le bajaran la fiebre.

—Si no te importa, me quedaré aquí un rato —le dijo a Eric—. Sigue la M20 hasta una gasolinera —le recordó.

—No te preocupes, descansa.

Moon asintió en silencio y se tumbó en el asiento de atrás.

No fue consciente de que se había quedado dormida hasta que un brusco frenazo estuvo a punto de tirarla del asiento. Abrió los ojos y se incorporó sobresaltada.

—Lo siento —se disculpó Eric—, pero casi me paso la salida por culpa de uno que conduce como un abuelito.

—¿Cuánto tiempo…?

—No hace ni media hora que salimos de Willesborough, pero no he encontrado una estación de servicio hasta ahora. Hay una zona de recreo ahí detrás —añadió, señalando al fondo.

El sol de mediodía todavía calentaba con timidez en esa época del año, pero les iría bien un poco de aire fresco después de pasar diez horas metidos en un coche, un tren submarino y una furgoneta.

—Compraré algo para comer mientras repostas —se ofreció Moon—. Y límpiate la cara —añadió—, el maquillaje está hecho un desastre.

Eric se llevó la mano a la frente y cogió la cicatriz simulada que llevaba un buen rato intentando mantener en su sitio. Sería un alivio librarse de todo eso.

El restaurante resultó ser un *self-service* con un amplio espacio central, dos paredes cubiertas de vitrinas refrigeradas y mesas calientes con una corta pero suficiente oferta gastronómica. Cogió una bandeja y se puso a la cola. Eligió un bol de ensalada y llenó dos platos con pollo guisado y verduras. Dos Coca-Colas, un par de panecillos y una porción de tarta de chocolate completaron el pedido. En la caja pidió la prensa del día y pagó en efectivo. Los platos, botellas y cubiertos mantuvieron un precario equilibrio en la bandeja mientras se dirigía a la mesa de piedra con el periódico debajo del brazo.

Eric había aparcado la furgoneta junto al área de descanso y había entrado en el lavabo. Moon dejó la bandeja sobre la superficie irregular y cogió el periódico con las dos manos. Los titulares de portada eran demoledores.

La policía francesa lanza una orden de busca y captura
contra Eric Bisset
El juez es sospechoso del asesinato de su pareja, Emma Roy, y del secuestro de su hijo Daniel, de ocho años. Podría haber huido con una mujer desconocida.

El artículo aseguraba que, según las conclusiones iniciales de la autopsia, Emma había muerto ahogada en la bañera, aunque mostraba fuertes y numerosas contusiones en la cara, brazos y abdomen. Moon dedujo que Cheney se ensañó con ella. La habría podido reducir con mucha facilidad, pero prefirió la violencia. Bien, ella elegiría el mismo camino cuando diera con él.

La información incluía sendas fotografías de Eric y de Daniel, así como el rudo retrato robot de alguien que apenas se parecía a Moon.

En el interior, la noticia ocupaba una doble página y varias piezas sueltas bajo el cintillo común de *violencia en la región de Occitania*. El periodista recordaba el reciente asesinato del forense Michel Laurent y había recuperado el retrato robot que se había hecho de la única sospechosa, una mujer con varios rasgos en común con la que ahora se relacionaba con el caso Bisset. El texto planteaba la hipótesis de que ambos homicidios estuvieran relacionados, ya que el doctor Laurent había trabajado en varias ocasiones en el juzgado presidido precisamente por Eric Bisset.

El reportaje concluía con un llamamiento a la colaboración ciudadana para tratar de localizar al pequeño Daniel y a su padre.

La sombra de Eric se proyectó sobre la mesa. Moon no intentó ocultar el periódico ni cambió de página, sino que se hizo a un lado para que pudiera leer la noticia.

—Estamos jodidos —dijo Eric mientras se dejaba caer en el banco de piedra.

—Un día más —prometió Moon—. Un día más y todo habrá acabado.

53

Esta vez, Lucille y Armand Monfort no pudieron evitar saludar a los Bisset. Nicole y Jean Pierre aguardaban en la sala de espera de la comisaría de Carcasona cuando los padres de Soleil salieron del despacho del capitán Bastian. Hasta entonces habían conseguido esquivarse e intercambiar apenas un par de palabras corteses, pero en ese momento era inevitable intentar al menos ser cordial.

Lucille dio un paso adelante y le ofreció la mano a Nicole. Los dos hombres hicieron lo mismo y saludaron después a las mujeres con una sonrisa triste y un movimiento de cabeza.

Tras compartir su preocupación y asegurar ambas parejas su incredulidad ante las acusaciones policiales, Nicole clavó los ojos en Lucille.

—Me ha sorprendido mucho lo que me ha contado el capitán —empezó—. ¿De verdad Eric te llamó para que os hicierais cargo de Daniel?

—Así es —confirmó la mujer—. Nos dijo que él estaba en París y que Emma tenía mucho trabajo, y que le haríamos un favor si nos quedábamos con Daniel unos días. Como supondrás, aceptamos encantados.

Nicole hizo un gesto con la mano y frunció el ceño.

—Es que no lo entiendo —dijo, sacudiendo la cabeza—. Eric nos tiene a nosotros, no tendría que haberos llamado.

—¿Por qué no, Nicole? Nosotros somos tan abuelos de Daniel como vosotros.

—Ya, ya..., pero ya sabes...

—¿Qué sé? —preguntó Lucille Monfort con los brazos cruzados.

—Bueno, ya sabes. Nosotros estamos aquí, formamos parte de la vida de Daniel desde que nació, lo vemos a diario...

—Sí —la cortó Lucille—, mi hija solía hablarme de tus constantes intromisiones.

Nicole abrió mucho los ojos y su marido se colocó de lado, listo para interponerse entre las dos mujeres si fuera necesario.

—¿Perdona? —exclamó.

—No perdono nada, Nicole. Te interpusiste entre Soleil y Eric como lo habrás hecho con la pobre Emma. No quieres que Daniel pase tiempo con nosotros, sé que protestas cada vez que venimos, por no hablar de cuando viene a vernos a Toulouse. Eres...

Un carraspeo a su espalda interrumpió sus palabras. El capitán Alphonse Bastian los miraba desde el quicio de la puerta.

—Señores Bisset, si son tan amables de pasar...

No hubo besos ni apretones de mano en la despedida. Los Monfort se dirigieron a la salida mientras los Bisset seguían al policía al interior del despacho.

El capitán Bastian se pasó las manos por el pelo y respiró despacio. Nicole Bisset había puesto a prueba su paciencia y su educación durante la media hora más larga de su vida. El parloteo de la mujer defendiendo a su hijo, explicándole cómo ella misma se había convertido en el pilar de la familia tras la muerte de la esposa y madre, antes incluso, porque Soleil no es que fuera..., «usted ya me entiende». Alphonse cerró la puerta y se apoyó en la madera, como si quisiera evitar que la Bisset diera media vuelta y siguiera hablando.

Eso fue justo lo que temió cuando un golpeteo rápido repiqueteó en la puerta. Cogió aire y abrió. Suspiró aliviado al encontrar al otro lado a un agente uniformado.

—Capitán —saludó el joven—. En la centralita han recibido una llamada con información de interés sobre el juez Bisset —dijo a continuación.

Bastian expulsó de su cabeza a la mujer de pelo amarillo y se centró en el agente.

—¿Y bien? —lo apremió.

—Un empleado de Hertz cree que Eric Bisset alquiló un coche en su oficina hace pocos días. Bueno, en realidad lo alquiló la mujer que lo acompañaba, una tal Moon Aubry.

—¿Dónde ocurrió eso?

—En Marsella —respondió.

—¿En Marsella? —exclamó—. Se supone que estaba en París. Llama de inmediato a la comisaría más cercana y que interroguen al empleado. Vosotros, poneos con la tal Aubry.

El agente tardó menos de una hora en volver a entrar en el despacho del capitán, en esta ocasión acompañado por una joven teniente vestida de paisano. Llevaba una carpeta en la mano y se quedó de pie hasta que su superior la invitó a sentarse. El uniformado se despidió y cerró la puerta al salir.

La teniente sacó una fotografía de la mesa y la puso delante del capitán. Luego cogió una única hoja de papel y la leyó despacio:

—*Moon Aubry, nacida en París en julio de 1989. Es investigadora privada, sin antecedentes.* —Levantó la vista y miró a Bastian.

—¿Qué más? —preguntó él.

La teniente sonrió.

—Hemos buscado información sobre ella en todas las bases de datos a las que tenemos acceso —siguió—. Tráfico, sanidad, educación, bancos... Esta mujer nació hace seis años.

—Has dicho 1989 —repitió el capitán con el ceño fruncido.

—Eso es lo que consta en los documentos que hemos visto, pero su vida, en cualquier institución pública o privada, empieza hace seis años.

—¿Y antes?

La teniente se encogió de hombros.

—Ni rastro —dijo.

—Eso es imposible —le rebatió el capitán—, todo el mundo…

—Mire la foto del pasaporte —lo interrumpió ella—, la hemos ampliado lo máximo posible.

Bastian estudió la imagen con atención. Una joven con media melena oscura, igual que los ojos, y unos rasgos agradables sin nada reseñable. Entonces, la teniente puso al lado el retrato robot elaborado tras el hallazgo del cuerpo del doctor Laurent. El parecido era innegable.

—No me jodas… —masculló el capitán entre dientes, pasando los ojos de una foto a otra—. ¿Y qué se supone que hace el juez con esta mujer?

—Ni idea, jefe. Hemos estudiado su vida, interrogado a su familia, amigos, colegas y conocidos, y todos coinciden en la integridad de Eric Bisset y en su compromiso con su familia, su trabajo y su comunidad.

—Nunca es oro todo lo que reluce —dijo Bastian con las dos imágenes en la mano—. Lanza una orden de busca, que todas las comisarías de Francia tengan esta imagen y estén alerta, y envía su foto a los medios de comunicación, que la publiquen junto a la del juez.

La teniente consultó su reloj.

—No llegamos a los informativos de la tarde y las rotativas ya estarán en marcha —lamentó.

—No importa —urgió él—. Lanzadla en redes.

La teniente abandonó el despacho mientras el capitán descolgaba el teléfono y contactaba con su secretaria.

—Judith, póngame con la Interpol.

Las instrucciones de Farid eran muy sencillas. En el restaurante que uno de sus primos regentaba en el barrio de Bethnal Green le entregarían la llave con la que podría abrir una taquilla en un polideportivo cercano.

Necesitaron el navegador para orientarse en uno de los barrios más eclécticos de Londres. Las fachadas cubiertas de grafitis y con las ventanas clausuradas compartían espacio con altos edificios de apartamentos de protección oficial en los que una mayoría árabe y bangladesí intentaba sobrevivir en una de las ciudades más caras del mundo.

Moon le pidió a Eric que se quedara en el coche mientras ella entraba en el restaurante. Cuando cruzó la puerta, se sumergió en una nube de especias, de frutos muy dulces, de sésamo y de carne macerada durante horas y cocinada muy muy despacio.

La decoración recordaba a la de los antiguos palacios árabes. Paneles con cuidados enrejados, tapices con dibujos geométricos, lámparas de cristal ámbar y un arco de Mehraab que delimitaba el espacio entre la recepción y el comedor.

—Farid te envía saludos —le dijo al joven moreno de pelo negrísimo que la recibió con una sonrisa.

Él se inclinó brevemente y se metió una mano en el bolsillo del pantalón. Volvió a sacarla con algo apretado en el puño.

—¿Qué tal está mi primo? —preguntó.

—Como siempre —respondió Moon—, controlando el mundo desde su tienda de Marsella.

El joven soltó una carcajada y le entregó la llave.

—Ese es Farid, siempre al timón.

Se despidieron con la fórmula tradicional y Moon regresó al coche. Introdujo en el navegador la siguiente dirección y se pusieron en marcha a través de calles de una sola dirección en las que una hilera interminable de estrechas viviendas unifamiliares pegadas unas a las otras empezaban a recibir a sus habitantes.

Ya era noche cerrada cuando llegaron al polideportivo, que brillaba como una supernova en medio de la oscuridad. Las altas ventanas iluminaban la calle hasta el punto de hacer innecesarias las farolas más cercanas al edificio, una mole metálica por cuyas puertas no dejaba de entrar y salir gente de todas las edades cargada con sus bolsas de deporte.

Moon se caló la gorra, cogió la mochila del asiento trasero y se la echó a la espalda antes de bajar del coche.

—Enseguida vuelvo —dijo sin más, y se apresuró hacia la puerta.

El polideportivo estaba dividido en salas dedicadas a diferentes deportes que se abrían a lo largo de un pasillo que rodeaba la piscina cubierta que ocupaba el espacio central. Avanzó con paso decidido, como si supiera adónde se dirigía, mientras leía los carteles situados sobre cada una de las puertas dobles: *Judo. Gimnasio. Gimnasio 2. Aeróbic. Zumba. Crossfit. Sala máquinas. Sala pesas. Vestuario masculino. Vestuario femenino.* Por fin.

Al entrar, el penetrante olor a cloro de la piscina se mezcló con el del gel y el sudor. Varias mujeres se secaban el cuerpo o se extendían crema mientras charlaban. Un par de madres se afanaban por terminar de vestir a dos chiquillas tan cansadas que apenas eran capaces de colaborar para pasar la manga del jersey por el brazo.

Buscó las taquillas y sacó la llave del bolsillo. La 128 estaba situada en un rincón alejado de la zona de bancos e invisible desde las duchas. La llave giró sin dificultad. Metió la mochila dentro, la abrió y guardó el paquete que había en el interior. No se detuvo a comprobar el contenido, ahora le urgía salir de allí.

Bajó la cabeza mientras hacía el camino inverso. Cuando estaba a punto de llegar a la puerta, el brillo de un ordenador la detuvo. Desde donde estaba no tuvo problemas para distinguir su cara en la pantalla. Su cara y su nombre, Moon Aubry, escrito con mayúsculas justo encima de un enorme Se busca.

54

Eric supo que algo iba mal en cuanto la vio.

—Nos vamos —anunció en cuanto se puso al volante.

Arrancó y por un momento olvidó que debía conducir por la izquierda. Un sonoro pitido le hizo dar un volantazo que la devolvió al lado correcto de la calle.

—¿Qué ha pasado? —preguntó Eric, inquieto. Se había girado hacia ella y la miraba preocupado—. ¿Te han reconocido?

Ella aceleró sin responder. Conducía sin rumbo fijo, girando en las calles más despejadas y evitando los semáforos.

—¡Moon! —gritó Eric—, ¡por favor, háblame!

Moon frenó con brusquedad y se detuvo al otro lado de la calle, junto a unos contenedores de basura. El coche que la seguía le dedicó un sonoro y prolongado pitido antes de desaparecer en el siguiente cruce.

—Me tienen —dijo con voz estremecida—, saben quién soy, han publicado mi foto. Nos detendrán en cualquier momento y no podremos liberar a Daniel —añadió.

—No puede ser —respondió Eric en voz baja. Moon tenía razón. Si eso era cierto, estaban acabados. Y Daniel también—. Compruébalo en el móvil —le pidió.

Moon sacudió la cabeza e intentó calmarse. En esos momentos

era prioritario pensar con claridad. Se recriminó no haberlo hecho antes. Había salido corriendo del gimnasio, empujando a dos personas que entraban y llamando la atención de todo el mundo.

Aquello ya no tenía remedio, lo urgente era centrarse en minimizar el daño y buscar el camino hasta Daniel.

Sacó el móvil y se conectó a Internet. Tecleó en el buscador la web del canal de la televisión pública francesa. Allí estaba, en grandes titulares, su nombre sobre su foto. Leyó despacio todo el artículo. Abajo, en un pequeño recuadro, el empleado de Hertz en Marsella sonreía a la cámara.

—Usaste tu nombre —le recordó Eric con tono de reproche.

—No tenía nada más, era mejor eso que dar el tuyo —se defendió—. Es la foto de mi permiso de conducir —añadió—, puedo camuflar mi aspecto si es necesario. Ahora tengo el pelo más largo. Gafas, lentillas de color, ropa holgada… Puedo hacerlo —siguió—, y tu barba también ayuda. —Terminó de leer el artículo en silencio—. Nos buscan en Francia —siguió—, no dice nada de que se hayan involucrado policías de otros países. Además, dan por hecho que viajamos con un niño —añadió.

No le contó que también la suponían autora de la muerte del forense de Armissan y que en la prensa se barajaba la posibilidad de que ella fuera la autora material del asesinato de Emma Roy. Las hipótesis planteadas eran absurdas, pero contribuirían a que mucha gente leyera la noticia y, al mismo tiempo, viera la foto.

Incluidos sus padres.

—Dios mío… —suspiró. Eric la miró preocupado—. Me van a reconocer. Mis padres sabrán que soy yo en cuanto vean la foto, y los tuyos también. Tengo que llamarlos, pedirles que no digan nada…

—Cualquiera que conociera a Soleil verá el parecido, pero también verá que esa mujer de la foto no es ella. Soleil era diferente. La mirada, la forma de los hombros, la barbilla erguida… No es Soleil, te lo prometo.

***

Lucille Monfort acababa de sentarse en la cama cuando llamaron a la puerta. Habían reservado una habitación en un hotel en las afueras de Carcasona. Su marido y ella acababan de cenar en silencio, con la vista fija en el plato para evitar decirse nada, y se disponían a acostarse.

Cuando Armand abrió la puerta, encontró al otro lado a un agente uniformado de la Policía Nacional. El corazón les dio un vuelco. Abrió más para invitarlo a pasar, pero el hombre no se movió del umbral.

—El capitán Bastian les pide que acudan cuanto antes a su despacho, si son tan amables —les dijo.

—¿Hay novedades? —preguntó Lucille desde detrás de su marido—, ¿los han encontrado?

—No lo sé, señora, lo siento. El capitán los espera en comisaría —repitió—. Estaré abajo para llevarlos yo mismo.

—Denos cinco minutos —le pidió Armand antes de cerrar la puerta.

Cuando llegaron a la comisaría, Nicole y Jean Pierre Bisset se paseaban inquietos de un lado a otro del corto pasillo frente al despacho del capitán. Al verlos, Nicole se llevó la mano a la boca y comenzó a llorar. Los Monfort se apresuraron hacia ellos.

—¿Sabéis algo? —les preguntó Armand Monfort.

—No —respondió Jean Pierre Bisset—, solo nos han pedido que viniéramos cuanto antes. Acabamos de llegar. ¿Y vosotros?

—Lo mismo —le dijo Armand.

La puerta del despacho se abrió y Alphonse Bastian los invitó a entrar. Solo había dos sillas al otro lado de la mesa, en las que se sentaron las mujeres, mientras sus maridos permanecían de pie detrás de ellas.

—Pediré que traigan más sillas —dijo.

—No hace falta —se apresuró a decir Monfort.

—Está bien así —corroboró Bisset—. Por favor… —dijo a continuación con un gesto de la mano.

Bastian asintió y puso las manos sobre la carpeta que tenía sobre la mesa.

—Esta tarde hemos identificado a la mujer con la que supuestamente ha huido el señor Bisset —empezó.

—¿No se le ha ocurrido pensar que quizá lo haya secuestrado? —gritó Nicole—. Mi hijo no...

—Calla y escucha —le pidió su marido.

Nicole escondió la cara entre las manos y empezó a sollozar.

—Lo diré de otra manera —retomó el capitán—. Hace tres días, Eric Bisset fue visto en Marsella en compañía de una mujer. El testigo afirma que no parecía coaccionado ni asustado, sino que interactuaban de forma natural. Alquilaron un coche que todavía no ha aparecido y que estamos buscando. La mujer se identificó como Moon Aubry, ¿les dice algo ese nombre? —Los vio negar con la cabeza y continuó—: Esta tarde hemos enviado a la prensa la fotografía de esa mujer. Desde que se ha hecho pública, cinco personas nos han llamado afirmando que se trata de Soleil Bisset. Sin embargo, según nuestros datos, Soleil Bisset falleció hace seis años, en la riada de Carcasona.

Nadie habló, no se oyó ni un murmullo en el despacho hasta que el capitán abrió la carpeta que custodiaba sobre la mesa y puso ante sus ojos la fotografía de Moon Aubry.

Lucille la cogió con manos temblorosas y la estudió durante un largo rato en silencio. Armand se agachó para verla de cerca. El corazón le palpitaba a toda velocidad.

Por fin, Lucille Monfort dejó la imagen sobre la mesa y miró al capitán.

—Esta no es mi hija —afirmó tajante—. Se parece un poco, pero no es mi hija.

—¿Está segura? —le preguntó Bastian.

—Tanto como puede estarlo una madre —dijo Lucille.

—Y usted, ¿qué me dice? —El capitán miraba a Armand, que se había vuelto a colocar detrás de su mujer y apoyaba sus manos con firmeza sobre sus hombros.

—No es Soleil —dijo—. No —insistió.

Nicole Bisset cogió la foto y se la acercó a la cara. Se volvió un

318

segundo para mirar a Lucille, que la observaba con una expresión indescriptible en la cara. No lloraba, ni arrugaba los labios o la frente. Solo la miraba como si hablara con ella.

—No es Soleil —coincidió por fin—. Pobrecita niña —añadió melodramática.

El capitán levantó la vista hasta Jean Pierre, que se limitó a negar en silencio.

—Lamento haberlos molestado —dijo el policía mientras volvía a guardar la foto en la carpeta— y haberles hecho pasar este mal trago.

—¿Hay noticias? —preguntó Armand Monfort.

—Nada de momento —respondió Bastian—. Estaremos en contacto. Un coche los llevará a su casa y al hotel —añadió.

—No hace falta —dijo Nicole—, a todos nos vendrá bien un café y un paseo.

Las dos parejas se miraron en silencio durante unos segundos. Se habían sentado a la mesa del único bar que encontraron abierto, un local para turistas que olía a comida recalentada y que escupía una música absurda por los altavoces. En otra mesa, un grupo de ingleses acumulaba jarras de cerveza vacías. Había más de veinte.

El camarero llevó los cafés que habían pedido y regresó a la barra. Ninguno tocó su taza.

—No sé por qué has pedido café a estas horas —le recriminó Nicole a su marido.

—Es lo primero que se me ha ocurrido —se excusó él—. Y, además, qué más da.

Nicole se pasó la mano por la melena rubia y se estiró el cuello del jersey. Luego levantó los ojos para encararse con Lucille.

—¿Por qué has dicho que no era Soleil? —le preguntó directamente.

Lucille tardó un poco en contestar.

—He pensado —empezó— que si mi hija no murió en la riada,

pero prefirió no regresar, sus motivos tendría, y yo no soy nadie para traerla de vuelta a la fuerza. —Nicole cabeceó brevemente, conforme con la respuesta—. Gracias —añadió Lucille mirándola fijamente. Alargó una mano y cogió los dedos huesudos de Nicole—. Sé que lo entiendes.

—Sé que tu hija adoraba a Daniel, por eso sé que, esté con Eric o no, jamás le haría daño. Y lo entiendo —le aseguró—, lo he leído en tus ojos. Si Soleil decidió morir...

—Debe seguir muerta —concluyó Lucille.

55

Moon siguió el curso del Támesis en dirección a la costa. Conducía en silencio. Londres pareció apaciguarse poco a poco. Pasaron ante fachadas salpicadas de ventanas iluminadas, *pubs* cerrados, restaurantes con la persiana bajada y aceras desiertas. Había comenzado a llover, una llovizna fina y fría que hizo que los escasos viandantes que todavía quedaban en la calle caminaran deprisa, con los hombros encogidos y la cabeza agachada.

Cuando estaban a punto de dejar atrás la ciudad, las luces azules de al menos tres coches patrulla destellearon en los retrovisores. Moon redujo la velocidad y se hizo a un lado. Los vehículos pasaron junto a ellos a toda velocidad y desaparecieron en la noche. Escuchó el sonoro suspiro de Eric.

—No podemos perder la calma —le dijo.

—No lo hago —protestó él—, pero no puedo dejar de pensar en lo cerca que estamos y en que no podemos permitir que nos detengan ahora. Daniel... —Dejó pasar unos segundos antes de continuar—. ¿Ha habido noticias?

Moon negó con la cabeza.

La desembocadura del río estaba rodeada de zonas verdes, áreas de recreo y espacios de acampada. Moon se adentró en un camino poco iluminado y avanzó a trompicones. Esquivar un bache los hundía en el siguiente. Hacía rato que el dolor había vuelto y la atravesaba de lado a lado con lacerantes latigazos. Sintió el sudor empaparle la espalda. Le ardía la cabeza y estaba empezando a costarle enfocar la mirada. Tenía que detenerse antes de sufrir un accidente.

Al final del camino se abría una explanada cubierta de guijarros que crujieron bajo la furgoneta. Una decena de farolas iluminaban la zona de acampada, en la que distinguieron dos autocaravanas aparcadas juntas y una más en el lado contrario. Moon giró a la derecha y se situó junto a unos arbustos altos. La farola más cercana estaba a unos cinco metros de distancia, suficiente para ver por dónde pisaban.

Había un pequeño edificio al fondo, una construcción de unos veinte metros de longitud y una sola planta flanqueado por un foco a cada lado. Las duchas y baños, dedujo Moon. No le vendría mal ninguna de las dos cosas, pero para llegar hasta allí había que pasar junto a una de las autocaravanas.

Eric bajó de la furgoneta y estiró los brazos hacia arriba para desentumecer la espalda. Se giró despacio para estudiar el lugar y se detuvo con la mirada fija en los baños.

—Detrás de los arbustos —le dijo Moon, que seguía en el asiento del conductor.

Eric se giró y descubrió su rostro cubierto de sudor, el pelo pegado a la cabeza y los ojos brillantes.

—Mierda —dijo sin más.

Abrió la puerta del conductor y la cogió en brazos. Moon no se resistió. Luego abrió el portón trasero y la dejó despacio en el suelo del vehículo.

—Estás ardiendo —dijo mientras buscaba en la mochila.

Moon no respondió. Eric levantó la vista, subió de un salto y se situó junto a ella.

Se había desmayado.

Moon soñó con hormigas, pequeñas y rápidas hormigas que le recorrían el cuerpo sin que ella pudiera hacer nada para espantarlas.

Las sentía en las piernas, en el estómago, en la cabeza. Pasaban sobre su piel a toda velocidad, sin detenerse en ningún sitio, arriba y abajo, arriba y abajo.

Tampoco podía hablar. Intentó varias veces despegar los labios, sin conseguirlo. Notó frío en las sienes y un líquido que intentaba colarse en su boca. Poco a poco, su cerebro convirtió las hormigas en dedos y la sombra que se movía a su alrededor, en la silueta de Eric.

—¿Qué ha pasado? —consiguió decir.

—Te has desmayado —respondió Eric, que detuvo un instante lo que estaba haciendo en su pierna—. Tienes mucha fiebre y la pierna tiene muy mal aspecto —añadió—. Deberíamos...

Moon negó con la cabeza.

—¿Cuánto anestésico queda? —preguntó.

—Lo que te he puesto y una dosis más.

Eric le mostró la jeringa vacía y un único vial de líquido transparente.

—Bastará —le aseguró Moon.

—Tienes que tomarte el antibiótico —siguió Eric—. He levantado la costra de la herida para que saliera el pus. Es asqueroso...

Moon sonrió.

—Nunca le cambiaste ni un pañal a Daniel —recordó.

—Lo hice cuando te fuiste —protestó él.

—Eso no cuenta, ya solo los usaba para dormir.

—Volvió a hacerse pis encima durante meses después de la riada —le contó Eric—. También él lo pasó mal, tenía pesadillas y corría de un lado a otro buscándote.

Moon no dijo nada. Eric la ayudó a sentarse y se acomodó a su lado. Había cerrado las puertas de la furgoneta. Fuera quedó el rumor del río, el susurro del viento y el esporádico ladrido de un perro a lo lejos.

—Pásame la mochila, por favor —le pidió Moon—. Todavía no he visto el paquete de Farid.

Eric hizo lo que le pedía y dejó la bolsa a su lado. Moon sacó el bulto envuelto en plástico y buscó después su navaja para librarse de la cinta que lo sujetaba.

Farid era un hombre inteligente y observador que había sabido entender lo que Moon necesitaba. Nada grande ni pretencioso, nada pesado ni difícil de ocultar. Sostuvo en la palma de la mano la HK compacta de trece disparos y sonrió. El paquete incluía dos cargadores y una pequeña cartuchera de cuero. Volvió a guardarlo todo en la mochila y se apoyó en la carrocería.

Eric le ofreció uno de los sándwiches industriales que habían comprado antes de salir de Francia. Moon lo aceptó y comió con ganas. Eric la miraba con el suyo en la mano.

—¿Cómo puedes estar tan tranquila? —preguntó por fin.

Moon le devolvió una mirada adusta.

—No estoy tranquila —dijo—, no dejo de pensar en Daniel, en Muller, en el puto Cheney... No ha contactado desde anteayer y me preocupa no saber dónde está.

—¿Confías en esa gente? —siguió Eric—, ¿crees que cumplirán su palabra?

Moon cerró los ojos un instante, mientras decidía qué contestar.

—No —respondió—. No confío en ellos en absoluto, pero no nos queda más remedio que hacer lo que dicen.

Eric asintió en silencio.

Moon se colocó el portátil sobre las piernas y lo encendió. Hackeó una de las redes de la zona y se conectó a Internet. Le sorprendió encontrar la notificación de un mensaje entrante en el *email* de la agencia. Lo abrió y se llevó la mano a la boca.

Lucille Monfort no era una experta internauta, pero tampoco era lo que llamaban una analfabeta digital. Abrió el buscador y escribió el nombre de la mujer que había mencionado el capitán. No le sorprendió no encontrar nada, habría sido demasiado fácil, y su hija era, sobre todo, muy inteligente.

Había dicho que era investigadora. Tecleó «detectives» y lanzó una maldición cuando Google le devolvió un listado con cientos de investigadores de todo el país.

Comenzó a moverse despacio hacia abajo, leyendo los nombres de las agencias y los detectives. Abundaban los apellidos pomposos, las letras griegas, las expresiones en latín y las siglas indescifrables.

Echó un vistazo a su marido. Armand había encendido la televisión y estaba haciendo *zapping* desde la cama del hotel. Ni siquiera se había quitado los zapatos, pero no se lo recriminó. Sabía que estaba listo por si tenían que salir deprisa.

Se concentró de nuevo en la pantalla y leyó perezosa los nombres. Había pasado tres páginas cuando se detuvo. No podía ser, pero quizá...

Investigaciones Monfort.

—Monfort —repitió en voz alta.

—Cariño —la llamó Armand—, ¿estás bien?

Lucille no respondió. Clicó en el enlace y esperó. Unos segundos después leía con atención los servicios que ofrecía la agencia: búsqueda y vigilancia de personas, rastreo digital, antecedentes penales, competencia desleal, espionaje industrial, fraude a seguros, infidelidades...

Sintió el aliento de su marido detrás de ella.

—¿Qué es eso? —le preguntó.

—Moon Aubry es investigadora —le explicó—, lo dijo el policía, ¿te acuerdas?

—Claro que lo recuerdo, ¿y bien?

—No he encontrado ninguna Moon Aubry, pero sí una agencia de detectives llamada Monfort —añadió, y clavó los ojos en los de su marido, que en ese momento leía con rapidez los escuetos párrafos de la pantalla.

—¿Y tú crees...? —No terminó la frase.

—No lo sé —reconoció Lucille—, pero no perdemos nada si...

Su marido asintió en silencio. Lucille seleccionó la pestaña de «Contacto» y rellenó los campos obligatorios. Nombre, apellido, correo electrónico y número de teléfono. Luego colocó el cursor sobre la casilla más grande y escribió despacio.

Busco a mi hija Soleil. Si puede ayudarme, llámeme.

Miró una vez más a su marido y pulsó «Enviar».

56

El amanecer los encontró despiertos, tumbados en la trasera de la furgoneta, espalda con espalda, perdido cada uno en sus propios nubarrones.

La zona de acampada permanecía en silencio. No percibieron movimiento alrededor de ninguna de las tres autocaravanas aparcadas en la explanada. Eric abrió la puerta muy despacio y bajó al suelo. Las piedras, menudas y empapadas, crujieron bajo sus pies.

—Haces mucho ruido, es demasiado arriesgado —dijo Moon señalando los baños.

—¿De verdad crees que alguien se va a asomar para ver quién va a mear? —protestó él.

Moon negó con la cabeza.

—Yo lo haría. —Y le hizo un gesto hacia el otro lado.

Eric apretó los labios en un mohín de disgusto y se giró hacia la vegetación. Cuando regresó, Moon eligió los arbustos altos de la izquierda.

Los cuidados de Eric le habían permitido descansar un par de horas seguidas. Después, había dormitado a intervalos. Se despertaba sobresaltada y luego permanecía alerta durante un tiempo que se le antojaba infinito. Pensaba en su madre, en lo lista que había sido al dar con ella. Y pensaba en qué hacer. Sospechaba que la policía conocía su identidad, pero, por algún motivo que se le escapaba, había decidido no hacerla pública, al menos de momento.

Se preguntó cómo habrían reaccionado sus padres ante la noticia de que seguía viva. Imaginó lágrimas y exclamaciones. Seguramente se negarían a creerlo, pero las pruebas eran sólidas. Solo habían pasado seis años, no había cambiado lo suficiente como para hacerles dudar.

Llevaba el teléfono en el bolsillo. Pensó en llamar, pero desechó la idea al momento. No podía saber si la policía había pinchado el teléfono de su madre. Pero sus padres no se merecían esa tortura.

Conectó el móvil a una red privada y descargó TempMail, una aplicación que le permitiría contar con una dirección de correo electrónico anónima y segura que desaparecería sin dejar rastro en un máximo de dos horas, antes si el usuario decidía cancelarla.

Cuando estuvo lista, copió la dirección de *email* que su madre había escrito en el cuestionario y se quedó mirando el cursor. ¿Qué podía decirle? Debía ser cuidadosa.

¿Por qué busca a Soleil?, escribió por fin.

La respuesta tardó menos de dos minutos en llegar.

Soleil es mi hija. Murió hace seis años. Ayer nos dijeron que quizá estuviera viva, pero nosotros lo negamos. Soleil está muerta. Si quieres, respondió Lucille.

«Si quieres».

Moon cerró los ojos y pensó a toda velocidad. Supuso que la policía habría recibido llamadas de gente que había reconocido en la cara de la presunta asesina a una mujer muerta. Pensó en sus padres cuando tuvieron que enfrentarse a la fotografía. Pero no hubo lágrimas ni exclamaciones. Sus padres la protegieron, negaron que esa mujer fuera Soleil Bisset, dijeron no conocerla de nada.

Consigue un teléfono desechable y llama a este número a las doce en punto, escribió Moon. Añadió el número, envió el mensaje y eliminó la cuenta.

Cuando regresó a la furgoneta permitió que Eric le limpiara la herida una vez más, aunque rechazó una nueva dosis de anestesia, la última. La necesitaría más tarde. Se tomó dos analgésicos y el antibiótico y se puso al volante de la furgoneta. Dejó el teléfono en el salpicadero, a la vista, y arrancó el motor.

No le habló de su madre ni de los mensajes que acababan de intercambiar. Cuando estaban casados, cada vez que Soleil mencionaba a sus padres, los invitaba a pasar el día o insistía en ir a Toulouse, Eric contraatacaba con una sesión intensiva de Nicole. No sabía si Eric había superado aquellos absurdos celos infantiles, y prefería no comprobarlo en esos momentos. No iba a permitirle que se pusiera en contacto con Nicole bajo ningún concepto.

—Necesitamos café y comer algo caliente —dijo.

—Y un baño —añadió Eric.

—Un baño también —aceptó Moon mientras salía de la explanada y regresaba al camino.

Almorzaron en el único bar de un pequeño pueblo alejado de las principales vías de comunicación. Tras la barra, un hombre entrado en años y en kilos y con un curioso bigote les recitó de un tirón lo que podía ofrecerles de la cocina. Pidieron salchichas, huevos, beicon y café.

—Estamos en Inglaterra —le recordó Eric cuando el hombre se alejó—, es posible que aquí el café no sea más que agua sucia. O peor, café soluble. —Fingió una arcada y sonrió.

Moon se encogió de hombros.

—No puedo con el té —respondió.

Eric sonrió y asintió.

—Hay cosas que no cambian —dijo.

El café resultó no estar tan malo como esperaban, y la comida era más que aceptable. Almorzaron en silencio, observando de reojo al resto de los clientes, tres hombres con aspecto de jubilados que bebían un té oscuro mientras leían los periódicos e intercambiaban alguna palabra suelta entre ellos y con el camarero.

Moon estaba apurando el último sorbo de su café cuando Eric le dio un codazo que provocó que lo derramara sobre la mesa. Le hizo un gesto para que mirara hacia la mesa de al lado. Dos de los hombres se habían levantado y ahora estaban junto a la barra. Habían dejado sobre la mesa el periódico que estaban leyendo.

La policía francesa refuerza la búsqueda del pequeño Daniel Bisset y de su padre, el juez Eric Bisset.

Desde donde estaban no podían leer el resto de la noticia, y tampoco vieron sus fotos en portada, pero eso solo era cuestión de tiempo.

Pagaron y salieron de allí aparentando tranquilidad. De nuevo en la furgoneta, Moon decidió poner otra vez rumbo al norte, hacia Londres, mientras seguían esperando la llamada de Muller.

Apartó a sus padres de su mente y se concentró en lo que tenía que hacer. No sería fácil, pero estaba decidida a llegar hasta el final. Por Daniel.

Cada vez que se abría la puerta, que oía voces o un simple ruido, Daniel pensaba que lo iban a matar, aunque luego no ocurría nada. Le habían llevado comida y una manta y se habían asomado un par de veces sin decir nada, solo para mirarlo unos segundos y volver a cerrar la puerta. Sin embargo, cuando los dos hombres, uno blanco y otro negro, entraron en la habitación, soltaron la cadena y la argolla de su pie y lo ataron y amordazaron, supo que había llegado el final.

Pataleó, se contorsionó e intentó morder a uno de los tipos cuando se acercó con la cinta americana en la mano, pero lo único que consiguió fue que le propinara un fuerte bofetón que le hizo sangrar por la nariz. Todavía le pitaba el oído cuando lo metieron en una bolsa negra y lo levantaron en volandas.

—Muévete y te tiro al mar —masculló uno de los hombres.

No supo cuál de los dos, ya habían cerrado la cremallera de la bolsa de plástico duro en la que lo habían metido y lo habían lanzado sin ningún cuidado sobre una superficie dura.

Un coche, supo cuando escuchó el motor.

No lo habían sujetado a nada, de modo que cada vez que el coche daba una sacudida, cogía una curva o pisaba un bache, Daniel rebotaba y chocaba arriba y abajo. Se golpeó varias veces la cabeza y las piernas contra algo metálico.

No sabía cuánto tiempo llevaba allí metido. Mucho, desde luego. Cuando el coche por fin se detuvo, estaba mareado y tenía ganas de vomitar.

Oyó a los hombres hablar y luego percibió cierta claridad a través de la bolsa. ¿Lo iban a matar entonces? Quizá fuera verdad que pensaban tirarlo al mar…

Entonces escuchó una tercera voz y se quedó muy quieto. Conocía a ese hombre, era el jefe, el que daba las órdenes, a quien todos los demás obedecían.

—Menos mal que pesa poco —dijo alguien. Luego sintió que lo cogían en volandas y lo sacaban del coche.

Poco después lo dejaron sobre una superficie dura que olía raro. Le recordó a cuando iba al campo con sus abuelos de Toulouse. Un golpe seco y todo se amortiguó, los sonidos, las luces, el movimiento… Hasta que un ruido enorme, como de mil camiones rugiendo a la vez, hizo que empezara a temblar y se mojara los pantalones. Rodó hacia un lado sin dejar de llorar. Le dolían las piernas, le hormigueaban las manos y se había meado encima. Quería irse a casa, con su padre, con Emma. A casa, por favor, pensó.

El pequeño avión privado contratado por Muller despegó puntual del aeródromo de Narbona. Fue un vuelo breve hasta una pista similar a unos cincuenta kilómetros de Londres, donde los esperaba un coche. El piloto se quedaría allí, listo para volver a llevarlo a Francia cuando todo hubiera terminado.

Consultó el reloj. Hora de ponerse en marcha. Conectó el móvil y envió un mensaje. No esperaba respuesta.

Miró cómo sus hombres descargaban una caja de madera, sacaban una bolsa de plástico negra y la metían en el maletero del coche.

—El puto crío se ha meado —se quejó el que lo había cargado al hombro—. Apesta.

Muller soltó una carcajada y se acomodó en el coche.

Todo estaba listo.

—Vamos —ordenó.

57

A las doce en punto, el móvil comenzó a sonar en el bolsillo de Moon. Habían aparcado en una loma alta cerca de la capital. Soplaba un viento gélido, pero ambos habían preferido dar un paseo a permanecer más tiempo en la furgoneta.

Eric la miró.

—Tengo que contestar —dijo Moon, y se alejó lo más deprisa que pudo.

Él se quedó quieto, viendo cómo se marchaba cojeando. Supuso que hacía seis años debió de suceder algo parecido.

Moon se resguardó del viento a un lado del parque de *skate*, vacío a esas horas, y pulsó el icono verde.

—Hola —dijeron al otro lado.

Moon cerró los ojos.

—Hola —respondió.

—¿Eres…?

—Soy yo, mamá. Soleil.

La oyó sollozar bajito, y a su padre repetir «Oh, Dios mío» una y otra vez.

—¿Estás bien? —preguntó su madre a continuación.

—Es complicado —le dijo— y tengo poco tiempo. Han secuestrado a Daniel…

—¡No! —la interrumpió Lucille—. Entonces, ¿no está contigo? ¿Y Eric?

—Escucha, por favor —le pidió—, ¿qué le habéis dicho a la policía?

—Que la mujer de la foto no eras tú —afirmó Lucille tajante—. Que se parecía a ti, pero que no eras tú. Nicole y Jean Pierre nos secundaron.

Bien por ellos, pensó Moon.

—Volví para intentar ayudar a Eric y lo he complicado sin pretenderlo —resumió—, pero todo acabará pronto —prometió a continuación—. Hay algo que necesito que hagas por mí. Por los tres —corrigió.

Eric la miraba con curiosidad. Era evidente que esperaba una explicación, pero Moon se dirigió hacia la furgoneta sin mirarlo siquiera.

—Estoy helada —dijo sin más. Encendió el motor y puso la calefacción a tope. Acercó las manos al chorro de aire, todavía tibio, y evitó en todo momento el contacto visual con Eric.

—¿Con quién hablabas? —preguntó con voz ronca.

—Era privado —respondió Moon.

—Habíamos acordado que no habría nada privado entre nosotros hasta que recuperáramos a Daniel.

Moon enderezó la espalda y se giró levemente para mirarlo de frente.

—Mentí —dijo.

Eric frunció el ceño y abrió la boca, pero lo que fuera a decir murió antes de ser pronunciado, tragado por el zumbido del teléfono de Moon.

El mensaje era breve. Un lugar y una hora. Moon tecleó a toda prisa.

—Tenemos una cita —dijo—. Nos encontraremos en Croydon, en una fábrica abandonada, dentro de tres horas.

—¿Daniel está…? —Eric no se atrevió a terminar la frase.

—He pedido una prueba de vida.

Eric se retorcía las manos mientras esperaban la respuesta. Casi quince minutos después, una nueva vibración los avisó del mensaje entrante.

En la foto, Daniel aparecía sucio y despeinado. Tenía sangre reseca en la nariz y alrededor de la boca y surcos de lágrimas en las mejillas. Estaba sentado en un suelo de hormigón con las piernas recogidas contra el pecho y los brazos a la espalda.

Un segundo después llegó un nuevo mensaje. Un audio. Eric alargó la mano y lo activó antes de que Moon pudiera evitarlo.

—¡Papá! —gritó Daniel—, ven a por mí, por favor, papá. Ven a por…

La voz de Daniel se alejó del micro y fue sustituida por el conocido sarcasmo de Muller.

—Esto es más de lo que me había pedido, pero así verá que nosotros actuamos con buena voluntad. Cumpla, señora Aubry, y todo habrá acabado esta misma tarde.

El audio terminó abruptamente. Moon se guardó el móvil en el bolsillo y bajó de la furgoneta. Eric la siguió al instante.

—¿Has hecho un trato? —gritaba detrás de ella—. ¿Qué clase de trato?

Moon abrió la puerta trasera y recuperó el ordenador de la mochila. Lo encendió, buscó una red abierta y localizó la fábrica en el mapa. Escogió la vista por satélite e hizo *zoom*. Croydon era un barrio enorme, prácticamente una ciudad dentro de la ciudad. El edificio abandonado estaba cubierto de grafitis por dentro y por fuera. Había muros derribados, contenedores volcados, coches convertidos en chatarra y una enorme explanada desierta alrededor. Distinguió un portón de entrada con las hojas metálicas precariamente sujetas una contra otra. No sabía si Muller la esperaría dentro o fuera, pero aquel era un lugar perfecto para él.

—¡Contéstame! —gritó Eric pegado a su oído.

—Dame un minuto —le pidió— y hablaremos.

—No te doy nada —bufó él—, ¿qué te ha pedido?, ¿qué quiere a cambio de Daniel?

Moon se giró y lo miró furiosa.

—¡A ti! —gritó por fin. Minúsculas gotas de saliva alcanzaron el rostro estupefacto de Eric—. Y a mí, después. Y ahora —siguió, vuelta de nuevo hacia el ordenador—, déjame en paz.

Escribió deprisa y en silencio durante un par de minutos. Luego apagó el ordenador y lo guardó en la mochila.

Eric se había alejado del coche. Lo localizó sentado en la pared más alta de la pista de *skate*, con los pies colgando hacia la hierba ocre.

Caminó hacia él despacio. Hacía rato que la pierna había vuelto a dolerle, pero necesitaba guardar la anestesia para más adelante. Aguantaría.

Se sentó junto a él y miró el paisaje en silencio. Las nubes bajas casi tocaban la niebla que rodeaba Londres en los días sin viento, dejando apenas una franja de cielo despejado entre las dos capas de condensación.

—Al final —empezó Eric—, van a conseguir lo que querían desde el principio. —Se giró hacia ella y la miró con pena—. No deberías haber aceptado el encargo, otro me habría matado limpiamente y ni Daniel ni Emma habrían sufrido las consecuencias.

—Ya no hay vuelta atrás —dijo Moon.

Eric movió la cabeza de un lado a otro.

—¿Cuál es el trato? —preguntó por fin.

—Es mejor que no…

—¿Cuál es el trato? —repitió Eric, enfatizando cada palabra y mirándola con los ojos brillantes.

Moon se rindió.

—Debo matarte ahí mismo, delante de ellos. Entonces soltarán a Daniel. Cuando lo ponga a salvo, tengo doce horas para presentarme ante Muller. Él se ocupará de mí. Si no lo hago, irán a por Daniel y esa vez no se detendrán.

Eric se frotó la cara con las manos y se mesó la barba.

—¿Vas a hacerlo? —preguntó.

Moon respiró un par de veces, vació los pulmones y respondió:

—Sí.

Permanecieron sentados unos minutos más, en silencio, sin mirarse ni tocarse, pero conscientes de la presencia del otro.

—Tenemos que irnos —dijo Moon por fin.

Eric asintió y se puso de pie. Luego le ofreció la mano a Moon para ayudarla. Sabía que apenas debía de quedar anestesia en su cuerpo y los analgésicos eran un pobre remedio para una herida de bala infectada.

Moon aceptó la ayuda y se levantó.

—¿En qué piensas? —le preguntó Moon cuando llegaron junto a la furgoneta. Se detuvo junto al portón trasero y lo abrió.

Eric se encogió de hombros.

—Intento buscar una salida —reconoció.

—Créeme, no la hay —respondió ella.

—No lo sé. Quizá, si llamamos a la policía…

Moon levantó deprisa la mano y la lanzó contra el cuello de Eric. La aguja se clavó limpiamente. Presionó el émbolo con rapidez y sujetó a Eric para que no cayera a plomo contra el suelo. Él se tumbó en la parte trasera mientras la miraba sorprendido. Pocos segundos después, cerró los ojos y perdió la consciencia.

—No la hay —repitió Moon en voz baja.

58

Las bridas que le inmovilizaban los brazos le habían abierto la piel. Le escocían las muñecas y hacía rato que los hombros lanzaban dolorosas punzadas por lo forzado de la posición. Pero qué más daba ya. Todo estaba a punto de acabar. La incertidumbre, el miedo, el dolor. ¿Habría merecido la pena? Dudaba de que tuviera la oportunidad de responder a esa pregunta. Sintió un pellizco en el estómago. Nervios, miedo, angustia…

Moon parecía serena al volante. Desde donde permanecía tumbado, Eric apenas distinguía sus hombros y la melena castaña. No lo había mirado ni una sola vez desde que volvió a pincharle en el cuello. No se lo esperaba, pensaba que podía confiar en ella y que ella confiaba en él. Iluso…

Tampoco habían hablado. A través de la ventanilla veía cómo la ciudad desaparecía poco a poco. Primero los edificios, luego las farolas y los carteles. Ahora, lo único que quedaba al otro lado era la noche y la fugaz luminiscencia de los coches con los que se cruzaban.

Se removió en el suelo y gruñó bajo. La posición de los brazos le estaba provocando dolorosos espasmos. Necesitaba moverse, si al menos pudiera sentarse… Moon hizo ademán de volver la cabeza, pero corrigió el movimiento a los pocos centímetros y volvió a clavar la mirada en la carretera.

—No era necesario —dijo Eric con voz pastosa—, sé lo que tengo que hacer.

Moon lo miró a través del espejo retrovisor. Eric vio sus ojos oscuros, decididos, pero no contestó.

—¿Puedes darme un poco de agua? —pidió a continuación.

Moon aminoró la marcha hasta detenerse. Pasó entre los asientos hasta situarse junto a Eric y le puso un botellín de agua en los labios. Bebió con ansia. Sentía la lengua arenosa y le ardía la garganta. Luego volvió a pasar entre los asientos y se puso al volante.

—¿Por qué lo has hecho? —insistió Eric de nuevo, más por acabar con el silencio opresivo que por un verdadero interés en la respuesta.

—No puedo permitir que cambies de opinión —dijo por fin.

Eric frunció el ceño.

—El trato nos incluye a los dos, ¿cómo sé que tú cumplirás y Daniel estará a salvo?

—Cumpliré —respondió con firmeza—. Ya he muerto una vez. No pasa nada por morir dos veces.

Eric dejó caer la cabeza hacia atrás. En esa posición podía ver un trocito de cielo a través de la ventanilla del copiloto.

No intentó volver a hablar con Moon, no tenía sentido. Estaba todo dicho. Dejó que la luz grisácea del atardecer llenara sus ojos y pensó en Daniel. Confiaba en que, quien lo criara a partir de entonces, hiciera de él una buena persona, alguien de quien sentirse orgullosos. No como su padre, un tipo soberbio que se creía siempre en posesión de la verdad y por encima de los demás, ni como su madre, que huyó de su lado en lugar de pelear por él. Una buena persona que nunca hiciera daño a nadie. No como ellos.

La luz gris se fue apagando poco a poco. La noche entraba deprisa en esa época del año. Tenía frío, pero no dijo nada.

De pronto, la oscuridad se tornó amarilla y el vehículo redujo la velocidad. Vio un edificio coloreado con burdos grafitis, una persiana metálica, un muro de hormigón.

Moon se detuvo un momento frente al portón doble. Alguien había retirado una de las hojas metálicas lo justo para permitirle el paso. Distinguió los faros de un coche en el interior, al fondo de la nave. Giró despacio el volante y entró en el hangar. Eric contuvo la respiración.

Moon se detuvo a unos cien metros del otro vehículo, junto a una columna metálica corroída por la humedad. Apagó el motor y se bajó. Acto seguido, abrió la puerta de atrás y lo cogió del brazo.

—Vamos —le dijo sin más—. Baja.

—¿Aquí? —preguntó él.

Se impulsó con las piernas hasta sentarse en el borde de la furgoneta. Luego se puso de pie.

Ella le tiró del brazo y lo empujó hacia la parte delantera de la furgoneta. Estaban en una especie de almacén industrial, una enorme nave con paredes de cemento sin lucir y vigas metálicas en el techo. No quedaba ni un centímetro de muro sin colorear. Vio un ciervo y la cabeza de un niño endemoniado entre garabatos ilegibles y burdos dibujos sin sentido.

Las ventanas estaban a más de tres metros de altura.

Miró hacia atrás. La puerta por la que habían entrado seguía abierta. Calculó los pasos que lo separaban de la calle. Unos veinte, quizá menos.

El lento chirrido metálico del portón al cerrarse acabó con sus elucubraciones. A pesar de esperarlo, el estruendo de las hojas al encontrarse lo sobresaltó.

Al otro lado de la nave, un vehículo hizo señales con las luces. Eric no había reparado en él, a pesar de que los faros de la camioneta iluminaban el morro brillante. El elegante sedán negro lanzó un doble guiño muy rápido y después, nada.

—Por aquí —le ordenó ella.

Era consciente de cuál iba a ser el desenlace, llevaba horas intentando mentalizarse, jurándose a sí mismo que mantendría la dignidad al final. Aun así, no pudo evitar empezar a temblar. Se le nubló la vista mientras Moon lo empujaba con decisión unos metros hacia delante. Luego le indicó que se detuviera y lo miró a los ojos.

—Al suelo —ordenó—. Ahora.

Él dudó, las piernas no le respondían. No intentó hablar, no había nada que decir. Gimió en voz baja y se arrodilló sobre el solado. Ella se agachó a su espalda y cortó las bridas con una navaja. Él se acarició las muñecas, agradecido por un instante. Luego recordó.

—Túmbate.

La voz de Moon resonó en su cabeza. Su mano le apretó el cuello, empujándolo hacia delante.

Eric hizo lo que le pedía. Apoyó las manos sobre el suelo y se tumbó despacio con la cara hacia el lado contrario. No quería ver nada. Cerró los ojos y respiró.

La oyó bajarse la cremallera de la chaqueta y sacar el arma de la bandolera. Escuchó el chasquido del seguro al ser liberado. Los dos respiraron profundamente.

—Lo siento —la oyó decir.

El disparo resonó como un trueno en la nave vacía. Eric se sacudió un par de veces en el suelo y luego quedó inerte. La sangre tiñó generosa el suelo. Moon se inclinó sobre él y le buscó el pulso. Luego se levantó e hizo un gesto con el pulgar en alto.

En el sedán, el conductor guardó los prismáticos y encendió el motor. La puerta trasera se abrió apenas unos segundos. Luego se cerró y el coche se puso en marcha.

Moon seguía de pie junto al cuerpo de Eric cuando pasaron a su lado. El conductor la miró un instante antes de fijar la vista al frente. Si Muller iba detrás, los cristales tintados impidieron que lo viera. Se detuvieron frente a la puerta mientras alguien en el exterior volvía a separar las hojas metálicas del portón. Luego, el sedán giró noventa grados y desapareció en la noche.

Moon miró hacia el fondo. Estaba oscuro como la boca de un lobo.

—¿Daniel? —llamó. Empezó a caminar deprisa, esquivando los escombros y los hierros tirados por cualquier parte. Escuchó un sollozo ahogado—. ¡Daniel! —gritó.

Corrió hacia las tripas de la nave. Ya no oía nada. Encendió la linterna del móvil y se deshizo de las sombras.

Lo encontró acurrucado en el suelo, abrazándose las piernas contra el pecho y con la cabeza oculta entre las rodillas. Moon sintió que algo se rompía en su interior. Se acercó despacio, hablándole con voz pausada.

—Daniel, soy una amiga de tu padre. He venido a buscarte.

—No te creo —dijo él entre sollozos.

—Sé que otras personas te habrán dicho lo mismo estos días, pero yo no te miento. Conozco a tu padre, se llama Eric. Vives con él en Carcasona. Y con Emma —añadió—. Juegas al fútbol, y eres muy bueno. Conozco a tus abuelos, Nicole y Jean Pierre, Lucille y Armand —siguió—. ¿Me crees ahora?

Había llegado junto al niño. La sangre que había visto en la fotografía seguía allí, pero estaba seca. No le pareció que estuviera herido, al menos no de gravedad.

—¿Vas a llevarme a casa? —preguntó, levantando la cabeza.

—Sí, para eso he venido. ¿Nos vamos?

Daniel asintió y se puso de pie.

—Me duele la pierna —dijo con un sollozo ahogado—, me he dado un golpe.

Moon se agachó y lo cogió en brazos. La punzada de dolor le alcanzó la nuca, pero no lo soltó. Vio el cuerpo de Eric cuando se acercaban a la furgoneta. Puso la mano en la cara del niño y lo obligó a girar la cabeza hacia la pared contraria.

—Algunos se han pasado un buen rato pintarrajeando todo esto —dijo mientras lo acomodaba en el asiento trasero y le ataba el cinturón de seguridad. Intentó dar a su voz un tono intrascendente, casi alegre.

Luego se puso al volante y arrancó el motor. Miró un segundo por el retrovisor. Vio las piernas de Eric, los pies, el rastro de sangre.

Arrancó y se alejó de allí.

Moon apretaba los dientes mientras conducía por las calles de Croydon. La fiebre había reaparecido con fuerza y temblaba de pies a cabeza mientras se esforzaba por sujetar el volante. Le pareció que el resto de los coches se balanceaban cadenciosamente, y la luz de las farolas le lanzaba dardos brillantes que le herían los ojos. Necesitaba cerrar los ojos.

Daniel viajaba muy quieto en el asiento de atrás. No había vuelto a quejarse. Sujetaba el cinturón de seguridad con una mano para que no le molestase en el cuello y la miraba cuando creía que ella no se daba cuenta.

—Llegaremos enseguida —le dijo—. Eres un niño muy valiente, aguanta solo un poco más.

Lo vio asentir en silencio, muy serio.

Consultó el navegador. Ya casi estaban. Giró a la derecha y distinguió una hilera de coches oscuros aparcados en el lugar convenido. Lanzó una ráfaga con los faros y aminoró la velocidad hasta detenerse junto a la acera de enfrente.

Cuatro hombres armados corrieron hacia ellos.

—Tranquilo —le dijo a Daniel cuando empezó a llorar—. Es la policía.

Lo último que Moon vio antes de desmayarse fue a su madre. Lucille Monfort salió de entre dos de los coches negros y se apresuró hacia la furgoneta. La miró a los ojos. Estaba llorando. Luego oyó a Daniel llamándola. «¡Abuela!», gritó. Después, un enorme agujero negro surgió de la nada y el mundo desapareció a su alrededor.

59

Dos agentes de policía custodiaban la habitación del hospital en el que Moon permanecía ingresada. El médico que la había intervenido le dijo que la operación había ido bien. Como Paul Morel sospechaba, minúsculos fragmentos de la bala seguían incrustados en su pierna, provocándole una infección que le habría costado la vida en menos de una semana.

No se sentía especialmente afortunada por haber sobrevivido, pero ahí estaba, esperando lo que fuera que tuviera que pasar a partir de entonces. Ya llevaba tres días allí y empezaba a estar harta.

Lo peor era la incertidumbre, no saber qué iba a ocurrir a continuación. Y el silencio. Había lanzado decenas de preguntas que habían quedado sin respuesta. Las enfermeras que vigilaban sus constantes se limitaban a sonreír y a decir que «cada cosa, a su tiempo». La inquietud había echado raíz en su estómago y amenazaba con asfixiarla hasta la muerte.

Nadie cruzaba la puerta sin someterse a un completo registro por parte del hombre y la mujer uniformados plantados al otro lado, en el pasillo; ni siquiera su capitán. Órdenes de arriba, alegaban siempre.

Lo vio llegar a través de la pared acristalada. Estaba segura de que habían elegido esa habitación para tenerla vigilada sin necesidad de que hubiera un agente dentro. Se sometió sin rechistar al cacheo protocolario después de mostrar su identificación y entró sin llamar.

Moon frunció el ceño.

—Adelante —dijo—, como si estuviera en su casa.

El capitán Bastian no respondió, se quedó de pie junto a la cama y estudió la pierna que descansaba sobre la sábana. Luego subió la mirada hasta encontrar su rostro. A Moon tampoco le gustó el escrutinio.

—¿Qué tal se encuentra? —le preguntó.

—Mejor —respondió ella—, ¿cuándo podré irme?

Bastian esbozó una sonrisa corta.

—Eso es complicado, ya lo hemos hablado.

—Aquí solo habla usted —le refutó Moon—, a mí no me escucha nadie.

El capitán echó un vistazo a su alrededor. La segunda cama de la habitación estaba vacía. Al fondo, dos ventanas dejaban pasar el suave sol invernal. Los cristales seguían moteados de agua tras el chaparrón de esa mañana.

Moon no estaba esposada a la cama ni le habían prohibido marcharse, al menos no de una manera explícita, pero sabía que no podía moverse de allí.

—Hoy vengo a pedirle que hablemos —le dijo el policía—. Tengo muchas preguntas.

Moon echó la cabeza hacia atrás y la apoyó en los almohadones que la mantenían semisentada.

—De acuerdo.

El policía se sentó junto a ella en la habitación del hospital y escuchó su historia sin interrumpirla. Le habló del foro virtual al que acudía en busca de casos en los que trabajar, de la oferta por la vida de Eric Bisset y de su convencimiento de que, si encontraba al cliente, podría solucionar el problema. Le contó cómo se complicaron las cosas cuando la oferta la incluyó a ella. Le habló de Cheney, de Muller y de quien sospechaba que podía estar detrás de todos ellos, Alain de Froissy. Le explicó cómo habían conseguido moverse por toda Francia y pasar a Gran Bretaña cuando ya eran dos fugitivos buscados por la policía.

—Teníamos que salvar a Daniel —dijo secamente, como si no hiciera falta explicar nada más. De hecho, para ella era más que suficiente.

Cuando terminó, estaba cansada y sedienta. Alcanzó el vaso de agua, bebió un par de sorbos y se recostó en la almohada. El capitán la miró en silencio durante un largo minuto. Moon supuso que intentaba decidir si era digna de crédito o si, por el contrario, no era más que una delincuente en busca de eximentes.

—¿Por qué decidió aceptar un trabajo que incluía asesinar a una persona? —le preguntó Bastian al cabo de un rato.

—En ningún momento pensé en matarlo —le aseguró ella.

—¿Por qué aceptó, entonces? —insistió.

—Conocía a Eric de… Hace mucho tiempo —enmendó—. Es un buen hombre y sabía que tenía un hijo. No me parecía bien que ese niño se quedara sin padre. Pensé que podría averiguar qué estaba pasando y arreglar las cosas, pero está claro que no fui capaz.

—No —corroboró el capitán—. De hecho, han dejado ustedes un reguero de cadáveres a su paso.

Moon se estremeció al pensar en Emma. Y en Louis, y en el doctor Laurent. Y en Simon. Todos, víctimas inocentes de la cacería que Cheney y Muller habían organizado. Apretó los labios y miró al techo.

Bastian cogió una fotografía de la carpeta que había llevado consigo y le mostró la fotografía de un hombre rubio de pómulos altos que miraba directamente a la cámara. A su espalda se adivinaban las líneas del panel métrico de las fichas policiales. La imagen se había recortado para obtener un primer plano.

—¿Lo han detenido? —preguntó.

—Está muerto —le dijo Bastian—. Han encontrado su cuerpo en el lago del parque natural de la Camarga con un disparo en la cabeza.

—Muerto —repitió Moon en voz baja.

—¿Alguna idea sobre quién puede estar detrás de esto?

Moon movió la cabeza de un lado a otro.

—Era un mal bicho —dijo—, imagino que no tendría demasiados amigos.

—Basta con tener un solo enemigo eficaz —comentó Bastian.

—No he tenido nada que ver, si es lo que insinúa. Ni siquiera sabía que estaba muerto. ¿Le han preguntado a Muller? Cheney se llevó a Daniel, pero lo tenía el abogado. Creo que es evidente lo que pasó.

El capitán no respondió.

—La documentación falsa con la que el señor Bisset y usted viajaron a Gran Bretaña es de primera calidad —continuó tras unos segundos.

En esta ocasión fue ella la que no contestó.

—¿De dónde la ha sacado?

Silencio.

—¿Y el arma con la que disparó contra el juez en Londres?

De nuevo, silencio.

—¿Me va a detener? —preguntó por fin.

Bastian arrugó el ceño.

—Hay muchos factores en juego —dijo simplemente—, pero no vamos a perderla de vista hasta que todo esto termine. Hay demasiados cabos sueltos todavía —añadió.

—Creía que le había quedado claro que yo no he tenido nada que ver con todos esos asesinatos. Me he limitado a mantener a salvo a una persona inocente y a rescatar a su hijo.

Alphonse Bastian sonrió de medio lado. Luego se agachó para coger el maletín que había llevado consigo. Lo abrió, sacó algo y se acercó a ella. Antes de que Moon pudiera siquiera protestar, le rodeó el tobillo de la pierna sana con un rastreador.

—Esto no es necesario —protestó Moon.

—Sé que es capaz de inhabilitarlo —dijo Bastian, ignorando su enfado—. No lo haga, ¿de acuerdo?

Moon bufó y asintió.

—Una pregunta, capitán —pidió ella. El policía, que se había levantado de la silla, se quedó quieto, a la espera—. ¿Qué sabe del niño, de Daniel?

Bastian volvió a sentarse.

—Está bien —respondió—. Se ha instalado con sus abuelos maternos en Toulouse. Cuentan con protección las veinticuatro horas del día, aunque hasta el momento no se han detectado movimientos sospechosos.

—No levanten la guardia —suplicó Moon.

—No lo haremos —le aseguró Bastian—. Y ya que ha sacado el tema… —El policía rebuscó en la carpeta hasta dar con otra fotografía—. ¿Conoce a esta mujer?

Soleil Bisset, estuvo a punto de responder, pero se calló a tiempo.

—No, lo siento —respondió.

—Se parece mucho a usted —siguió el policía.

—No se crea, no tanto.

Bastian se levantó por segunda vez.

—No me ha preguntado quién es —dijo junto a la puerta.

Moon se encogió de hombros.

—Qué más da, está muerta.

Moon volvió la cabeza hacia la ventana. Había empezado a llover de nuevo. Pensó en levantarse y abrir la ventana. Quería sentir la lluvia en la cara, que se mezclara con todas las lágrimas que necesitaba derramar, pero que seguían detrás de sus ojos, doliéndole por dentro, empañándole el corazón.

Se preguntó qué pasaría si se dejaba ir. Ella no era nadie, no existía, podía evaporarse. Morir. Recordó lo que le había dicho a Eric antes de entrar en aquella fábrica. Ella ya había muerto una vez, no pasaba nada por morir dos veces.

No tenía una vida que recuperar, nadie que la esperara. Borró su primera vida y había perdido la segunda. No habría una tercera oportunidad, allí se acababa todo.

Percibió movimiento en el pasillo, al otro lado de la pared acristalada.

Abrió la boca y dejó de respirar. El corazón le palpitaba con tanta fuerza que podría romperle una costilla. Por un momento se sintió mareada, confusa.

Quizá sí hubiera un motivo para seguir adelante, al fin y al cabo.

60

Eric había leído unos cuantos artículos sobre lo que ocurría al morir. Había oído hablar de energías, de halos, de fantasmas, de nuevos cuerpos, de vivencias extrasensoriales, del cielo y el infierno, de espíritus libres y almas atrapadas, pero nunca, jamás, había escuchado la palabra dolor asociada con el más allá.

Y dolor era precisamente lo que sentía. Percibía unas luces que surgían de la nada, crecían y explotaban, y un susurro lejano como de agua. O quizá fuera viento. No podía estar seguro.

No sentía el cuerpo, pero sí el dolor. Tampoco podía moverse, aunque estaba siendo capaz de pensar con relativa claridad. Quizá solo fuera cuestión de esperar un poco más, o quizá aquello fuera todo.

Oh, Dios, le dolía tanto…

Sobre el ruido del agua y el viento se impuso un inesperado pitido rítmico que sonaba cada vez más rápido. Luego llegó el movimiento, brusco y repentino, y el pitido se aceleró aún más.

Un instante después, el dolor desapareció, y el ruido del agua y el viento, y el pitido, y…

Por fin, las lágrimas que se apelotonaban detrás de sus ojos habían encontrado el cauce adecuado por el que fluir. Moon llevaba casi diez minutos alternando el llanto con la risa. Era incapaz de hablar, solo podía llorar y reír mientras se limpiaba los ojos para ver con claridad a quien acababa de entrar en la habitación.

Se aferró a su cuerpo y sintió sus manos rodeándole la espalda, su pelo acariciándole la cara, su corazón latiendo a pocos centímetros del suyo.

—Pensé que habías muerto —susurró por fin sobre su cuello.

—Estuvo cerca —respondió Simon, que la apretó un poco más contra su pecho—. Creía que no volvería a verte.

—Yo estaba segura de que nunca volvería a verte —reconoció Moon—. ¿Qué pasó?

—El tipo aquel… —empezó.

—Cheney —dijo Moon.

Simon asintió.

—El muy cabrón tenía buena puntería. Me acertó dos veces, las dos muy cerca de órganos vitales. Tuve suerte —añadió encogiéndose de hombros—. No era mi hora. Una ambulancia me trasladó al hospital, entré en quirófano, unos cuantos puntos y aquí estoy, remendado, pero como nuevo.

Le cogió la cara con las manos y la besó en los labios. Moon empezó a llorar otra vez, pero Simon no se retiró. Sintió sus lágrimas sobre su piel y siguió besándola.

—Señor Bisset.

Eric escuchó una voz a lo lejos. Ya no había agua, viento ni pitido. Ni dolor, constató agradecido.

—Señor Bisset —repitió la voz—, ¿puede oírme?

Se concentró en las sensaciones. Tenía frío, y algo le pesaba sobre los pies. Tenía pies… Sintió un nudo en el estómago. Oh, Dios…

—Señor Bisset, intente abrir los ojos.

Eric obedeció.

Abrió los ojos y miró a la mujer que sonreía cerca de su cara. Intentó hablar, pero no pudo.

—Bienvenido, señor Bisset. Le voy a desintubar. Notará un tirón y una ligera molestia en la garganta, pero pasará pronto, ¿de acuerdo?

Sin esperar respuesta, la enfermera trasteó en su cara y luego tiró del tubo con decisión. Eric sintió una arcada, pero, como había prometido, pronto se encontró mejor.

Luego, la joven cogió un vaso con una pajita asomando por el borde y lo acercó a la boca de Eric.

—Le sentará bien —lo animó.

Eric sorbió despacio, tosió y volvió a beber. Miró a la enfermera y más allá de ella. Paredes blancas, instrumental médico, aparatos, cables...

—Estoy vivo —dijo en un susurro afónico.

—Claro —confirmó la enfermera—, y pronto se encontrará mucho mejor.

—¿Y Daniel? —preguntó a continuación.

—Lo siento, no sé quién es Daniel.

—Ya puede pasar —le dijeron simplemente.

Moon se levantó de la silla de plástico en la que llevaba horas sentada, desde que la avisaron de que Eric había despertado, y siguió al médico que acababa de darle la noticia. Todavía necesitaba apoyarse en una muleta para caminar, pero el intenso dolor de los primeros días se había reducido hasta convertirse en un rumor sordo. Pronto podría empezar la rehabilitación.

Le impresionó ver a Eric rodeado de cables y máquinas. No tenía buen aspecto. Estaba pálido y nadie le había arreglado la barba, que le cubría las mejillas y buena parte del cuello.

—La barba no te favorece nada —dijo Moon desde la puerta.

—¡Estas viva! —exclamó afónico—. Estás viva —repitió—. Entonces, Daniel..., ¡nadie me dice nada!

—Daniel está bien —lo tranquilizó ella—. Hasta que vuelvas, estará con mis padres en Toulouse. —Eric asintió en silencio. Tenía lágrimas en los ojos. Moon cogió un pañuelo de papel de la mesita

350

y se las enjugó con cuidado—. La policía los protege día y noche
—añadió.

—¿Cheney…?

—Está muerto —lo interrumpió Moon—. Supongo que habrán
sido los hombres de Muller —añadió, respondiendo a la pregunta muda
de Eric.

—¿Y Muller? —siguió él.

Esta vez, Moon no tenía respuesta. Se encogió de hombros y
apoyó la muleta en el brazo de la silla antes de sentarse. Bastian se
negaba a contarle nada, y eso la sacaba de quicio.

—¿Cómo estás? —le preguntó.

Eric sonrió tristemente.

—Bien —respondió—, mejor ahora que sé que Daniel está a
salvo. Mi madre ha estado en el hospital, pero no la han dejado entrar. —Sonrió, esta vez de verdad—. La oía gritar desde aquí.

—Tienes que descansar —dijo Moon—, y Nicole puede ser…

—Lo sé, lo sé —la cortó Eric—. Metomentodo, inoportuna,
mandona, dominante, insultante, maleducada, soberbia.

Moon sonrió.

—Solo iba a decir que puede ser muy intensa. Necesitas descansar —insistió.

—Eso dicen los médicos, pero no puedo dejar de pensar en todo
lo que ha pasado.

—No te tortures ahora. La policía ya se ha puesto en marcha.

Eric cerró los ojos un momento.

—Gracias —murmuró a continuación—. Lo siento.

Moon asintió.

—¿Qué vas a hacer ahora? —quiso saber Eric.

—No voy a volver, si es lo que te preocupa —respondió.

—Yo no…

—Soleil seguirá muerta —lo interrumpió—, no pondré la vida
de nadie patas arriba, no volveré a tu vida ni a la de Daniel. No me
lo merezco —añadió en voz baja.

—Seguro que podemos hacer algo…

—Daniel es muy inteligente. Si me ve, no tardará en asociar mi cara con la de las fotos.

—Podríamos decir que eres su tía, una hermana de Soleil que ha vuelto de…

—Se lo creerá ahora, pero no tardará en empezar a hacer preguntas. Seré una sombra —añadió—, pero estaré ahí si un día me necesitáis.

—Siempre tendrás la puerta abierta —le prometió Eric.

—Gracias, eso es importante para mí.

Luego se levantó y recuperó su muleta.

—¿Ya te vas? —preguntó Eric.

—Hay alguien más que quiere saludarte —dijo con una sonrisa.

Eric estaba seguro de que nunca la había visto sonreír así.

Moon abrió la puerta e hizo un gesto hacia el pasillo. Sin dejar de sonreír, se hizo a un lado para dejar pasar a Simon.

61

Supo en cuanto los vio que esos dos hombres trajeados la estaban esperando a ella. Acababa de salir de la habitación de Eric y se disponía a volver a casa con Simon, que caminaba a su lado. No conseguía acostumbrarse al localizador que Bastian le había colocado en el tobillo, era un incordio, un aparato enorme y totalmente innecesario. No pensaba irse a ningún sitio. No quería convertirse en una fugitiva y que su cara llenara páginas en los periódicos y apareciera en todas las televisiones.

Otra vez, no.

Para confirmar sus sospechas, dos de los hombres dieron un paso adelante cuando la vieron salir del ascensor.

—Señora Aubry —dijo uno de ellos. Moon se detuvo frente a él y esperó—. Acompáñenos, por favor.

Moon bajó la cabeza para leer la credencial que el hombre le mostraba. Agente especial Thomas, de la Interpol. Miró a Simon. Estaba a punto de decir algo cuando el hombre la interrumpió.

—El señor Mercier también viene, si es tan amable.

Siguieron a los dos tipos hasta la calle y se dirigieron hacia un enorme vehículo negro aparcado junto a la acera. Un tercer hombre se apeó del coche y les abrió la puerta trasera. Luego le pidió la muleta y la dejó en el maletero. Simon entró el primero y Moon se sentó a su lado. Uno de los hombres se colocó junto a ella y cerró la puerta. Los otros dos se acomodaron delante.

El enorme coche serpenteó con agilidad entre el intenso tráfico de la zona hospitalaria. Moon frunció el ceño. Estaban saliendo de la ciudad.

—Por si no lo saben —dijo—, llevo un localizador en el tobillo. No quisiera que toda la policía de París se nos echara encima.

—Sin problema —respondió el agente Thomas sin volverse a mirarla.

A partir de ese momento, los tres agentes permanecieron mudos, aunque no parecían tensos ni especialmente alerta. El agente Thomas, que se había sentado delante, con el conductor, no intentaba disimular el bulto del arma que llevaba en el costado. Desde su posición, Moon también podía ver parte de la cartuchera del que se había sentado a su lado.

Dejaron atrás los barrios superpoblados para adentrarse en una zona residencial de casas con jardín. Tras las últimas viviendas se abría una extensa campiña salpicada por unas pocas y exclusivas construcciones rodeadas de árboles, estatuas y altos muros.

El conductor viró en uno de los caminos vecinales. Al fondo distinguieron dos torres de piedra entre las que se extendía un tejado de pizarra oscura. El coche se detuvo ante el portón. El chófer bajó la ventanilla y tecleó un código en el teclado que había sujeto a un poste. Cuando el piloto viró a verde, cerró la ventanilla y esperó a que las puertas se abrieran.

Moon observaba sorprendida lo que parecía ser su destino, un enorme palacete de tres alturas, con una torre almenada a cada lado y rodeado de una gran extensión del césped más verde que había visto nunca. Frente a la casa, una rotonda coronada con una fuente de piedra y una escalinata que conducía hasta la entrada principal.

—Hay caballos —murmuró Simon señalando a lo lejos.

Tras una empalizada de madera, tres caballos negrísimos parecían jugar entre ellos, levantando las patas y sacudiendo las crines. Trotaban de un lado a otro, giraban y regresaban junto a la valla, donde una mujer los observaba de pie.

El coche rodeó la rotonda y la fuente y se detuvo al pie de la escalinata. El agente especial Thomas descendió con rapidez y les abrió la puerta.

—¿Quién vive aquí? —le preguntó Moon.

—Nadie, que yo sepa —respondió Thomas.

Moon y Simon subieron las escaleras de piedra escoltados por los tres hombres. Uno de ellos utilizó una llave magnética para abrir la puerta y se hizo a un lado para dejarlos pasar. El interior estaba caldeado y olía a cera y limón, seguramente por el producto que utilizarían para mantener impecable el suelo de madera.

El sonido de unos pasos les hizo levantar la vista hacia la elegante escalinata de mármol. Un hombre alto, más cerca de los sesenta que de los cincuenta, con el pelo gris y vestido con un impecable traje azul, se acercaba a ellos con una sonrisa en los labios.

Extendió el brazo y les ofreció la mano, primero a Moon, luego a Simon.

—Señora Aubry, señor Mercier, un placer. Soy Didier Morande, de la División Internacional de la Interpol. Gracias por venir —añadió sin sonreír.

Didier Morande era un tipo atlético de hombros anchos y manos grandes. De piel pálida y ojos claros, lucía un discreto bigotito casi blanco sobre el labio superior. Moon no percibió ningún bulto en su americana entallada.

—Pensaba que la Interpol era por definición un organismo internacional —dijo Moon—, ¿a qué se dedica exactamente la división a la que pertenece?

Morande sonrió y las puntas del bigotillo se plegaron ligeramente hacia arriba.

—Señora Aubry, me gustaría hablar con usted unos minutos. En privado —añadió mirando a Simon—. Seguro que al señor Mercier le agradará dar un paseo por la finca, es espectacular.

Moon frunció el ceño, miró a Simon y después de nuevo a Morande.

—Si solo quería hablar conmigo, no entiendo por qué nos ha

traído a los dos hasta aquí. Quizá el señor Mercier tenía cosas mejores que hacer en París —protestó.

—Tranquila —intervino Simon—. Será un placer dar ese paseo, señor Morande. —Puso una mano en el hombro de Moon y sonrió—. Nos vemos en un rato.

Moon asintió y siguió a Morande escaleras arriba hasta el primer piso.

—¿Necesita ayuda? —le preguntó señalando la muleta.

—No —respondió ella sin dejar de subir.

Entraron en una enorme sala, casi tan grande como todo su piso del Barrio Latino. Los muebles clásicos de madera que debieron decorar la habitación se habían desplazado hacia los lados y los habían cubierto con enormes sábanas blancas. En su lugar habían instalado varias mesas modernas y funcionales sobre una alfombra gris. Moon distinguió al menos diez pantallas de varios tamaños y media docena de CPU. Junto a la pared, pegado a la chimenea apagada, un servidor vertical parpadeaba silencioso. Enfrente, en el balcón protegido por una balaustrada de piedra, había dos antenas cuyo fin no pudo determinar sin acercarse.

Morande extendió el brazo y señaló hacia la derecha. Moon vio una mesa blanca con un único ordenador portátil encima, varias carpetas y material de oficina. A un lado, una silla ergonómica. Al otro, dos asientos rígidos para las visitas.

Moon se sentó y dejó la muleta en el suelo. Al otro lado, Morande se acomodó y juntó las manos sobre la mesa.

—La verdad, señora Aubry, es que no sé por dónde empezar. ¿O debería llamarla señora Bisset, Soleil Bisset?

62

Moon no dijo nada. No afirmó, negó ni rebatió. No tenía sentido. Aquel tipo tenía una buena mano y ella solo podía esperar a ver cómo iba a jugar sus cartas.

—La señora Monfort se mantuvo firme cuando repetía que no conocía a la mujer con la que había hablado por teléfono y que le había dado instrucciones precisas sobre lo que debía decirnos, que usted no era su hija y que si había accedido a sus peticiones fue solo para salvar a su nieto, pero yo sé que no la habría creído si no fuera usted quien es, ¿me equivoco? —Moon mantuvo la cara de póker—. Podría cotejar sus huellas —lanzó a continuación.

—Hágalo —lo retó Moon.

Morande se echó hacia atrás en la silla y soltó una breve carcajada.

—¿Las ha cambiado en las bases de datos? ¡Es usted muy buena! —añadió sin esperar respuesta—. Por eso está aquí —dijo a continuación, apoyando el cuerpo en la mesa.

La miró fijamente a los ojos. Sus iris eran tan claros que parecían líquidos. Durante lo que le pareció una eternidad, Morande no movió un músculo. La observó con sus ojos casi transparentes y los labios finos ligeramente apretados. Por fin, relajó el gesto y se acomodó de nuevo en la silla.

—La jugada le ha salido bien —retomó Morande—. El niño y

su padre están a salvo, Muller y su banda han sido detenidos y hemos empezado a desenredar la madeja que nos llevará hasta el misterioso *monsieur* Dubois. Hace unos días, la exmujer el doctor Laurent nos trajo un sobre que le envió el fallecido el mismo día de su asesinato. Su contenido es de lo más interesante.

—¿De qué está hablando? —le preguntó Moon con sincero interés.

—El forense guardaba pruebas sobre lo que había hecho a petición de Muller y gente como él. Imágenes, grabaciones, análisis... Como usted supo ver desde el principio, aquellos hombres fueron asesinados por negarse a vender sus parcelas de tierra. Los casos se han reabierto —añadió.

Moon asintió en silencio.

—No olviden a Louis Blanchard —pidió.

—No lo hacemos —le aseguró Morande—. Y seguimos investigando. Hemos detectado movimiento en el entorno de Alain de Froissy, pero de momento no tenemos nada consistente. Estamos en ello —sonrió—. La cuestión ahora... Disculpe —se interrumpió de pronto—, no le he ofrecido un café o algo de beber.

—Estoy bien, gracias —rehusó Moon.

—Si en algún momento necesita algo, no tiene más que decírmelo. Bien —prosiguió a continuación—, la cuestión ahora es qué hacemos con usted. Ha secuestrado a un juez y le ha disparado a bocajarro, se le ha incautado documentación falsa, ha cruzado ilegalmente una frontera...

—¿Necesito un abogado? —preguntó Moon.

Morande hizo un gesto con la mano para restarle importancia.

Un caballo relinchó a lo lejos.

—¿Quién vive aquí? —preguntó de nuevo.

—Nadie —respondió Morande.

—¿Y quién cuida la casa y de los animales?

—¿A qué viene ese repentino interés por la finca? —quiso saber Morande.

—Me pregunto qué división de la Interpol cuenta con una casa como esta, casi un palacio, como sede.

—No es nuestra sede —respondió Morande—. Se trata de algo…
temporal, aunque he de reconocer que es de los mejores lugares en los
que nos hemos instalado.

—¿A qué división ha dicho que pertenecía? —preguntó Moon
una vez más.

—Internacional —respondió Morande con una sonrisa burlona
en los labios. Moon no apartó la vista de sus ojos, no dijo nada, no se
movió—. Inteligencia —añadió por fin.

Moon cogió la muleta del suelo y se levantó, pero no se dirigió a
la puerta, sino que se acercó al balcón y observó la pradera. Los caballos trotaban mientras la mujer los vigilaba desde la empalizada. A su lado,
Simon parecía tranquilo. Creyó ver que incluso estaban charlando.

Se giró despacio y miró a Morande.

—¿Qué quiere exactamente?, ¿por qué estoy aquí? —preguntó.

—Quiero que trabaje para nosotros —dijo—. Para mí.

Moon frunció el ceño.

—¿Cuál es la otra opción?

Él levantó las manos con las palmas hacia arriba y se encogió de
hombros.

—La detendrán y será juzgada por todos los cargos que se puedan
demostrar. Yo le calculo de diez a quince años de cárcel.

Moon no bajó la vista. Clavó sus ojos oscuros en los iris azules
de Morande mientras su cerebro trabajaba a toda velocidad, barajando
opciones, respuestas y vías de escape. Luego soltó el aire y volvió a
sentarse.

—¿Y Simon? —preguntó.

Morande sonrió satisfecho.

—Ya he hablado con el señor Mercier. Su única condición para
aceptar el puesto es que usted también lo haga. ¿Y bien?

Un nuevo relincho la distrajo un segundo.

—¿Me quitará el localizador? —preguntó.

—Ahora mismo —respondió el hombre de la Interpol.

Moon cabeceó con decisión.

—Hablemos.

EPÍLOGO

Simon llevaba dos horas sentado en una furgoneta con los cristales tintados. Frente a él, una de las discotecas de moda de París recibía a los invitados a una fiesta privada. De traje ellos; cubiertas de brillos y lentejuelas ellas. Dentro, Moon se paseaba entre los asistentes con una bandeja en la mano. Lucía una larga melena pelirroja recogida en una coleta alta, llevaba lentillas verdes, unas largas uñas postizas pintadas de un estridente rojo y el uniforme que le había proporcionado la empresa, un ajustado vestido negro de escote profundo y zapatos de tacón. Una pajarita negra de lentejuelas ceñida al cuello completaba el atuendo.

En la calle, un deportivo azabache se detuvo ante la alfombra roja que habían extendido en la acera. Un muchacho con chaleco amarillo corrió hacia el coche y cogió las llaves que le tendió el conductor.

—Es él —anunció Simon.

A modo de respuesta, el joven aparcacoches hizo rugir el motor un par de veces antes de ponerse en marcha. Dentro, Moon regresó a la barra y dejó la bandeja en el mostrador antes de apresurarse hacia la entrada.

—¿Me permite su abrigo? —pidió con una sonrisa. El hombre de brillante pelo blanco y traje impecable le dedicó una sonrisa antes de permitir que le ayudara a quitárselo. Moon sacó una ficha de la bolsita que llevaba en la cintura y se la entregó al hombre, que se la guardó en el bolsillo del pantalón. Ella le devolvió la sonrisa y se contoneó hacia el guardarropa.

—¿Lo tienes? —preguntó Simon en su oído.

—Lo tengo —respondió ella.

—Listo —dijo el aparcacoches.

Moon entró en el guardarropa y buscó una percha. Se giró de espaldas a la empleada, ocupada con otros clientes, y sacó del bolsillo un dispositivo del tamaño de un céntimo. Durante las semanas de adiestramiento les habían enseñado cuáles eran los mejores lugares para esconder un micrófono. Con el lateral afilado de una de sus uñas postizas descosió ligeramente la etiqueta del abrigo y metió el dispositivo por el hueco. Luego recuperó del tirante del sujetador una pequeña tira adhesiva y la pegó entre la etiqueta y el forro. Moon observó el trabajo antes de colgar el abrigo de la percha.

—Perfecto —dijo sin más.

Salió del guardarropa y se dirigió a la zona de empleados. El encargado la miró con mala cara cuando la vio empujar la puerta de acceso privado.

—Me meo —se excusó.

—Rapidito —bufó el tipo.

En el cuartucho que hacía las veces de vestuario, Moon se libró de la pajarita y de los tacones. Se puso las botas que había dejado junto al banco y recuperó el abrigo que había colgado en el perchero.

Cuando salió para dirigirse a la puerta trasera, vio cómo Alain de Froissy coqueteaba con una morena espectacular que sonreía displicente.

El vigilante que aguantaba el frío en la calle la miró sorprendido cuando salió.

—Me encuentro fatal, creo que es gripe —dijo con una mueca—, el jefe me ha dicho que me vaya, no quiere que expanda ningún virus entre los invitados.

El tipo dio un paso atrás.

—Que te mejores —dijo sin más.

—Gracias —respondió Moon mientras se alejaba.

Cuando abrió la puerta lateral de la furgoneta, el joven aparcacoches se estaba librando del chaleco amarillo.

—Lo tenemos —dijo con una sonrisa.

—No tenemos nada —lo corrigió Moon—. Acabamos de empezar. Ahora tenemos que esperar a que Froissy actúe.

—Lo hará —dijo Morande a través del intercomunicador de sus
oídos—. Marchaos ya —ordenó a continuación.

Simon arrancó y se alejó de la discoteca.

Eric cerró con cuidado la puerta de la habitación de Daniel. Seguía teniendo pesadillas de vez en cuando, pero cada vez más espa-
ciadas y menos aterradoras. Desde el primer día decidió no eludir
ninguna de las preguntas que su hijo le planteaba y responder a todas
con la verdad. A todas, excepto a las que se referían a la mujer que lo
liberó. Le dijo que era una agente de la policía y Daniel no volvió a
mencionarla nunca.

Aún le dolía el tórax y le costaba mover el brazo derecho. Movió
la cabeza de un lado a otro. Podía haberlo matado.

—Tengo buena puntería —le aseguró ella cuando le dijo eso
mismo, todavía en el hospital.

—El médico me ha dicho que fue cuestión de un centímetro
—protestó él de nuevo.

—Estás vivo, ¿no? Olvídalo.

Eric bufó, pero dejó ese tema. Había otro que le rondaba por la
cabeza.

—No recuerdo el disparo —dijo—. Bueno, el disparo sí, el ruido
y el olor, pero como en un sueño, y no me acuerdo de que me doliera.

Moon sonrió de medio lado.

—Soy buena —dijo.

—¡Me drogaste! —le rebatió él—. ¿Cuándo lo hiciste?

—Cuando bajaste de la furgoneta —reconoció ella por fin—. Estabas tan tenso que no lo notaste. Te pinché en el brazo, a través de la ropa, por eso tardó un poco más en hacer efecto.

Moon se levantó de la silla y se acercó a la ventana. Al otro lado, la noche comenzaba su reinado. Recordó el hangar, y a Eric maniatado de rodillas ante ella. Había calculado el lugar y el ángulo del disparo. Cerca del corazón, pero no demasiado. Lo había dibujado mil veces en su mente, pero si Eric se movía, aunque solo fuera un milímetro, fallaría, y el error sería fatal.

Eric asintió cuando ella se lo explicó.

—Además —añadió Moon—, si te hubieran visto moverte después de darte por muerto, no habrían dudado en acabar con los dos. Con los tres —rectificó.

Eric sabía que Moon tenía razón.

Llevaba semanas recibiendo visitas del capitán Bastian. Todavía quedaban flecos que aclarar, pero el puerto deportivo se había paralizado y la policía estaba investigando a todos los implicados en el proyecto. Se sorprendió cuando le habló de la documentación que el doctor Laurent había enviado a su exmujer con la indicación de que acudiera a la policía. Al final, él tenía razón en sus sospechas. Sin embargo, esa certeza apenas le servía de consuelo después de todo lo que había pasado.

Todavía no había decidido si volvería a trabajar. De momento, lo más importante dormía detrás de esa puerta.

Bajó al salón y encendió el ordenador. Luego conectó al USB la cajita negra que Moon le había enviado con unas sencillas instrucciones para encriptar sus comunicaciones. Cuando todas las luces estuvieron en verde, abrió el correo electrónico y escribió un breve mensaje.

Son de hoy, es un campeón.

Luego adjuntó tres fotografías de Daniel durante el entrenamiento de fútbol. Sonreía mirando a su padre y saludaba a la cámara con la mano. Estaba sudado y con las medias sucias de hierba. Se le veía feliz.

Lo envió, apagó el ordenador y se acomodó en el sofá. Todo estaba bien.

Moon levantó la vista del ordenador en el que estaba trabajando y se giró hacia el pequeño portátil que acababa de anunciar la llegada de un correo entrante. Deslizó la silla hacia atrás y conectó el encriptador de señal. Esperó unos interminables segundos antes de abrir el buzón y seleccionar el correo de Eric.

Sintió las manos de Simon sobre sus hombros mientras clicaba en el mensaje. La sonrisa de Daniel le hizo contener la respiración. Simon deslizó los dedos por su cuello y la acarició hasta la nuca.

Todo estaba bien.

Pamplona, 30 de agosto de 2024

AGRADECIMIENTOS

La vida es un compendio de pequeños momentos. Pocas veces suceden grandes acontecimientos que nos cambien la vida para siempre. Para mí, la vida es que la panadera me esté esperando con mi última novela para que se la firme; que en la frutería me digan cuánto le ha gustado esta o la otra escena; que mientras voy en el autobús o estoy con mis amigos, alguien se acerque a mí para darme las gracias por escribir. ¿Darme las gracias por escribir? Es mi vida. Gracias a vosotros, a todos, por estar ahí, por leer, por sonreír, por esas frases cariñosas. También sois mi vida.

Tengo que dar también las gracias a Montse Bretón, que ha supervisado cada herida, cada cura y cada medicamento que aparece en la novela.

Santos Lázaro me asesoró en todo lo relacionado con coches, motores, cilindradas y todo tipo de artilugios mecánicos.

María Ángeles Rodríguez, Charo González Herrera, Ricardo Bosque, María Pilar de León y Beatriz Etxeberria han sido una vez más mis lectores cero. Su misión es buscar los errores, leer con lupa cada página para que el resultado final sea el mejor posible.

Y nada de esto sería factible sin la familia HarperCollins. Gracias por hacerme sentir tan cómoda.

Pero mi principal agradecimiento es para ti, que en este momento estás leyendo estas palabras. Este viaje no sería posible sin ti, así que gracias. Si quieres contarme algo, puedes encontrarme en mis redes sociales o en mi página web. ¡Hablamos!

www.susanarodriguezlezaun.com

x.com/SusanaRLezaun

www.instagram.com/susanarodriguezlez/

www.facebook.com/SusanaRodriguezLezaun.Oficial

sfel
20,90

31/1/25